ullstein

Das Buch

Mitten in der Nacht werden der neunjährige Max und seine vier Jahre alte Schwester von ihrer Mutter geweckt. »Seid still«, sagt sie weinend, als sie die beiden in einen Wandschrank sperrt. »Geht zu Opa ...«, hören die Kinder sie noch flüstern, dann fliegt krachend die Haustür auf. Ihre Mutter schreit. Ellie weint. Um sie zu beruhigen, erzählt Max ihr die Geschichte vom Märchenwald: »Denn im Märchenwald wird immer alles gut.«
Während Max und Ellie auf dem Weg zu ihrem Großvater sind, erwacht auf dem Alexanderplatz eine junge Frau blutüberströmt und ohne Gedächtnis.
Im Wedding stehen die Mordermittler Paul Kalkbrenner und Sera Muth derweil vor dem rätselhaftesten Fall ihrer Karriere, der sie in tiefste Abgründe führt.
Und so wie es aussieht, birgt auch der Märchenwald nichts Gutes ...

Der Autor

Martin Krist ist das Pseudonym des erfolgreichen Autors Marcel Feige. Geboren 1971, arbeitete er als leitender Redakteur bei verschiedenen Zeitschriften und lebt seit 1998 als Schriftsteller in Berlin.
Weitere Informationen unter www.martin-krist.de
Von Martin Krist sind in unserem Hause bereits erschienen:

Die Mädchenwiese
Drecksspiel
Engelsgleich
Wut – Paul Kalkbrenners erster Fall
Gier – Paul Kalkbrenners zweiter Fall
Trieb – Paul Kalkbrenners dritter Fall

MARTIN KRIST

MÄRCHEN WALD

THRILLER

Ullstein

Besuchen Sie uns im Internet:
www.ullstein-taschenbuch.de

MIX
Papier aus verantwortungsvollen Quellen
FSC® C083411

Originalausgabe im Ullstein Taschenbuch
1. Auflage August 2016
2. Auflage 2016

Umschlaggestaltung: ZERO Werbeagentur, München
Titelabbildung: © plainpicture / Tim Robinson
Innenillustration: © Timo Kümmel
Satz: Pinkuin Satz und Datentechnik, Berlin
Gesetzt aus der Quadraat Pro
Druck und Bindearbeiten: CPI books GmbH, Leck
Printed in Germany
ISBN 978-3-548-28764-5

Es war einmal …

Der Junge ist nackt, als er erwacht.

Was ist passiert?

Das Wimmern eines Mädchens dringt gedämpft an sein Ohr.

Und wo bin ich?

Von irgendwo kommt Licht, doch es ist so schwach, dass es die Dunkelheit in dem Zimmer nur spärlich durchdringt. Der Junge bekommt kaum Luft. Es ist stickig, und es stinkt. Er hat keinen blassen Schimmer, wo er sich befindet, geschweige denn, was geschehen ist.

Versuch dich zu erinnern!

Er spürt, dass er auf einem harten Untergrund liegt, steinig und voller Sand, die Knie bis zur Brust gezogen, die Arme zwischen die Oberschenkel geklemmt. Als er die Beine ausstrecken will, treffen seine Füße auf ein Hindernis. Er will die Arme heben, doch seine Ellbogen prallen gegen einen weiteren Widerstand.

Verwirrt hebt er den Kopf und schlägt mit der Stirn gegen eine Wand. Sein Kopf kracht zurück auf den Boden der Kammer. Für einen Augenblick wird ihm schwarz vor Augen.

Nein, das ist keine Kammer!

Sein Herz klopft. Er schnappt nach Luft. Er liegt eingesperrt in einer Kiste, die kaum größer ist als eine Schublade. Plötzlich hat er große Angst.

Das ist ein Sarg!

Das Heulen wird lauter.

»Hallo?«, schreit er. »Ist da jemand?« Voller Panik windet er sich in seinem winzigen Gefängnis, will treten und schlagen, doch in der Enge kann er Arme und Beine kaum bewegen. »Hallo? *Hallo?*«

Verzweifelt hält er inne. Seine nackte Haut schmerzt,

aufgeschürft vom Sand. Sein Herz rast. Sein Atem geht stoßweise. Aus seinen Poren dringt der Schweiß. Die klaustrophobische Enge schnürt ihm die Kehle zu.

Mühsam wendet er seinen Kopf dem Licht zu und blickt in das Gesicht eines Mannes, der durch eine kleine, verschmierte Glasscheibe zu ihm hereinstarrt. Plötzlich kehrt die Erinnerung an ihre Begegnung zurück, an ihr Gespräch, die Scherze, den Wodka-Redbull und danach – nichts mehr.

»Verdammt«, schimpft der Junge, »hol mich hier raus!«

Der Mann rührt sich nicht. Er hält eine Kamera in der Hand.

»Davon war nicht die Rede, ich ...« Seine Stimme erstirbt. Erst jetzt bemerkt er hinter dem Mann das nackte Mädchen. Eigentlich ist es schon eine junge Frau. Sie sitzt gefesselt und geknebelt auf einem Küchenstuhl. Ihr Gesicht ist von Tränen verquollen.

Wieder steigt Panik in dem Jungen auf. »Was soll das?«

Der Mann grinst. Er hebt die Hand und drückt einen Knopf. Etwas zischt. Der muffige Gestank in dem Sarg wird von einem anderen, noch strengeren Geruch verdrängt. Der Junge braucht einen Augenblick, bis er begreift.

Draußen schreit und heult das Mädchen vor Entsetzen.

Das ist kein Sarg!

Der Junge brüllt vor Schmerz, als das Gas entflammt, er schreit und schreit ...

… und ist nicht mehr.

EINS

... und der Junge schrie.

»Max«, flüsterte eine Stimme. Eine Hand rüttelte ihn an der Schulter. »Max, bitte!«

Nein, er wehrte sich, *bitte nicht!*

»Max!« Die Stimme wurde lauter. Die Hand rüttelte stärker. »Max, wach auf!«

Max erwachte – und erschrak vor der Gestalt.

Sofort wähnte er sich wieder in der kalten, feuchten Wohnung. In dem winzigen Zimmer, das er mit seiner kleinen Schwester teilte. Auf der harten Matratze am Boden, vor der sein Vater nachts wie ein Riese aufragte, torkelnd und wütend. Dass das keine gute Mischung war, hatte Max trotz seiner erst neun Jahre schnell begriffen.

»Max, ich bin's, Mama.«

Er blinzelte und blickte in das Gesicht seiner Mutter.

Oh Mann! Erleichterung überkam ihn: Das war nicht die alte Wohnung, und es war auch nicht später Abend.

Im ersten Tageslicht, das durch einen Spalt im Vorhang fiel, erkannte er seinen Kleiderschrank, sein Superman-Poster und die Bilder, die er in der Schule gemalt und in seinem Zimmer mit bunten Reißzwecken an die Wand geheftet hatte. Es war sein neues Zuhause, sein eigenes Zimmer mit einem richtigen Bett. Zwar gab die Matratze jede Nacht unter seinem kleinen Körper nach, und die Fäden der zerschlissenen Decke kitzelten an seinem Kinn, weil seine Mutter sich keine nagelneuen Sachen hatte leisten können. Trotzdem fühlte sich sein Bett weich und warm an – und keiner würde mehr torkelnd und wütend davor stehen.

Glücklich schaute Max zu seiner Mutter auf.

Sie hielt Ellie auf dem Arm. Max' kleine Schwester wimmerte. Tränen sprenkelten ihr rosafarbenes Lieblingsnachthemd mit den gelben Enten.

»Max, steh auf!« Die Stimme seiner Mutter zitterte. Als hätte sie Angst.

Max' Lächeln erstarb. »Mama …«

»Komm mit!« Sie warf seine Decke beiseite und griff nach seiner Hand. »Los, schnell!«

Noch ehe er begriff, wie ihm geschah, hatte sie ihn aus dem Bett gezogen.

»Lauf bitte, Max«, sie schleifte ihn in den Flur. »Ich kann dich nicht auch noch tragen.«

In seinem Schlafanzug stolperte er mehr, als dass er lief. In der Küche stieß er sich den nackten Fuß am Türrahmen. Er stöhnte.

»Sei still!« Seine Mutter ließ ihn los und setzte Ellie auf die alte, zerschrammte Anrichte. Max' Schwester weinte noch immer. »Bitte, seid still.«

Durch das angekippte Küchenfenster drang das Quietschen von Reifen. Ein Auto hielt draußen auf der Straße vor dem Haus.

Max' Mutter zog die Schublade auf, kramte durch Messer, Gabeln, Korkenzieher, Streichhölzer und anderen Plunder, den sie dort aufbewahrte.

»Scheiße!«, fluchte sie.

Man darf nicht Scheiße sagen, wollte Max ihr erklären, so wie sie ihn jedes Mal ermahnte, wenn ihm das Wort über die

Lippen schlüpfte. Doch er hatte das Gefühl, dass jetzt nicht der richtige Zeitpunkt dafür war, seine Mutter daran zu erinnern.

Draußen knallten Autotüren.

»Scheiße!« Immer hektischer wühlte Max' Mutter in der Schublade. Es klimperte und klirrte. »Wo ist er?«

Sie keuchte erleichtert, als sie einen Schlüssel fand. Sie schob das Regal mit den Glasschüsseln und Tupperdosen beiseite, hinter dem sich die Holztür zu einem Wandschrank verbarg. Mehrmals verfehlte sie das Schlüsselloch. Max sah, dass ihr Hände zitterten. Dann endlich öffnete sich die Tür. Abgestandene Luft entwich der Kammer, in der Umzugskisten, Blechdosen und anderer unnützer Kram verstaubten.

Im Treppenhaus waren Schritte zu hören.

»Da rein!« Max' Mutter scheuchte ihn zwischen das Gerümpel und stellte seine Schwester neben ihn. Heulend drängte Ellie wieder hinaus in die Küche.

Jemand hämmerte gegen die Wohnungstür.

Ihre Mutter schob Ellie zurück in die Kammer. »Ellie, Süße, weißt du was? Wir spielen ein ... ein Spiel, ja?«

Sie ging vor Ellie auf die Knie.

»Erinnerst du dich an die Höhle, von der ich dir erzählt habe? Im Märchenwald?«

Sie berührte Ellies Mund.

»Jetzt seid ihr in der Höhle, ja?«

Sie gab Ellie einen Kuss auf die Stirn.

»Und in dieser Höhle, das wisst ihr doch, da müsst ihr still sein, damit keiner der ... der Riesen euch hört.«

Die Schläge gegen die Wohnungstür wurden heftiger.

»Und dann wird alles gut. Denn im Märchenwald wird immer alles gut.«

Sie sah Max mit einem flehentlichen Blick an. »Sei tapfer«, sagte sie, »und kümmere dich um Ellie, ja?«

Sein Blick trübte sich. »Mama …«

»Pst!«, sagte sie und legte einen Finger auf ihren Mund. Dann schlug sie die Holztür zu, verriegelte das Schloss und schob das Regal wieder vor die Wand.

Max erstarrte in der plötzlichen Dunkelheit. Er hatte Angst, so große Angst, wie er sie noch nie verspürt hatte, nicht einmal vor seinem Vater.

»Und geht«, hörte er seine Mutter sagen, bevor ein Krachen ihre Stimme übertönte, »zu Opa … auf … Fall …« Ein Schrei verschluckte den Rest ihrer Worte.

Max biss sich auf die Unterlippe. Seine Schwester schluchzte.

Und in dieser Höhle, das wisst ihr doch, da müsst ihr still sein!

Er sank zu Boden und nahm Ellie in den Arm. Ihr kleiner Körper bebte, aber ihr Weinen war in ein leises Wimmern übergegangen.

Durch einen Spalt in der Tür sickerte ein winziger Lichtstreifen in die Kammer, gerade ausreichend, um die eigene Hand vor Augen zu erkennen.

Und während Max seine Schwester an sich drückte, stellte er sich den stickigen, halbdunklen Verschlag tatsächlich als jene Höhle vor, von der seine Mutter ihm früher, als er noch ein kleiner Junge gewesen war, immer vor dem Einschlafen erzählt hatte. So wie er es sich damals jeden Abend, kaum dass seine Mutter das Licht gelöscht hatte, aufs Neue ausgemalt hatte, indem er sich seine Decke über den Kopf gezogen und mit seinen Armen und Beinen eine Höhle geformt hatte, in der er sich versteckte, während der torkelnde, wütende Riese ihn draußen im Wald suchte und niemals fand.

Denn im Märchenwald wird immer alles gut.
Am Ende kehrte dort immer Friede ein. Und Stille.
In der Küche war ihre Mutter verstummt.

ZWEI

Kriminalhauptkommissar Paul Kalkbrenner parkte seinen Passat, stieg aber nicht aus. Er las die SMS, die ihn vor wenigen Minuten erreicht hatte.

Hallo Paps, ich freu mich auf nachher. Kussi, Jessy.

In einer Plastiktüte auf dem Beifahrersitz stapelten sich Kinderbücher: Bildergeschichten, Märchen und phantastische Romane. Das Buch, das zuoberst herausragte, trug den Titel *Gehen wir heim, kleiner Bär.*

Im Radio lief *Lay down, stay down*, immer noch einer seiner Lieblingssongs von Deep Purple, und für einen Moment wollte sich Kalkbrenner dem Glauben hingeben, Buch und Lied seien ein Zeichen. Sogar Bernie, der während der Fahrt noch aufgeregt hechelnd im Fond gehockt und aus Gründen, die nur er kannte, jeden vorbeifahrenden Lkw angebellt hatte, sank auf die Rückbank und streckte alle vier Pfoten von sich, während ihm die Zunge über die Lefzen hing.

Auf der anderen Straßenseite bemerkte Kalkbrenner eine junge Frau mit olivfarbenem Teint, kurzen schwarzen Haaren, Jeans, einem Kapuzenshirt und einer Lederjacke. Sie beobachtete ihn.

Lookin' for trouble, sang Rod Evans. *I guess that's right.*

Am liebsten hätte Kalkbrenner zum Schlüssel gegriffen, den Motor gestartet und wäre wieder nach Hause gefahren.

Gähnend hob er stattdessen die Hand zum Gruß. Er bedauerte, sich nicht noch die Zeit für einen Kaffee genommen zu haben, nachdem der Anruf der Einsatzzentrale ihn vorhin geweckt hatte. *Einbruch mit Todesfolge, Mühsamstraße in Friedrichshain.* Stattdessen hatte er die Bücher aus den Umzugskisten im Keller zusammengesucht und dann Bernie in ein Gebüsch vor dem Haus gescheucht, bevor sie losgefahren waren.

Deep Purple wich der Werbung für ein Möbelhaus. Das nervtötende Geplapper begriff Kalkbrenner diesmal tatsächlich als Zeichen. Er schaltete das Radio aus, steckte sein Handy ein und stieg aus dem Wagen.

Bernie blinzelte, rührte sich aber keinen Millimeter.

»Nicht doch, Dicker«, sagte Kalkbrenner. »Bleib ruhig liegen.«

Der Bernhardiner schloss die Augen und begann zu schnarchen.

»Wenn du bloß immer so gut hören würdest.«

Ein kühler Wind fegte Laub und Zeitungsfetzen über den Asphalt. Am Himmel trieben dichte Wolkenfelder und ließen einen weiteren trüben Herbsttag erwarten.

Kalkbrenner überquerte die Straße. »Morgen.«

»Alles in Ordnung mit ihm?«, fragte Sera Muth, Kriminalkommissarin und Kalkbrenners Kollegin im Morddezernat.

»Er ignoriert mich.«

»Es ist halb sieben Uhr in der Früh.«

»Daran könnt's liegen.«

»Und was ist mit dir?«, wollte Muth wissen.

»Wieso fragst du?«

»Für einen Augenblick dachte ich, du willst wieder wegfahren.«

»Wie du sehr richtig bemerkt hast: Es ist halb sieben Uhr in der Früh.«

Muth musterte ihn, sagte jedoch nichts. Ihre Beobachtungsgabe war außerordentlich, aber nur selten verlor sie viele Worte. Achselzuckend lief sie auf die Streifenwagen, den Transporter des Tatort- und Erkennungsdienstes und einen Rettungswagen zu, die fünfzig, sechzig Meter voraus die Straße blockierten.

Kalkbrenner schloss zu ihr auf. »Außerdem wollte ich eigentlich heute Morgen meine Mutter besuchen und danach zu Jessy.«

»Geht es deiner Tochter wieder besser?«

Kalkbrenner nickte. Vor einiger Zeit war Jessy an einer Schwangerschaftsdiabetes erkrankt, was, wie die Ärzte erklärt hatten, während einer Schwangerschaft nicht weiter ungewöhnlich war. Dennoch hatte sie einige Tage im Krankenhaus verbringen müssen.

»Inzwischen ist alles im Lot.«

»Im wievielten Monat ist sie?«

»Im siebten. Aber übermorgen fährt sie nach Paris.«

»Jetzt schon?«

Kalkbrenners Tochter studierte Kunst und hatte vor kurzem ein Stipendium in der französischen Hauptstadt erhalten. »Erst einmal guckt sie sich nur Wohnungen an. Umziehen will sie dann nach der Geburt.«

»Höre ich da Wehmut in deiner Stimme?«

»Sie ist erwachsen«, sagte Kalkbrenner.

Seine Kollegin lächelte.

»Außerdem kommt sie ja irgendwann wieder zurück«, fügte er hinzu.

Noch immer lächelnd, blickte Muth auf die Uhr. »Wann bist du mit ihr verabredet?«

»Um zehn.«

»Das sollte zu schaffen sein.« Muth schlüpfte unter dem Polizeiabsperrband hindurch, mit dem die Schutzpolizeibeamten den Bürgersteig vor einem sanierten Altbau weiträumig abgesperrt hatten. Vor dem Schaufenster eines winzigen Ladenlokals und dem benachbarten Durchgang zu einem Hinterhof war außerdem ein mannshoher Sichtschutz errichtet worden.

Obwohl es außer grimmig dreinblickenden Uniformierten und einer weißen Plane nichts zu sehen gab, hatten sich bereits die ersten Schaulustigen eingefunden. Werktätige, die auf dem Weg zur S-Bahn einen kurzen, müden Blick riskierten, Hundehalter, Jogger und ein Dutzend weiterer Gestalten, die ihrem ramponierten Aussehen nach die Nacht durchgezecht hatten. Sie reckten ihre Smartphones in die Höhe.

Kalkbrenner folgte seiner Kollegin zum Transporter der Spurensicherung. »Was ist passiert?«

»Ein Einbruch mit Todesfolge.«

»Das erwähnte die Zentrale bereits.«

»Den Täter hat's sozusagen auf frischer Tat erwischt.«

»Sozusagen?«

Muth schlüpfte in einen Einwegoverall. »Besser, du siehst es dir an.«

DREI

Max saß stocksteif zwischen müffelnden Pappkartons.

Aus der Küche drang kein Laut mehr, kein Poltern, keine Schreie, nichts.

In seinen Armen und Beinen begann es zu kribbeln. Obwohl er seit einer gefühlten Ewigkeit in ein- und derselben Haltung lag, rührte er sich nicht vom Fleck. Stattdessen hielt er seine Schwester fest umschlungen.

Vor einer Weile schon war Ellies Wimmern verklungen. Offenbar hatte sie sich beruhigt. Vielleicht war sie sogar eingeschlafen, aber das konnte Max in der dunklen Kammer nicht erkennen, und er wollte sie nicht danach fragen.

Seid still …

Er traute sich ja nicht einmal, sich zu bewegen, aus Angst, dabei ein Geräusch zu verursachen, das sie verriet. Oder davor, seine Schwester zu erschrecken, so dass sie von neuem zu weinen begann – obwohl mit jeder Minute, die verstrich, das taube Gefühl in seinen Armen und Beinen unangenehmer wurde. Außerdem musste er aufs Klo.

Angestrengt horchte er nach der Stimme seiner Mutter, ihren Schritten oder dem Klirren des Schlüssels, mit dem sie das Schloss entriegelte und sie mit einem Lächeln aus dem Wandschrank befreite, weil das Spiel endlich vorbei war.

Jetzt seid ihr in der Höhle, ja?

Max wollte fest daran glauben, dass es sich bei allem nur um ein Spiel handelte.

Nach wie vor herrschte Stille in der Wohnung.

Oh Mann, er hielt die Schwere in seinen Armen und Beinen kaum noch aus.

»Max«, sagte seine Schwester unvermittelt.

»Pst!«

»Wann ...«

»Sei ruhig!«

Minuten vergingen, ohne dass etwas geschah.

»Ich muss mal pullern«, flüsterte Ellie.

Womit sie ihn an sein eigenes Bedürfnis erinnerte.

Seine Schwester richtete sich auf. »Ich muss ganz dringend.«

Erleichtert streckte Max seine Glieder. Endlich ließ das Kribbeln in seinen Muskeln nach. Der Druck in seiner Blase aber nahm zu.

»Ich muss wirklich ganz dringend«, sagte Ellie.

Max versuchte, das Rumoren in seinem eigenen Unterleib zu ignorieren, und stand auf. Doch seinen Beinen fehlte das Gefühl. Er kippte gegen einen Pappkarton. Der Inhalt schepperte.

Und in dieser Höhle, das wisst ihr doch, da müsst ihr still sein!

Max hielt den Atem an. Sein Herz klopfte laut und verräterisch.

Nichts passierte, draußen blieb alles ruhig.

»Ich kann nicht mehr lange halten«, sagte Ellie.

»Nur noch ein bisschen.«

»Bis Mama kommt?«

»Ja.«

Allmählich kehrte das Gefühl in Max' Beine zurück. Er erhob sich langsam und spähte durch den Riss in der Holztür. Dummerweise stand der Schrank mit den Schüsseln und Tupperdosen im Weg, so dass er kaum etwas erkennen konnte. Einer der Stühle lag umgekippt am Boden. Auf der alten Anrichte stapelten sich die verschmierten Teller vom gestrigen Abendessen.

»Mama?«, rief er.

Seine Mutter antwortete nicht.

»Mama?«

Immer noch nichts.

»Wo ist Mama?«, fragte Ellie.

Max zögerte.

Kümmere dich um Ellie, ja?

»Im Märchenwald«, sagte er. »Und du weißt, im Märchenwald wird immer alles gut.«

Auch daran wollte er ganz fest glauben. So wie er sich als kleiner Junge jeden Abend an die Hoffnung geklammert hatte, während er mit seiner Decke eine Höhle formte, in der er sicher vor dem Riesen war. Und tatsächlich, eines Tages war sein Vater nicht mehr nach Hause gekommen, die Schläge hatten ein Ende gefunden, die Wut, das Geschrei und –

Oh nein. Max' Fußsohlen umfloss eine warme Flüssigkeit.

VIER

Kalkbrenner zog einen Einwegoverall an, streifte sich Plastikstulpen über die Schuhe, Einweghandschuhe über die Hände und folgte seiner Kollegin hinter den Sichtschutz.

Über der Eingangstür zu dem Ladenlokal verriet ein kleines Blechschild mit Buchstaben in Scherenform: *Haarspalterei.* Die Poster im Schaufenster zeigten aufwendig toupierte Frauen und Männer mit gestutzten Vollbärten, wie sie seit einigen Monaten bei den Berliner Hipstern angesagt waren. In dem winzigen Laden wuselten die Kriminaltechniker in weißen Ganzkörperanzügen zwischen Spiegeln, Waschbecken und anderem Friseurbedarf hin und her.

Neben dem Geschäft führte ein Durchgang in einen kleinen Hinterhof. Vor dem rückwärtigen Ladenschaufenster warteten die beiden Streifenpolizisten, die als Erste am Tatort gewesen waren, ein Rettungssanitäter und Dr. Franziska Bodde, die Leiterin der Spurensicherung.

»Guten Morgen, Herr Kalkbrenner«, begrüßte sie ihn.

»Morgen«, murmelte er, während er seinen fassungslosen Blick nicht vom Schaufenster lösen konnte.

Dessen Glasscheibe war eingeschlagen worden. Über das blutbefleckte Fensterbrett hing der Leichnam eines jungen Mannes, sein Oberkörper im Laden, der Rest von ihm noch im Hinterhof. Ein Glassplitter, groß wie ein Bumerang, ragte aus seinem Rücken.

»Vermutlich hat er die Schaufensterscheibe eingeschlagen«, sagte Dr. Bodde, »wollte hindurchsteigen, und dann löste sich der dicke Splitter von oben.«

»Ein grotesker Abgang«, bemerkte einer der beiden Polizisten.

Sein Kollege kicherte zustimmend. »Ein Fall für den Darwin-Award, sollte man meinen.«

»Und ich meine«, sagte Kalkbrenner, ohne seinen Blick von der Leiche zu lassen, »dass Sie jetzt besser Ihren Kollegen draußen bei der Absperrung helfen sollten.«

Beschämt verließen die beiden Beamten den Innenhof.

Kalkbrenner unterdessen näherte sich der Leiche. Die Augen des jungen Mannes waren vor Schreck geweitet, sein Mund zu einem lautlosen Schrei aufgerissen. Er war fast noch ein Teenager, etwa zwanzig Jahre alt, möglicherweise sogar jünger.

Kalkbrenner fragte: »Der Glassplitter hat zu seinem Tod geführt?«

»Höchstwahrscheinlich«, sagte der Rettungssanitäter. »Er scheint in Nierennähe eingedrungen, ich vermute daher, er hat die Bauchschlagader verletzt, was schnell zum Tod geführt haben dürfte.«

»Was bedeutet *schnell*?«

»Das Blut wäre im Bauchraum versackt, dadurch der Mann innerlich verblutet.«

»Hat er sehr gelitten?«

Der Sanitäter schüttelte den Kopf. »Er wird den Schmerz für einen kurzen Moment noch gespürt haben, sein Kreislauf hat dann aber aufgrund des Blutverlusts sehr bald versagt. Daran dürfte er auch gestorben sein, am Kreislaufversagen und einem Schock.«

»Wann ist der Tod eingetreten?«

»Vor nicht mehr als ein oder zwei Stunden. Die Leichenstarre ist erst punktuell eingetreten.«

Kalkbrenner sah hinaus in den Hinterhof, der auf allen Seiten von Altbauten umschlossen war. Jedes der Häuser besaß einen Hinterausgang, der zu den Müllcontainern führte. Den Mittelpunkt des Hofes bildete eine Holzbank unter einer Birke, deren mächtiger Wipfel den Blick auf die Fenster der Wohnungen in den oberen Etagen versperrte.

»Keiner der Anwohner hat etwas mitgekriegt?«, fragte Kalkbrenner.

Muth verneinte. »Ich habe Kollegen zur Befragung losgeschickt, aber bisher Fehlanzeige.«

»Kein Scherbenklirren? Keinen Schmerzensschrei?«

»Einer der Nachbarn ist in der Nacht von einem Knall geweckt worden, aber er hat sich nichts dabei gedacht und ist wieder eingeschlafen.«

»Logisch, so ein Knall im Hinterhof mitten in der Nacht ist ja auch völlig normal.« Kalkbrenner schnaubte. »Und wer hat die Leiche gefunden?«

»Martin Meyer, der Ladeninhaber. Er wohnt in der Wohnung über dem Laden.«

»Er hat auch nichts mitbekommen?«

»Nein.«

»Weißt du, wann er seinen Laden normalerweise öffnet?«, wollte Kalkbrenner wissen.

»Um halb zehn.«

»Was wollte er dann schon um sechs hier?«

»Büroarbeiten, behauptet er.«

»Ist er noch hier?«

»Er wartet in einem der Streifenwagen. Ein Kollege ist bei ihm.«

Kalkbrenners Blick kehrte zurück zu der Leiche. »Wissen wir, wer das Opfer ist?«

Muth brachte aus ihrer Jackentasche einen Ausdruck zum Vorschein. »Silviu Kirculescu, Rumäne, 24 Jahre, gemeldet noch bei seinen Eltern. Seine Fingerabdrücke hatten wir in der Datenbank. Einschlägig vorbestraft, das Übliche, Gewaltdelikte, Diebstahl, Einbruch, das letzte Mal vor einem Dreivierteljahr in eine Videothek in Neukölln.«

»Was um alles in der Welt gibt es heutzutage noch in einer Videothek zu klauen?«

»Vermutlich genauso viel wie in einem Friseurladen ...«

Kalkbrenner dachte darüber nach. »Ich möchte mit dem Inhaber sprechen.«

FÜNF

Die Frau starrte in ein blutüberströmtes Gesicht. Eine Stimme schrie voller Panik.

Davon war nicht die Rede!

Ein plötzlicher Donnerschlag verscheuchte das Gesicht, verschluckte den Schrei – und die Frau erwachte.

Sie blickte in die funkelnden Augen einer Katze, die ihr grau- und schwarzgeflecktes Köpfchen neugierig schnuppernd vorstreckte. Die langen Schnurrhaare zuckten zu beiden Seiten auf und ab.

»Missy«, flüsterte die Frau.

Die Katze antwortete mit einem sanften Maunzen.

Die Frau streckte ihren Arm nach der Katze aus. Sofort rieb diese ihr Köpfchen an der Hand. Schnurrend tapste sie auf die knisternde Matratze und ließ sich den Bauch streicheln. Ihr langes Fell kitzelte zwischen den Fingern, aber es war kein unangenehmes Gefühl auf der Haut. Es wirkte beruhigend und ließ den Alptraum in Vergessenheit geraten.

»Missy«, wiederholte sie dankbar.

War das überhaupt der Name des Tiers? Die Katze war ihr fremd, dennoch war ihr dieser Name bei ihrem Anblick sofort eingefallen. Das ergab irgendwie keinen Sinn, und überhaupt, wo –

Hinter ihr erklang ein Poltern. Sie erschrak. Die Katze fauchte.

»Verpiss dich«, knurrte ein Mann und trat nach der Katze.

Mit einem schrillen Laut ergriff sie die Flucht. Die Frau richtete sich auf. Die Empörung erstarb auf ihren Lippen.

Zwei Männer beugten sich zu ihr hinab. Ihre Münder spien bierschwangeren Atem aus.

»Sieh mal einer an«, sagte der eine.

»Ja, sieh mal einer an«, lallte der andere, »was für eine Süße.«

»Stimmt, sie ist süß«, kicherte ein dritter Mann aus dem Hintergrund.

»Und so schön blond.«

»Hatte noch nie 'ne blonde Frau.«

»Was man nicht alles auf den Straßen findet.«

»Und das bei der Kälte.«

»Jungs, wir sollten sie wärmen.«

»Ja, das sollten wir.«

Verängstigt robbte sie weg von den Männern, bis sie mit dem Rücken gegen eine Mauer stieß. Erst jetzt erkannte sie, wo sie sich befand: in einer schmalen, dunklen Gasse, in der sie auf einem Lager aus knisternden, stinkenden Mülltüten geschlafen hatte. Zu beiden Seiten der Gasse erhoben sich fensterlose Backsteinwände, darüber die Eisenträger einer Brücke, über die in ebendiesem Moment ein Zug donnernd hinwegrollte.

Was um alles in der Welt habe ich hier verloren?

»Schaut mal«, kicherte der Mann, als der Lärm verklang. »Sie hat Angst.«

»Das braucht sie nicht.«

»Nein, wirklich, das brauchst du nicht. Wir wollen doch nur ein bisschen Spaß.«

»Wir sind deine Freunde.«

»Und mit Freunden hat man Spaß!«

Ihr Blick irrte nach vorne, wo die Gasse auf eine Straße

traf, auf der Autos, Lkws und Busse vorbeirauschten. Die wenigen Passanten nahmen die schäbige Gasse gar nicht wahr, während sie schlaftrunken oder in ihre Smartphones vertieft vorübereilten.

Einer der Männer griff nach ihrem T-Shirt, das zerrissen von ihren Schultern hing. Er schob den Stoff beiseite und entblößte nackte Haut, ihre Brüste, eine Tätowierung, Wunden, blaue Flecke. Panisch zog sie sich zurück und versuchte sich zu bedecken.

»Das sieht aber gut aus«, sagte der Mann.

»Ja, richtig schön.«

»Schön geil.«

»Ist das ein Engel?«

»Du bist ein Engel.«

»Unser Engel.«

»Wie heißt du?«

»Ja, sag uns deinen Namen!«

»Ich ...«, presste sie hervor, »ich heiße ...« Verzweifelt rieb sie sich die Stirn und streifte eine Beule an ihrer Schläfe. Trockenes Blut löste sich unter ihren Fingern. In ihrem Schädel lockerte sich nichts. »Ich kann mich nicht erinnern.«

Sie hatte keinen blassen Schimmer, wer sie war, wo sie sich befand und was passiert war.

»Die Arme«, lachte einer der Typen. »Sie kann sich nicht erinnern.«

»Wie schade.«

»Schade, schade.«

»Aber vielleicht hilft dir *das* ja auf die Sprünge.«

Das Beben, das sich der Gasse näherte, nahm sie kaum wahr, als dreckige Hände ihre Wangen streiften, sich zwischen ihre Lippen zwängten und ihre Brüste begrapschten. Finger kniffen in ihre Brustwarze. Ihr Schmerzensschrei ging unter in dem Krach einer weiteren Bahn, die über die Brücke hinwegdonnerte.

Als das Dröhnen verebbte, klirrten Bierflaschen aneinander. »Das gefällt ihr.«

»Das gefällt dir, oder?«

»Schau mal«, ein Reißverschluss ratschte auf, »was ich für dich habe.«

»Sieh mal, was er für dich hat.«

»Und was er damit machen kann.«

»Ich habe auch einen für dich.«

»Ja, und was für einen.«

»Davon wird dir warm werden.«

»Ganz heiß wird dir werden.«

»Mach schon, sperr dein Maul auf.« Eine Hand packte ihr Haar und riss ihren Kopf zur Seite. Der Schmerz trieb ihr die Tränen in die Augen. Sie streckte ihre Arme zur Abwehr aus, doch die beiden anderen Kerle hielten sie fest. Etwas Hartes klatschte gegen ihre Wange.

Sie roch einen ungewaschenen, verschwitzten Schwanz.

Sie presste die Lippen aufeinander. Finger hielten ihr die Nase zu. Sie schnappte nach Luft. Augenblicklich drängte der Schwanz in ihren Mund. Das Donnern einer weiteren Bahn erstickte ihr Würgen.

Der Typ über ihr schrie auf.

Erneut spürte sie den Schwanz über ihr Gesicht streifen, diesmal allerdings nicht, weil seine Gier den Kerl dazu anstachelte, sondern weil er über sie hinwegstürzte.

Etwas riss ihn von den Beinen.

Die anderen beiden Kerle ließen überrascht ihre Arme los.

»Was zur Hölle ist das?«, rief einer in das Halbdunkel der Gasse, bevor etwas in sein Gesicht krachte. Knirschend brach sein Unterkiefer.

»Scheiße, nichts wie weg hier!«, brüllte der andere.

Stille legte sich über die Gasse. Nur das Verkehrsrauschen war zu hören und ihr Herz, das wild in ihrer Brust pumpte.

»Das war knapp«, sagte ein Mann.

»Danke«, hustete sie und spuckte mehrmals auf den Boden. Sie wischte sich die Lippen, aber der widerliche Geschmack blieb.

»Alles okay?« Der grelle Strahl einer Taschenlampe traf sie ins Gesicht.

Geblendet hob sie die Hände.

»Ist ja gut.« Der Lichtstrahl drehte ab zu den Müllbeuteln. Der Schemen eines jungen Mannes wurde sichtbar, großgewachsen, kräftig, ein Rucksack auf dem Rücken. »Verdammt, Zoe, das stinkt hier wie ...«

»Zoe?«

»Hä?«

»Ist das mein Name?«

»Willst du mich verscheißern?«

»Du kennst mich?«

»Du willst mich verscheißern!«

Zoe schüttelte den Kopf und stöhnte auf, weil hinter ihrer Stirn Schmerzen entflammten. Wieder berührte sie die blutverkrustete Beule an ihrer Schläfe. Erst jetzt wurde ihr bewusst, dass sie halb nackt war. Sie zog die Fetzen ihres T-Shirts zurück über ihre Brüste. Sie betrachtete den zerrissenen Stoff und die Wunden auf ihrer Haut.

»Zoe«, flüsterte sie leise.

Der Name klang vertraut in ihren Ohren, so wie auch ... *Missy*.

Sie schaute hoch zu dem jungen Mann. »Was ist mit mir passiert?«

SECHS

Kalkbrenner zog den Einwegoverall aus.

Vor einem Streifenwagen, an dessen Kotflügel ein Schutzpolizeibeamter lehnte und eine Zigarette rauchte, tigerte ein schlaksiger Mann Mitte dreißig auf und ab. Er trug einen gestutzten Vollbart zu kariertem Pullunder, Röhrenjeans und Espandrillos.

»Herr Meyer?«, fragte Kalkbrenner.

Der Mann stürmte auf ihn zu. »Sie sind … Sind Sie …« Seine Stimme überschlug sich vor Aufregung. »… der leitende Beamte?«

»Das bin ich. Und Sie sind der Geschäftsinhaber, richtig?«

»Wie lange soll das … das …« Meyer ruderte mit den Armen, bevor er auf den Sichtschutz vor seinem Laden zeigte. »Wie lange soll das da noch dauern?«

»Die Kollegen der Spurensicherung werden noch eine Weile benötigen.«

»Gott, nein, das da … das ist mein Ruin.«

»Ich glaube nicht, dass etwas gestohlen wurde.«

»Woher wollen Sie das wissen?«

»Haben Sie es überprüft?«

»Gott bewahre, ich hab nur das … das da gesehen – und dann gleich die Polizei gerufen.«

»Machte *das da* auf Sie den Eindruck, als hätte der Einbrecher es bis nach drinnen geschafft?«

»Trotzdem! Der Schaden wird mich ...«

»Sie sind doch sicherlich versichert«, unterbrach ihn Muth.

»Die Versicherung? Bis die aus dem Quark kommt ...« Meyer stöhnte auf. »Und dann noch die Einbußen, weil ich erst einmal geschlossen halten muss, so lange bis Sie ... Wie lange werden Sie denn jetzt noch brauchen?«

»Falls wir nicht noch etwas finden ...«

»Herrgott, was wollen Sie denn noch finden?«

Meyer kratzte sich seinen Bart. Mit dem gescheitelten Haar, seiner engen Jeans und den Sommerschuhen wirkte er wie einem seiner Schaufensterposter entstiegen. Anders als die lässigen Models war er allerdings aufgewühlt.

Kalkrenner fragte: »Was könnte den Einbrecher bewogen haben, in Ihren Friseurladen einzubrechen?«

»Das ist kein Friseurladen, das ist ein Salon. Das ist ein Unterschied.«

»Ach so?«

Meyer verzog sein Gesicht, als wäre er aufs Übelste beleidigt worden. »Und was soll eigentlich diese Frage? Mein Gott, hier in Berlin wird doch alle naselang eingebrochen.«

»Auch in ... *Friseursalons?*«

»Woher soll ich denn wissen, was in den Köpfen dieser ... dieser Typen vorgeht. Vielleicht war er scharf auf meinen Computer, der ist zwar schon älter, aber es ist ein Mac. Oder die Stereoanlage, die CDs. Die Spiegel sind Sonderanfertigungen, dazu die Scheren, das Besteck ...«

»Und was ist mit der Kasse?«

»Mein Gott, er kann doch nicht wirklich gedacht haben, dass ich die Tageseinnahmen über Nacht in der Kasse liegen lasse?«

»Das wird er uns wohl nicht mehr verraten können«,

grummelte Kalkbrenner. »Gegenüber meiner Kollegin haben Sie erwähnt, dass Sie um sechs hier gewesen sind?«

»Richtig. Ich hatte noch einiges an Büroarbeit zu erledigen, bevor ich für die Kunden öffne.«

»Sind Sie immer so früh hier?«

»Meistens.«

»Aber meistens ist es Ihre Putzfrau, die morgens um sechs kommt.«

Meyer zuckte zusammen. Wieder rieb er sich seinen Bart.

»Sie haben doch eine Putzfrau, oder?«, hakte Kalkbrenner nach.

Meyer zögerte. Dann nickte er.

Muth fragte: »Kennen Sie den Einbrecher?«

»Ob ich …? Ich … weiß nicht, wie …«

»Sein Name ist Silviu Kirculescu.«

»Gott, nein, nie von ihm gehört.«

»Ihre Putzfrau auch nicht?«

»Äh …«

»Sehen Sie, Herr Meyer – das meinte ich mit: *falls wir nicht noch etwas finden.* Wenn wir zum Beispiel eine Verbindung fänden zwischen Herrn Kirculescu und, sagen wir mal, Ihrer Putzfrau …«

»Ich bin mir sicher, dass es da keine Verbindung gibt.«

»Haben Sie Ihre Putzfrau gefragt?«

Meyer schluckte.

»Es war Ihre Putzfrau, die heute Morgen die Leiche gefunden hat, richtig?«, stellte Kalkbrenner fest.

Meyer durchwühlte seinen Bart.

»Ihre Putzfrau hat die Leiche gefunden und erst einmal Sie verständigt. Sie sind dann in Ihren … *Salon* gegangen, und erst danach haben Sie die Polizei gerufen.«

Meyers Schultern sackten herab. »Sie müssen das verstehen, die Geschäfte laufen nicht so gut ...«

»Schon klar, da reicht das Geld nur für eine billige Putzkraft, illegal in Deutschland, schwarz beschäftigt.«

»Das ist alles ... nicht so leicht. So viele Salons in Berlin, und alle unterbieten sich mit den Preisen. Wer da nicht dranbleibt, ist weg vom ...« Er stockte, als ihm bewusst wurde, was er hatte sagen wollen.

»Bitte geben Sie meinem Kollegen«, Kalkbrenner wies auf den Schutzpolizeibeamten, »die Personalien und Kontaktdaten Ihrer Putzfrau. Sie wird eine Aussage machen müssen.«

»Muss das ...«

»Und Ihre Daten, Herr Meyer, brauchen wir auch. Sie wissen ja: *Falls wir noch etwas finden ...*«

Meyer beließ es bei einem resignierten Kopfnicken.

Kalkbrenner ging auf seinen Wagen zu. »Du hattest recht, Sera, die Sache ist eindeutig. Ich denke, wir sind hier fertig.«

»Wer überbringt Kirculescus Eltern die Nachricht?«

»Das sollen die beiden Kollegen übernehmen, die zuerst am Tatort waren. Und bitte ohne dumme Scherze.« Er blinzelte in die Sonne, die unvermittelt zum Vorschein kam.

Die Wolkendecke war aufgerissen und machte Hoffnung auf einen versöhnlichen Spätsommertag, ein Frühstück mit seiner Tochter auf dem Balkon, vielleicht sogar noch eine Hunderunde.

Im Auto war Bernie erwacht, hockte auf dem Rücksitz und kläffte.

»Wie lange soll das noch so gehen?«, fragte Muth.

»Bis ich eine neue Hundesitterin gefunden habe.«

»Was ist mit der alten?«

»Hat mir gekündigt. Sie sagt, mein Hund ist nicht normal.«

»Wo sie recht hat ...«

»Sehr witzig!«

Muth grinste. »Was ist mit deiner Tochter?«

»Sie fährt nach Paris, schon vergessen?«

»Erst am Donnerstag, schon vergessen?«

»Ich glaube nicht, dass ...«

»Herr Kalkbrenner!«, unterbrach ihn eine Stimme. »Herr Kalkbrenner!« Ein kleiner, dicker Mann watschelte auf ihn zu. »Freut mich, Sie zu sehen.«

»Wenigstens einer, Herr Sackowitz, der sich freut.«

Sackowitz lächelte gequält. Sein zerfurchtes Gesicht warf noch mehr Falten. »Hab schon gehört, ein dummer Unfall.«

»Sagt wer?«

»Mich interessiert viel mehr: Was sagen Sie dazu?«

»Wie immer: nichts.«

»Wie wär's mit einer Bestätigung?«

»Dass ich nichts zu sagen habe? Sehr gern: Ich habe nichts zu sagen!« Kalkbrenner wandte sich ab, weil die Leiterin der Kriminaltechnik ihm winkte.

Der Reporter wollte sich an seine Fersen heften, doch Muth versperrte ihm den Weg. Missmutig zog Sackowitz von dannen.

Dr. Bodde fragte: »War das dieser Reporter?«

»Ja.«

»Meine Güte, er sieht jedes Mal schlechter aus.«

»Alkohol, Stress, ein Herzanfall.«

»Und noch immer quält er sich für eine Story in Herrgottsfrühe aus dem Bett? Soll man ihm Respekt zollen oder ihn bedauern?«

Kalkbrenner hielt beides für schlechte Ideen. »Sie wollten mich sprechen?«

»Meine Mitarbeiter haben etwas entdeckt: Der Glassplitter, der den Einbrecher erdolcht hat, ist fast sauber.«

»Er wurde abgewischt?«

»Zweifellos. Doch bevor Sie einen falschen Schluss ziehen: Natürlich werden erst die Ergebnisse unserer Messungen endgültig Aufschluss geben, aber wir sind uns fast sicher, dass die Stelle, wo der Splitter im Fensterrahmen hing, die Fallhöhe, der Aufprallwinkel und der Eintrittsort in den Körper des Opfers keinen Zweifel daran lassen, dass es sich tatsächlich um einen Unfall handelte.«

»Dann hat also jemand versucht, den Glassplitter zu entfernen.«

»Und sich dabei eine Schnittverletzung zugezogen. Darauf deutet jedenfalls die Blutspur hin, die wir sichern konnten.«

»Sie sagten: *fast sauber*«, bemerkte Muth.

Dr. Bodde bejahte. »Wir haben zwei Fingerabdruckfragmente gesichert. Der Datenbankabgleich ergab eine interessante Übereinstimmung – mit einem gewissen Gregor Wopalka.«

»Gregor Wopalka?« Muth zog erneut den Ausdruck aus ihrer Tasche. »Er ist 23 Jahre, ebenfalls vorbestraft, unter anderem war er an Silviu Kirculescus Einbruch in der Videothek in Neukölln beteiligt.«

Reiner Zufall wäre Zufall, hätte Kalkbrenner seiner Kollegin antworten können. Eine seiner Weisheiten, die er *Meine kleinen Helferlein* nannte. Aber er hatte noch nie jemandem von diesem unerschöpflichen Fundus an Ratschlägen erzählt, die ihn seit Jahren durch den Berufsalltag begleiteten.

Außerdem hatte Muth den gleichen Gedanken. »Bevor du dich mit deiner Tochter triffst, sollten wir mit Gregor Wopalka reden.«

SIEBEN

»Ellie«, schimpfte Max, »hör auf!«

Seine Schwester zuckte erschrocken zusammen, doch die Pfütze auf dem Boden breitete sich weiter aus.

»Oh Mann, musst du unbedingt hier pullern?«

Ihr Kopf fiel beschämt auf die Brust. Sie brach in Tränen aus. Ein strenger Geruch erfüllte die kleine, stickige Kammer.

Angewidert drückte Max gegen die Holztür. Sie ließ sich nicht öffnen, natürlich nicht, seine Mutter hatte vorhin das Schloss verriegelt.

Er wollte wieder mit seiner Schwester schimpfen, ließ es aber bleiben. Sie würde nur noch kläglicher heulen. Mit seinen nackten Zehen tastete er nach einem trockenen Fleck, doch die Pfütze hatte sich schon über den ganzen Boden ausgebreitet. Und als wäre das nicht schlimm genug, hielt er selber den Druck in seiner Blase kaum noch aus.

»Mama?«, rief er.

Keine Antwort.

»Mama?«

Nichts.

Unruhig trat er von einem Bein auf das andere. Seine Füße platschten in der Pfütze. Vielleicht, dachte er verzweifelt, sollte er sich wie seine Schwester in dem Wandschrank erleichtern. Es spielte keine Rolle mehr ... Nein, das war ekelhaft, das kam nicht in Frage, auf keinen Fall.

Aber was, wenn ihre Mutter sie nicht bald befreite?

Widerstrebend dachte Max an seinen Vater. Vieles von dem, woran er sich erinnerte, wollte er am liebsten vergessen, die Schreie, die Schläge, die Tränen. Dennoch wünschte er sich jetzt seinen Vater herbei.

Er hätte Max erzählen können, was zu tun war. Sein Vater hatte immer viel erzählt.

Dreh den Leuten nicht den Rücken zu – und vor allem nicht deinen Freunden.

Ein anderes Mal hat er gesagt: *Du kannst jeden Scheiß machen ...*

Man darf nicht Scheiße sagen, hatte ihre Mutter ihn unterbrochen. Damals hatte sie sich noch getraut, ihn zu unterbrechen.

Meinetwegen, hatte er lachend geantwortet. *Du kannst jeden Mist machen ...*

Und Mist ist auch nicht viel besser!

Ja, ja, was ich dir sagen möchte: Du kannst alles machen, nur eines nicht – fahre niemals ohne Ticket mit der Bahn.

Später hatte er noch hinzugefügt: *Denn Polizei ist niemals gut.*

Vieles von dem, was sein Vater erzählte, hatte Max nie begriffen. Weshalb er ihm häufig auch nicht richtig zugehört hatte.

Doch jetzt war Max eingesperrt in einer Kammer, die ekelhaft nach Klo stank. Er zappelte nervös herum, weil sein Pullermann sich anfühlte, als würde er zerreißen. Jetzt wünschte sich Max, er hätte seinem Vater besser zugehört. Denn manchmal hatte er auch davon erzählt, wie man Türen öffnete und Schlösser entriegelte.

Max versuchte sich daran zu erinnern, während er hektisch in den Umzugskisten kramte. Er bekam verklebte

Tücher zu fassen, fand ein altes Telefon mit Wählscheibe, einen Fotoapparat, Bücher und anderen Kram, dessen Bedeutung sich ihm nicht erschloss.

Was er dagegen sehr wohl begriff: Wenn er nicht bald einen Ausweg fand, würde auch er sich in die Hose machen.

Immer hektischer durchwühlte er die Kartons, zappelte wie ein Hampelmann – und hielt plötzlich einen Schraubenzieher in der Hand.

Er wandte sich zur Tür und tastete deren Schloss ab. Es war keines dieser neumodischen Schlösser mit einem kleinen, schmalen Schlüsselloch, in das nur ein kleiner, schmaler Schlüssel passte. Es besaß ein großes, rundes Loch, an dem unten ein rechteckiger Zipfel hing, der sich für Max wie ein Ziegenbart anfühlte. Er versuchte sich den Namen dieser Schlösser ins Gedächtnis zu rufen, und auch an die Ausführungen seines Vaters, mit denen der erklärt hatte, wie solche Türen ganz einfach zu öffnen waren.

Max klemmte die Schraubenzieherklinge zwischen Tür und Rahmen.

Zu knacken, so hatte es sein Vater genannt. *Ganz einfach zu knacken.*

Ellies Weinen war verklungen. Sie beobachtete ihren Bruder. Im Zwielicht der Kammer glichen ihre furchtsamen Augen zwei großen Knöpfen.

Kümmere dich um Ellie, ja?

»Weißt du«, Max schlug mit der flachen Hand auf den Griff des Schraubenziehers, »was Mama dir nicht erzählt hat?«

Seine Schwester reagierte nicht, ließ nicht einmal erkennen, ob sie seine Frage verstanden hatte.

»Das ist nicht einfach irgendeine Höhle«, immer wieder hämmerte er auf den Griff ein, »es ist eine magische Höhle.«

Ellie schwieg.

»Jeder, der sich in ihr aufhält«, er trieb die Klinge tief in den Spalt zwischen Tür und Rahmen, »bekommt magische Kräfte.«

Er war sich nicht sicher, wem er hier eigentlich Mut machen wollte: seiner Schwester oder sich selber.

»Und mit diesen magischen Kräften«, mit aller Macht stemmte er sich gegen den Schraubenziehergriff, »kommen wir aus der Höhle.«

Das Schloss knirschte. Der Rahmen splitterte. Die Tür war geknackt.

ACHT

Kalkbrenner und seine Kollegin brauchten eine gefühlte Ewigkeit bis nach Lichtenrade. Die Stadt war erwacht, ihre Straßen wie jeden Morgen verstopft.

Frustriert schrieb er eine SMS an seine Tochter. *Wird etwas später, Paps.*

Der Grimbergweg war eine Nebenstraße in einer Neubausiedlung, die man wie viele andere nach der Wende in den Berliner Außenbezirken aus dem Boden gestampft hatte. Gediegene Familienhäuser mit Garagen, Gärten, Kinderschaukeln und aufblasbaren Swimmingpools, weißgestrichenes Mittelstandsglück wie auf dem Dorf, weit entfernt von Stress und Lärm.

Die Hausnummer 13 erwies sich als verklinkerte Doppelhaushälfte. Im tadellos gepflegten Vorgarten blühten farblich aufeinander abgestimmte Rosen, Dahlien, Klatschmohn und Liguster.

Noch ehe Muth die Klingel drücken konnte, öffnete sich die Haustür. Der Mann, der ins Freie trat, war Anfang fünfzig und bereits ergraut. Das Kassengestell auf seiner Nase war das einzige ins Auge fallende Merkmal in einem ansonsten ausdruckslos schlaffen Gesicht. Über seinem Bauch spannten sich ein graues Hemd und ein dunkles Sakko. Unter seinem Arm klemmte eine Lederaktentasche.

»Herr Wopalka?«, fragte Muth.

Nur für einen kurzen Augenblick wirkte Wopalka überrascht. Dann verzog sich sein Gesicht, als sei ihm die Bedeutung seiner beiden Besucher klargeworden.

Kalkbrenner stellte sich trotzdem vor. »Ist Ihr Sohn Gregor zu Hause?«

»Nein, tut mir leid.«

»War er die ganze Nacht nicht da?«

»Ja.«

»Wie lange ist er schon weg?«, hakte Kalkbrenner noch einmal nach.

»Das weiß ich nicht.«

»Möchten Sie nicht wissen, warum wir hier sind?«

Wopalka atmete durch. »Was hat er wieder angestellt?«

»Alexander?« Eine Frau tauchte im Türrahmen auf. »Hast du was ... Oh!« Sie bemerkte die beiden Beamten und raffte ihren Morgenmantel enger um die Brust. Ihre Füße steckten in Birkenstocks, ihr Haar war unfrisiert, ihr Gesicht noch vom Schlaf zerfurcht.

»Marga«, sagte ihr Mann. »Das ist die Polizei. Es geht um Gregor. Mal wieder.«

»Was ...«, ihre Stimme klang belegt, »was ist mit ihm?«

»Wir möchten mit ihm reden«, antwortete Kalkbrenner.

Erneut atmete Alexander Wopalka angestrengt durch. »Wie gesagt, er ist nicht hier. Und jetzt muss ich leider ...«

»Warum?«, unterbrach ihn seine Frau. »Warum wollen Sie mit ihm reden?«

»Marga, bitte ...«

»Ich möchte es gerne wissen.«

»Du kannst sowieso nichts daran ändern.«

»Trotzdem!«

»Der Junge ist alt genug. Er weiß, was er tut. Und wird die Konsequenzen tragen müssen.«

»Wissen Sie, wo er sich befindet?«, fragte Kalkbrenner.

»Nein.«

»Hat er eine Arbeit?«

»Was glauben Sie denn?«

»Alexander!«, zischte Marga Wopalka.

Ihr Mann wich ihrem Blick aus. »Wenn sonst nichts mehr ist«, er presste die Aktentasche an seine Brust, »würde ich jetzt gerne zur Arbeit. Ich bin spät dran und will die Bahn nicht verpassen.« Ohne ein weiteres Wort zu seiner Frau hastete er zur Straße und war gleich darauf verschwunden.

Marga Wopalka lächelte gequält, während die Sorge ihr noch tiefere Falten ins Gesicht grub. »Was wollen Sie von Gregor?«

»Dürfen wir hereinkommen?«

Unentschlossen nestelte sie am Gürtel ihres Morgenmantels. Dann schlurfte sie voran ins Haus.

Das Wohnzimmer war im Landhausstil eingerichtet, die Bilderrahmen an der Wand, der Schrank, der Esstisch und die Stühle aus weißem Holz gefertigt, sogar der Kronleuchter aus weißem Glas. Alles war sorgsam drapiert, die geklöppelte Tischdecke auf dem Couchtisch, das Stövchen mit der Teekanne, daneben eine dampfende Teetasse, eine Keramikvase mit gelben Rosen. Selbst der sorgsam gefalteten Baumwolldecke auf der Sofakante sah man an, dass sie nicht zufällig dort lag.

Als Kalkbrenner sich setzte, vibrierte sein Handy in der Hosentasche. Er ignorierte es und fragte: »Frau Wopalka, wann haben Sie Ihren Sohn das letzte Mal gesehen?«

»Vorgestern Abend, glaube ich. Könnte auch noch Nachmittag gewesen sein. Er kommt und geht.« Sie nahm die Teetasse in die Hand, stellte sie aber gleich darauf wieder ab. »Es stimmt schon, er ist ja alt genug.«

»Glauben *Sie* das auch?«

Ihr Kopfnicken wirkte wenig überzeugt. Das Haar fiel ihr ins Gesicht, wirr und von grauen Strähnen durchzogen. Ihre Finger zupften an der Tischdecke.

Muth fragte: »Wo könnte Gregor sich aufhalten?«

»Bei seinen ... Freunden.«

»Gehört Silviu Kirculescu auch dazu?«

»Ja, das ist einer seiner ... Freunde.« Das Wort kam ihr auch im zweiten Anlauf nur schwer über die Lippen. Sobald sie es ausgesprochen hatte, wich ihre Sorge der Angst. Ihre Hand glitt über die Tischdecke und befreite sie von einer Falte. Die Falten in ihrem Gesicht blieben. »Warum, sagten Sie, wollen Sie mit Gregor reden?«

»Es tut mir leid«, antwortete Kalkbrenner. »Aber wir haben seinen Freund Silviu heute Morgen tot aufgefunden.«

Marga Wopalka schnappte nach Luft. »Ist Gregor auch ...«

»Nein, es gibt nichts, was darauf hindeutet.«

»Aber sicher sind Sie sich nicht?«

»Würden wir sonst mit ihm sprechen wollen?«

»Warum? Hat er was mit Silvius Tod zu tun?« Gregors Mutter hielt ihren Blick auf Kalkbrenner gerichtet. Aus ihrem erschöpften Gesicht sprachen jahrelange, wiederholte Enttäuschungen.

»Es hat einen Unfall gegeben«, sagte er.

»Einen Unfall?«

»Ihr Sohn und sein Freund wollten einen Einbruch begehen. Dabei ist etwas schiefgegangen. Silviu kam ums Leben.«

Marga Wopalka griff erneut nach der Tasse. Ihre Hand zitterte, und Tee schwappte über den Rand. Hastig stellte sie die Tasse zurück auf den Unterteller. »Hat Gregor ...«

»Nein. Wir gehen davon aus, dass Ihr Sohn nur am Rande

beteiligt war. Um seine Rolle genau zu klären, müssen wir ihn aber sprechen.«

»Werden Sie nach ihm fahnden?«

»Wir geben ein Foto von ihm an alle Streifenbeamten im Stadtgebiet. Sie halten dann nach ihm Ausschau.« Kalkbrenner legte eine Visitenkarte auf den Tisch. »Falls Sie etwas von Ihrem Sohn hören, sagen Sie ihm bitte, er soll sich freiwillig melden. Das würde seine Lage erheblich verbessern.«

Sie nahm keinerlei Notiz von der Visitenkarte. Stattdessen zog sie ein kleines Tuch aus ihrer Morgenmanteltasche und tupfte den Unterteller ab. Dann stellte sie ihn mitsamt der Tasse neben das Stövchen, schob die Teekanne in die Mitte und zupfte die Rosen in der Vase zurecht.

Aus jeder ihrer fahrigen Bewegungen sprach ein verzweifeltes Bemühen, Ordnung zurück in ein Leben zu bringen, das ihr entglitten war. Ihr Sohn war kriminell, die Ehe mit ihrem Mann augenscheinlich ernüchtert. Einzig ihr strahlend weißes, sorgsam arrangiertes Zuhause schien ihr noch ein Gefühl der Normalität zu geben.

Während Kalkbrenner sich verabschiedete, empfand er für einen kurzen Augenblick Mitleid mit ihr.

Aber was nicht zu ändern ist, ist nicht zu ändern. Ein weiteres seiner kleinen Helferlein.

Auf dem Weg zur Straße las er die SMS, die eingetroffen war. *Kein Problem, Paps, nur ist der Kaffee dann kalt :-) Kussi.*

In seinem Wagen hatte Bernie es von der Rückbank auf den Beifahrersitz geschafft. Aufgeregt zappelte er herum. Die Plastiktüte hatte sich in den Fußraum entleert.

»Nicht normal«, brummte Kalkbrenner und öffnete die Autotür. Der Bernhardiner flitzte zum nächstbesten Baum.

Verärgert klaubte Kalkbrenner die Bücher zusammen,

fegte Hundehaare von ihren Titelbildern und glättete Knickfalten.

Als er nach der Trennung von seiner Frau in eine neue Wohnung gezogen war, hatte er nur wenige Erinnerungsstücke mitgenommen. Die Kinderbücher waren ein Teil davon gewesen. Damals hätte er keinen bestimmten Grund dafür benennen können, warum er ausgerechnet diese Bücher eingepackt hatte und nicht die Romane, die die vergangenen fünfzehn Jahre in den Regalen verstaubt waren, ein Großteil von ihnen ungelesen, weil ihm die Zeit dazu gefehlt hatte. Nach dem Umzug hatte er die Bücher nicht einmal aus den Kisten ausgeräumt. Mittlerweile glaubte er allerdings zu wissen, dass –

»Also«, riss Muth ihn aus seinen Gedanken, »ich reiche den Fall ans Einbruchsdezernat weiter, und du fahr endlich zu deiner Tochter.«

NEUN

Zoe sah den jungen Mann erwartungsvoll an.

Statt einer Antwort fragte er: »Was soll das heißen?«

»Was meinst du?«

»Deine Frage! Was mit dir passiert ist!«

»Weil ich ...«, sie wartete, während ein weiterer Zug über die Brücke donnerte. »Weil ich keine Ahnung habe, was geschehen ist.«

»Äh, da waren gerade drei Typen, die dich ...«

»Nein, vorher, bevor diese Scheißkerle aufgetaucht sind. Und bevor ich in dieser Gasse erwacht bin.«

Der junge Mann schwieg. Noch immer war er nur ein Schemen im Zwielicht der Gasse, sein Gesicht verborgen in den Schatten, die das Licht seiner Taschenlampe warf. Dennoch spürte Zoe seinen skeptischen Blick.

»Hast du tatsächlich hier gepennt?« Die Abscheu in seiner Stimme war nicht zu überhören.

Sie selbst fröstelte bei der Vorstellung, zwischen dem stinkenden Unrat geschlafen zu haben. »Ich ... ich glaube schon, aber ... ich weiß es nicht. Ich weiß gar nichts! Nicht, wie ich hierhergekommen bin, was geschehen ist und ...«

»Soll das heißen, du kannst dich an nichts erinnern?«

»Sag ich doch.«

»Rein gar nichts?«

Zoe zögerte, während sie an die Katze dachte, die mit ihr geschmust hatte. *Missy*! Der Name war ihr spontan eingefallen, er klang vertraut in ihren Ohren, dennoch blieb er ihr fremd. Das war merkwürdig und beängstigend, genauso wie der eigenartige Alptraum.

Davon war nicht die Rede!

Dieser Panikschrei, dazu das blutige Gesicht, ihre eigene Angst – das alles fühlte sich real an, *verdammt real.* Waren das gar keine Traumfetzen, sondern winzige Splitter einer Erinnerung?

»Ich weiß gar nichts«, sagte sie schließlich.

»Auch nicht, wie du heißt?« Der junge Mann klang amüsiert.

»Doch, Zoe.«

»Na bitte!«

»Aber nur, weil du es mir gerade gesagt hast.«

»Ach so, ja, das ist ... Moment mal, also weißt du auch nicht, wer ich bin?«

»Verrate es mir.«

»Das ist ja witzig.« Er lachte.

Zoe fand nichts daran lustig. Verärgert stand sie auf. Mühsam hielt sie sich auf den Beinen. Sie verspürte Muskelkater, als hätte sie einen langen Marsch absolviert. Außerdem schien sie überall am Körper kleinere Verletzungen zu haben, blaue Flecke und Schürfwunden, deren Brennen sie erst jetzt, da sie aufrecht stand, spürte. War sie gestürzt?

Sie hielt sich an der Mauer fest, die erbebte, als erneut ein Zug über die Gasse hinwegfuhr. Als wieder Ruhe einkehrte, fragte sie: »Also?«

»Hä?«

»Wie heißt du?«

»Ach so«, noch immer erheitert nahm er seinen Rucksack vom Rücken. »Nenn mich einfach Gee.«

»Gee?«

»So nennen mich alle.«

»Gee«, sagte sie. Und noch einmal: »Gee.« Auch bei der dritten Wiederholung löste der Name keine Reaktion in ihr aus. In ihrem Kopf waren nur Schmerzen. Und ein großes, schwarzes Loch.

»Und?«, fragte sie. »Weißt du, was mit mir passiert ist?«

Gee knipste die Taschenlampe aus, warf sie in seinen Rucksack und schulterte ihn. »Komm mit.«

»Wohin?«

»Ich denke, du willst wissen, was los ist?«

Zoe rührte sich nicht vom Fleck. Dieser Gee kannte sie zweifellos, woher sonst hätte er ihren Namen wissen sollen? Obendrein hatte er sie vor den besoffenen Typen beschützt. Wenn er nicht rechtzeitig erschienen wäre ...

Aber wieso ist er überhaupt in der Gasse aufgetaucht?

Hatte er nach ihr gesucht? Warum? Wieso hatte er gewusst, wo sie sich befand? Und weshalb sagte er nicht einfach, was ihr widerfahren war?

Gee befand sich bereits auf dem Weg zur Straße. Er telefonierte mit seinem Handy, war allerdings zu weit entfernt, als dass Zoe hätte verstehen können, was er sagte. Nachdem er aufgelegt hatte, drehte er sich zu ihr um. »Kommst du?«

Sie hatte keine andere Wahl. Sie wollte herausfinden, was geschehen war. Sie musste wissen, wer sie war. Aber ein Bauchgefühl riet ihr, vorsichtig zu sein.

Langsam folgte sie Gee aus der Gasse. Der Wind schlug ihr ins Gesicht, kroch unter ihr flatterndes Shirt, krallte sich an ihre zerschundene Haut.

Schlotternd vor Kälte sah sie sich um. Auf der Straße rauschte der Verkehr. Kaum einer der Passanten auf dem

Bürgersteig beachtete sie, und die, die es taten, rümpften die Nase und wichen ihr aus. »Wo sind wir?«

»In Berlin.«

»Das weiß ich.«

Dass sie sich in Berlin befand, war ihr tatsächlich die ganze Zeit über bewusst gewesen, auch wenn sie nicht sagen konnte, warum. Ein Stück die Straße rauf sah sie das Hotel *Park Inn*, daneben das Berolinahaus. Der Fernsehturm bohrte sich in den Wolkenhimmel. Demnach befand sie sich unweit des Alexanderplatzes.

Immerhin, sie erkannte die Gegend wieder. Demnach war ihr Schädel nicht vollständig entleert. Ein Teil ihres Gedächtnisses war nach wie vor vorhanden.

Während sie neben Gee herlief, beäugte sie ihn aus dem Augenwinkel. Er war keine dreißig, mindestens anderthalb Köpfe größer als sie. Seine Haare hatte er bis auf wenige Millimeter geschoren. Die Kopfhaut war gerötet, als hätte er sich erst vor kurzem rasiert.

Zoe stellte ihn sich mit längeren Haaren vor, aber sein Gesicht blieb ihr ebenso fremd wie sein Name.

»Wohin gehen wir?«, fragte sie.

»Wir treffen einen Freund.«

»Hast du gerade mit ihm telefoniert?«

»Er erwartet uns.« Gee wies zu den Parkplätzen auf dem Mittelstreifen. Ein älterer, graumelierter Mann lehnte am Kotflügel eines Audi, die Arme vor der Brust verschränkt. »Erkennst du ihn?«

»Sollte ich?«

»Also nicht?«

»Nein.«

»Er wird dir helfen.« Gee blieb vor einer roten Fußgängerampel stehen.

Zoes Zweifel wuchsen. Wieso machte Gee aus allem ein Geheimnis? Und weshalb beschlich sie bei dem Anblick des alten Mannes ein ungutes Gefühl?

Die Ampel sprang auf Grün. Zögernd lief Zoe los.

Drüben stieß sich der Mann lächelnd von seinem Audi ab. Auf dem Armaturenbrett schaukelte ein rot-weißer Gegenstand. Eine Polizeikelle.

Zoes Unbehagen steigerte sich zu Angst. Sie wurde langsamer.

Gee drehte sich nach ihr um. »Worauf wartest du?«

»Dein Freund«, sie blieb mitten auf der Straße stehen. »Ist er Polizist?«

»Na und?«

Hau ab!, schrie eine Stimme in ihr.

Sie zögerte.

Sofort!

Das Lächeln des Mannes drüben vor dem Auto erlosch.

»Zoe!«, rief Gee.

Sie rannte davon.

ZEHN

Kalkbrenner fand einen Parkplatz in der Wiener Straße.

Auf der Rückbank war Bernie kaum noch zu zügeln. Er kläffte, während sein Schwanz im Takt der Musik gegen die Fensterscheibe klopfte.

Im Radio lief *Comin' back to me* von Jefferson Airplane.

Die Stadt mochte unüberschaubar, hektisch und schmutzig sein, aber sie hatte auch ihre Vorzüge. Einer davon waren die unzähligen Nischensender. Für jeden Geschmack und jede Stimmung die richtige Musik – gute, alte Rockklassiker zum Beispiel, die Erinnerungen weckten.

Kalkbrenner griff nach dem Buch, das wieder zuoberst in der Plastiktüte auf dem Beifahrersitz lag. *Gehen wir heim, kleiner Bär.* Noch mehr Erinnerungen.

Er wusste nicht mehr, wann oder gar wo er das Buch gekauft hatte. Woran er sich allerdings ganz genau erinnerte, war, wie oft seine Tochter ihn mit leuchten Augen angebettelt hatte, ihr daraus vorzulesen. Und wie sie auch nach dem hundertsten Mal noch ihre kleinen Finger ängstlich in die Bettdecke krallte, während der Bär sich im Wald drehte, nach allen Seiten umschaute und sich fragte, was das für unheimliche Geräusche waren.

You came to stay, sang Signe T. Anderson, *and live my way.*

In die Musik mischte sich das Klingeln seines Handys.

»Hallo, Jessy.«

»Soll ich dir das Frühstück im Auto servieren, Paps, oder

worauf wartest du?« Seine Tochter stand auf dem Balkon ihrer Wohnung.

Er winkte ihr. »Also wenn du mich so fragst ...«

»Vergiss es, ich bin schwanger und muss mich schonen.«

»Und ich bin alt und ...«

»... wenn du noch länger rumdiskutierst, ist der Kaffee wieder kalt.« Sie verschwand vom Balkon.

Kaum war Kalkbrenner aus dem Wagen, löste sich ein Mann aus einem der benachbarten Hauseingänge. »Hey, wanna dope? Or coca?«

»Nein.«

»You can try? It's good stuff and ...«

»Gibt's auch einen Polizeirabatt?« Kalkbrenner zückte seinen Dienstausweis. In derselben Sekunde war der Mann verschwunden, und mit ihm zwei Dutzend anderer Gestalten, die sich in der Wiener Straße herumtrieben.

Kalkbrenner nahm die Plastiktüte und eilte mit Bernie ins Haus. Um ein Haar rannte der aufgedrehte Bernhardiner Jessy über den Haufen. Nur mit Mühe konnte sie sich auf den Beinen halten. Ihr kugelförmiger Bauch hatte noch einmal an Umfang zugelegt, darüber konnte auch ihr schlabbriges *Vancouver*-T-Shirt nicht hinwegtäuschen, ein Souvenir aus ihrem letzten gemeinsamen Urlaub.

Sie begegnete dem Blick ihres Vaters. »Sei bloß still.«

»Was immer du glaubst ...«

»Glauben? Ich weiß es! Ich seh's an deinem Blick.«

»Mich hat gerade wieder ein Dealer angequatscht.«

»Lenk nicht vom Thema ab.«

»Ich bin froh, dass du von hier fortziehst.«

»So schlimm ist es gar nicht.«

Es ist noch viel schlimmer, dachte Kalkbrenner, sprach es aber nicht aus.

Wegen der vielen Restaurants, Bars und Discotheken galt die Gegend inzwischen als angesagter Kiez, aber sie lag auch in unmittelbarer Nähe zum Görlitzer Park, den sich die afrikanischen Dealer aufgeteilt hatten und dort nahezu unbehelligt Marihuana und härteren Stoff verkauften. Das zog nicht nur die Rucksacktouristen an, sondern vor allem Junkies. Schlägereien, Messerstechereien und Razzien gehörten zur Tagesordnung.

Aber seine Arbeit war nichts, worüber er mit seiner Tochter sprechen wollte. Das war schon immer so gewesen, und daran wollte er nichts ändern, erst recht nicht, seit sie schwanger war. Vor wenigen Wochen hatte sie ihn wissen lassen, dass sie einen Sohn erwartete. *Meinen Enkelsohn.* Kalkbrenner konnte sein Glück kaum fassen.

Nur eines bereitete ihm Sorge. »Wo ist dein Freund?«

»Leif ist nicht da.«

»Ist alles in Ordnung zwischen euch?«

»Paps, bitte, kannst du damit aufhören?«

»Aber ...«

»Immer stellst du die gleiche Frage, wenn Leif mal nicht da ist.« Jessy stöhnte. Aus der Küche erscholl Bernies ungeduldiges Kläffen. »Wie oft soll ich's dir noch sagen? Ja, inzwischen freut er sich auf das Baby. Ja, er zieht mit mir nach Paris. Ja, er bereut sein Verhalten. Und nein, wir haben uns nicht gestritten. Er musste nur arbeiten – unerwartet. Und dafür solltest gerade du doch Verständnis haben, oder?«

Sie hielt sich den Bauch, als sie sich zur Küche abwandte. Angestrengt verzog sie ihr Gesicht, während sie dem Bernhardiner einen Wassernapf auf den Boden stellte.

Sie deutete auf die Plastiktüte in der Hand ihres Vaters. »Nach Brötchen sieht mir das nicht aus.«

»Oh ...«

Mit einem Seufzen entnahm Jessy dem Kühlschrank eine Packung Aufbackbrötchen. »Nur gut, dass ich dich kenne.«

»Ist das ein Lob?«

Sie legte die Brötchen in den Backofen. »Solange du *mich* am Donnerstagmorgen nicht vergisst ...«

»Was ist am Donnerstag?«

»Paps!«

Er zwinkerte. »Natürlich bringe ich dich zum Bahnhof.«

»Wenn's dir lieber ist, kann ich Mama fragen.«

»Nein, ich hab's dir versprochen.« Er hielt sein Handy hoch. »Und damit ich es auf gar keinen Fall vergesse, habe ich's mir in meinem Timer notiert, den Wecker gestellt – und außerdem eine App installiert, die mich noch mal extra erinnert.«

Jessy verdrehte die Augen, während sie die Kaffeemaschine mit Wasser füllte und Pulver in den Filter gab. »Hast du mal wieder mit ihr gesprochen?«

»Mit Mama? Nein. Wie geht es ihr?«

»Ganz gut.«

Er hatte da so seine Zweifel. Bis heute hatte seine Exfrau die Scheidung nicht verwunden. Aber das war ein weiteres Thema, das er mit seiner Tochter nicht bereden wollte.

Das Schlabbern, mit dem der Bernhardiner aus dem Wassernapf trank, füllte die Stille, die sich in der Küche ausgebreitet hatte.

Jessy fragte: »Und wie steht es um Oma?«

»Ich hab's heute nicht mehr zu ihr ins Pflegeheim geschafft.«

»Dann wärst du halt später gekommen.«

»Noch später?«

Jessy lehnte sich an die Anrichte. »Ich werde sie heute Mittag mal besuchen, okay?« Nachdenklich strich sie mit der Hand über ihren Bauch. »Glaubst du, Oma wird es schaffen bis zur Geburt? Und noch länger?«

»Es geht ihr immer schlechter.«

»Ich würd's mir wünschen.« Jessy stieß sich von der Anrichte ab. »Auch für Henry.«

»Ich mir auch.« Kalkbrenner folgte ihr hinaus auf den Balkon. Nach nicht einmal zwei Schritten blieb er stehen. »Moment mal! Wer ist Henry?«

ELF

Max drückte mit aller Kraft gegen die Tür. Sie gab nur wenige Millimeter nach. Erbost tastete er das Schloss und den zerbrochenen Rahmen ab.

Oh Mann, wieso ging die blöde Tür nicht auf?

Er konnte kaum noch einen klaren Gedanken fassen, so heftig war der Druck in seiner Blase. Trotzdem fiel ihm das Regal ein, das seine Mutter auf der anderen Seite vor die Küchenwand geschoben hatte. Er stemmte sich mit seiner Schulter gegen die Tür, rutschte mit seinen nackten Füßen in der Pfütze aus und schlug sich den Ellbogen an. Fluchend trat er gegen einen Pappkarton.

Seine Schwester schrie erschrocken auf.

Und manchmal ist es besser, du benutzt deine Beine, war ein weiterer Ratschlag seines Vaters gewesen, den Max nicht verstanden hatte. Jetzt glaubte er zu begreifen.

Schnaufend schleifte er die Kiste beiseite und setzte sich dann auf den Boden. Die Pfütze, die Ellie hinterlassen hatte, durchnässte augenblicklich seine Schlafanzughose. *Egal …* Er lehnte sich mit dem Rücken an die Wand und trat mit voller Wucht gegen die Tür. Der Knall dröhnte in der winzigen Kammer. Ellie presste ihre Hände auf die Ohren, während Max immer wieder gegen die Tür stampfte. Mit jedem Tritt stieß er sie ein Stückchen mehr auf, bis der Spalt breit genug war, dass er hindurchschlüpfen konnte.

Die durchnässte Hose klebte an seinem Hintern, während er einen vorsichtigen Blick in die Küche warf.

Der Stuhl lag nach wie vor am Boden, daneben eine zersplitterte Obstvase, die Lieblingsschüssel seiner Mutter. Die Scherben waren blutverschmiert.

Der Anblick erinnerte ihn an Sachen, die Max eigentlich für immer vergessen wollte. Am liebsten hätte er sich wieder in die Kammer verkrochen, die Tür geschlossen und auf seine Mutter gewartet.

Wir spielen ein Spiel, ja?

Sein Pullermann drohte jeden Augenblick zu zerplatzen.

»Warte hier!«, sagte er.

»Max«, rief Ellie, »nein …«

Er lief los und vermied einen Blick auf das Chaos in der Küche. Im Badezimmer raffte er sein Schlafanzugoberteil bis zur Brust, schob die versiffte Hose auf die Knöchel und ließ sich auf den Toilettensitz plumpsen.

Er schauderte. Oh Mann, eine Erleichterung, die er zuletzt verspürt hatte, als seine Mutter ihm erklärt hatte, dass sein Vater nie wieder nach Hause kommen würde.

Aber stimmte das? Oder war sein Vater heute zurückgekehrt?

Es war nicht der erste Stuhl, den er auf dem Boden liegend vorgefunden hatte. Nicht die erste Schüssel, die zu Bruch gegangen war. Und nicht der erste Blutfleck, der sich auf den Fliesen verteilt hatte.

Beklommen drückte er die Klospülung.

Auf der Schwelle zur Diele blieb er stehen. »Mama?«

Weil keine Antwort kam, ging er bis vor ihr Schlafzimmer. »Mama?«

Sie reagierte nicht. Dass die Schlafanzughose wieder an

seinem Po klebte, kümmerte ihn nicht mehr. Mit einem Kloß im Hals tat Max einen Schritt in das Zimmer.

Das Bett seiner Mutter war aufgewühlt. Auf dem Teppich lag eine ihrer bunten Leggins. Ein Hackenschuh war aus dem offenen Kleiderschrank gefallen. Aber seine Mutter war nicht da.

Max war zunächst erleichtert, weil er nicht das vorfand, was er befürchtet hatte. Schon Augenblicke später aber wich seine Erleichterung der Besorgnis. Wenn sich seine Mutter nicht in ihr Bett zurückgezogen hatte mit Tränen, Blutergüssen und Schmerzen, so wie früher – wo war sie dann?

Er warf einen Blick in Ellies Zimmer, danach in sein eigenes. Seine Mutter blieb verschwunden. Wo konnte sie bloß sein?

Im Wohnzimmer trat er vor die Tür. Obwohl er wusste, dass seine Mutter nicht auf dem Balkon sitzen würde, hoffte er inständig das Gegenteil. Der wackelige Gartenstuhl war ihr Lieblingsplatz, seit sie die Wohnung bezogen hatten, seit endlich alles gut geworden war. Meist verbrachte sie dort ihre Abende.

Dort finde ich etwas Frieden und Stille, sagte sie manchmal, kurz bevor sie das Licht in Max' Zimmer löschte, *wie im Märchenwald.* Dann zwinkerte sie, lächelte und ging hinaus auf den Balkon. Rauchte eine Zigarette. Trank heißen Tee. Telefonierte mit ihrer Freundin. Oder mit ihrem Vater.

Max blieb wie angewurzelt stehen.

Und geht zu Opa, hatte seine Mutter gesagt.

ZWÖLF

Kalkbrenner wiederholte den Namen. »Henry.« Und noch einmal, als würde er die Bedeutung dieses Wortes erst dann verstehen, wenn er es oft genug ausgesprochen hatte. »Henry.«

Seine Tochter sah ihn aufmerksam an.

Auf dem Bürgersteig unter dem Balkon stritten sich zwei Frauen. Ihr Gekeife übertönte das Knattern eines Mofas.

»Wer ist auf den Namen gekommen?«, fragte Kalkbrenner. »Du oder Leif?«

»Gefällt er dir nicht?«

»Doch, natürlich«, antwortete er schnell, als er Jessys Verunsicherung bemerkte. Auch der Bernhardiner schien es zu spüren und drückte wie zum Trost seine haarige Schnauze an ihr Bein.

»Der Name gefällt mir«, bekräftigte Kalkbrenner. »Sehr sogar.«

»Paps!«

»Ehrlich.«

Jessy musterte ihren Vater. Als ihr klarwurde, dass er seine Worte aufrichtig meinte, entspannte sie sich. Sie streichelte Bernie die Ohren. »Und ich dachte schon ...«

»Nein«, unterbrach Kalkbrenner. »Wusstest du nicht, dass auch mein Vater so hieß?«

»Ich dachte, Opa hieß Fritz?«

»Fritz Henry.«

»Das hast du nie erwähnt.«

»Allein deswegen kann ich mir keinen schöneren Namen für meinen Enkel vorstellen.«

Erleichtert sank Jessy auf einen der beiden Balkonstühle. Der Bernhardiner bettete seine Schnauze auf ihren Oberschenkel und beobachtete sie, wie sie ihren kugelrunden Bauch streichelte.

Von irgendwo erklang das Heulen eines Rettungswagens.

Kalkbrenner setzte sich seiner Tochter gegenüber. Der Frühstückstisch war mit Marmelade, Nutella, Tomaten, Gurkenscheiben, Aufschnitt, mit Frischkäse gefüllten Paprikaglocken sowie Rührei gedeckt – und mit Sahnemeerrettich, den er so gerne aß.

Gefällt er dir nicht?

Während er die Plastiktüte mit den Büchern neben sich abstellte, wurde ihm bewusst, wie wichtig seiner Tochter seine Meinung war. Das war nicht immer so gewesen.

»Was ist da in der Tüte?«, fragte sie und häufte Rührei, Tomaten und einige Gurkenscheiben auf ihren Teller.

»Bücher.«

»Paps, ich bin schwanger, aber nicht blind.« Mit der Gabel spießte sie eine Paprikaglocke auf und schob sie sich in den Mund.

Er reichte ihr die Tüte.

Kauend warf sie einen Blick auf die Bücher. »Sind das etwa …?« Sie verschluckte sich und hustete. »Das ist ja …« Sie zeigte ihm ihr Lieblingsbuch. *Gehen wir heim, kleiner Bär.* »Du? Du hattest das Buch? Ich habe es vor kurzem erst im Haus bei Mama gesucht.«

»Ich hatte es mit allen anderen beim Umzug eingepackt.«

»Warum?«

Die gleiche Frage hatte er sich auch gestellt. Er zuckte

mit den Schultern. »Wahrscheinlich, damit ich sie irgendwann auch meinem Enkel vorlesen kann.«

»Das ist so …«, Jessy stemmte sich aus ihrem Stuhl und verpasste ihrem Vater einen schmatzenden Kuss auf die Wange. »Paps, du bist der Beste.«

Sein Blick verschwamm. Hastig wischte er sich die Träne aus dem Augenwinkel. Er war froh, dass seine Tochter es nicht mitbekam, weil sie wieder auf ihrem Stuhl saß und sich begeistert durch die Bücher wühlte.

Er ging in die Küche, füllte die Kaffeetassen und entnahm dem Backofen die knusprigen Brötchen. Zurück am Tisch belegte er sie mit Aufschnitt und Meerrettich, schlürfte heißen Kaffee und ließ sich dabei die Sonne auf die Nase scheinen. Es war tatsächlich ein prächtiger Spätsommertag geworden, und Kalkbrenner fühlte sich entspannt und glücklich.

Bis sein Handy klingelte. »Ja, bitte?«

»Herr Kalkbrenner«, tönte Dr. Salm, der Dezernatsleiter und Kalkbrenners Chef. »Sind Sie noch lange mit dem Einbruch beschäftigt?«

»Wieso?«

»Es ist doch ein Unfall, oder?«

»Ist es. Die Kollegen vom Einbruchsdezernat übernehmen.«

»Gut, es gibt nämlich einen weiteren Fall.«

Kalkbrenner biss in sein Brötchen.

»Und ich rufe Sie an, weil ich Sie ausdrücklich ermahnen möchte, diesmal die Presse aus der Sache rauszuhalten.«

»Wollen Sie mir unterstellen, dass ich …«

»Ich will Ihnen gar nichts unterstellen. Ich fordere Sie auf, für Verschwiegenheit zu sorgen!«

»Worum geht es überhaupt?«

»Das schauen Sie sich besser an.«

»Das höre ich heute schon zum zweiten Mal.«

»Wie bitte?«

»Wo ist der Tatort?«, wich Kalkbrenner aus.

Dr. Salm nannte eine Adresse im Wedding und beendete das Gespräch.

Kalkbrenner verzehrte den Rest seines Brötchens. Der Appetit war ihm vergangen.

Jessy schaute von ihren Büchern auf. »Die Arbeit?«

»Tut mir leid.«

»Kein Problem, Paps.«

»Ehrlich?«

»Wie ich schon sagte«, sie lächelte, »ich kenn dich doch.«

Ihr Lächeln versetzte ihm einen plötzlichen Stich ins Herz.

»Paps, alles okay?«

»Natürlich.« Er trank seinen Kaffee, während er um Worte rang. »Es ist nur, also …« Es gab so vieles, was er ihr gern gesagt hätte in diesem Moment, aber über seine Lippen kam nur: »Kann ich Bernie bei dir lassen?«

DREIZEHN

Zoe rannte so schnell sie konnte.

»Verdammt«, brüllte eine zornige Stimme quer über die Straße. »Haltet sie auf!«

Passanten blieben stehen, drehten sich um. Zoe wich ihnen aus und warf einen Blick über die Schulter. Gee war ihr dicht auf den Fersen. Ein weiterer Typ, größer und kräftiger, löste sich aus einem Hauseingang und nahm ebenfalls die Verfolgung auf.

Schneller, trieb sie sich an, *noch schneller!*

Sie ignorierte ihre Kopfschmerzen, die stechenden Wunden auf ihrer Haut, den Muskelkater in ihren Beinen und legte noch einmal an Tempo zu.

Trotzdem kamen ihre Verfolger näher.

Verdammt!

Vor einem Lkw tat sich eine Lücke auf.

Zoe sprang vom Bürgersteig und überquerte die Straße. Eine Hupe dröhnte wütend in ihren Ohren. Egal, durch das waghalsige Manöver waren Gee und der andere Kerl um einige Meter zurückgefallen. Doch Zoes Kräfte ließen nach. Ihr ganzer Körper brannte. Ihre Lunge rasselte.

Sie bog in die erstbeste Seitenstraße ein, wich Baustellenbarken aus, überwand aufgerissenes Straßenpflaster – schnell, aber nicht schnell genug.

Das Schnaufen ihrer Verfolger kam wieder näher.

Die Straße mündete in den Alexanderplatz. Scharfer

Wind peitschte ihr ins Gesicht. Sie spürte die Kälte nicht. Sie bekam kaum noch Luft.

Lauf weiter!

Jeder Schritt war eine Qual, trotzdem lief sie weiter. Sie schlängelte sich vorbei an Passanten mit Einkaufstüten, einer Horde Punks, Skatern, Touristen. Eine japanische Reisegruppe bestaunte die Weltzeituhr.

Zoe biss die Zähne aufeinander, steuerte auf das Bahnhofsgebäude zu und riskierte dabei einen Blick über die Schulter.

»Vorsicht!«, brüllte jemand.

Erschrocken sah sie wieder nach vorne. Ein Fahrradfahrer riss seinen Lenker herum, geriet ins Schlingern und krachte zu Boden.

Zoe sprang über ihn hinweg. Sie wich einem Skater aus, überwand die Straßenbahnschienen und tauchte endlich in das hektische Gewusel im Bahnhof.

Oben fuhr eine S-Bahn ein.

Zoe zwängte sich an den Pendlern vorbei die Stufen hinauf. Sie prallte gegen Schultern, Ellbogen, Taschen und Koffer. Sie fühlte keinerlei Schmerz mehr, nur noch Erschöpfung.

Du schaffst das, nur noch ein paar Meter!

Sie stolperte auf den Bahnsteig. Auf der einen Seite stoppte eine S-Bahn. Auf der anderen kündigte die Hinweistafel den nächsten Zug in fünf Minuten an. Hinter ihr spurtete Gee die Treppe hoch. Sie stürzte dem Ausgang am anderen Bahnsteigende entgegen. Dort tauchte ihr anderer Verfolger auf.

Verdammt!

Am Fahrstuhl glitten die Türen auseinander. Eine Frau mit Kinderwagen trat heraus. Ihr folgten zwei Nonnen.

Zoe sprang in die Kabine und drückte die Taste.

Gee war nicht mehr weit entfernt. Auch der andere Kerl stürzte auf sie zu.

»Los doch, los!« Wie verrückt hämmerte Zoe auf die Taste ein.

Quälend langsam schlossen sich die Türen. Dann waren sie endlich dicht. Gee stand draußen, schlug wütend mit der Faust gegen das Glas.

Der Fahrstuhl senkte sich hinab.

Mit dem Rücken fiel Zoe gegen die Kabinenwand. Ihr Herz pochte hinauf bis zum Hals. Ihr Atem ging stoßweise. Sechs, sieben Sekunden blieben ihr zur Regeneration, viel zu wenig.

Als der Aufzug unten stoppte und sie ins Freie ausspuckte, fühlten sich ihre Beine weich wie Pudding an. Sie stolperte vor Dunkin' Donuts nach links, wich einem Obdachlosen aus, der es sich in einem Schlafsack bequem gemacht hatte. Sie wankte bis zur Straße, wandte sich nach links und überquerte eine Fußgängerampel, die zum Glück Grün zeigte. Erst als sie den Eingang zur U-Bahn erreichte, wagte sie einen Blick zurück.

Von ihren Verfolgern war weit und breit nichts zu sehen.

So schnell es ging, quälte sie sich die Treppe hinab in den Untergrund. Die U-Bahn fuhr ein. Erleichtert taumelte sie in einen Waggon.

VIERZEHN

Kalkbrenner schaute empor zum Balkon. Lächelnd winkte seine Tochter mit einem der Kinderbücher.

Paps, du bist der Beste.

Noch immer verspürte er den Stich in seiner Brust.

»Hey, you«, ein Dealer schlurfte auf ihn zu. »Wanna weed, dude, wanna coca?«

Irritiert über das schmerzliche Gefühl klemmte er sich hinters Steuer.

Am Halleschen Ufer nahm er den Tiergartentunnel bis in den Wedding. Inzwischen war es nach Mittag, der Berufsverkehr vorüber. Er beschleunigte den Wagen, und für einen Moment kam er sich vor wie auf der Flucht, auch wenn er keinen blassen Schimmer hatte, wovor eigentlich.

In der Lüderitzer Straße reihten sich schmucklose Wohnblöcke aneinander, fünf Etagen, Balkone, rauer Putz. Die Gespenster der Sechziger – Westberlin.

Vor einem Edeka parkten der Transporter der Spurensicherung, ein Streifenwagen, ein Rettungsfahrzeug und die Zivilwagen seiner Kollegen. Die Karosserien glänzten in der Sonne, der Himmel war ein blaues Tuch.

Kalkbrenner beschloss, dass sein unangenehmes Empfinden daher rührte: weil er diesen wunderbaren Spätsommertag nicht mit seiner Tochter verbringen durfte, sondern an einem Tatort.

Hinter ihm hielt ein weiteres Fahrzeug, dem Dr. Wittpfuhl

entstieg. Der Gerichtsmediziner, im Anzug und vom Solarium tiefbraun, deutete ein genervtes Kopfnicken an.

Am Transporter der Spurensicherung erwartete sie ein Mann mit zerknitterter Bundfaltenhose, zerbeultem Jackett und ungekämmten, grauen Haaren. Im Gegensatz zu seiner nachlässigen Kleiderwahl stand sein mächtiger Schnurrbart, der zu zwei preußisch-akkuraten Speerspitzen gezwirbelt war.

»Hallo, Paul«, sagte Kriminalhauptkommissar Sebastian Berger. »Guten Tag, Herr Dr. Wittpfuhl, gut, dass Sie so schnell kommen konnten.«

»Und ich will ebenso schnell wieder weg.« Der Arzt streifte sich einen Einwegoverall über seinen Anzug, zog Überschuhe und Einweghandschuhe an. »Es ist ja nicht so, als hätte ich nichts anderes zu tun.« Er drängelte sich an zwei Uniformierten vorbei, die vor dem Eingang eines Mietshauses postiert waren.

Berger rieb sich seinen Schnauzer. »Hat dich Dr. Salm informiert?«

»Nicht über die Details.« Kalkbrenner zwängte sich ebenfalls in einen Schutzanzug, zum zweiten Mal an diesem Tag.

Sein Kollege folgte seinem Beispiel und ging voraus in das Gebäude. »Ein Ehepaar hat sich Sorgen gemacht über die Musik in der Wohnung ihres Nachbarn.«

»Was war's denn für Musik? Schlager?«

»Äh, keine Ahnung, ich denke, einfach weil die Musik zu laut war. Gestern Abend hat sich das Ehepaar noch nichts dabei gedacht, weil … Warte, ich hab's mir notiert.« Berger kramte einen Notizblock hervor und blätterte durch zerknitterte Seiten, bis er fand, was er suchte. »Anscheinend kam das öfter vor. Diesmal allerdings lief die Musik die ganze Nacht. Deswegen haben sie geklingelt um … äh, wo steht's? Ah, hier: Um halb neun heute Morgen haben sie beim Nachbarn geklingelt, der ihnen aber nicht öffnete. Um zehn haben sie es ein weiteres Mal versucht – mit dem gleichen Ergebnis. Sie begannen sich Sorgen zu machen und riefen die Polizei. Die beiden Schutzpolizeibeamten, die hergeschickt wurden, haben es auch noch einmal versucht – ebenfalls erfolglos. Das wäre selbstverständlich noch kein Grund gewesen ...«

»Schon klar«, unterbrach Kalkbrenner, »aber kommst du bitte auf den Punkt.«

»Entschuldige, also, das Ehepaar hat die Beamten überzeugt, dass ihr Nachbar die Zuverlässigkeit in Person sei und dass deshalb auch ein Radio, das die ganze Nacht liefe, durchaus ...«

»Sebastian!«

»Ja, natürlich, die Schutzpolizeibeamten haben den Hausmeister verständigt, der ihnen Zugang zur Wohnung verschaffte. Sie haben den Nachbarn reglos in der Küche gefunden und den Notarzt gerufen. Der konnte aber nur noch den Tod feststellen.«

Sie erreichten die zweite Etage, in der es drei Wohnungen gab. Zwei lagen sich gegenüber. Die Tür zur Wohnung in der Mitte stand weit offen. Ein für Kalkbrenner vertrauter Geruch drang ins Treppenhaus, nach abgestandenem Essen, einsetzender Fäulnis, nach Alter und nach Tod. In der Wohnung seiner Mutter hatte es zuletzt, kurz bevor er sie in ein Pflegeheim hatte geben müssen, ebenso gerochen.

Berger klemmte sich den Mundschutz vor den Bart und schritt durch die Diele in die Küche, in der Muth und Dr. Bodde, die Leiterin der Spurensicherung, warteten. Zwei Kriminaltechniker verschwanden gerade in eine Abstellkammer.

Die Küche schien einem Möbelhausprospekt entnommen, nicht übermäßig teuer, dennoch mit einem Blick für Qualität und praktische Belange: Die dezent-grauen Schränke und Schubladen befanden sich in Griffnähe zur Anrichte, der *Moulinex*-Mikrowelle und einem *Oranje*-Backofen. Auf den Herdplatten standen drei benutzte Töpfe, darüber baumelten von einer Stange eine Vielzahl Küchenhelfer, Schöpflöffel, Soßenlöffel, Pfannenwender, Schneebesen. An der Wand hingen zwei Bilder und eine Uhr, am Fenster stand eine Eckbank.

Der alte Mann, der dort saß, wirkte wie unter einem Krampf erstarrt. Sein gedrungener Oberkörper war nach vorne gekippt, sein Kopf auf den Teller vor ihm auf den Tisch gekracht, sein Gesicht versunken in der Soße zwischen halb verzehrten Kartoffeln, Blumenkohl und einem Bratenstück.

»Ernst-Hubert Dieppe«, sagte Berger. »58 Jahre, pensionierter Lehrer, verwitwet, alleinstehend.«

»Und beim besten Willen«, schimpfte Dr. Wittpfuhl, der neben der Leiche kniete, »da ist nichts, was auf Gewalteinwirkung hinweist. Auch kann ich keinerlei Anzeichen für eine Vergiftung erkennen.«

»Das meinte der Notarzt auch«, sagte Muth.

Der Gerichtsmediziner fuhr wütend herum. »Und warum bin ich dann hier?«

»Weil wir eine Bestätigung brauchen.«

»Also ...«

»Also, Herr Dr. Wittpfuhl«, fiel ihm Kalkbrenner ins Wort. »Woran ist der Mann gestorben?«

»Ich bin kein Hellseher. Warten Sie die Obduktion ab.«

»Was vermuten Sie?«

»Herzinfarkt«, schnaufte der Gerichtsmediziner, und

sein Mundschutz flatterte. »Schauen Sie, wie der Tote auf der Bank sitzt – in seiner Haltung verkrampft, sein Ellbogen auf dem Oberschenkel, die Hand wie nach einer plötzlichen Schmerzattacke an seiner linken Brust. Seine Finger sind blau, ein weiteres Indiz.« Der Arzt richtete sich auf, nahm den Kopf der Leiche zwischen seine Hände und hob ihn etwas an. Dieppe hatte vorspringende Augenbrauen, eine spitze Nase und ein fliehendes Kinn. »Sein Gesicht ist verkrampft, seine Lippen aufgedunsen, aber das kann auch von der Soße stammen, in der er gelegen hat.«

»Was glauben Sie, wie lange ist er schon tot?«

»Und Priester bin ich erst recht nicht.«

Kalkbrenner schwieg.

»Seit gestern Abend«, ächzte Dr. Wittpfuhl. »Oder auch Mittag.«

»Woran machen Sie das fest?«

»An seinem Teller. Das dürfte sein Abendessen gewesen sein. Oder sein Mittagessen. Aber wenn Sie es genau wissen wollen – nach der Obduktion. Und damit wäre ich hier ja wohl …«

»Bitte warten Sie«, bremste ihn Muth. »Da ist noch etwas.«

»Was denn noch?«, grollte der Gerichtsmediziner.

Kalkbrenner stellte sich die gleiche Frage. Der Tod des Mannes war sicher tragisch, aber ziemlich eindeutig auf eine natürliche Ursache zurückzuführen. Weshalb waren sie dann hier? Und warum hatte der Chef ihn persönlich angerufen?

Sorgen Sie für Verschwiegenheit!

Als wüsste sie um Kalkbrenners Gedanken, bedeutete ihm Muth, ihr in die Abstellkammer zu folgen.

Dort gab es Regale mit Dosenobst, Reispackungen, Tütensuppen, Haushaltsrollen und anderem Haushaltsbedarf. Der Deckel einer Tiefkühltruhe war aufgeklappt und gab den Blick frei auf zwei Fertigpizzen, außerdem einen Stapel sorgsam verschweißter Gefrierbeutel.

Kalkbrenner fröstelte, als er ihren Inhalt erkannte: ein menschliches Ohr, ein Unterschenkel mit Fuß, ein Arm ohne Hand.

FÜNFZEHN

Max war irritiert.

Und geht, hatte seine Mutter gerufen, *zu Opa ... auf ... Fall.*

Normalerweise ließ sie ihn nicht einmal alleine zur Schule laufen. Oder zum Supermarkt, obwohl der nur wenige Straßenblöcke entfernt lag. Das Höchste der Gefühle war die Currywurstbude unmittelbar vor ihrem Haus, wo Max gelegentlich zum Abendessen Pommes für seine Mutter, Ellie und sich selber holen durfte.

Dennoch: *Geht zum Opa*, hatte sie verlangt, kurz bevor ihre Stimme vom Krach verschluckt worden war, *auf ... jeden Fall.*

Genau das mussten ihre Worte gewesen sein. Möglicherweise befand sie sich ebenfalls auf dem Weg zu ihrem Vater und wartete dort auf Max und seine Schwester.

Wir spielen ein Spiel, ja?

Vielleicht war es tatsächlich nur ein Spiel, ein merkwürdiges zwar, aber – der Gedanke gab ihm Hoffnung.

Du kannst jeden Scheiß machen ...

Rasch begab er sich in sein Zimmer und tauschte seinen versifften Schlafanzug gegen die Klamotten, die ihm seine Mutter wie immer am Vorabend herausgelegt hatte: eine frisch gewaschene Unterhose, Socken, seine Jeans und der Pullover von gestern. Er verschwendete einen kurzen Gedanken an die Schule, aber davon hatte seine Mutter nichts gesagt. Also befreite er seinen Rucksack von den Schulsachen und ging zurück in die Küche.

Er vermied es, hinüber zu dem Blutfleck zu sehen.

Konzentriert füllte er seinen Rucksack mit einigen Schokoriegeln, ließ die Tomaten unbeachtet, die er nicht ausstehen konnte, packte stattdessen zwei Äpfel und zwei Fanta-Dosen aus dem Kühlschrank ein. Das mochte zwar kein Frühstück ersetzen, aber im Augenblick war er so aufgeregt, dass er ohnehin keinen Appetit verspürte. Außerdem dauerte die Fahrt zu Opa nicht länger als zwei Stunden.

In der Kammer kauerte Ellie noch immer bibbernd in ihrer Pullerpfütze. »Ist Mama wieder da?«

»Nein, wir gehen zu ihr.«

»Aber ...«

»Vorher musst du dich waschen und anziehen.«

Ellie rührte sich nicht vom Fleck.

»Oder willst du lieber hierbleiben? Alleine?«

Entsetzt schüttelte sie den Kopf.

»Dann komm schnell!« Max reichte ihr seine Hand.

Ellie stand auf. Das pitschnasse Nachthemd klebte an ihrem kleinen, zitternden Körper, der sich versteifte, als sie das Chaos in der Küche sah. Sie war erst vier Jahre alt, aber auch sie hatte den Anblick nicht vergessen.

Max zog sie weiter ins Badezimmer, wo er ihr stinkendes Nachthemd in die Waschmaschine stopfte. Nachdem er ihr unter der Dusche beim Abbrausen geholfen hatte, holte er ihre Unterhose, ihre grüne Strumpfhose und ihr weißes Kleidchen mit den grünen Punkten, die ebenfalls in ihrem Zimmer für sie bereitlagen. Er half ihr beim Abtrocknen und Anziehen. In der Diele zog er ihr die Jacke an und wollte ihre Schnürsenkel binden. Vor lauter Aufregung missglückte ihm wiederholt die Schleife.

Oh Mann, wollte er tatsächlich alleine mit seiner Schwester die Fahrt zu Opa antreten?

Mit klopfendem Herzen schlüpfte er in seine eigenen Sneakers, streifte sich die Jacke über und schulterte den Rucksack. Dann ging er zur Wohnungstür. Sie war nur angelehnt, geknackt wie die in der Kammer.

Geht zum Opa, auf jeden Fall.

Max trat ins Treppenhaus. Eine Nachbarin hastete die Stufen hinunter. Fluchend wich sie ihnen aus, bevor sie auf die Straße und zur U-Bahn-Station eilte.

Max blieb stehen. Seine Schwester stolperte in seinen Rücken.

Du kannst alles machen, nur eines nicht …

Er hatte den Weg zu Opa schon einige Male mit seiner Mutter und Ellie zurückgelegt, und er wusste, dass die Fahrt keine zwei Stunden dauerte – mit dem Zug und mit dem Bus.

… fahre niemals ohne Ticket mit der Bahn.

Noch ehe Ellie protestieren konnte, flitzte er zurück in die Küche, kletterte auf einen Stuhl und griff auf dem Regal nach der Tupperdose, in der seine Mutter ihr Haushaltsgeld aufbewahrte. Er bekam ein schlechtes Gewissen, als er die Geldscheine herauspickte. Aber seine Mutter hatte sicher nicht gemeint, dass sie den ganzen Weg zu Fuß zurücklegen sollten.

Er stopfte die Scheine in seine Hosentasche, sprang vom Stuhl – und schaute unvermittelt direkt auf die Blutlache. Der Anblick machte ihn traurig. Sein Blick trübte sich. Nein, er wollte nicht weinen.

Wir spielen ein Spiel, ja?

Daran wollte er ganz fest glauben.

»Wir machen einen Ausflug«, sagte er, nachdem er zu Ellie ins Treppenhaus zurückgekehrt war, »in den Märchenwald, ja?«

SECHZEHN

Kalkbrenner sah dabei zu, wie die Kriminaltechniker die Tiefkühltruhe entleerten.

Der Reihe nach breiteten sie die Gefrierbeutel auf einer Plastikplane auf dem Küchenboden aus: zuerst der Beutel mit dem Ohr, daneben der mit dem Arm, schließlich der mit Unterschenkel und Fuß. Weitere Tüten mit menschlichen Überresten folgten: In einer befand sich Gehirnmasse, in einer anderen zweifelsfrei ein Augapfel.

Mittlerweile verstand Kalkbrenner die Sorge seines Chefs.

Sorgen Sie für Verschwiegenheit!

Ihm kam ein anderer Gedanke. »Sebastian, wer hat die Leichenteile eigentlich entdeckt?«

»Der Rettungssanitäter, der den Notarzt begleitet hat«, sagte Berger.

»Der Sanitäter?«

»Na, das benachbarte Ehepaar, das sich Sorgen um Ernst-Hubert Dieppe machte, hat doch die Polizei gerufen. Die Kollegen haben, nachdem der Hausmeister sie in Dieppes Wohnung ließ und sie die Leiche vorfanden, den Notarzt verständigt, damit er ihnen ...«

»Ja, *das* ist mir klar, aber was hatte der Sanitäter in der Abstellkammer zu suchen? Oder gar im Gefrierschrank?«

»Nun, also ...«

»Ist er noch hier?«

»Er wartet nebenan. Zusammen mit dem Notarzt.«

Kalkbrenner ging hinüber ins Wohnzimmer, das nicht ganz so modern eingerichtet war wie die Küche.

Der Einbauschrank besaß Glastüren, hinter denen ein Teeservice und Sektgläser verstaubten. Außerdem eine Stereoanlage, ein Regal voller Sachbücher, überwiegend Geschichte und Mathematik. Bilderrahmen zeigten Ernst-Hubert Dieppe, noch einige Pfund schlanker, Hand in Hand mit einer etwa gleichaltrigen Frau, vermutlich seine verstorbene Gattin, außerdem beide im Arm eines jungen Mädchens, dem Anschein nach ihre Tochter. Es gab noch weitere Schnappschüsse des Mädchens, außerdem zweier weiterer Kinder, augenscheinlich Geschwister. Auf einem Teewagen stand ein Telefon mit Tasten und einem Kabel bis zur Buchse, daneben ein Laptop.

Auf dem Sofa saß der Notarzt, ein großer Mann in weißen Turnschuhen, weißer Hose, weißem Poloshirt. In seiner Hand hing ein Stethoskop, vor seinen Füßen stand eine Tasche. Neben ihm hockte der Rettungssanitäter mit neonroter Kluft, Basecap, blondgefärbten Haaren und einem Gesichtsausdruck so beklommen wie der eines Pennälers, der beim Klauen erwischt worden war.

Kalkbrenner fragte den Arzt: »Sie sind von unseren Kollegen verständigt worden?«

»Richtig. Heute Morgen so gegen elf.«

»Ihr Leichenbefund ...«

»... war ein Herzinfarkt. Aber Gewissheit haben Sie natürlich erst nach der Obduktion. Das habe ich auch betont, als ich Ihren Kollegen meinen Befund«, der Arzt zögerte, »im Treppenhaus erläuterte.«

Der Sanitäter blickte auf seine Schuhe.

»Und wo waren Sie währenddessen?«, fragte Kalkbrenner ihn.

»Wann?«

»Während *Ihr* Kollege mit *meinen* Kollegen im Treppenhaus gesprochen hat.«

»Ich ...«, der Sanitäter wich Kalkbrenners Blick aus, »... bin bei der Leiche geblieben.«

»Kam Ihnen dabei etwas verdächtig vor?«

»Nein.«

»Nichts, dass Ihren Argwohn erregt hat?«

»Was meinen Sie damit?«

»Nun, irgendetwas scheint Sie veranlasst zu haben, in die Abstellkammer zu gehen – und in die Kühltruhe zu schauen. Und ich möchte gern von Ihnen wissen, was dieser Anlass gewesen ist.«

»Na ja ...«

»Was haben Sie erhofft, dort zu finden? Schmuck? Geld? Weil alte Leute ihr Bargeld ja immer in der Tiefkühltruhe verstecken? Verdammt, machen Sie das immer?«

»Hätte ich es nicht gemacht ... wären die Leichenteile nicht entdeckt worden.«

»Was ist das denn für ein Argument?«

»Jedenfalls ...«

»... wäre es Diebstahl gewesen. Eine Straftat!«, blaffte Kalkbrenner. »Außerdem pietätlos.«

Der Sanitäter zuckte zusammen.

»Jedenfalls«, versuchte der Arzt zu beschwichtigen, »haben wir den schrecklichen Fund umgehend Ihren Kollegen gemeldet.«

Ohne eine Antwort zu geben, kehrte Kalkbrenner in die Küche zurück.

Die Kriminaltechniker hatten die Tiefkühltruhe vollständig entleert. Ihr Inhalt lag ausgebreitet auf dem Boden.

Neben den fünf Gefrierbeuteln, deren Inhalt sie bereits kannten, lagen ein halbes Dutzend weiterer Tüten. Deren Inhalt war kleiner und nicht so leicht zu identifizieren.

Berger beäugte sie aus der Nähe. »Das da schaut aus wie ... Innereien.«

Kalkbrenner wandte sich dem Gerichtsmediziner zu.

Dr. Wittpfuhl nahm einen der frostigen Beutel in die Hand und begutachtete ihn von allen Seiten. »Sehen Sie diese Musterung? Das könnten die Herzkranzgefäße sein, aber«, er schüttelte den Kopf, »im gefrorenen Zustand, außerdem verformt, nein, das wäre reine Spekulation.«

»Was ist mit dem Inhalt der anderen Tüten?«

»Auf den ersten Blick schaut mir das da aus wie eine Niere ... Und das dort könnte Muskelfleisch sein. Aber mit Sicherheit kann ich auch das nicht sagen.«

»Bei den Leichenteilen, die zweifelsfrei erkennbar sind: Stammen das Ohr, der Arm, der Unterschenkel und der Fuß von ein und derselben Person?«

»Ich wiederhole mich nur ungern – Spekulation.«

»Frau oder Mann?«

»Haben Sie mir nicht zugehört?«

»Dann sorgen Sie bitte dafür, dass alle Leichenteile schnellstmöglich untersucht werden.«

Mit einem Seufzen legte der Arzt den Beutel zurück auf den Boden und verließ die Wohnung.

»Frau Dr. Bodde«, sagte Kalkbrenner. »Haben Sie in der Wohnung Hinweise auf ein Verbrechen gefunden?«

»Sie meinen einen Mord? Kampfspuren? Blutspuren?«

»So etwas in der Art.«

Die Kriminaltechnikerin verneinte. »Allerdings beginnen wir gerade erst mit den Untersuchungen. Wenn wir etwas finden, erfahren Sie es als Erster.«

»Glaubst du, Dieppe hat hier jemanden umgebracht?«, fragte Berger.

»Ich kann dir sagen, was ich *nicht* glaube«, erwiderte Kalkbrenner. »Dass er die Leichenteile in einem Supermarkt eingekauft hat. Oder mit der Post bestellt. Deshalb sollte unser Hauptaugenmerk folgenden Fragen gelten: Wie ist Dieppe an die Leichenteile gekommen? Und: Zu wem gehören sie?«

»Es gibt noch eine andere wichtige Frage«, meldete sich Muth zu Wort.

Alle Blicke richteten sich auf sie.

»Wir haben in Dieppes Tiefkühltruhe ein menschliches Ohr, einen Arm, einen Unterschenkel mit Fuß, einen Augapfel, die Gehirnmasse und möglicherweise noch ein Dutzend weiterer Körperteile gefunden. Und für den Augenblick gehen wir mal davon aus, dass sie von ein und derselben Person stammen.«

»Und was ist die Frage?«, bemerkte Berger.

Muth lächelte nachsichtig. »Wo hat Dieppe den Rest gelassen? Das andere Bein zum Beispiel? Den anderen Arm? Den zweiten Augapfel oder das zweite Ohr?«

Kalkbrenners Blick fand den Küchentisch, darauf der Teller mit Kartoffeln, Blumenkohl und – dem Braten, der zur Hälfte vertilgt worden war. Dann schaute er hinab auf die Gefrierbeutel mit den Körperteilen, alles ordentlich abgepackt und sauber eingeschweißt.

»Dr. Wittpfuhl soll auch die Leiche von Dieppe so schnell wie möglich untersuchen – und den Braten gleich mit dazu.«

SIEBZEHN

Zoe fuhr kreuz und quer durch die Stadt.

Obwohl sie sich wie gerädert fühlte und kaum noch Kraft hatte, gönnte sie sich keine Pause. Immer wieder wechselte sie die Bahn, war ständig auf der Hut.

Für den Moment schien sie ihre Verfolger aber abgehängt zu haben. Nun, da sie sich endlich etwas entspannte, fielen ihr die misstrauischen Blicke auf, mit denen die anderen Reisenden sie beäugten, ihr zerschrammtes Gesicht, ihr zerrissenes Shirt, ihre dreckverschmierte Jeans.

Oder ist es Blut?

Die Leute rückten von ihr ab, als ginge eine Gefahr von ihr aus. Dabei war sie es, die allen Grund zur Angst hatte. Sie wurde von Unbekannten gejagt, ohne auch nur einen Schimmer zu haben, was diese von ihr wollten. Eigentlich wusste Zoe rein gar nichts, nicht einmal ob das wirklich ihr Name war.

Einzig ihr Bauchgefühl hatte sie nicht betrogen, und sie tat deshalb gut daran, sich fortan noch stärker darauf zu verlassen. Außerdem musste sie ihre Wunden verpflegen, sich den Gestank vom Körper waschen, sich neue Kleidung beschaffen, damit sie keine Aufmerksamkeit mehr erregte. Und sie brauchte etwas zu essen und zu trinken, um wieder zu Kräften zu kommen.

Sie klopfte ihre Hosentaschen ab, fand jedoch kein Portemonnaie, nicht einmal Kleingeld. Erst jetzt wurde ihr bewusst, dass sie kein Bahnticket besaß. Was, wenn Fahrkartenkontrolleure zustiegen?

Verdammt, sie brauchte Hilfe.

Aber an wen sollte sie sich wenden?

Ein weiteres Mal wechselte sie die U-Bahn, sank auf einen freien Platz, schloss die Augen und dachte angestrengt nach. Ihr fiel keine Antwort ein. Der Waggon ruckelte, während er sie durch den Untergrund trug.

»Hey«, eine Hand legte sich auf ihre Schulter.

Erschrocken riss Zoe die Augen auf. Sie war eingenickt.

Vor ihr stand ein Mann in Uniform. »Sie sind ...«

»Nein!« Obwohl jede Faser ihres Körpers protestierte, entwand sie sich dem Griff.

»... an der Endstation«, hörte sie den Schaffner sagen.

Aber da stolperte sie bereits auf den Bahnsteig. *Rudow*, las sie auf einem Schild. Sie humpelte die Treppe hinauf ans Tageslicht.

Die Wolkendecke hatte sich gelichtet. Die Sonne stand hoch am Himmel, ihre Strahlen waren warm.

Dennoch fröstelte Zoe, weil ihr noch immer der Schreck in den Gliedern steckte. Im ersten Moment hatte sie den Schaffner für einen Polizisten gehalten. Sie hatte keinen blassen Schimmer warum, aber ihr Unterbewusstsein hatte *Polizei* ganz eindeutig unter dem Stichwort *Gefahr* abgespeichert.

Sie schlurfte den Bürgersteig entlang, bis ihr klarwurde, dass sie kein Ziel hatte.

Egal! Du bist in Sicherheit.

Und für den Moment war das alles, was zählte. Erschöpft setzte sie sich auf die Überreste einer Mauer, die ein baufälliges Gebäude umgab, das einmal ein Autohandel gewesen war.

Ein Bus brummte vorbei, gefolgt von einer Schlange Pkws.

Was bedeutet das eigentlich – Sicherheit?

Mit der Hand schirmte sie die Augen vor der Sonne ab. Ein paar Meter weiter die Straße rauf kickten Jugendliche einen Fußball über einen verwilderten Parkplatz. Als Tor diente ihnen ein Glascontainer. Vor dem Tresen einer Currywurstbude kippten sich einige verwahrloste Gestalten billigen Fusel in die Kehlen, während sie lauthals auf den Rest der Welt schimpften.

Wenn ihr wüsstet, wie albern eure Probleme sind!

Hinter ihnen erhoben sich triste Plattenbauten in den blauen Himmel. Der Wind trieb das Verkehrsrauschen einer Autobahn heran.

Ich bin in Rudow.

Überrascht richtete sich Zoe auf. Der Parkplatz, die Imbissbude, die Trinker, der Blick auf die Hochhäuser – das alles kam ihr vertraut vor. Vielleicht war es kein Zufall, dass es sie an diesen Orten verschlagen hatte. Möglicherweise war sie unbewusst eine Strecke gefahren, die sie kannte.

Weil sie hier wohnte? Wenn ja, wo?

Möglicherweise traf sie in dem Viertel auf Leute, die sie kannten und die ihrem Gedächtnis auf die Sprünge halfen.

Sie setzte sich in Bewegung. Als sie sich dem Kiosk näherte, stieg ihr der Geruch von Currywurst und Pommes in die Nase. Ihr Magen knurrte vor Hunger. Wann hatte sie zum letzten Mal etwas gegessen und getrunken?

Erneut durchwühlte sie ihre Hosentaschen, in der verzweifelten Hoffnung, vorhin ein paar Münzen oder einen Geldschein übersehen zu haben. Die Taschen waren leer.

Ob sie die Gestalten vor dem Kiosk um Almosen bitten konnte?

Sie bemerkte deren Blicke. Einer brummte etwas in seinen zotteligen Bart. Es klang wie ... *süß!* Der Gestank von Bier schlug ihr entgegen und weckte eine frische, unangenehme Erinnerung.

Wir wollen doch nur ein bisschen Spaß.

Sie eilte an der Bude vorbei. Sie hielt den Blick auf ihr Ziel gerichtet. Die Plattenbauten.

Auf dem Parkplatz bejubelten die Kinder einen Torschuss. Irgendwo schrie ein kleines Mädchen nach seiner Tante. *Tante Julia. Tante Julia.*

Den Audi, der neben ihr bremste, bemerkte sie zu spät.

Gee sprang vom Beifahrersitz. »Wusste ich doch, dass wir dich hier finden.«

ACHTZEHN

Kalkbrenner betrachtete den Toten am Küchentisch.

Ernst-Hubert Dieppe trug ein olivfarbenes Hemd mit Ellbogenpatches, eine braune Baumwollhose, graue Socken, dazu Filzpantoffeln. Er war leicht untersetzt und ergraut. Altersflecken sprenkelten die faltige Haut seiner Hände. Abgesehen von dem absurden Anblick, den er – das Gesicht versunken in seiner Mahlzeit – darbot, wirkte er frappierend normal, nicht wie ein Mörder. Oder gar ein menschenfressender Mörder.

Vertraue niemals dem ersten Eindruck. Noch eines von Kalkbrenners kleinen Helferlein.

Er fragte: »Was wissen wir über Dieppe?«

»Wie gesagt, er war ... Moment!« Berger ging in die Diele, wo er den Reißverschluss seines Overalls öffnete und seinen Notizblock hervorholte. »58 Jahre, ehemaliger Lehrer, seit zweieinhalb Jahren verwitwet, eine Tochter, zwei Enkelkinder.«

»Liegt etwas gegen ihn vor?«

»Es gibt zwei Einträge. Vor einer Woche wurde er bei einer Radarkontrolle auf der B96a, Höhe Rosenthal geblitzt. Er hätte dafür zwei Punkte in Flensburg kassiert, der entsprechende Bescheid wäre ihm in den nächsten Tagen zugegangen.«

»Und der andere Eintrag?«

»Vor fünf Jahren hat ihn eine Kollegin an der Schule,

an der er unterrichtete, angezeigt. Sie hat ihm ...«, Berger vertiefte sich in seine Aufzeichnungen, »... sexuelle Belästigung vorgeworfen. Wenig später hat sie die Anzeige allerdings zurückgezogen.«

»Aus welchem Grund?«

»Angeblich ist sie lediglich wütend gewesen, weil er auf ihre Avancen nicht reagiert hatte.«

»Lebt sie noch?«

»Isolde van Linn ist gemeldet in der Brehmstraße am Gesundbrunnen, inzwischen verheiratet, keine Kinder.«

»Sonst noch etwas zu Dieppe?«, hakte Kalkbrenner nach. »Irgendwelche Verbindungen? Auffälligkeiten?«

»Ein möglicher Vermisstenfall in der Nachbarschaft?«, ergänzte Muth. »Oder unter seinen ehemaligen Kollegen, Freunden, Verwandten?«

»Dazu benötigen wir erst einmal eine Übersicht all seiner Kontakte«, antwortete Berger. »Bis dahin lasse ich Vermisstenfälle im Wedding und in der Umgebung prüfen. Möglicherweise ist bei einer der Ermittlungen schon einmal Dieppes Name aufgetaucht. Außerdem werden Ermittler die Nachbarn befragen.«

»Apropos Nachbarn. Was ist mit den beiden, die heute Morgen den Stein ins Rollen gebracht haben?«, fragte Kalkbrenner.

»Das Ehepaar ...«, Berger studierte erneut seinen Block, »... Luise und August Stahl. Ich gehe davon aus, dass du selbst mit ihnen reden willst?«

Kalkbrenner nickte zufrieden.

Berger mochte, anders als Muth, manchmal zu redselig und nahezu immer zerstreut sein. In Kollegenkreisen wurde er gerne mit TV-Inspektor Columbo verglichen. Trotzdem war er als Ermittler erprobt und zuverlässig.

Im Treppenhaus streifte sich Kalkbrenner seinen Overall ab. Noch bevor Muth bei den Nachbarn klingeln konnte, löste sich ein dunkler Punkt in der Mitte ihres Türspions und die Tür flog auf.

»Ich kann das gar nicht glauben«, keuchte eine Matrone in gestreifter Küchenschürze, weißen Söckchen und Pantoletten. »Der Ernst-Hubert ist tot? Ein Herzinfarkt?«

»Woher wissen Sie das?«

»Das habe ich den Notarzt sagen hören, als er sich im Treppenhaus mit den Polizeibeamten ... Also, nicht dass Sie denken, ich hätte sie belauscht!«

»Nein«, grummelte Kalkbrenner. »Natürlich nicht.«

»Und es war wirklich ein Herzinfarkt? Oder was hat der Aufmarsch hier zu bedeuten?« Die Matrone beugte sich vor und schielte hinüber zu Dieppes Wohnung. Ihre drallen Brüste drohten ihrer Schürze zu entgleiten. »Ist er ... ermordet worden?«

»Keine Sorge, alles deutet auf einen Herzinfarkt hin.«

»Ach, wie traurig«, sie rückte ihren Busen zurecht. »Obwohl – etwas erleichtert bin ich schon. Denn Sie müssen wissen, mein Mann und ich, wir fühlen uns sicher im Haus, und der Gedanke ...«

»Machen Sie sich keine Gedanken. Trotzdem möchten wir Ihnen einige Fragen stellen.«

»Natürlich, natürlich, aber ... wenn es ein Herzinfarkt war, was sollen wir dazu sagen können?«

»Luise«, meldete sich eine zaghafte Stimme aus dem Hintergrund. »Die Herren Polizisten werden schon wissen, was sie tun.«

»Das weiß ich doch, aber ...«

»Also lass sie doch erst einmal herein. Sie werden uns schon sagen, was sie wissen wollen.«

»Natürlich, natürlich.« Die Matrone gab den Blick frei in die Diele, in der ein kleiner, glatzköpfiger, nicht minder voluminöser Mann sichtbar wurde. »August, jetzt mach doch mal Platz für den Herrn Polizisten und«, sie zwinkerte Muth zu, »die Dame.« Sie stampfte in die Küche, wo sie sich schwer atmend auf einen Stuhl fallen ließ. »Darf ich Ihnen etwas zu trinken anbieten?«

»Danke, nein«, sagte Kalkbrenner.

»Einen Kaffee? Oder Tee? August, jetzt steh nicht dumm herum, mach für ...«

»Nicht nötig, setzen Sie sich doch.«

August Stahl sank neben seiner Frau nieder. Der Stuhl knarzte unter seinem Gewicht.

Muth fragte: »Sie beide kannten Herrn Dieppe gut?«

»Aber natürlich«, die Matrone nickte, und ihr fleischiges Kinn schwabbelte. »Wir waren Nachbarn.«

»Und Freunde«, betonte ihr Mann und pulte mit dem Finger in seinem Ohr. Lange, graue Haare wuchsen aus der Muschel.

»Wie würden Sie Herr Dieppe beschreiben?«

»Er war nett und freundlich«, sagte die Matrone.

»Und zu jeder Zeit zuvorkommend«, fügte ihr Mann hinzu, der sich jetzt seinem anderen Ohr widmete.

»Ist Ihnen je etwas an ihm aufgefallen?«

»Was hätte uns auffallen sollen?«

»Kam Ihnen etwas komisch an ihm vor?«

»Komisch?« Die Matrone lachte, und unter der Schürze hüpften ihre Brüste. »Lustig, das war er, der Ernst-Hubert.«

Ihr Mann schloss sich ihrem Lachen an. »Wann immer er uns zum Abendessen eingeladen hat und ...«

»Entschuldigung«, Berger betrat den Raum. »Inga Lürsen, Dieppes Tochter, steht mit ihren Kindern vor dem Haus.«

»Hast du sie über den Tod ihres Vaters informiert?«, fragte Kalkbrenner.

»Das wollte ich, aber die Journalisten sind mir zuvorgekommen. Sie haben sich sofort auf sie gestürzt, als sie mitbekommen haben, dass sie Dieppes Tochter ist.«

»Oh nein«, heulte die Matrone auf. »Das arme Mädchen!«

Ihr Mann nickte betrübt. »Und ihre Kinder erst ...«

Kalkbrenner erhob sich und folgte seinem Kollegen in die Diele. Er dämpfte seine Stimme. »Wie ist das möglich?«

Verlegen zwirbelte Berger seinen Bart. »Vor dem Haus treibt sich schon seit einer Weile die Reportermeute herum ...«

»Auch wieder dieser Sackowitz?«

»Den habe ich noch nicht gesehen.«

»Zumindest ein Lichtblick.«

»Dieppes Name ist wohl an die Presse durchgesickert, und auch, dass er einem Herzinfarkt erlegen ist. Wahrscheinlich ein Nachbar, der geplaudert hat.«

Kalkbrenner warf einen Blick in die Küche, wo das Ehepaar Stahl in ergriffenem Schweigen und mit gespitzten Ohren saß. Er sprach noch leiser. »Das war wohl nicht zu vermeiden.«

»Aber jetzt häufen sich die Fragen der Reporter, was unser Einsatz bei Dieppe tatsächlich zu bedeuten hat. Denen ist natürlich auch klar, dass wir nicht bei jedem Herzinfarkt so einen Aufwand betreiben.«

»Über ... den Fund in der Tiefkühltruhe wissen sie also noch nicht Bescheid?«

»Nein, natürlich nicht.«

»Dann sieh bitte zu, dass das auch so bleibt«, ermahnte Kalkbrenner, dem die Worte seines Chefs in den Ohren klingelten.

Sorgen Sie für Verschwiegenheit!

Er kehrte zurück in die Küche. »Frau Stahl, Herr Stahl – ich würde gern in aller Ruhe mit Herrn Dieppes Tochter reden. Dürfen wir sie mit den Kindern vorübergehend in Ihrem Wohnzimmer unterbringen?«

»Aber ja«, traurig rieb sich die Matrone ihre Augen. »Das muss ein Schock für sie sein, sie hat ihren Vater so geliebt und ...«

»Sie hatten uns erzählt«, unterbrach Muth den Redefluss, »dass Herr Dieppe Sie zum Abendessen eingeladen hat. Regelmäßig?«

»Natürlich, natürlich«, die Matrone schniefte, »und das waren jedes Mal sehr gesellige Abende.«

»Und er hat immer sehr gern für uns gekocht«, fügte ihr Mann hinzu und rieb sich seinen dicken Bauch.

Kalkbrenner tauschte einen Blick mit seiner Kollegin. An ihrer Miene erkannte er, dass sie sich gegen den gleichen Gedanken sträubte wie er.

Er fragte: »Gab es in letzter Zeit einen Vermisstenfall in Ihrer Gegend?«

»Nein ...«

»Oder in Herrn Dieppes Familie?«

»Das müssen Sie seine Tochter fragen.« Die Matrone runzelte die Stirn, und ihr Gesicht warf Wülste. »Warum wollen Sie das wissen?«

Kalkbrenner war bereits auf dem Weg ins Wohnzimmer.

NEUNZEHN

Sie hatten noch nicht einmal die Hälfte des Weges bis zur U-Bahn-Station zurückgelegt, da bekam Max Angst.

Oh Mann …

Zum ersten Mal in seinem Leben würde er die Fahrt zu seinem Opa ohne die Begleitung seiner Mutter antreten. Natürlich war er stolz wie Bolle, dass sie ihm die Reise zutraute. Andererseits wurde ihm bei dem Gedanken ganz schlecht, während der Fahrt quer durch die hektische, laute Stadt ganz auf sich alleine gestellt zu sein. Na klar, seine Schwester war bei ihm, aber Ellie war vier Jahre alt und ganz sicher keine große Hilfe. Was sie prompt unter Beweis stellte.

»Guck mal«, sagte sie und trat auf die Straße, »da ist ja …«

»Ellie!« Entsetzt zog er sie zurück auf den Bürgersteig, gerade rechtzeitig.

Ein Bus bretterte vorbei.

»Spinnst du?« Seine Angst war vergessen. Jetzt schäumte Max vor Wut. »Du musst aufpassen!«

»Aber da ist Tante Julia!« So nannte seine Schwester die Freundin ihrer Mutter. Ellie schwenkte freudig die Arme. »Tante Julia!«

»Da ist keine Julia.«

»Doch, da«, seine Schwester zeigte zur anderen Straßenseite. »Hinter dem Auto.«

Max sah nur die Köpfe einiger Männer. »Du hast dich verguckt.«

»Nein ...«

»Doch!« Verärgert nahm er ihre Hand und schwor sich, sie nicht mehr loszulassen.

Kümmere dich um Ellie, ja?

Zumindest nicht, bis sie es zu Opa geschafft hatten.

Er zog seine Schwester vorbei an einem verwilderten Parkplatz, der von den Kindern im Viertel als Fußballfeld benutzt wurde.

Geht zu Opa, auf jeden Fall.

Max verscheuchte seine Zweifel, während er an seinen Großvater dachte, für den er manchmal die Briefe zum Postamt bringen durfte. Für ihn einkaufen. Oder seine Pfandflaschen im Supermarkt einlösen. Das Geld, das er durch das Leergut bekam, durfte Max behalten.

Hast du wieder Geld verdient, sagte er dann immer, so als wäre Max wie ein Erwachsener zur Arbeit gegangen.

Oh ja, sein Opa behandelte ihn wie einen großen Jungen, und ein großer Junge, so viel war sicher, fürchtete sich ganz sicher nicht vor einer Zugfahrt.

Mit neuem Mut löste Max zwei Tickets, so wie er es bei seiner Mutter beobachtet hatte.

Während der Fahrt durch den Untergrund suchte Ellie seine schützende Nähe. Argwöhnisch beäugte sie die fremden Menschen im Waggon. Unterdessen achtete Max auf die Namen der Stationen, damit sie ihre Umsteige nicht verpassten.

Auf dem Bahnsteig am Herrmannplatz liefen die Leute kreuz und quer durcheinander, rempelten sich an, eilten weiter. Niemand nahm Rücksicht. Drei Mal versuchte Max, nach dem Weg zu fragen. Keiner half ihnen weiter.

»Verschwinde«, schnauzte stattdessen ein Mann, »ich hab kein Geld.«

Was dachte er? Dass Max ihn anbettelte?

Notgedrungen studierte er die Wegweiser, die überall aushingen, und folgte den Pfeilen bis zum nächsten Bahnsteig.

»Möchtest du Schokolade?«, fragte er erleichtert, als sie wieder im Zug saßen.

Seine Schwester nickte scheu.

Eigentlich, dachte Max, während sie an den Schokoriegeln nagten, war das alles doch ganz einfach. Wenn man sich nur traute.

Stolz reichte er seiner Schwester einen der beiden Äpfel. Jetzt, da sie erfolgreich auf dem Weg waren, stellte sich sogar der Hunger ein. Max nahm sich den anderen Apfel vor.

»Ich hab immer noch Hunger«, sagte Ellie, nachdem sie die Schokolade und das Obst verzehrt hatten.

»Wenn wir da sind, gibt es mehr«, versprach Max und blickte zum Waggonfenster hinaus.

Seine Zuversicht schwand.

Der Zug fuhr nicht ans Tageslicht, sondern blieb im Untergrund. Das tat er nach dem Umsteigen normalerweise nie. Und genauso wenig hielt er an der Jannowitzbrücke. Oder Weinmeisterstraße. Keine der Stationen kam Max bekannt vor. Erst am Bahnhof Pankstraße glaubte er, sich zu erinnern. Sicher war er sich aber nicht.

Sie entstiegen der Bahn und erklommen die Stufen hoch zur Straße. Vielleicht, so hoffte Max, würde er sich anhand der Häuser orientieren können.

Auf einer breiten Allee rauschte der Verkehr in beide Richtungen. Der Himmel verdüsterte sich. Ein frischer Wind schlug ihnen entgegen.

Keines der Gebäude oder Geschäfte war Max vertraut. Auch der Eingang zu einem Park auf der anderen Straßenseite weckte keine Erinnerung, ganz im Gegenteil.

»Sind wir bald da?«, fragte Ellie.

»Bald«, log Max.

»Und wo sind wir?«

»Das weißt du doch ...« Er sah sich um. Alles wirkte fremd, hektisch, laut und einschüchternd.

Schatten krochen über den Bürgersteig. Der Abend zog auf.

Max deutete auf die Sträucher und Bäume drüben im Park. »Wir sind im Märchenwald.«

»Weißt du denn, wo wir langmüssen?«

Die Straßenlaternen gingen an. Auch im Park entflammten die Lampen.

»Sieh nur, das Licht«, sagte Max. »Das sind die guten Feen. Sie leuchten uns den Weg.«

Er wandte sich zurück zur U-Bahn.

»Ey!« Ein Junge rempelte ihn an.

Max zog seine Schwester an ihm vorbei.

Ein zweiter Junge versperrte ihnen den Weg, ein dritter, ein vierter. Plötzlich waren sie umringt.

ZWANZIG

Kalkbrenner stellte sich und seine Kollegin vor.

Die junge Frau auf dem Sofa gegenüber war das Mädchen auf den Fotos in Dieppes Wohnzimmer, mit ihren dichten Augenbrauen, der spitzen Nase und dem markanten Kinn auch deutlich als dessen Tochter zu erkennen.

Der kleine, sommersprossige Junge, der sich in ihren Arm drückte, und das jüngere Mädchen auf ihrem Schoß waren die beiden Kinder auf den Schnappschüssen. Ängstlich blickten sie ihre Mutter an, deren Augen rot unterlaufen waren. In ihre Trauer mischte sich Verwunderung. »Kriminalpolizei?«, fragte sie. »Ich ... ich dachte, mein Vater ... es war ein Herzinfarkt, das war es doch, oder? Ein Herzinfarkt?«

»Auch in solchen Fällen müssen gewisse Abläufe eingehalten werden, Frau Lürsen.«

»Gewisse Abläufe?« Inga Lürsens verunsicherter Blick wechselte zwischen Kalkbrenner und seiner Kollegin hin und her.

Muth fragte: »Wie war das Verhältnis zu Ihrem Vater?«

»Ich ... ich verstehe nicht.«

»Wie nahe standen Sie sich?«

»Wie Vater und Tochter eben.«

»Können Sie das bitte präzisieren?«

Inga Lürsen sah zu Kalkbrenner, als erwartete sie von ihm Hilfe. »Haben Sie Kinder?«

»Ja«, antwortete er.

»Auch eine Tochter?«

Er nickte.

»Was würden Sie für Ihre Tochter tun?«

Die Frage überraschte ihn, und für einen Augenblick musste er an Jessy denken und daran, dass er jahrelang nur für die Arbeit gelebt hatte, seine Verantwortung als Polizist, die ihn zerfressen und sein Verhältnis zu Ehefrau und Tochter zerrüttet hatte. Weswegen er sich noch mehr in seinen Job reingekniet hatte, bis ihm schmerzlich bewusst geworden war, wie viel er dadurch versäumt hatte, aber auch, wie viel er nachholen wollte.

Was würden Sie für Ihre Tochter tun?

Inga Lürsen nickte, als wüsste sie um seine Gedanken. »Er hat *alles* für mich gemacht – und für meine Kinder. Ein Anruf, egal zu welcher Uhrzeit, und er war da für uns. Ist das ...«, ihre Stimme erlahmte und ihre Augen trübten sich, »präzise genug?«

»Mama?« Der Junge hob seine kleine Hand und berührte die Wange seiner Mutter.

Sie kämpfte gegen die Tränen. »Ja, mein Schatz?«

»Ist Opa krank?«

»Nein, mein Schatz, er ist nicht krank, er ... er musste nur weg.«

»Kommt er wieder?«

Stille erfasste das Wohnzimmer, in die schrill und laut das Klingeln von Kalkbrenners Handy schnitt.

Die Nummer des Anrufers wurde nicht angezeigt. Er drückte das Telefonat weg.

Inga Lürsen sah ihn an. Mit einem Taschentuch tupfte sie sich die Augen. »Mein Vater lässt sich regelmäßig untersuchen, sein letzter Termin war vor ... vor drei Wochen oder so. Er macht regelmäßig Sport, trifft sich zum Federball. Zweimal die Woche ist er mit den Kindern unterwegs – ich habe Nachtschicht im Krankenhaus, und mein Mann ist auf Montage. Ein Herzinfarkt? Das ergibt keinen Sinn!«

»Wie alt sind Ihre Kinder?«

»Mein Sohn ist drei, meine Tochter anderthalb.«

»Sie haben viel Zeit mit ihrem Großvater verbracht?«

»Wir alle, oft an den Wochenenden, ich sagte doch, wir sind …« Sie hielt erschrocken inne, als ihr bewusst wurde, dass sie von ihrem Vater noch immer in der Gegenwart sprach. Sie stöhnte leise auf. Ihre Stimme bebte. »Wir waren uns sehr nahe. Wir haben viel gemeinsam unternommen … Ausflüge, Schwimmen, Kino. Häufig haben wir uns auch einfach nur zum Essen getroffen.«

»War es Ihr Vater, der gekocht hat?«

»Ja, er hat leidenschaftlich gern gekocht. Es war wie ein Hobby für ihn. Aber was sollen diese Fragen?«

Kalkbrenner wechselte einen Blick mit seiner Kollegin. In ihrem Gesicht spiegelte sich sein eigenes Unbehagen.

Er fragte: »Ist Ihnen dabei jemals etwas merkwürdig vorgekommen?«

»Warum sagen Sie mir nicht endlich, was wirklich los ist?«

»Wir haben Grund zur Annahme, dass im Vorfeld einige Dinge passiert sind, die …«

»Im Vorfeld? Dinge? Jetzt werden Sie doch bitte mal konkreter!«

»Möglicherweise hat Ihr Vater vor seinem Tod etwas getan, das den Einsatz der Kriminalpolizei erforderlich macht.«

»Sie meinen … ein Verbrechen?«

Abermals erfasste Schweigen das Wohnzimmer. Schatten krochen an den Wänden empor. Vor dem Fenster hing die Nachmittagssonne in gleißend rotem Licht über den Häuserdächern. Der Tag neigte sich dem Ende.

Muth fragte: »Gibt es einen Vermisstenfall in Ihrer Familie? Oder im Freundes- und Kollegenkreis Ihres Vaters?«

Inga Lürsen starrte sie entgeistert an. »*Was* genau soll mein Vater getan haben?«

»Dazu können wir aus ermittlungstaktischen Gründen leider nichts sagen.«

»Eine Entführung? Oder ...?« Sie presste die Kinder noch fester an sich. »Nein, das ist absurd.«

»Wir wären Ihnen dankbar, wenn Sie uns eine Liste mit allen Freunden und Kollegen Ihres Vaters zusammenstellen können.«

»Warum?«

»Wir müssen sie ebenfalls befragen.«

»Nein«, Inga Lürsen schüttelte den Kopf, »das ... das muss alles ein Irrtum sein.«

»Es gab eine Anzeige gegen Ihren Vater«, sagte Kalkbrenner. »Eine Kollegin, ihr Name war Isolde van Linn, hat ihm sexuelle Belästigung vorgeworfen.«

»Ich kenne die Geschichte – das ist doch mindestens fünf Jahre her. Außerdem war er unschuldig.«

»Wie ist er mit den Vorwürfen umgegangen?«

»Wie würden *Sie* denn damit umgehen?« Unvermittelt gewann Inga Lürsens Stimme an Schärfe. »Er war wütend, wie jeder andere auch, der einem solchen Verdacht ausgesetzt wird, obwohl er unschuldig ist. Aber später ...«

Sie merkte, dass sie mit ihrer Wut ihre Kinder noch mehr verängstigte, und senkte ihre Stimme. »Später hat sich alles aufgeklärt, er war rehabilitiert, es gab sogar eine Aussprache mit dieser ... mit Frau van Linn.«

»Er war nicht nachtragend?«

»Nein, das war er nie, nicht einmal in dieser Sache, die ihm fast seinen Ruf und sein Leben ruiniert hätte.«

»Hatte er danach noch Kontakt zu Frau van Linn?«

»Nein, das wüsste ich. Davon hätte er mir erzählt, ganz sicher, aber diese Sache damals, also, hat er …« Inga Lürsen holte Luft. Ihre nächsten Worte kosteten sie Überwindung. »Was immer er getan haben soll, hat es mit Frau van Linn zu tun?«

»Das kann ich Ihnen nicht sagen«, bedauerte Kalkbrenner. »Nur so viel: Im Augenblick müssen wir jeder Spur nachgehen.«

EINUNDZWANZIG

Zoe war zu langsam.

Noch ehe sie ausweichen konnte, hatte Gee sie gepackt. Wie eine Schraubzwinge drohte seine kräftige Hand ihren Arm zu zermalmen. Sie heulte vor Schmerz.

»Halt den Mund!« Gee schleuderte sie herum und kugelte ihr beinahe das Gelenk aus der Schulter.

Ihren Schrei erstickte er mit einem brutalen Schlag in ihr Gesicht. Ihr Kopf wirbelte herum. Die Welt verschwamm vor ihren Augen. Wie durch einen Nebel bekam sie mit, dass Gee sie über den Bürgersteig schleifte. Die Hintertür des Audi flog auf.

»Rein da!« Gee stieß sie auf die Rückbank. Schmerzhaft landete sie auf einem Rucksack.

»Mal langsam«, hörte sie jemanden knurren.

Gee griff zur Autotür und wollte sie zuschlagen. »Verpisst euch.«

»Du kannst sie nicht einfach ...«

»Ich sagte ...«

Zoe vernahm ein Klatschen wie von einem Fausthieb. Ein Schnaufen. Weitere Schläge. Wütende Stimmen.

Worauf wartest du?

Sie wälzte sich herum.

»Bleib hier!«, blaffte der Fahrer des Audi und hielt ihren Knöchel fest.

Zoe trat nach ihm. Stöhnend ließ er sie los. Sie robbte weg

von ihm, verlor den Halt und fiel aus der Autotür auf den Bürgersteig. Der Aufprall war hart und erschütterte ihren gebeutelten Körper. Trotzdem kroch sie weg von der Tür.

Gee, dessen Auge feuerrot angeschwollen war, rettete sich in den Audi. »Los, Scheiße, fahr los!«

Der Motor heulte auf, Reifen quietschten, der Wagen raste davon.

Zoe schnappte erleichtert nach Luft. Heftiger als ihre Schmerzen war die Wut auf sich selbst und ihre Nachlässigkeit. Gee hatte heute Morgen in der Gasse keinen Zweifel daran gelassen, dass er sie kannte. Wenn sie also in Rudow lebte, wie sie vermutete, dann wusste er das ebenfalls. Kein Wunder also, dass er sie hier aufgespürt hatte.

Verdammt, du musst noch vorsichtiger sein!

Vor allem aber musste sie weg hier, raus aus dem Viertel, so schnell wie möglich. Solange sie nicht wusste, wo sie Hilfe fand, war sie hier nicht in Sicherheit.

Sie schleppte sich zur U-Bahn-Station.

»Hey, Kleines«, folgte ihr eine Stimme.

Sie beschleunigte ihre Schritte.

»Du hast deinen Rucksack vergessen.«

Irritiert blieb sie stehen. Einer der Männer vom Imbiss schwenkte einen Rucksack in der Hand.

»Das ist nicht …« Ihre Stimme brach, als sie den Rucksack erkannte.

Es war die Tasche, die Gee heute Morgen bei sich getragen hatte und auf die sie gerade eben auf der Rückbank des Audi gefallen war. Offenbar hatte sie den Rucksack in ihrem Bemühen, aus dem Auto zu entkommen, mit auf die Straße gerissen.

Sie nahm die Tasche an sich. »Danke.« Sie wich den Blicken der Männer aus. »Und danke für eure Hilfe.«

»Willst du was trinken?«

Wider Willen schüttelte sie den Kopf, presste den Rucksack fest an sich und lief zur U-Bahn-Station. Immer wieder sah sie sich um.

Während sie am Bahnsteig auf die nächste U-Bahn wartete, ignorierte sie die Blicke der anderen Reisenden. Stattdessen wühlte sie sich durch den Rucksackinhalt. Neben Gees Taschenlampe, einem sexy transparenten Damenslip und einem frischen Paar lilagestreifter Socken fand sie eine grüne Lederjacke. Gehörte der Rucksack ihr? War das ihre Jacke?

Als Zoe sie überstreifte, passte sie wie angegossen.

Zu ihrer Überraschung fand sie in einer der Jackentaschen neben einem zerknüllten Papiertaschentuch, einer Handvoll Nimm-2-Bonbons und einem unbenutzten Kondom auch ein Smartphone.

In der anderen Tasche klimperte ein Schlüsselbund, an dem neben einem Wohnungsschlüssel auch ein Fiat-Autoschlüssel hing. Besaß sie einen Wagen? Wenn sie bloß wüsste, wo er geparkt war! Bei ihr zu Hause? Nur – wo was das, ihr Zuhause? Tatsächlich in Rudow? Noch immer hatte sie keinen blassen Schimmer. Außerdem traute sie sich nicht mehr dorthin zurück.

Als sie in einer weiteren Tasche knapp 40 Euro Bargeld fand, hätte sie vor Freude fast aufgeschrien. Einem Impuls folgend, löste sie mit einem 5-Euro-Schein ein Ticket.

Während der Fahrt zurück in die Stadt lutschte sie Bonbons und widmete sich dem Handy. Der Sperrbildschirm zeigte die Vorschau einiger WhatsApp-Nachrichten an. Alle stammten von einer gewissen Irina.

In ihrer jüngsten Nachricht von gestern Abend schrieb sie: *Ich habe Angst!*

Die Nachricht davor, gestern Mittag gesendet, begann mit: *Ich mache mir Sorgen. Ich glaube, die haben was vor. Ruf an!*

Eine dritte, vorvorgestern: *Kein Scheiß, Zoe, meld dich!*

Jetzt war sich Zoe sicher: Der Rucksack gehörte ihr, ebenso wie die Jacke und das Handy, höchstwahrscheinlich auch der Schlüsselbund. Und diese Irina hatte unzweifelhaft Angst. Doch wer war Irina? Eine Freundin? Wusste sie womöglich, was vorgefallen war? Konnte sie helfen?

Zoe brauchte sie nur anzurufen.

Dummerweise war der Zugriff auf ihr Telefon, das Adressbuch und die Apps durch ein Passwort geschützt. Zoe überlegte verbissen. In ihrem Kopf tat sich nichts.

Nichts, nichts, nichts!

Sie fluchte. Was verdammt noch mal war bloß mit ihr geschehen?

ZWEIUNDZWANZIG

Kalkbrenner starrte auf den Cheeseburger in seiner Hand.

Seit dem Frühstück bei seiner Tochter hatte er nichts mehr gegessen, doch so sehr er sich jetzt auch bemühte, er bekam keinen Bissen herunter.

»Schmeckt's dir nicht?«, fragte Muth, die ebenso lustlos an ihrem Kingsize-Wrap nagte.

»Mir ist der Hunger vergangen«, antwortete Kalkbrenner, unschlüssig darüber, ob die wenig einladende Konsistenz des Brötchens Schuld daran war oder die Bilder, die er vor Augen hatte.

Er hat leidenschaftlich gern gekocht. Es war wie ein Hobby für ihn.

Sein Handy klingelte. Abermals eine unterdrückte Nummer. »Hallo?«

Niemand antwortete.

»Wer ist da?«

Nichts – nur das Rauschen des Feierabendverkehrs auf der Brunnenstraße. Hip-Hop-Beats aus einem tiefergelegten BMW. Teenager auf ratternden Skateboards.

Achselzuckend stopfte Kalkbrenner seinen Burger in einen Mülleimer, aus dem der Unrat quoll. Muth tat es ihm gleich, und gemeinsam überquerten sie den Vorplatz des Gesundbrunnen-Centers.

Die Straßenlaternen hatten sich eingeschaltet. Ein kalter Wind trieb die Menschen in den Bahnhof. Der Spätsommertag hatte sein Ende gefunden.

An der Ecke Brehmstraße ragte ein grauer Neubaublock in den Abendhimmel. Der Hauseingang befand sich zwischen *Deniz*-Dönerbude und dem *Bierbrunnen an der Plumpe.*

Auf ihr Klingeln hin knarzte eine erschrockene Stimme aus der Gegensprechanlage: »Klaus, bist du das?«

»Hier ist die Polizei, Kriminalhauptkommissar ...«

»Ist meinem Mann etwas passiert?«

»Nein, keine Sorge, wir haben nur einige Fragen an Sie. Es geht um Ihre Anzeige gegen Herrn Dieppe. Erinnern Sie sich?«

Beklommene Stille.

»Frau van Linn?«

Sie klang erschüttert. »Das ist fünf Jahre her.«

»Dennoch ist es wichtig.«

»Muss das sein? Mein Mann kommt jeden Moment nach Hause und ... er weiß nichts davon.«

»Je eher Sie uns reinlassen, desto schneller sind wir wieder weg.«

Erneut nur Schweigen. Sekundenlang.

Muth hatte den Finger bereits wieder auf dem Klingelknopf, da ertönte der Türsummer.

In der ersten Etage erwartete sie eine kleine, zarte Frau mit kurzen grauen Haaren. Das Leben hatte seine Spuren hinterlassen, zahllose Fältchen in den Augenwinkeln, tiefe Falten auf der Stirn, die Schultern gebeugt.

Ihre Küche war ein kleiner, mit Möbeln und Küchenutensilien vollgestopfter Raum. Auf der Herdplatte zischte eine Pfanne.

»Sie müssen entschuldigen«, sagte Isolde van Linn, während sie mit einem Holzlöffel Bratkartoffeln im Fett verrührte. »Mein Mann kommt gleich von der Arbeit, und er wird Hunger haben.« Sie schaltete den Herd ab, drehte sich zu den Beamten um und verschränkte die Arme vor der Brust. »Sie sind wirklich wegen der Sache mit Ernst-Hubert da?«

»Was genau ist damals vorgefallen?«, fragte Muth.

»Nichts, rein gar nichts! Das ist es doch.«

»Aber Sie haben Anzeige gegen ihn erstattet.«

Isolde van Linn atmete ein. »Mir ging es damals nicht so gut«, sie stieß die Luft wieder aus. »Stress mit den Schülern, das war alles zu viel für mich. Ich habe Depressionen bekommen und ich ... ich habe getrunken. Außerdem war ich verliebt.«

»In Herrn Dieppe?«

»Wir hatten uns einige Male getroffen, nicht wir alleine, sondern mit Kollegen. Aber irgendwie habe ich damals gedacht, er würde mich, na ja ... Wie ich schon sagte, es ging mir nicht gut. Ich habe mich von ihm abgewiesen gefühlt, verletzt, ich war enttäuscht und wütend.«

»Und das war der alleinige Grund für die Anzeige?«, fragte Kalkbrenner.

Isolde van Linn kniff ihre Augen argwöhnisch zusammen. »Was sollte es denn noch gewesen sein?«

»Das frage ich Sie.«

»Nein«, sie schüttelte den Kopf. »Da war wirklich nichts, das alles ist ganz allein meine Schuld.«

»Was ist passiert, nachdem Sie die Anzeige erstattet hatten?«

»Was immer passiert«, sie zuckte mit den Schultern, während sie die Arme noch enger um ihren Oberkörper schlang. »Polizeibeamte haben mich befragt und meine Lüge sehr schnell durchschaut. Noch mehr Wut, Verzweiflung, Selbsthass, Scham. Mir wurde klar, was ich angerichtet hatte. Ich zog die Anzeige zurück. Ich wurde beurlaubt und krankgeschrieben, ich begann eine Therapie. Später habe ich mich entschuldigt.«

»Sie haben sich mit Herrn Dieppe getroffen?«

»Ich wollte mit der Sache abschließen, mein Therapeut hat mir dazu geraten.«

»Wie war Herrn Dieppes Reaktion?«

»Anfangs ist Ernst-Hubert skeptisch gewesen, sogar sauer, doch das hatte ich erwartet. Aber er hat mir eine Chance gegeben und mir zugehört. Schließlich hat er mich sogar zum Abendessen eingeladen, zur Versöhnung, hat er gesagt.«

»Und er hat für Sie gekocht?«

»Schon komisch, oder?« Sie entspannte sich, und ein Lächeln huschte über ihre Lippen. »Ich meine, nach allem, was ich ihm angetan habe. Aber er hat darauf bestanden, weil er doch so gerne kocht. Ich weiß noch, wie er mir erzählte, er hätte einen Onkel, dem er seine Kochenleidenschaft verdanke. Ich erinnere mich so genau daran, weil er mit einer solchen Inbrunst erzählte ...«

»Von seinem Onkel?«

»Ja, wirklich, ich habe noch nie jemanden so von seinem Onkel schwärmen hören. Gemüse dünsten, Fleisch anbraten, Menüs zaubern, all das und noch viel mehr habe er von ihm gelernt. Und er scheint ein guter Schüler gewesen zu sein, denn es war ein angenehmer Abend«, wieder lächelte sie, »und ein hervorragendes Essen. Er ist wirklich ein ausgezeichneter Koch!«

»Das haben wir schon gehört«, sagte Kalkbrenner und begegnete dem Blick seiner Kollegin.

»Am Ende hat er meine Entschuldigung angenommen«, fuhr Isolde van Linn fort. »Das hätte nicht jeder getan. Aber Ernst-Hubert war so ein Mensch, auch das hat mich damals an ihm ... Na ja, egal, die Sache war damit aus der Welt.«

»Endgültig?«

»Bald darauf habe ich meinen jetzigen Mann kennengelernt«, ihr Gesicht bekam einen verträumten Ausdruck. »Eigentlich hatte ich Gustl, also Gustav, meinen Mann, schon während meiner Therapie kennengelernt. Gustl und ich, wir haben uns im Wartezimmer meines Therapeuten das erste Mal getroffen. Aber bis wir uns verliebt haben, hat es dann noch etwas gedauert.«

»Seitdem haben Sie Herrn Dieppe nicht mehr gesehen?«

»Nein, deshalb verstehe ich auch nicht, warum Sie ...«

»Einen Moment bitte«, unterbrach Kalkbrenner. Wieder läutete sein Handy.

Diesmal war es seine Tochter. Er drückte ihren Anruf weg.

Muth sagte: »Herr Dieppe ist tot.«

»Oh«, machte Isolde van Linn. »Das tut mir leid. Was ist passiert?«

»Es gibt einige Fragen, die sich aus den Umständen seines Todes ergeben haben.«

»Er wurde doch nicht umgebracht, oder?«

Nein, er nicht.

»Danke für Ihre Zeit.«

Auf dem Weg zur Straße wählte er die Nummer seiner Tochter.

Sie ging sofort ran. Sie heulte. »Oh, Paps!«

»Jessy?« Kalkbrenners Kehle schnürte sich zu. »Was ist los?«

DREIUNDZWANZIG

Max musterte die Jungs, die sie umringten.

Sie waren größer und stärker, schlossen den Kreis enger um ihn und Ellie und drängten sie in eine Seitenstraße, weg von den Autos und den Leuten.

Er kannte Jungs wie sie, sie waren grundlos gehässig, immer auf Streit aus, schüchterten Schwächere ein, zogen ihnen die Handys, iPods und manchmal sogar die Klamotten ab. Von ihnen gab es mehr als genug in seinem Viertel in Rudow. Aber dort ließen sie ihn in Frieden, vor allem weil sie seinen Vater kannten.

»Ey«, sagte einer von ihnen, der größte von allen, zweifellos ihr Anführer. Er tat einen Schritt auf sie zu. »Das hast du extra gemacht.«

Erschrocken suchte Ellie Schutz hinter ihrem Bruder.

»Nein ... nein«, stammelte Max. »Ich hab ...«

»Fresse!«

»Wirklich, ich ... Aua!« Er bekam einen Schubs verpasst und stolperte rückwärts gegen seine Schwester.

Ellie schrie auf.

»Und du hör auf zu flennen!«

Tränen schossen ihr in die Augen.

Max bemerkte zwei Jogger einige Meter die Straße rauf. Sie waren weg, noch ehe er nach ihnen hätte rufen können.

»Gib mir den Rucksack!«, verlangte der Anführer.

Max tat wie ihm befohlen. In der Tasche befand sich nichts, wofür sich Prügel lohnte. Dennoch beschlich ihn das Gefühl, dass es darauf hinauslaufen würde.

Enttäuscht betrachteten die Jungs die Schokoriegel und die Fanta-Dosen. »Ist das alles?«

»Ja.«

»Gib mir dein Handy!«

»Ich hab keins.«

»Ey, jeder hat ein Handy.«

»Ich ... ich nicht.«

»Blödsinn!«

Noch ehe Max reagieren konnte, packten ihn zwei der Raufbolde an den Armen. Ein dritter vergrub die Hände in seine Jackentaschen. Außer einem zerfledderten Papiertaschentuch brachte er nichts zum Vorschein. Er griff ihm in die Hosentasche.

»Nein!« Max begann sich zappelnd zu wehren. »Nein, das ...« Ein Schlag ins Gesicht brachte ihn zum Schweigen.

Ellie schluchzte. Ein Hund bellte.

Eine ältere Frau warf einen neugierigen Blick in die Seitenstraße. Als sie die Jugendlichen sah, raffte sie die Leine und eilte mit ihrem dicken Mops davon.

»Ey, guck hier«, lachend wedelte einer der Raufbolde mit den Geldscheinen aus Max' Hosentasche.

»Das ist«, Max schnappte danach, »meins!«

»Jetzt nicht mehr.« Der Anführer verpasste ihm einen Stoß.

Max taumelte gegen einen der Raufbolde. Dieser schleuderte ihn nach vorne. Max prallte mit seiner Schwester zusammen. Ellie heulte erneut auf.

Der Anführer holte zum Schlag aus. »Was hab ich gesagt?«

»Lass sie in Ruhe!« Max rammte ihm seine Schulter in die Brust.

Mit einem überraschten Schnaufen landete der Junge auf dem Hosenboden. Für den Bruchteil einer Sekunde waren seine Kumpels perplex.

Oh Mann, so was hatte sich wahrscheinlich noch nie einer getraut.

Max zögerte nicht, packte seine Schwester und zog sie durch die Lücke, die im Kreis klaffte. Er stürmte auf die Ampel zu. Sie wechselte auf Rot.

»Ellie, schnell«, keuchend sprang er vom Bürgersteig.

In derselben Sekunde fuhr ein Auto an. Max und seine Schwester erstarrten im Scheinwerferlicht. Bremsen quietschten. Eine Hupe dröhnte.

Max nahm die Hand seiner Schwester. Gemeinsam rannten sie über die Straße in die Dunkelheit des Parks.

VIERUNDZWANZIG

Kalkbrenner verstand kein Wort von dem, was seine Tochter am Telefon sagte.

»Paps, es ist ...« Ein Schluchzen erstickte ihre Stimme.

Kalkbrenners Atem setzte aus. Angst verkrampfte sein Herz. Angst um seine Tochter, Angst um ihr Ungeborenes.

»Es ist Oma«, stieß Jessy hervor.

Erleichtert schnappte er nach Luft. Seiner Tochter und dem Baby ging es gut. Doch dann wurde ihm die Bedeutung ihrer Worte bewusst. *Es ist Oma.* Seine Mutter. »Was ist mit ihr?«

»Ein Schlaganfall«, Jessy schniefte. »Man hat sie ins Krankenhaus gebracht. Sie ... sie schläft.«

»Sie schläft?«

»Na ja, sie lebt, aber ... sie ist nicht bei Bewusstsein.«

»Warum hat mich niemand angerufen?«

»Das Krankenhaus hat es versucht.«

Kalkbrenner stutzte, dachte an die Anrufe mit unterdrückter Nummer. »In welchem Krankenhaus liegt sie?«

»Im Jüdischen.«

»Ich mache mich auf den Weg. Bis gleich.« Er legte auf und drehte sich zu seiner Kollegin um.

Muth fragte: »Deine Mutter?«

»Ein Schlaganfall. Es sieht nicht gut aus.«

»Fahr zu ihr, ich erledige den Rest.«

Kalkbrenner befand sich bereits auf dem Weg zu seinem

Wagen, als er sich noch einmal umdrehte. »Lass bitte diesen Onkel überprüfen, den Dieppe erwähnt hat, und ...«

»Paul«, unterbrach ihn Muth. »Ich habe gesagt, ich kümmere mich darum.«

Er klemmte sich hinters Lenkrad.

Erst als er sich in den dichten Verkehr auf der Badstraße eingefädelt hatte, wurde er sich beschämt seiner ersten Reaktion auf die Nachricht bewusst. Der Zustand seiner Mutter hatte ihn kaum interessiert, er war erleichtert gewesen, weil seiner Tochter und ihrem Baby nichts widerfahren war.

Er schaltete die Heizung an, weil ihm kalt wurde.

Andererseits: Seine Mutter war dement, gebrechlich, schwerkrank, und ihr Zustand verschlechterte sich seit Monaten. Hatte er nicht längst mit einem Anruf aus dem Pflegeheim gerechnet? Vielleicht nicht heute oder morgen, aber –

Was versuchst du dir da einzureden?

Sein Handy klingelte. Es war Berger. Kalkbrenner aktivierte das Freisprechen.

»Sera hat mir das von deiner Mutter erzählt«, meldete sich der Kollege. »Es tut mir leid.«

»Noch ist sie ja nicht tot.«

»Ich möchte dich nicht lange stören ...«

»Schon in Ordnung«, unterbrach Kalkbrenner, froh darüber, sich nicht länger mit seinem schlechten Gewissen auseinandersetzen zu müssen.

»Ich wollte dir nur mitteilen, dass Herr Dr. Salm für ...«, Papierrascheln drang aus dem Telefon, »... für morgen früh um halb neun eine Besprechung anberaumt hat. Bis dahin sollten auch die Ergebnisse der Obduktion Dieppes vorliegen. Sie wird noch heute Abend vorgenommen.«

In der Residenzstraße hielt Kalkbrenner vor einer roten Ampel.

Zwei Jogger überquerten die Straße. Eine füllige Rentnerin, die einen Mops an der Leine führte, der eine gewisse Ähnlichkeit mit der Matrone besaß. Aufgedrehte Teenager mit Bierflaschen in der einen und Zigaretten in der anderen Hand.

Kalkbrenner fragte: »Ist die Spurensicherung fündig geworden?«

»Nein, bisher keinerlei Hinweise auf ein Verbrechen – weder in Dieppes Wohnung noch in seinem Auto. Ich lasse gerade sein Telefon, sein Handy und die E-Mails überprüfen, damit wir uns ein Bild davon machen können, mit wem er Kontakt hatte. Vielleicht ergibt sich auf diese Weise ein Hinweis auf die Identität der Leiche, also, ich meine, der Leichenteile.«

Die Ampel sprang auf Grün. Kalkbrenner gab Gas. In derselben Sekunde trat er wieder auf die Bremse. *»Verdammt!«*

»Was ist los?«, rief Berger.

Kalkbrenner fluchte. Vor der Stoßstange seines Wagens standen zwei Kinder erstarrt im Scheinwerferlicht.

Das hätte mir jetzt auch noch gefehlt!

Hinter ihm erklang ein ungeduldiges Hupen.

Der Junge nahm das kleine Mädchen an die Hand, und sie rannten davon.

Kalkbrenner fuhr weiter. »Was ist mit der Befragung der Nachbarn?«

»Alle beschreiben Dieppe als sympathischen, zuvorkommenden Mann, einigen der Nachbarskinder hat er sogar Nachhilfeunterricht gegeben. Niemandem ist etwas Ungewöhnliches oder Verdächtiges aufgefallen.«

»Auch nicht an seiner ehemaligen Schule?«

»Nein, auch dort keine Anhaltspunkte bisher. Bis auf die Anschuldigungen seiner Kollegin, aber die waren ja erstunken und erlogen.«

»Allerdings hat Dieppe dieser Kollegin gegenüber seinen Onkel erwähnt, dem er seine, na ja, Kochleidenschaft verdanke.«

»Ja, Sera hat mir davon erzählt. Ich lasse Dieppes Familie überprüfen. Ich habe allerdings so eine Ahnung, dass der Onkel ein ebenso unauffälliger, unbescholtener Bürger wie sein Neffe war ... Aber«, Berger schnaufte, »Paul?«

»Ja?«

»Wenn Dieppe das tatsächlich schon seit Jahren gemacht haben sollte, seine ahnungslosen Nachbarn, Angehörigen, Kollegen mit ... na ja, also, du weißt schon ... zu verköstigen ...«

»Danach schaut es aus.«

»Du weißt, was das bedeutet, oder?«

»Ja.« Kalkbrenner schaltete sein Handy aus.

Er hatte das Krankenhaus erreicht.

FÜNFUNDZWANZIG

Zoe warf einen kurzen Blick auf die Speisekarte über dem Tresen.

»Zwei McRib«, sagte sie. »Dazu Pommes mit Ketchup und eine kleine, nein«, sie leckte sich die trockenen Lippen, »besser eine große Cola light.«

Wie selbstverständlich war die Bestellung aus ihrem Mund geschlüpft. Als gehörten McRib, Pommes und Cola light zu ihrem Standard-Repertoire, wenn sie bei McDonald's bestellte.

Davon ermutigt holte sie ihr Handy hervor und aktivierte den Sperrbildschirm. Vier leere Felder wurden angezeigt, die darauf warteten, mit Ziffern gefüllt zu werden.

Also, welche Zahlen fallen dir als Allererstes ein?

Doch diesmal blieb ihr Bauchgefühl stumm. Kurzerhand tippte sie 1-2-3-4. Der Bildschirm wackelte und teilte ihr mit, dass sie nur noch zwei Versuche hatte.

Wütend verdrückte sie sich in eine Nische, die weit entfernt vom Eingang lag, ihr aber einen Blick über das ganze Fast-Food-Restaurant bis hinaus auf den breiten Bahnsteig am Ostkreuz gewährte. Durstig leerte sie die Cola, noch ehe sie einen Bissen verzehrte. Danach machte sie sich mit Heißhunger über die Burger her. Die Pommes tunkte sie in die Ketchupsoße.

Fettig und nur lauwarm – trotzdem schmeckte ihre erste richtige Mahlzeit an diesem Tag wie ein Festessen.

Draußen zog inzwischen die Nacht herauf. Der Tag war vergangen, während Zoe ein weiteres Mal kreuz und quer durch die Stadt gefahren war, auf der Suche nach einem sicheren Ort für die Nacht.

Nachdem sie auch den zweiten Pappbecher ausgetrunken hatte, drückte ihre Blase. Rülpsend schulterte sie den Rucksack und suchte die Toiletten auf. Sie erschrak vor dem Gesicht, das ihr aus dem Spiegel entgegenblickte. Es schaute aus wie, nun ja, wie das einer Frau, die eine Nacht unter einer Brücke zwischen Mülltüten verbracht hatte, wo ein paar räudige Kerle sie um ein Haar –

Ihr Handy klingelte. Das Display zeigte ein Bild von Gee.

Zoe fröstelte. Sie wollte nicht mit ihm reden, nie wieder. Aber sie hatte so viele Fragen, und für den Augenblick war er der einzige Mensch, von dem sie sich Antworten erhoffen konnte. »Ja?«

»Hey, Zoe«, rief Gee überschwänglich. »Du hast dein Handy also gefunden?«

»Ja.«

»Wo steckst du?«

Sie schnaubte zornig. Hielt er sie tatsächlich für so ... *dumm?*

»Hey«, lachte er. »Du hast da was missverstanden.«

»Was gibt es an einem Schlag ins Gesicht misszuverstehen?«

»Ehrlich, Zoe, das war nicht so gemeint.«

Unvermittelt stiegen die Bilder ihres Alptraums wieder in Zoe auf.

Davon war nicht die Rede!

Dieser schreckliche Schrei, ein Gesicht, das auf sie herabstarrte – beklemmende Bruchstücke ihrer verlorenen Erinnerung. Wer war es, der so verzweifelt brüllte? Wem gehörte das blutverschmierte Gesicht?

»Was«, sagte sie, »ist hier los?«

»Lass uns einfach treffen und ...«

»Nein, ich will es jetzt wissen!«

»Verdammt, Zoe, du ...«

»Und schrei mich nicht an.«

»Pass mal auf, du Fotze, wenn ich ...«

Sie trennte die Verbindung. Mit zitternden Fingern stopfte sie das Telefon in ihre Jacke.

Wenn es noch einen Zweifel gegeben hatte, dann war er endgültig aus der Welt geräumt: Sie und Gee kannten sich. Warum sonst hätte sie seine Nummer samt Bild in ihrem Telefon speichern sollen? Aber wie ein Freund benahm er sich nun wirklich nicht.

Zwei Teenager betraten den Toilettenraum. Zoe verdrückt sich in eine der WC-Kabinen. Sie hörte die beiden Mädchen herumalbern, sich über eine Partynacht am letzten Wochenende austauschen und über Jungs amüsieren. Der ganz normale Teenagerwahnsinn. Obwohl Zoe die Mädels nicht kannte, beneidete sie sie. Tränen lösten sich aus ihren Augenwinkeln. Sie fühlte sich hilflos und einsam.

Nachdem die Mädchen den Raum wieder verlassen hatten, trat Zoe vor ein Waschbecken. Sie streifte ihre Jacke ab und spritzte sich kaltes Wasser ins verheulte Gesicht. Dort, wo Gees Hand sie getroffen hatte, glomm noch immer ein roter Fleck. Sie raffte das zerfetzte T-Shirt über die Brust und besah sich ihre Wunden. Es waren Blutergüsse wie nach heftigen Schlägen, an zwei Stellen sogar Schnitte. Von einem Messer?

Sie tupfte die Wunden mit nassen Papiertüchern sauber. Ihr Blick blieb an der Tätowierung hängen. Es war ein Engel, der mit seinen ausgestreckten Händen ein Datum umschloss.

17. *März* 2009.

Sie versuchte sich an die Bedeutung des Tattoos zu erinnern, aber das Nachdenken fiel ihr immer schwerer. Ihr Kopf war leer, ihr Körper ausgelaugt. Sie hatte nicht einmal mehr Tränen zum Weinen. Sie brauchte Schlaf. Vielleicht brachte der ja auch ihr Gedächtnis wieder auf Trab.

Sie zog sich die Jacke an. Mit ihren Händen und etwas Wasser kämmte sie sich das wirre Haar. Wenigstens sah sie nach dieser Katzenwäsche wieder wie ein halbwegs normaler Mensch aus.

Sie verließ das Fast-Food-Restaurant und lief an den Reisenden vorbei die Stufen hinunter zur Straße. Nicht weit vom Bahnhof ragte ein Hostel in den kalten Abendhimmel. An der Rezeption verlangte sie nach einem Einzelzimmer.

»Mir ist mein Portemonnaie gestohlen worden«, fügte sie kraftlos hinzu. »Ich habe nur noch das hier.«

Sie breitete ihre letzten 20 Euro auf dem Tresen aus.

Die junge Frau musterte sie argwöhnisch, und plötzlich war sich Zoe sicher, dass sie sie abweisen würde, dass sie hinaus in die Kälte und wieder unter einer Brücke übernachten musste.

»Füll das mal aus.« Die Frau reichte ihr ein Formular.

Erleichtert trug Zoe eine Phantasieadresse ein. Als sie der Frau das Blatt Papier zurückgab, erkannte Zoe an ihrer Miene, dass sie ihre Lügen durchschaute. Dennoch händigte sie ihr einen Schlüssel aus.

Kurz darauf betrat Zoe ein winziges Zimmer, spärlich eingerichtet mit einem noch winzigeren Bett, einem Waschbecken mit Spiegel und einem kleinen Handtuch über einem hölzernen Halter. Durch die dünnen Wände drangen lautes Geschrei und Musik aus den benachbarten Zimmern. Auf der Straße heulte die Sirene eines Krankenwagens.

Zoe legte sich aufs Bett. Augenblicklich bestürmten sie Dutzende Fragen.

Wer war diese Irina? Warum drohte ihr Gee? Wieso fürchtete sie die Polizei? Und was zum Teufel war mit ihr passiert?

Was, verdammt?

Fragen über Fragen – und nicht eine einzige Antwort.

Zoe war sich nicht mehr sicher, ob sie Schlaf finden würde. Noch während sie zweifelte, schlief sie ein.

SECHSUNDZWANZIG

Kalkbrenner hastete die Treppe hinauf zur Intensivstation.

Auf einer Bank vor der Schleuse saßen seine Tochter und ihr Freund Leif. Jessys Gesicht war blass, ihre Augen gerötet.

Kalkbrenners Herz schlug schneller. »Wie geht es ihr?«

Jessy setzte zu einer Antwort an, aber ihre Stimme versagte. Mit den Händen streichelte sie ihren Bauch, als suchte sie Trost bei dem Ungeborenen.

»Eine Schwester hat uns rausgeschickt«, sagte Leif. »Sie wollen Ihrer Mutter eine Sonde legen. Für die künstliche Ernährung.«

»Sie ist immer noch nicht erwacht?«

Leif schüttelte bedauernd den Kopf. Eine Träne löste sich aus Jessys Augenwinkel.

Draußen schlug eine Kirchenglocke – gleichgültig, unbekümmert.

Noch ist sie ja nicht tot.

Kalkbrenner betätigte den Klingelknopf neben der Schleuse. Es dauerte eine Weile, bis eine gehetzte Stimme fragte: »Ja, bitte?«

»Ich bin der Sohn von Frau Kalkbrenner. Kann ich zu ihr?«

»Ihre Mutter wird gleich versorgt und ...«

»Was heißt das – *gleich*? Darf ich sie vorher sehen?«

»Das ...«

»Nur kurz, bitte.«

Die Krankenschwester schien mit sich zu ringen. Dann ging der Summer, und die Schleuse öffnete sich.

Kalkbrenner streifte sich die vorgeschriebene Schutzkleidung über, desinfizierte seine Hände und folgte einer hageren, von den Anstrengungen ihres Berufs gezeichneten Schwester durch einen Gang, an dessen Ende sie ihm die Tür zu einem der Zimmer aufhielt.

Unvermittelt überkamen ihn Zweifel. Am liebsten hätte er kehrtgemacht. Er gab sich einen Ruck.

Der Anblick seiner Mutter bestürzte ihn. Ihr Kopf war in einem Kissen versunken. Ihre Augen geschlossen, ihre Wangen eingefallen und wächsern. Ihre dünnen Lippen spannten sich über zahnlose Kiefer.

Nur die surrenden, fiependen Geräte, an die sie angeschlossen war, ließen erahnen, dass sie nicht tot war.

Sie schläft.

Kalkbrenner hatte keine Ahnung, wie lange er so dastand.

»Ihre Mutter hatte Glück«, sagte eine Stimme.

Ein Arzt betrat den Raum. Er trug einen grünen Kittel, grüne Hose, sogar grüne Crocs.

»Glück?«, fragte Kalkbrenner.

»Dass das Pflegeheim so rasch reagiert hat. Wir konnten ihre Mutter stabilisieren.«

Kalkbrenner schaute auf seine Mutter hinab. Aus ihrem Mundwinkel lief Speichel über ihre Wange. Mit einem Tuch wischte ihn die Krankenschwester weg.

Der Arzt räusperte sich.

Kalkbrenner verließ den Raum. An der Tür schaute er noch einmal zurück.

Glück?

Er glaubte, ein Lächeln auf den Lippen seiner Mutter zu erkennen. Aber das mochte auch nur eine Täuschung sein, hervorgerufen von den Tränen, die seine Augen füllten.

Auf dem Weg zu seiner Tochter rieb er sich die Augen trocken. Er sank neben Jessy und ihrem Freund auf die Bank. Schweigend saßen sie nebeneinander.

Irgendwann sagte Jessy: »Ich glaube, Mama würde es wissen wollen.«

»Du hast recht.«

»Soll ich …«

»Ich mach das schon.« Kalkbrenner schaltete sein Handy ein und wählte die Nummer seiner Exfrau.

»Paul?« Sie klang reserviert.

»Ellen, tut mir leid, dass ich so spät noch störe, aber … meine Mutter, sie hatte einen Schlaganfall.«

»Oh nein, wie geht es ihr?«

»Sie ist am Leben, aber sie liegt im Krankenhaus.«

»Das tut mir leid! Ich würde gerne kommen, nur bin ich heute nicht in der Stadt.«

»Nein, du musst nicht kommen. Ich dachte nur, du würdest es gerne erfahren wollen.«

»Ich komme gleich morgen früh, okay?«

»Jessy ist da.«

»Paul, willst du nicht, dass ich sie besuche?«

»So war das nicht gemeint, natürlich darfst du kommen.«

Ellen schwieg.

In den letzten Monaten ihrer Ehe hatten sie ständig geschwiegen, weil jedes ihrer Gespräche in einem Streit geendet war. Und selbst ein Jahr nach ihrer Scheidung konnten sie nicht damit aufhören. Selbst wenn es nur um seine Mutter ging. Um ihre Demenz. Oder einen Schlaganfall.

»Also dann«, sagte Kalkbrenner, »bis morgen.« Er legte den Kopf in den Nacken und schloss die Augen.

»Ich habe mit Leif gesprochen«, hörte er seine Tochter sagen. »Vielleicht sollte ich meine Fahrt am Donnerstag ...«

»Nein, fahr du nach Paris.«

»Und was ist mit Oma?«

»Ihre Lage ist stabil, sagte der Arzt. Das wird wieder.«

Skeptisch erwiderte Jessy seinen Blick. Mit ihren Fingern spielte sie an dem Anhänger, der an einer Kette um ihren Hals hing.

Es war ein Engel, den Kalkbrenner als kleiner Junge von seinem Vater geschenkt bekommen hatte. Erst kürzlich hatte er den Glücksbringer in der Schmuckschatulle seiner Mutter wiedergefunden. Er hatte ihn seiner Tochter geschenkt. Irgendwann würde ihn ihr Sohn tragen. Sein Enkelsohn. *Henry.*

Wieder verkrampfte sich sein Herz, und schlagartig wurde ihm klar, was für ein merkwürdiges Gefühl es tatsächlich war, das ihn seit dem Frühstück quälte.

Was hatte ihn seine Kollegin heute Morgen gefragt?

»Es tut mir leid«, sagte Jessy, »wenn ich dir vorhin am Telefon einen Schreck eingejagt habe.«

»Halb so wild.«

»Aber ich bin so ... so schrecklich emotional, seit ich schwanger bin.«

»Ergeht mir genauso.«

»Ich weiß.«

Kalkbrenner sah seine Tochter überrascht an.

Sie lächelte. »Glaubst du, ich habe nicht gemerkt, wie du weinst?«

»Also ...«

»Du konntest doch heute Mittag gar nicht schnell genug

in die Küche verschwinden, bloß damit ich deine Tränen nicht sehe.«

Verlegen wich er ihrem Blick aus.

»Paps, wirst du jetzt etwa rot?«

Zu seiner Erleichterung klingelte sein Handy. Erneut war es die unterdrückte Nummer.

»Hallo?«, meldete er sich.

Niemand antwortete.

»Ist da das Krankenhaus?«

Stille. Nein, jemand atmete.

»Wer ist da? Sagen Sie doch was!«

»Herr Kalkbrenner?«, wisperte eine Frau.

Die Stimme kam ihm bekannt vor, aber ihm wollte kein Gesicht dazu einfallen. »Wer sind Sie?«

»Wopalka«, antwortete sie leise, »Marga Wopalka. Sie waren heute Morgen bei mir und ...«

»Ich erinnere mich.« Der Friseurladen. *Der Salon*. Der Einbruch und der Unfall. Der tote Junge. »Sie sind die Mutter von ...«

»Gregor, ja, Sie haben mir Ihre Karte gegeben, und Sie sagten ...

»Haben Sie mit Ihrem Sohn gesprochen?«

»Nein, den ganzen Tag noch nicht, und ich kann ihn auch nicht erreichen. Ich mache mir Sorgen.«

»Meine Kollegen vom Einbruchsdezernat kümmern sich darum.«

»Werde ich erfahren, wenn sie ihn ... gefunden haben?«

»Selbstverständlich.«

»Rufen Sie mich an?«

»Auch das werden meine Kollegen übernehmen. Und jetzt ... entschuldigen Sie mich bitte.« Er beendete das Telefonat.

Jessy hob die Augenbraue.

Er schüttelte den Kopf, unschlüssig darüber, ob er sich bei den Kollegen nach Gregor Wopalka erkundigen sollte.

Die Schleuse öffnete sich, und die Krankenschwester trat heraus. »Sie können jetzt wieder zu Ihrer Mutter.«

Kalkbrenner stand auf. Er würde morgen früh bei seinen Kollegen wegen des verschwundenen Jungen nachhorchen. Jetzt wollte er zu seiner Mutter.

Jessy hakte sich bei ihm unter. Sein Herz schlug schneller.

Höre ich da Wehmut in deiner Stimme?, hatte Muth ihn gefragt.

Sie hatte recht.

Je näher der Umzugstermin seiner Tochter rückte, umso schwerer fiel Kalkbrenner der Abschied.

Paps, du bist der Beste.

SIEBENUNDZWANZIG

Max rannte mit seiner Schwester durch den Park.

»Max …«, schluchzte sie, weil sie kaum Schritt mit ihm halten konnte. »Nicht … so … schnell.«

Sie hasteten einem Ausgang entgegen.

»Ich … kann … nicht … mehr.«

Auf der Straße waren kaum Autos unterwegs. Die Häuser standen in großem Abstand zueinander. Mit den Lichtern, die in den Zimmern brannten, wirkten sie gemütlich, sicher und friedlich.

»Mir … tun … die … Füße … weh.«

Sie folgten dem Bürgersteig bis zu einer Kreuzung. Erst als sie nach rechts in eine weitere unbelebte Straße bogen, erlaubte sich Max einen Blick zurück.

Von den Raufbolden war weit und breit nichts zu sehen. Dennoch trieb Max seine Schwester an, weiterzulaufen.

Er wollte ganz sichergehen, dass sie ihre Verfolger abgehängt hatten. Und vielleicht fanden sie ja auch eine weitere U-Bahn-Station, in der sie ein neues Ticket lösen, in den Zug steigen und zu ihrem Opa fahren konnten.

»Ich kann … wirklich nicht mehr.« Ellie stolperte über ihre eigenen Füße. »Können wir … eine Pause machen?«

Einige Meter weiter fiel Laternenlicht auf einen Bagger. In den Schatten auf dem Grundstück dahinter ragte ein abbruchreifes Haus in den Nachthimmel. Im Mauerwerk klafften große, dunkle Löcher, wo einst die Tür und die Fenster gewesen waren.

»Komm mit«, sagte Max und führte seine Schwester über einen Erdhügel in das Gebäude.

Das Laternenlicht, das schwach durch die Fensterlöcher ins Erdgeschoss fiel, ließ Bauschutt erkennen, Mülltüten und eine Matratze mit fleckigem Bettbezug. Weil die Zimmerdecke fehlte, reichte der Blick über zwei Etagen bis in die Dunkelheit unter dem Dach.

Max spähte hinaus zur Straße. Sie lag still und verlassen. Offenbar hatten sie die Raufbolde abgehängt. Allerdings, das wurde ihm im selben Augenblick klar, hatte er keine Ahnung, wo sie sich jetzt befanden.

Ellie sank schniefend auf die Matratze. Ihre Augen waren verheult, aus ihrer Nase triefte Rotz. »Ich habe Durst.«

»Später.«

»Auch essen? Ich hab Hunger.«

»Ja, wenn wir bei Mama sind.«

Ellie gähnte. »Wann denn?«

»Bist du müde?«, wich Max aus.

»Wann sind wir denn bei Mama?«

»Wenn wir geschlafen haben«, sagte er, weil ihm nichts anderes zu ihrer Beruhigung einfiel.

Zweifelnd schaute sie sich um. »Hier?«

»Klar.« Er bemühte sich um einen ungezwungenen Tonfall. Mit seiner Mutter hatte er mal einen Film im Fernsehen gesehen, in dem sich Leute in so einem Haus versteckt hielten. Die Familie hatte sich heimisch eingerichtet, und mit etwas Phantasie …

»Das ist doch eine Hütte im Märchenwald«, sagte Max.

Ellie sah hinauf zu den Dachbalken. »Das ist aber eine große Hütte.«

»Stimmt! Wahrscheinlich hat hier ein Riese gewohnt.«

»Ein«, Furcht schlich sich in ihre Stimme, »böser Riese?«

»Nein, kein böser Riese.«

»Aber ein dreckiger Riese«, naserümpfend legte sie sich auf die Matratze. »Bah, wie die stinkt.«

»Dann scheint es wirklich ein dreckiger Riese zu sein.«

»Und warum wäscht er sich nicht?«

»Bestimmt ist er gerade weg, um sich zu waschen«, versicherte Max.

»Und wenn er«, Ellie gähnte erneut, »fertig ist?«

»Ach, das wird dauern. Er ist ja ein großer Riese, also braucht er ganz viel Zeit, um sich zu waschen. Außerdem«, Max deutete durch das Fenster auf den Bagger, der wie ein mächtiges Tier in das nächtliche Zwielicht ragte, »passt draußen ein Drache auf uns auf.«

Das schien Ellie zu beruhigen.

»Max?«, murmelte sie. »Warum waren die Jungs so böse?«

»Weil es im Märchenwald auch Bösewichter gibt.«

»Ich dachte«, ihr klappten die Augenlider zu, »wir haben magische Kräfte.«

»Und ob wir die haben!«

»Und warum mussten wir dann weglaufen?«

»Weil auch die Bösewichter über Zauberkräfte verfügen. Am besten, wir gehen ihnen aus dem Weg und … Ellie?«

Seine Schwester war eingeschlafen.

Max lehnte sich zurück, irgendwie erleichtert, aber ebenso verzweifelt.

Wenn er ehrlich zu sich selber war, dann hatten sie sich nicht erst bei ihrer Flucht vor den Raufbolden verlaufen. Schon vorher hatte Max keinen blassen Schimmer gehabt, wohin es sie verschlagen hatte. Wo sie wieder zur richtigen

U-Bahn fanden. Und wie sie es zu ihrem Großvater schaffen sollten.

Geht zu Opa, auf jeden Fall.

Hatte er seine Mutter etwa falsch verstanden?

Vielleicht hatte sie etwas ganz anderes gemeint und fragte sich längst, wo er und Ellie abgeblieben waren. Ob sie sich Sorgen machte?

Kümmere dich um Ellie, ja?

Erschöpft breitete er die Decke über seiner Schwester aus. Er lauschte der Stille vor dem Haus. Wenigstens schützte es sie vor der Nacht und dem kalten Wind. Er nahm sich ganz fest vor, wach zu bleiben und aufzupassen.

Er gähnte. Sein Magen knurrte. Seine Lippen waren trocken vor Durst. Er schloss die Augen.

Nur kurz, schwor er sich. Nur ganz kurz.

Ellies Schrei riss ihn aus dem Schlaf. Vor ihnen stand ein Riese, torkelnd und wütend.

ACHTUNDZWANZIG

Zoe erwachte mit Magenkrämpfen.

Stöhnend rollte sie sich unter der Bettdecke zusammen. Sie trug noch immer ihre Jacke, die Hose und sogar die Schuhe. Nicht einmal die Vorhänge hatte sie vor die Fenster gezogen.

Der wolkenverhangene Himmel war düster und deprimierend.

Als die Krämpfe etwas nachließen, quälte sie sich aus dem Bett. Sie spürte jede Faser ihres Körpers, als wäre sie gestern einen Marathon gelaufen. In gewisser Weise traf das sogar zu. Sie hatte höllischen Durst, an ihrem Gaumen klebte ein bitterer Geschmack, ihre Zähne waren pelzig belegt. Außerdem konnte sie sich vor Schweiß und Dreck kaum noch selbst riechen. Aber vor allem musste sie dringend aufs Klo. Das fettige Abendessen lag ihr schwer im Magen.

Jetzt war sie dankbar, sich gestern vor dem Einschlafen nicht noch entkleidet zu haben. Ohne Zeit damit vergeuden zu müssen, sich anzuziehen, eilte sie aus dem Zimmer und zu den Toiletten am Ende eines langen Flurs.

Sie hockte eine gefühlte Stunde auf dem WC.

Danach suchte sie die Gemeinschaftsduschen auf. Dichter Dampf schlug ihr entgegen. Sie hängte ihre Klamotten an einen der Kleiderhaken und schlüpfte in die letzte freie Duschkabine, ein winziges, enges Kabuff am hinteren Ende.

Das heiße Wasser, das auf sie herabprasselte, war eine Wohltat. Es schien sie nicht nur von Schmutz und Gestank zu befreien, sondern auch von den Schmerzen. Mit jeder Minute, die sie duschte, entspannte sich ihr Körper.

Auch ihr Kopf wurde klarer, und sie begann, die Ereignisse des Vortags zu rekapitulieren. Was hatte sie in Erfahrung bringen können?

Ihr Name war Zoe. Sie wurde gesucht. Weil sie etwas verbrochen hatte? Das würde den Polizisten auf dem Parkplatz am Alexanderplatz gestern Morgen erklären, aber es war keine Erklärung für Gee und den anderen Typen, die sie kurz darauf durch die Stadt gejagt hatten. *Das* waren keine Polizisten gewesen.

Genauso wenig wie ich eine Verbrecherin bin!

Aber warum waren diese Männer dann hinter ihr her? Weil *sie* Verbrecher waren – und Zoe ihr Opfer? Oder womöglich Zeugin eines Verbrechens …

Davon war nicht die Rede!

Obwohl das Wasser immer noch heiß war, fröstelte sie. Die jähe Erinnerung an ihren Alptraum löste Beklemmungen in ihr aus. Plötzlich fühlte sie sich in der kleinen Duschkabine eingeschlossen, von den Wänden bedrängt, als rückten diese immer näher auf sie zu. Überstürzt trat sie hinaus, nass und schlotternd.

Sie hatte kein Handtuch.

Sie schlüpfte in einen Bademantel, der an einem der Kleiderhaken baumelte, ergriff ihre eigenen Klamotten und floh in ihr Zimmer. Sie kroch unter die Bettdecke und zog zitternd ihre Knie bis ans Kinn.

Erst als ihr Puls sich normalisierte, wurde ihr bewusst, mit welcher Selbstverständlichkeit sie den Bademantel entwendet hatte. Nicht eine Sekunde hatte sie gezögert.

NEUNUNDZWANZIG

Max war schockstarr vor Schreck.

»Meins!«, brüllte der Riese, während er mit dreckigen Händen vor ihren Gesichtern herumfuchtelte.

Ellie schrie wie am Spieß.

»Habt ihr gehört?« Der Riese beugte sich vor.

Entsetzt schlug Ellie ihre Hände vors Gesicht.

»Meins!« Der Riese wirbelte zu Max herum. »Verstanden?«

Es war kein Riese, erkannte Max, nur ein großer Mann mit zerzaustem Haar und schmutzstarrenden, alten Kleidern. Aber das machte seinen Anblick nicht weniger furchterregend, denn er war wütend, oh Mann, richtig zornig.

Er kam noch näher, bis sein vernarbtes Gesicht ganz nah vor Max' Nase schwebte. »Was nun? Sind wir einig?«

Max schrumpfte unter dem stechenden Blick. Er roch Schweiß, Schmutz und noch ein paar andere, ekelhafte Dinge. Mehr als ein Kopfnicken brachte er nicht zustande.

»Schön«, brummte der Mann, wandte sich ab und griff nach einer Tüte, die neben ihm am Boden lag. »Und jetzt verschwindet!«

Max sprang von der Matratze. Nichts lieber als das. Er hievte seine schluchzende Schwester in die Höhe. Ellies Fuß verhakte sich im Bettbezug. Sie stolperte über einen braunen Pappbeutel, den sie um ein Haar unter sich begrub.

»Pass auf!«, schimpfte der Mann, während er die knisternde Tüte ergriff, und Ellie schrie von neuem los.

Rasch stellte Max sie wieder auf die Beine und schob sie zum Ausgang. Draußen war es bereits hell. Dicke, graue Wolken ballten sich am Himmel. Wie lange hatten sie geschlafen? Und woher –

»Ellie!«, rief er, als seine Schwester unvermittelt stehen blieb. »Komm, wir müssen ...«

»Aber ich hab Durst und Hunger.« Schnuppernd reckte sie ihre Nase.

Kaum hatte sie ihren Satz ausgesprochen, stieg auch Max der Geruch von leckerem Essen in die Nase. Sein Blick kehrte zurück zu dem braunen Pappbeutel, mit dem der Mann sich auf die Matratze niederließ. Die Tüte zeigte das geschwungene Emblem von McDonald's.

Max' Magen gab ein hungriges Brummen von sich. Bis auf die Schokoriegel und den Apfel hatten sie gestern nichts gegessen.

»Immer noch da?«, stellte der Mann verärgert fest.

Ellie schniefte. »Ich hab so einen Hunger.«

»Dann geht nach Hause!«

»Wir haben uns verlaufen«, flüsterte Max.

Skeptisch neigte der Mann seinen Kopf.

»Wir ... wir haben uns wirklich verlaufen«, bekräftigte Max, und plötzlich platzte alles aus ihm heraus, »weil ... weil wir mussten uns verstecken. Da waren nämlich böse Jungs, die ... die das Geld von meiner Mama geklaut haben, weil wir in die falsche Bahn gestiegen sind. Meine Mama hat nämlich gesagt, wir sollen zu Opa fahren. Deshalb sind wir weggerannt, durch den Park, und dann ... dann ... haben wir uns hier versteckt.«

»Kein Wort verstanden«, sagte der Mann.

Ellie rieb sich die Nase. »Bist du ein böser Riese?«

»Hä?«

»Max hat gesagt, hier wohnt ein Riese. Aber kein böser!«

»Nix da böser Riese!«

»Aber«, Ellie nagte an ihrer Unterlippe, »wir dürfen nicht in deiner Hütte bleiben.«

»Ist meins! Mein Haus. Verstanden?«

»Ist das auch dein Essen?«, wollte Ellie wissen.

»Ist es.«

»Darf ich was abhaben?«

»Nein.«

»Also bist du doch ein böser Riese!«

Verdutzt blickte der Mann sie an. Er kratzte sich sein vernarbtes Gesicht. Dann verdrehte er seufzend die Augen. »Also gut, setzt euch.«

DREISSIG

Kalkbrenner verließ den Fahrstuhl in der dritten Etage.

Die Büros seiner Kollegen lagen noch verlassen, trotzdem glaubte er bereits die dicke Luft zu spüren, die im Kriminalkommissariat Berlin-Mitte herrschte.

»Paul!« Aus dem Vorzimmer zu seinem Büro tönte die aufgeregte Stimme von Rita Barnitzke. Sie hörte sich an, als hätte sie mit der Verkündung des Weltuntergangs nur noch auf Kalkbrenners Ankunft gewartet.

Er fühlte sich bestätigt. Seine Sekretärin war ein guter Seismograph für die Stimmung im Dezernat.

Die kleinwüchsige Endfünfzigerin, die sommers wie winters am liebsten geblümte Blusen, Wickelröcke und Sandalen trug, balancierte einen Stapel Kaffeetassen in der einen Hand, einen Teller mit Kuchen in der anderen. »Oh Paul«, seufzte sie und erweckte dabei den Anschein, als müsste sie jede Sekunde in Tränen ausbrechen, »das ist so traurig.«

»Was?«

»Das mit deiner Mutter. Der Schlaganfall. Es tut mir ja so leid.«

»Danke, das ist lieb von dir.«

»Wie geht es ihr? Besser?«

»Sie ist stabil«, Kalkbrenner hängte seine Jacke an die Garderobe. »Ich war gerade bei ihr im Krankenhaus.«

»Vielleicht solltest du dir ein paar Tage freinehmen.«

»Ich glaube nicht, dass ihr das viel helfen würde.«

»Aber dir täten ein paar Tage ...«

»Rita«, unterbrach er sie. »Warum sagst du mir nicht einfach, dass der Chef angerufen hat.«

Seine Sekretärin wackelte verzagt mit dem Kopf. Für einen kurzen Moment schwieg sie. Als die gute Seele des Dezernats war sie darum bemüht, die Beamten vor jedwedem Ärger zu bewahren. Häufig gelang es ihr, erstaunlich häufig sogar, aber manchmal war auch sie machtlos. »Ja, du hast recht, Dr. Salm will mit dir reden.«

»Um halb neun ist die Besprechung.«

»Vorher!«

Mit einem Seufzen eilte Kalkbrenner in sein Büro, ein kleiner, stickiger Raum, der mit alten Schränken, einem alten Stuhl, einem alten Schreibtisch und einem noch älteren Computer vollgemüllt war. An manchen Tagen glaubte er, das Nikotin riechen zu können, mit dem sein Vorgänger die Tapete getränkt hatte.

Das einzig Neue in dem Zimmer war das Foto an seinem PC-Monitor, das ihn und seine Tochter während ihres letzten gemeinsamen Urlaubs in Kanada zeigte. Allerdings lag diese Reise inzwischen auch schon mehr als neun Jahre zurück.

Kalkbrenner kippte das Fenster an und ließ frische Luft herein.

Draußen trieb ein scharfer Wind die Touristen über den Alexanderplatz. Dichte, graue Wolken umhüllten die Spitze des Fernsehturms. Der Sommer war endgültig vorbei.

Direkt nach dem Aufstehen war er heute Morgen ins Krankenhaus zu seiner Mutter gefahren und danach ins Dezernat. Auf das Frühstück hatte er verzichtet, auf einen Blick in die Zeitung dagegen nicht.

Im Vorzimmer klingelte das Telefon.

Rita rief: »Schon wieder Dr. Salm.«

»Sag ihm, ich bin unterwegs.«

Ihr Kopf lugte zur Tür herein. »Brauchst du vorher eine Stärkung?«

»Ich dachte schon, du fragst mich gar nicht mehr.«

Ritas Miene hellte sich auf. Keine fünf Sekunden später stellte sie einen Teller auf Kalkbrenners Schreibtisch ab.

Mit Kuchen lässt sich vieles leichter ertragen, lautete ihre Devise, und so verwöhnte sie die Beamten des Dezernats regelmäßig mit selbstgebackenem Kuchen.

Skeptisch betrachtete Kalkbrenner ihre neueste Kreation, die unter einem riesigen Berg Sahne kaum zu erkennen war. »Was ... ist das?«

»Eine Rhabarber-Senf-Torte.«

»Senf?«

»Probier's, sie wird dir schmecken.«

Er nahm ein Stück mit der Gabel. *Gar nicht schlecht.* Hungrig machte er sich über den Rest her.

Auf dem Weg zum Fahrstuhl begegnete ihm sein Kollege. Berger trug ein anderes Sakko als gestern, aber auch das heutige warf Falten wie Ritas Wickelrock. Sein ganzer Kleiderschrank schien aus nichts weiter als zerknitterten Jacketts zu bestehen.

Er fragte: »Hast du schon die Zeitung gelesen?«

»Was glaubst du, wohin ich gehe?«

»Paul, du hast ...«

»Später!«

Dr. Salms Büro lag in der vierten Etage. Alles war neu, die Tapete, der Schreibtisch, sogar der Teppich. Kein Zweifel: Je höher man im Präsidium saß, desto häufiger wurden die Zimmer renoviert.

»Kalkbrenner!« Der Dezernatsleiter klatschte eine Zeitung auf den Tisch. Der *Berliner Kurier.* »Was habe ich Ihnen gestern gesagt?«

Kalkbrenner setzte sich.

»Kein Wort an die Presse, *das* habe ich gesagt. Ausdrücklich!«

Kalkbrenner sparte sich den Blick auf die Titelseite. Er hatte die Schlagzeile schon vor einer Stunde am Kiosk vor dem Krankenhaus gelesen.

Leichenteile im Kühlschrank – Kannibale im Wedding?

Darunter prangten zwei Fotos. Eines zeigte Ernst-Hubert Dieppe, zwar mit schwarzem Balken über den Augen, aber wer den Mann kannte, konnte ihn ohne weiteres identifizieren. Und falls man noch Zweifel hatte, half das andere Bild weiter: das Haus in der Lüderitzer Straße. Es war gestern Mittag in jener Sekunde geschossen worden, als Kalkbrenner und Muth das Gebäude verlassen hatten.

Der Artikel stammte von Hardy Sackowitz.

»Und überhaupt, wie ...«, stirnrunzelnd beugte sich Dr. Salm vor. »Was haben Sie da?«

»Wo?«

»An Ihrer Wange? Herrje, ist das Sahne?«

Verlegen wischte sich Kalkbrenner das Gesicht.

Sein Chef schnaubte. »Schön, dass zumindest Ihnen der Appetit nicht vergangen ist. Mir allerdings schon! Wie um alles in der Welt ist dieser Reporter«, er pochte mit dem Zeigefinger auf den Zeitungsartikel, »an die Informationen gekommen?«

»Es waren gestern eine Menge Leute vor Ort: Streifenbeamte, Notarzt, Rettungssanitäter, Kriminaltechniker ... Irgendeiner wird sich ein kleines Taschengeld verdient haben.«

»Ja«, jetzt hämmerte der Dezernatsleiter mit der Handfläche auf den Tisch. »Das ist mir auch klar, aber Sie als Ermittlungsleiter sollten –«

Kalkbrenners Handy läutete. Er blickte aufs Display. »Tut mir leid, das ist meine Frau.«

»Sind Sie nicht geschieden?«

»Meine Exfrau, bestimmt geht es um meine Mutter.«

»Ich dachte, Ihre Mutter ist tot?«

Kalkbrenners Herz klopfte. *Noch ist sie ja nicht tot.* In seiner Hand klingelte das Telefon, laut und eindringlich. Er nahm das Gespräch entgegen. »Ellen, was gibt's?«

»Ich bin bei deiner Mutter. Ich war eigentlich davon ausgegangen, dass du auch bei ihr bist.«

»War ich, gleich heute Morgen.«

»Ach so.« Der Vorwurf in Ellens Stimme war unüberhörbar.

Noch so ein Thema, das immer wieder zu Auseinandersetzungen zwischen ihnen geführt hatte. Nachdem er seine Mutter in einem Heim hatte unterbringen müssen, hatte Ellen ihm vorgeworfen, er hätte sich ihrer entledigt, so wie er es mit seiner Familie getan hatte.

Dr. Salm räusperte sich ungeduldig.

Kalkbrenner fragte: »Ellen, ist etwas Wichtiges?«

»Hast du mit dem Arzt gesprochen?«

»Gestern Abend. Warum?«

»Ich habe ihn vor wenigen Minuten getroffen. Er hat gesagt, er benötigt die alten MRT-Bilder deiner Mutter, damit er einen Vergleich zu den aktuellen Aufnahmen hat. Im Pflegeheim können sie die Bilder nicht finden.«

»Ich habe die CD bei mir zu Hause.«

Erneut war Ellens Schweigen unmissverständlich.

Der Dezernatsleiter brummte grimmig.

»Ellen«, sagte Kalkbrenner, »ich bin beschäftigt. Es ist wichtig.«

»Wie überraschend.«

»Was ist mit Jessy? Sie hat einen Schlüssel zu meiner Wohnung.«

»Sie ist mit Leif beim Geburtsvorbereitungskurs, danach hat sie einen Termin für die Ultraschalluntersuchung.«

»Könntest *du* die CD in meiner Wohnung abholen?«

»*Ich* habe keinen Schlüssel.«

»Wenn du auf dem Weg zu meiner Wohnung am Präsidium vorbeifährst, kann ich ihn dir geben.«

»Paul …«

»Es ist nicht einmal ein Umweg, und du … Ellen?« Sie hatte aufgelegt.

Dr. Salm kam hinter seinem Schreibtisch hervor. »Es ist halb neun, wir müssen zur Besprechung.« Sein verärgerter Blick streifte die Zeitung. *Kannibale im Wedding?* »Wollen wir hoffen, dass sich diese … unappetitliche Schlagzeile nicht bewahrheitet.«

EINUNDDREISSIG

Zoe dachte an ihren Alptraum, der ihr seit gestern Morgen, seit ihrem Erwachen unter der Brücke, immer wieder durch den Kopf spukte.

Davon war nicht die Rede!

Sie glaubte die Panik in dem Schrei förmlich zu spüren, und die Bedrohung, die von dem Gesicht ausging. Die Visage war blass, nicht viel mehr als ein Schemen, aber unzweifelhaft das Gesicht eines Mannes. So sehr sie sich bemühte, sie konnte sich nicht an ihn oder seinen Namen erinnern. Aber er machte ihr Angst. Schreckliche Angst.

Sie schlang die Bettdecke enger um ihren schlotternden Leib.

Sie erschrak, als es an der Zimmertür klopfte. »Reinigungsservice!«

»Ich …«, ihre Stimme zitterte. »Ich brauch noch etwas.«

»Aber nicht mehr lange.«

Widerwillig verließ Zoe das Bett. Vor dem Spiegel trocknete sie ihre Haare mit dem kleinen Handtuch.

Es war, als spielte ihr Unterbewusstsein ihr einen Streich nach dem anderen. Immer wieder vermittelte es ihr das Gefühl einer vagen Erinnerung. Ihre spontane Bestellung im Fast-Food-Restaurant, das vertraute Gefühl in Rudow, Missy, die Katze – oder ihr furchtbarer Alptraum. Nur um gleich darauf jede weitere Zusammenarbeit mit ihrem Gedächtnis wieder einzustellen.

Mit ihren Fingern kämmte sie sich die Haare. Etliche Strähnen hatten Spliss und standen ihr widerborstig vom Schädel ab. Sie benötigte einen Kamm.

Und du brauchst Hilfe!

Doch von wem?

Du kannst ja nicht einmal zur Polizei!

Noch etwas, was sie instinktiv wusste. Was immer ihr widerfahren war, der Polizei durfte sie nicht über den Weg trauen.

Keine Polizei!

Sie legte den Bademantel ab und griff nach dem Rucksack. Sie streifte sich das neue Paar Socken über und schlüpfte in den frischen Slip. Als sie sich nach ihrer Hose bückte, fiel ihr Blick auf den tätowierten Engel, der ein Datum auf Händen trug.

17.03.2009

Sie hielt inne.

Sie nahm ihr Handy, aktivierte den Sperrbildschirm und tippte die ersten drei Ziffern der Jahreszahl.

2-0-0-

War es das Geburtsdatum eines Kindes? Ihres Kindes?

Unwillkürlich berührte sie ihren Bauch. Es regte sich kein Gefühl der Bestätigung. Gehörte die Zahl zu einem Haustier? Einem Hund? Oder besaß sie eine Katze?

Missy!

Ja, sie spürte es, das kam der Wahrheit schon näher. Sie hatte eine Katze, ganz bestimmt. Und Missy war ihr Name.

Zoe gab die letzte Ziffer ein.

9

Der Bildschirm wackelte, aber das Handy blieb gesperrt.

Sie unternahm einen weiteren Versuch, wohl wissend, dass sie nur drei hatte.

1-7-0-3

Das Handy gab den Bildschirm frei.

ZWEIUNDDREISSIG

Kalkbrenner folgte seinem Chef in den Konferenzsaal, der so winzig war, dass er diesen Namen kaum verdiente.

Auf der einen Seite des kleinen Tisches zwängte sich Dr. Bodde, die Leiterin der Spurensicherung, neben Berger, den die Enge nicht zu stören schien. Genüsslich verzehrte er ein großes Stück der Rhabarber-Senf-Spezialität. Ihnen gegenüber saßen Muth und Dr. Wittpfuhl dicht aneinandergedrängt. Der Gerichtsmediziner, tadellos im Zweireiher, hielt eine Tasse hoch, die Rita ihm umgehend mit heißem Kaffee füllte.

»Noch jemand?«, fragte sie.

Kalkbrenner gab ihr ein Zeichen, während er auf einen Stuhl sank, der sich zur Hälfte bereits im Vorzimmer befand.

Dr. Salm breitete die Zeitung auf dem Tisch aus und nahm den letzten freien Platz am Kopfende ein. Seine Miene war so finster wie die Wolken, die über Berlin hingen.

Rita machte das Licht an. »Wer hat noch keinen Kuchen?«

»Also bitte, Frau Barnitzke«, das Gesicht des Dezernatsleiters wurde noch mürrischer, »ich weiß nicht, wie oft ich Ihnen das noch sagen soll …«

»Sie möchten also keinen Kuchen?«

»Nein … ja, doch.«

»Ja, was denn nun?«

»Herrje, ich möchte keine Zeit mehr vergeuden. Können wir endlich beginnen?«

»Vorher hätte ich bitte gerne noch ein Stück«, sagte Berger, an dessen Barthaaren Sahne klebte. »Mir hat heute nämlich die Zeit fürs Frühstück gefehlt. Wir hatten meinen Enkel über Nacht, ein richtiger Wirbelwind, der ...«

»Herr Berger!«, unterbrach ihn Dr. Salm.

Verstimmt widmete sich Berger wieder seinem Kuchen.

Kalkbrenner goss Milch in seine Kaffeetasse. Während er mit dem Löffel rührte, wandte er sich an Dr. Bodde. »Was haben Ihre Untersuchungen in der Wohnung des verstorbenen Ernst-Hubert Dieppe ergeben?«

»Das kann ich Ihnen in einem Wort sagen. Nichts«, antwortete die Kriminaltechnikerin. »Nichts, was auch nur im Ansatz darauf hindeutet, dass in der Wohnung ein Verbrechen verübt wurde.«

»Dennoch ist ein Mord geschehen«, stellte Dr. Salm klar. »Oder wie erklären Sie sich die Leichenteile in Dieppes Kühlschrank?«

»In der Gefriertruhe«, schmatzte Berger, »nicht im Kühlschrank.«

»Oh doch, *auch* im Kühlschrank«, warf Dr. Wittpfuhl ein.

Alle Blicke richteten sich auf den Gerichtsmediziner.

Er trank einen Schluck Kaffee und tupfte sich mit einer Serviette die Lippen ab. »Lassen Sie mich der Reihe nach erklären, und ich beginne mit dem halb verzehrten Braten, den Sie auf Dieppes Teller vorgefunden haben. Die Untersuchung hat ergeben, dass es sich dabei um Leber handelt, um genau zu sein: menschliche Leber, gewürzt, angebraten und geschmort.«

Beklommene Stille breitete sich im Konferenzsaal aus. Regentropfen plätscherten gegen die Fensterscheibe.

Berger schob mit ekelerfülltem Gesicht den Kuchenteller von sich.

Der Dezernatsleiter betrachtete die Zeitung. *Kannibale im Wedding?* »Dieppe hat das tatsächlich gegessen?«

»Nicht nur das«, sagte Dr. Wittpfuhl. »Neben unverdauten Leberresten habe ich in Dieppes Magen außerdem noch Reste von menschlichem Muskelfleisch gefunden. Es stammt von dem, nun ja, wie soll ich sagen?« Er dachte kurz nach. »Sie haben mir Aufschnitt aus Dieppes Kühlschrank zur Untersuchung mitgeschickt. Bei diesem *Aufschnitt* handelt es sich um Muskelfleisch, geräuchert und in Scheiben geschnitten.«

»Das ist ja ...«, Dr. Salm ächzte, »... widerwärtig.«

Und damit, so fand Kalkbrenner, war die Sache ziemlich genau auf den Punkt gebracht – obwohl sie gerade erst angefangen hatten. Er fragte: »Was ist mit dem Inhalt der Gefrierbeutel?«

Dr. Wittpfuhl nickte, als hätte er die Frage erwartet. »Abgesehen von den Körperteilen, die Sie bereits vor Ort identifizieren konnten – das Ohr, der Unterschenkel mit Fuß, der Arm ohne Hand, der Augapfel und die Gehirnmasse –, enthielten die übrigen Beutel ein Herz, eine Niere, eine Zunge und Muskelfleisch, des Weiteren einen Penis mit Hoden. Alle Körperteile weisen übrigens leichte Verbrennungsspuren auf.«

»Sie wurden allesamt ... gebraten? Oder geschmort?«

»Nein, entschuldigen Sie, das hätte ich hinzufügen müssen: Die Verbrennungen sind ante mortem.«

»Das heißt, die Person wurde ...«

»Ja, richtig, vermutlich bei lebendigem Leib gegrillt.«

»Herrje«, stöhnte Dr. Salm. »Das wird ja immer schlimmer.«

»Herr Dr. Wittpfuhl«, meldete sich Muth zu Wort. »Habe ich Sie gerade richtig verstanden? Alle Körperteile stammen von ein und derselben Person?«

»Zweifellos«, bestätigte der Gerichtsmediziner. »Diese Person war männlich und Anfang bis Mitte 20. Die Überreste sind vor circa sieben Tagen in der Kühltruhe eingefroren worden, das dürfte in etwa auch das Todesdatum gewesen sein.«

»Gibt es Hinweise auf die Identität des Opfers?«, fragte Dr. Salm.

Berger rieb sich verwundert den Bart. »Opfer?«

»Selbstverständlich«, antwortete der Dezernatsleiter. »Denn diese Person, also dieser Mann ... er wurde getötet, daran besteht ja wohl kein Zweifel. Ob auf eigenen Wunsch oder unter Zwang spielt nur eine untergeordnete Rolle. Dieser Fall in ... wo war das noch gleich?«

»Rotenburg!« Dr. Wittpfuhl schlürfte an seinem Kaffee.

»Genau«, Dr. Salm nickte. »Da war die Sachlage klar, es gab einen Täter, und es gab ein Opfer, obwohl das Tötungsdelikt und das«, er würgte seine Worte hervor, »das Verspeisen einvernehmlich stattfanden.«

»Das ist richtig«, sagte Muth. »Aber es gibt – zumindest für den Moment – einen Unterschied zu dem Fall in Rotenburg: Wir wissen nicht, ob Dieppe überhaupt der Täter ist.«

»Wir haben die Leichenteile in seiner Gefriertruhe gefunden – und in seinem Magen ...«

Muth schüttelte den Kopf. »Das ist kein Beweis dafür, dass Dieppe das Opfer getötet hat. Und bislang hat die Spurensicherung in seiner Wohnung auch kein entsprechendes Indiz gefunden.«

»Dann hat er ihn woanders umgebracht«, hielt Dr. Salm

entgegen. »Also, noch einmal meine Frage: Kennen wir die Identität des Mannes?«

»Leider nein«, bedauerte Dr. Bodde. »Unter den Leichenteilen befanden sich keine Finger, wir konnten also keine Fingerabdrücke sichern.«

»Was ist mit der DNA-Analyse?«

»Negativ, wer immer das Opfer war, polizeilich ist seine DNA nicht registriert. Sie passt auch zu keinem der aktuell gemeldeten Vermisstenfälle, zu denen DNA-Vergleichsproben vorliegen.«

»Hat die Überprüfung von Dieppes Umfeld keinen Hinweis auf eine mögliche Identität des Opfers erbracht?«

Berger zwirbelte seine spitzen Bartenden. Noch immer klebte Sahne daran. Er wollte sie sich von den Fingern lecken, doch dann verzog er sein Gesicht und wischte sich die Hände schnell an einer Serviette ab. »Wir haben die Anrufliste von Dieppe gecheckt, sein Festnetz, sein Handy, die E-Mails auf seinem Laptop und ...« Er runzelte die Stirn, kramte einen Notizblock aus seiner zerknitterten Jackentasche und studierte seine Aufzeichnungen. »Die Kontakte, die wir vorgefunden haben, sind nahezu identisch mit den Namen, die uns seine Tochter genannt hat. Und alle Personen sind gesund und munter.«

»Was hat die Befragung dieser Personen erbracht?«

»Alle beschreiben Dieppe als nett und zuvorkommend. Er gab den Nachbarskindern Nachhilfe, traf sich mit Kollegen zum Sport, mit Freunden und der Familie zum Essen ...«

»Ein wahrer Musterbürger, wie schön«, unterbrach Dr. Salm ungeduldig. »Haben Sie auch etwas, was uns weiterhilft?«

»Ja, Dieppes Verabredungen zum Essen.«

»Inwiefern helfen die uns weiter?«

»So wie es ausschaut«, mischte sich Kalkbrenner ein, »teilte Dieppe seine, nun ja, nennen wir es mal *Veranlagung*, mit besonderer Vorliebe mit seinen ahnungslosen Nachbarn, Kollegen, Freunden und Angehörigen – und das schon seit vielen Jahren, womöglich Jahrzehnten.«

»Und alle waren ahnungslos? Das ist ja ... Moment mal!« Der Dezernatsleiter starrte ihn an. »Das bedeutet ...«

»Richtig«, sagte Kalkbrenner. »Der junge Mann war aller Voraussicht nach nicht das erste Opfer in Dieppes Gefriertruhe.«

Während allen Anwesenden die Tragweite seiner Worte aufging, gewann draußen der Regen an Heftigkeit und hämmerte gegen die Fensterscheibe.

Kalkbrenners Handy läutete.

Wie am Abend zuvor war es eine unterdrückte Nummer. Er schaltete das Telefon aus und sagte: »Natürlich ist das bislang nur ein Verdacht, begründet auf die Aussagen aller Befragten. Aber es wäre fahrlässig, diesem Verdacht nicht nachzugehen.«

»Herrje«, krächzte Dr. Salm. »Wir haben schon Schwierigkeiten, die Identität des Opfers in der Gefriertruhe zu ermitteln, wie wollen wir da frühere Opfer ausfindig machen?«

»Im Augenblick lassen wir Dieppes übrigen Besitz untersuchen«, erklärte Berger, »Briefe, Aufzeichnungen, Akten, alles, was wir in seiner Wohnung gesichert haben. Vielleicht ergibt sich daraus ein Hinweis auf das Opfer in der Gefriertruhe – und mögliche, frühere Opfer.«

»Vielleicht, vielleicht«, schimpfte der Dezernatsleiter. »Ist das etwa alles?«

»Wie war das damals mit dem Kannibalen von Rotenburg?«, fragte Muth. »Da hatten sich Täter und Opfer in einschlägigen Internetforen kennengelernt, wo sie auch Fotos und Videos getauscht haben.«

»Richtig«, bestätigte Dr. Bodde. »Doch wie Ihr Kollege, Herr Berger, schon erwähnt hat: E-Mails, Webverlauf und auch die Festplatte von Dieppe wurden untersucht. Da ist nichts, was auf einen derartigen Internetverkehr hinweist, auch die Wiederherstellung gelöschter Daten hat nichts in dieser Hinsicht zutage gefördert. Wir könnten noch die Experten im Dezernat für Onlinekriminalität auf die Internetforen ansetzen. Vielleicht stolpern sie über eine digitale Spur von Dieppe.«

»Stolpern?«, wiederholte Dr. Salm ungehalten.

»Es gibt keine Anhaltspunkte für eine zielgerichtete Suche. Falls Dieppe sich tatsächlich diesbezüglich im Internet bewegt haben sollte, dann nicht mit seinem Computer oder seinem Handy. Wie wissen also nicht, worauf wir achten müssen.«

»Herrje, sehe ich das richtig?«, konstatierte der Dezernatsleiter. »Außer einem unbekannten, zerlegten, halb verspeisten Opfer und Spekulationen haben wir nichts?«

»Nun«, sagte Muth, »wir haben ein Opfer, aber keinen erwiesenen Täter.«

»Das erwähnten Sie bereits. Aber worauf wollen Sie hinaus? Dass es einen zweiten Tatbeteiligten gibt?«

»Dieppe hat einen Onkel erwähnt.« Muth tauschte einen Blick mit Kalkbrenner, als wollte sie sich vergewissern, ob er ihre Gedanken teilte.

Doch er war sich nicht sicher, worauf seine Kollegin hinauswollte.

Der Dezernatsleiter fragte: »Haben Sie seinen Onkel gefunden?«

DREIUNDDREISSIG

Unschlüssig betrachtete Max die Papptüte, die der Mann ihm entgegenhielt.

Ihr entstieg der verführerische Duft von Burgern und Pommes, und plötzlich überkam ihn ein Heißhunger, als hätte er nicht nur seit gestern, sondern seit Tagen nichts mehr gegessen.

»Was nun?«, knurrte der Mann ungeduldig. »Hunger oder nicht?«

Das ließ sich Max nicht zweimal sagen. Er griff nach dem Beutel, aus dem er eine Schachtel mit Pommes hervorholte und sie vor seiner Schwester abstellte.

Ebenso hungrig machte sich Ellie darüber her. »Ich mag Pommes«, erklärte sie.

Der Mann verdrehte erneut die Augen. »Essen!«

»Mama hat immer ...«

»Nicht reden!«

Eingeschüchtert stopfte Ellie die Pommes in sich hinein.

Max entschied sich für einen Burger. Dieser war zwar nicht mehr warm, schmeckte aber trotzdem köstlich. »Woher ...«

»Hast nicht verstanden?« Der Mann schaute ihn düster an.

Während Max schweigend kaute, beäugte er den Mann aus den Augenwinkeln. Er erweckte nicht den Eindruck, als könnte er sich jeden Tag ein teures Fast-Food-Essen leisten.

»Freund«, brummte der Mann, als spürte er nicht nur Max' Blicke, sondern wüsste auch um dessen Gedanken, und als ginge ihm beides gehörig auf die Nerven, »bei Donald.«

»Donald?«

»Der mit den Burgern.«

»Ein Freund?«

»Ja, gibt immer die Reste, die Kunden übriglassen.«

Max spie den Burger aus und fegte die Schachtel mit den Pommes beiseite. Die Fritten wirbelten über den staubigen Boden.

»Max!«, protestierte Ellie.

»Was machst du?« Der Mann schaute ihn entsetzt an. »Warum spuckst du Essen aus? Warum schmeißt du weg? Bist wohl wahnsinnig!« Er entriss Max den Burger, pickte die Fritten vom Boden auf und warf sie zurück in die Schachtel. »Wahnsinnig, vollkommen wahnsinnig!« Als er wieder aufschaute, trieben Tränen in seinen Augenwinkeln.

Wie er so dasaß in seinen zerschlissenen Kleidern, mit dem wirren grauen Haar, gebeugt unter steifen Knochen, tat er Max plötzlich leid. Die Fritten und Burger waren für ihn ein fürstliches Frühstück – und Max hatte ihn, ohne es zu wollen, beleidigt, als er es fortgeschmissen hatte.

»Entschuldigung«, sagte er leise.

Der Mann setzte zu einer Antwort an, aber dann hob er seine narbigen Hände. »Weiß ich doch.« Er wischte sich die Tränen weg. »Weiß ich doch. Ihr gehört nicht hierhin. Nicht so wie Kurti.«

»Kurti?«, fragte Ellie. »Bist du Kurti?«

»Kurti ist armer Hund.«

»Du bist doch kein Hund«, widersprach Ellie. »Du bist ein Riese. Ein guter Riese.«

Wie aus dem Nichts huschte ein Lächeln über Kurtis altes, sprödes Gesicht.

»Darf ich die Pommes weiteressen?«, fragte Ellie.

Kurti sah fragend zu Max. Der nickte. Glückselig begann seine Schwester zu mampfen.

Kurti reichte Max seinen Burger. Der nahm ihn und biss hinein. Kurt holte sich ebenfalls einen Burger aus der Tüte.

Schweigend verzehrten sie ihr karges Frühstück, bis Max seine Neugierde nicht mehr bezwingen konnte. »Kurti«, fragte er, »ist das wirklich dein Haus?«

Kurti kaute und schluckte, und Max befürchtete schon, dass er gleich wieder lospolterte. Doch dann schüttelte Kurti nur den Kopf.

»Aber du wohnst hier?«

»Mal hier, mal dort.«

»Hast du kein Zuhause?«

»Nein.«

»Keine Frau? Keine Kinder?«

Kurti schnappte nach Luft, dann erhob er sich mit einem Ruck. »Genug.« Sein Gesicht wurde wieder ernst und abweisend. »Wohin soll Reise gehen?«

VIERUNDDREISSIG

Kalkbrenner trank von seinem Kaffee, der fast erkaltet war.

Sera Muth zögerte, als müsste sie sich ihre Worte genau zurechtlegen.

»Ja, was denn nun?«, drängelte Dr. Salm. »Haben Sie Dieppes Onkel gefunden oder nicht?«

»Es gibt zwei Dinge, die mir merkwürdig erscheinen«, sagte Muth anstelle einer Antwort. »Zum einen: Warum hat Dieppe ihn erwähnt?«

»Ich verstehe nicht ganz«, antwortete der Dezernatsleiter.

Auch Kalkbrenner rätselte, worauf seine Kollegin mit ihrer Frage hinauswollte.

Sie sagte: »Soweit wir inzwischen wissen, hat Dieppe nicht nur Menschenfleisch gegessen, sondern womöglich auch jahrelang sein ahnungsloses Umfeld damit verköstigt. Um damit nicht aufzufliegen, hat er ein betont normales, unauffälliges Leben gelebt. Doch dann geht er mit einer solchen Bemerkung über einen Onkel ein unnötiges Risiko ein.«

»Wahrscheinlich ist er einfach unvorsichtig geworden«, mutmaßte Dr. Salm. »Er hat ja auch die Leichenteile zu Hause in seiner Gefriertruhe aufbewahrt, auf die jeder Zugriff hat, seine Tochter, seine Enkelkinder ...«

»... oder ein Sanitäter«, bemerkte Kalkbrenner.

Sein Chef winkte unwirsch ab. »Die Antwort auf diese

Frage werden wir wohl nicht mehr erfahren, jetzt, da Dieppe tot ist. Aber kann mir endlich jemand sagen, wer dieser Onkel war?«

»Die Suche gestaltet sich schwierig.« Mit einem Schnaufen vertiefte sich Berger in sein Notizbuch. »Dieppes Vater hatte ... Moment, wo steht es? Ah, hier: Er hatte drei Geschwister, einen Bruder, zwei Schwestern, alle waren verheiratet, eine der Schwestern sogar zweimal – macht vier Onkel. Dieppes Mutter hatte fünf Geschwister, zwei Brüder, drei Schwestern, alle waren verheiratet – weitere fünf Onkel. Doch keiner von ihnen passt so recht in ein mögliches Profil, andererseits ... das tat Dieppe ja ebenso wenig. Zwei waren Anwälte, einer Ingenieur, ein weiterer Schreinermeister, noch einer saß im Gefängnis ...«

»Weswegen?«

»Beamtenbestechung, Anfang der Fünfziger. Offenbar hat er es übertrieben mit der Wirtschaft und dem Wunder im Land.«

»Wie lange saß er in Haft?«

»Zweieinhalb Jahre. Seine Frau hat sich in dieser Zeit von ihm scheiden lassen und ist mit den Kindern weggezogen. Er selbst ist nach seiner Entlassung nach Argentinien ausgewandert.« Berger klappte das Notizbuch zu. »Aber das sind müßige Überlegungen. Keine der betreffenden Personen lebt mehr. Der letzte Onkel ist vor acht Jahren gestorben.«

Dr. Salm ächzte. »Das war's dann wohl mit der Zwei-Täter-Theorie.«

»Oder wir haben Dieppes Aussage falsch gewertet«, widersprach Muth.

Der Dezernatsleiter sah sie verärgert an.

Im Vorzimmer klingelte das Telefon. Ritas leise Stimme drang in den Konferenzsaal.

Kalkbrenner stellte die Kaffeetasse wieder ab, die er an seine Lippen hatte führen wollen. »Was ist der zweite Punkt?«

»Wie bitte?«, fragte Dr. Salm.

»Frau Muth sprach vorhin von zwei Dingen, die ihr merkwürdig erscheinen.«

Muth nickte. »Als wir gestern Abend von einer Zeugin erfuhren, dass Dieppe mit großer Inbrunst einen Onkel erwähnt hat, dem er seine Kochleidenschaft verdanke, nahmen wir wie selbstverständlich an, es sei *sein* Onkel damit gemeint.«

Plötzlich begann Kalkbrenner zu begreifen, worauf seine Kollegin hinauswollte. Er sagte: »Tatsächlich hat Dieppe der Zeugin gegenüber aber nur *einen* Onkel erwähnt, nicht *seinen* Onkel. Möglicherweise hat er gar keinen leiblichen Onkel gemeint.«

»Genau«, pflichtete Muth ihm bei, »wir reden doch häufig, gerade wenn wir jung sind, von dem netten Onkel aus der Nachbarschaft, im Kindergarten, in der Schule, im Verein.«

»Also hat er einen ehemaligen Bekannten, Freund oder Kollegen gemeint«, konstatierte Berger.

»Nicht unbedingt ehemalig«, korrigierte Muth. »Denn Dieppe hat der Zeugin gegenüber erklärt: Er *hätte* einen Onkel. Nicht: Er *hätte* einen Onkel *gehabt*. Das könnte bedeuten, es gab diesen sogenannten Onkel vor fünf Jahren noch.«

»Vielleicht gibt es ihn sogar heute noch«, ergänzte Kalkbrenner, griff nach der Kaffeetasse und trank. Die Brühe war kalt.

Berger schnaubte. »Dann müssen wir das komplette Umfeld Dieppes noch einmal darauf überprüfen, wer als *der Onkel* in Frage kommen könnte.«

»Oder wir beginnen mit der Suche an anderer Stelle«, schlug Muth vor. Sie setzte zu einer weiteren Erklärung an, hielt aber inne, weil Rita im Türrahmen auftauchte.

Die Sekretärin tippte Kalkbrenner auf die Schulter.

Er bedeutete ihr: *Gleich!*

Muth sagte: »Dieppe hat ein normales, unbescholtenes Leben geführt, unauffällig, damit er seiner ... Vorliebe nachgehen konnte.«

»Ja, das wissen wir bereits«, ächzte Dr. Salm.

Muth ging nicht auf ihn in. »Aber Leute wie er bleiben für gewöhnlich allein, weil sie nicht entdeckt werden möchten.«

»Dieppe aber war verheiratet«, warf Berger ein. »Und er hat eine Tochter.«

»So gut er sich zu Hause auch verstellt haben mag«, fuhr Muth fort, »seine Frau und seine Tochter müssen etwas von seiner Veranlagung mitbekommen haben. Vielleicht hat er mal eine Bemerkung fallen lassen, so wie gegenüber seiner Kollegin ...«

»Zum Beispiel über *einen Onkel*«, Kalkbrenner beugte sich vor und griff nach der Kaffeekanne.

»Nur dass seine Familie diese Bemerkungen nicht richtig einordnen konnte. Mit dem Wissen von heute allerdings«, Muth deutete auf die Zeitungsschlagzeile, »erhalten sie möglicherweise auch in den Augen seiner Familie eine ganz neue Bedeutung.«

»Seine Frau ist vor zweieinhalb Jahren an Magenkrebs gestorben«, sagte Berger.

»Bleibt seine Tochter Inga Lürsen.« Kalkbrenner schenkte sich heißen Kaffee nach. »Wir sollten noch einmal mit ihr reden.«

»Worauf warten Sie?«, drängelte der Dezernatsleiter.

»Machen Sie sich auf den Weg. Derweil werde ich mir überlegen, was wir der Presse gegenüber erklären.« Er betrachtete die Zeitung vor sich auf dem Tisch. *Kannibale im Wedding?* »Um eine Bestätigung kommen wir wohl nicht herum, aber das sollte … Herrje, Frau Barnitzke, was ist denn los?«

»Paul«, noch immer stand Rita im Türrahmen. »Da ist eine Frau Wopalka für dich.«

»Wer ist das?«, fragte der Dezernatsleiter.

Kalkbrenner schob die dampfende Tasse von sich. »Sie macht sich Sorgen um ihren Sohn, der an dem missglückten Einbruch gestern Morgen beteiligt war. Rita, sag ihr, ich rufe sie gleich zurück.«

»Sie steht unten beim Pförtner.«

FÜNFUNDDREISSIG

Zoe lachte triumphierend auf.

Der Bildschirmhintergrund ihres Handys zeigte eine grau-schwarz getigerte Hauskatze, die auf dem Rücken lag und verspielt alle viere von sich streckte.

Missy!

Jawohl, das war der Name dieser Katze. Ihrer Katze. Dessen war sich Zoe angesichts des Fotos sicher, auch wenn sie den Grund dafür nicht benennen konnte. Sie konnte sich ja nicht einmal an diese Katze erinnern. Nur an deren Namen. Ein verwirrendes Gefühl.

So verwirrend wie die Fülle an bunten App-Symbolen, die das Smartphone anzeigte. Über zwei der Icons schwebten kleine, rote Punkte. Die Telefon-App hatte ein Dutzend verpasster Anrufe von dieser Irina verzeichnet. WhatsApp informierte über sechs ungelesene Nachrichten – ebenfalls von Irina. Deren Profilfoto zeigte eine junge Frau mit großen, dunklen Augen, die für den Betrachter ihre vollen Lippen zum Kussmund formte.

Zoe betrachtete es eine Weile. Es stellte sich kein Wiedererkennen ein.

Verdammt!

Irinas jüngste Nachricht war zwei Tage alt: *Ich habe Angst!*

Nur einen halben Tag vorher hatte sie geschrieben: *Ich mache mir Sorgen. Ich glaube, die haben was vor. Ruf an!*

Und davor: *Kein Scheiß, Zoe, meld dich!*

Vier Tage waren vergangen seit: *Wo steckst du? Warum rufst du nicht an?*

Vor sechs Tagen: *Wie war's? Alles feini?*

Vor einer Woche: *Baby, ich wünsch dir viel Spaß!* ☺

Mit jeder neuen Nachricht hatte Irina besorgter geklungen. Wen hatte sie gemeint, als sie schrieb: *Ich glaube, die haben was vor?* Und wofür hatte sie Zoe viel Spaß gewünscht?

»Hey«, wieder klopfte es an der Tür, »es ist neun.«

»Gleich.«

»Nee, jetzt. Zeit zum Auschecken!«

»Ja doch, ich bin dabei.« Hastig überflog Zoe die restlichen WhatsApp-Chats, die sie geführt hatte. Einer der Chats war mit Gee gewesen.

Die ersten Nachrichten waren nett gewesen, lustig, zunehmend begleitet von Anzüglichkeiten. Sie waren in einem Date vor zwei Wochen gemündet, zumindest hatte er in einer seiner Nachrichten einen entsprechenden Termin und einen Treffpunkt, eine Cocktailbar in Friedrichshain, vorgeschlagen.

Vor acht Tagen hatte er gefragt: *Und? Bleibt es bei morgen?*

Zoe hatte erwidert: *Klar, warum nicht!*

Das wird geil, war Gees Antwort gewesen.

Sie warf einen Blick in die übrigen Chats. Sie enthielten freundschaftliches Geplänkel, so wie mit Gee. Aber nichts, was auf den Termin vor einer Woche hinwies, den sowohl Gee – *Bleibt es bei morgen?* – als auch Irina – *Baby, ich wünsch dir viel Spaß!* ☺ – in ihren Nachrichten erwähnt hatten.

Kurzerhand öffnete Zoe den Terminkalender. Tatsächlich lag der letzte Eintrag, den sie dort gespeichert hatte, eine Woche zurück. Er trug den Titel *Gee.* Außer einer Uhrzeit, 13 Uhr, und einer Adresse in Rosenthal enthielt der Eintrag keine weiteren Informationen.

Zoe wählte Irinas Nummer.

Nach drei Freizeichen meldete sich ein Mann. »Hallo, Zoe, gut, dass du anrufst.«

»Ich möchte Irina sprechen.«

»Die ist nicht da.«

»Wer ... wer sind Sie?«

»Ein Freund.«

Ihr Gefühl sagte Zoe, dass das gelogen war.

Der Mann fragte: »Wo bist du?«

»Wo ist Irina?«

»Wie gesagt, nicht da.«

Auch das klang in Zoes Ohren nach einer faustdicken Lüge. »Was haben Sie mit ihr gemacht?«

»Es geht ihr gut, sie ...«

»Ich glaube Ihnen kein Wort.«

»Dann komm vorbei und überzeug dich selbst.« Weil Zoe nicht reagierte, fügte der Mann hinzu: »Du weißt doch, wo Irina wohnt, oder?«

Zoe blieb still.

»Wir können uns aber auch anderswo treffen, für den Fall, dass du es vergessen hast. Was hältst du davon?«

Zoe kappte die Verbindung, schaute zum Fenster hinaus. Wie Tränen rannen die Regentropfen die Scheibe hinunter.

Du weißt doch, wo Irina wohnt, oder?, hatte der Mann gefragt. In seiner Stimme hatte ein wissender, bedrohlicher Tonfall mitgeschwungen.

Im Adressbuch fand Zoe einen Eintrag zu Irina – nur ein Vorname, kein Nachname –, die in Rudow lebte. Einmal mehr fühlte sich Zoe bestätigt: Deshalb war ihr das Viertel gestern vertraut vorgekommen. Trotzdem durfte sie nicht noch einmal dorthin fahren. Garantiert würden die Mistkerle ihr bei Irina auflauern.

Warum waren sie an Irinas Handy gegangen? Was hatten sie mit ihr gemacht?

Die ist nicht da.

Zoes Kehle schnürte sich zu. Plötzlich war sie sich nicht sicher, ob sie die Antwort überhaupt erfahren wollte.

Sie lenkte sich ab, indem sie das Adressbuch nach einem Eintrag zu sich selbst durchsuchte. Merkwürdigerweise wurde sie nicht fündig. Stattdessen fand sie *Papa + Mama.*

Sie beäugte die übrigen Namen, zu denen sich keine Erinnerung einstellte. Wen konnte sie um Hilfe bitten? Mit vielen der gespeicherten Personen hatte sie zwar freundschaftliche WhatsApp-Chats geführt, aber das hatte sie mit Gee ebenso getan – und der hatte sich keineswegs als ihr Freund entpuppt.

Solange sie also nicht wusste, wem sie vertrauen konnte, musste sie sich vor jeder Person in acht nehmen.

Fast jeder Person.

Sie klickte zu *Papa + Mama*, betrachtete das Bild ihres Vaters, das mitsamt einer Festnetznummer und einer Stralauer Adresse gespeichert war. Der Anblick seines kleinen, runden Gesichts mit der Glatze löste ebenso wenig etwas in ihr aus wie die Bilder ihrer Freunde.

Wie war es möglich, dass sie sich nicht einmal an ihre Eltern erinnern konnte?

Sie wählte deren Nummer. Nach fünf Freizeichen meldete sich ein Anrufbeantworter.

»Hallo«, begann sie, »ich bin's, Zoe, ich ...« Sie hatte keinen blassen Schimmer, was sie sagen sollte. »Mir geht es nicht so gut, ich ... Ich brauche eure Hilfe, ruft mich bitte an, ja?«

Es hämmerte an der Zimmertür. »Wenn du noch länger bleibst, dann kostet es.«

»Ja, ich bin jetzt fertig!« Widerwillig betrachtete Zoe ihre zerschlissenen, verschwitzten Klamotten. Dann zog sie sie an, streifte sich die Jacke über, schwang sich den Rucksack über die Schultern und verließ das Hostel. Draußen regnete es in Strömen.

Am Ostkreuz stieg sie in die S-Bahn nach Rosenthal.

SECHSUNDDREISSIG

Kalkbrenner hielt Ausschau nach Marga Wopalka.

Bis auf den Pförtner, der hinter einer schusssicheren Glasscheibe ein halbes Dutzend Monitore überwachte, befand sich niemand sonst im Eingangsbereich des Präsidiums.

»Wo ist sie?«, fragte Kalkbrenner.

»Sie wollte eine rauchen.«

»Es gießt aus Eimern.«

»Habe ich ihr auch gesagt.« Der Pförtner zuckte mit den Schultern.

Kalkbrenner fluchte, weil er keine Jacke dabeihatte und Marga Wopalka zwei Häuser weiter Schutz unter dem vorspringenden Dach des *Coffee Fellows* gesucht hatte.

Sie hielt ihren Arm um einen mintfarbenen Wollblazer geschlungen. Mit der anderen Hand führte sie eine Zigarette an ihre Lippen. Ihr Blick versank in den Pfützen vor ihren Stiefeln.

Kalkbrenner hastete durch den Regen auf sie zu. »Frau Wopalka?«

Sie erschrak. Fast fiel ihr die Zigarette aus der Hand.

»Was machen Sie hier?«

»Rauchen.«

»Nein, das habe ich nicht gemeint. Warum sind Sie hergekommen?«

»Ach so«, sie lächelte schwach und schnippte die Asche

von ihrer Zigarette. »Ich ... ich wollte wissen, ob Sie meinen Sohn gefunden haben.«

»Wie ich schon sagte, Sie kriegen Bescheid, sobald ...«

»Also haben Sie Gregor nicht gefunden?«

»Ich habe mich gerade eben bei meinen Kollegen vom Einbruchsdezernat erkundigt«, Kalkbrenner wischte sich das Wasser aus dem Gesicht. »Bisher nicht.«

Marga Wopalka zog an ihrer Zigarette und nickte, als hätte sie keine andere Antwort erwartet. Sie stieß den Rauch aus, eine Wolke, die der Regen rasch auflöste. »Ihm ist etwas passiert.«

»Wie kommen Sie darauf?«

»Ich weiß es.«

»Woher?«

»Ich weiß es einfach.«

»Also ...«

»Doch, verdammt«, ein wütender Ruck ging durch ihren Körper, und sie stampfte mit ihrem Stiefel in eine Pfütze. »Er war seit drei Tagen nicht zu Hause, er geht nicht ans Telefon, er meldet sich nicht und ...« Ihre Stimme erlahmte. Ihre Schultern sackten herab.

Der Schauer nahm noch einmal an Heftigkeit zu. Der Wind schleuderte ihnen Regentropfen ins Gesicht.

»Es tut mir leid«, flüsterte Marga Wopalka. »Ich ... ich habe die Beherrschung verloren.«

»Kann passieren, wenn man sich Sorgen macht.«

Sie wollte an ihrer Zigarette ziehen, doch der Regen hatte die Glut gelöscht. Unschlüssig baumelte die Kippe zwischen ihren Fingern. Sie zitterte.

»Kommen Sie«, sagte Kalkbrenner und öffnete die Tür zum Café.

Wie in fast allen Lokalitäten in Berlin-Mitte war die

Einrichtung minimal gehalten, weißgetünchte Wände, zwei, drei unauffällige Bilder, eine Theke, Plastiktische und -stühle, alles in warmes Licht gehüllt, damit die kühle Funktionalität nicht sofort ins Auge sprang. Vereinzelt hockten Geschäftsmänner vor ihren Laptops. Touristen stierten trübsinnig in ihre Latte-macchiato-Gläser. Aus Lautsprechern dudelte *Feels like heaven.*

Marga Wopalka sank an einen der Tische und strich sich ihr Haar zurecht, das unter Wind und Regen gelitten hatte. Zu ihrem Blazer trug sie eine graue Bluse und einen Rock. Im Gegensatz zu gestern Morgen, als sie unfrisiert und in einen Bademantel gehüllt gewesen war, wirkte sie jetzt jünger.

Die tiefen Sorgenfalten in ihrem Gesicht ließen allerdings keinen Zweifel daran, wie es tatsächlich um sie und ihr Leben stand, nicht erst seit heute – oder seit dem Verschwinden ihres Sohns vor drei Tagen.

Kalkbrenner bestellte einen Kaffee für sich und eine Tasse Kamillentee für Marga Wopalka, bevor er sagte: »Drei Tage sind nichts, weswegen man sich Sorgen machen muss. Sie haben es selbst gesagt: Ihr Sohn ist erwachsen.«

Sie zupfte die Ärmel ihres Blazers zurecht.

»Außerdem war er an einem Einbruch mit Todesfolge beteiligt. Er wäre nicht der Erste, der in so einer Situation erst einmal untertaucht.«

»Sein Freund Silviu ist tot«, antwortete Marga Wopalka, als erklärte das alles. Sie fegte Brötchenkrümel vom Tisch.

»Es war ein Unfall«, erinnerte Kalkbrenner.

Ihre Lippen zuckten kurz, beinahe unmerklich, als hätte sie zu einer Antwort ansetzen wollen, sich aber gerade noch davon abhalten können. Sie rückte den Zuckerstreuer in die Tischmitte.

Study your face and fade the frame, dudelte die Musik.

Der Kellner servierte den Kaffee und den Tee.

Kalkbrenner trank einen Schluck. Über den Tassenrand hinweg behielt er Marga Wopalka im Auge. »Ist da etwas, was Sie mir sagen wollen?«

Ihr Blick wich nach draußen aus. Auf der Prenzlauer Allee kroch der Verkehr durch den strömenden Regen. Sie legte die Hände übereinander.

Kalkbrenner stellte die Tasse ab. »Wie ich schon sagte, es würde seine Situation erheblich verbessern …«

»Ich habe Angst um ihn!«, platzte es aus Marga Wopalka heraus, und verzweifelt griff sie nach seinem Arm. »Sie müssen ihn finden.«

»Meine Kollegen vom Einbruchsdezernat werden sich darum kümmern, und sobald sie …«

»Entschuldigung«, wurde Kalkbrenner unterbrochen. Seine Exfrau trat an den Tisch, einen klitschnassen Regenschirm in der Hand. »Ich störe nur ungern bei deiner … wie sagtest du? *Wichtigen Beschäftigung.*«

SIEBENUNDDREISSIG

Max schwieg irritiert über den Stimmungswechsel.

Gerade eben noch hatte Kurti den Eindruck gemacht, als sei er gar nicht so unglücklich darüber, Gesellschaft beim Frühstück zu haben. Jetzt jedoch schaute er sie plötzlich wieder so böse an, als könnte er es kaum erwarten, sie verschwinden zu sehen.

»Also«, fragte er ungeduldig, »wohin wollt ihr?«

»Zu … zu unserem Opa«, presste Max hervor.

»So weit verstanden. Aber wo wohnt der Opa?«

»In … Sperenberg.«

Stirnrunzelnd kramte Kurti in seinem Beutel. Der Zettel, den er zum Vorschein brachte, entpuppte sich als ein alter, vergilbter Linienplan der Berliner S- und U-Bahnen. »Da seid ihr völlig falsch.«

So weit hatte auch Max das begriffen, aber er zog es vor, den verärgerten Kurti nicht darauf hinzuweisen.

Der fragte: »Von wo kommt ihr?«

»Rudow.«

»Und wie gefahren?«

»Wir sind bis Hermannplatz gefahren. Dort sind wir umgestiegen, wie immer, wenn wir …«

»Nein!«, unterbrach Kurti und nahm erneut seinen Plan zur Hilfe. »Herrmannplatz ist falsch.«

»Ich …«

»Du meinst Herrmannstraße.«

»Aber ...«

»Doch«, Kurti fischte einen Bleistift aus seinem Beutel. »Seht ihr, ihr seid *hier.*« Er malte einen Punkt auf den Zettel. »U-Bahn Residenzstraße. Ihr fahrt bis *hier*«, er umkreiste den Alexanderplatz, »*hier* in den Regionalexpress, müsst ihr fragen, welchen. Regionalexpress bis nach Zossen, dort mit Bus nach Sperenberg. Verstanden? Bahn bis Zossen! Bus bis Sperenberg.« Er schrieb beides an den Zettelrand und drückte ihn Max in die Hand. »Hier, nimm, das wird helfen.«

Max faltete den Zettel und schob ihn in seine Hosentasche. »Aber wo ist der Bahnhof?«

»Den zeige ich.« Ohne ein weiteres Wort ging Kurti zum Ausgang.

Max rätselte noch immer, womit er Kurti verärgert hatte. Er hatte ihn nur doch nur nach Frau und Kindern gefragt?

Bedrückt folgten er und seine Schwester Kurti nach draußen.

Es hatte zu regnen begonnen. Die Tropfen plätscherten auf einen Einkaufswagen, der bis zum Rand gefüllt war mit leeren Flaschen.

»Boah«, staunte Ellie. »Woher hast du die alle?«

»Gefunden.« Kurti stapfte weiter durch den Regen.

Zum Glück war der Weg bis zur U-Bahn-Station nicht sehr weit, nur vier, fünf Blöcke, dennoch verwirrend bei diesem Wetter, in dem Häuser und Straßen hinter einem grauen Schleier verschwanden.

Kurti blieb vor dem Eingang stehen.

»Danke«, sagte Max.

»Weißt du«, Ellie schaute auf zu Kurti, »du bist wirklich kein böser Riese. Du bist ein guter Riese!«

Etwas in seinem vernarbten Gesicht veränderte sich. Er

schluckte, öffnete den Mund, aber dann nickte er nur und wandte sich hastig ab.

Als sie die Stufen zum Bahnsteig hinabstiegen, drehten sie sich noch einmal zu ihm um, doch Kurti war bereits weg.

Erneut empfand Max Mitleid mit ihm, weil Kurti kein Zuhause hatte, keine Frau und keine Kinder, und weil er ganz alleine auf der Welt war. Vielleicht war er deshalb so eigenbrötlerisch und abweisend.

Allein der Gedanke an Kurtis Einsamkeit stimmte Max traurig.

Aber, das nahm er sich fest vor, sobald sie bei ihrem Opa angekommen waren, würde er noch einmal zu Kurti fahren. Gemeinsam mit seiner Mutter würde er Kurti in der Hütte besuchen, *mein Haus!*, und ihm zeigen, dass niemand ganz alleine war, niemals. Das waren sie ihm schuldig.

Ratternd fuhr ein Zug ein.

Max trat vor den Ticketautomaten. Als er seine Hand in die Hosentasche steckte, griff er ins Leere.

Fahre niemals ohne Ticket mit der Bahn!

Sie hatten kein Geld mehr für den Zug.

ACHTUNDDREISSIG

»Ellen!«, sagte Kalkbrenner überrascht.

Marga Wopalka löste ihre Hand von seinem Arm.

Seine Exfrau bedachte sie mit einem knappen Nicken und einem frostigen Lächeln, bevor sie wieder auf Kalkbrenner herabsah. Die Spitze ihres Regenschirms klackerte ungeduldig auf den Boden. »Gibst du ihn mir?«

»Äh, wen?«

»Den Schlüssel. Für deine Wohnung.«

»Ach so, natürlich.« Jetzt fiel es ihm wieder ein, das Krankenhaus, seine Mutter, die MRT-Bilder. Er klopfte seine Hosentasche ab. »Ah, der Schlüssel ist in meiner Jacke. Die hängt in meinem Büro.«

»Brauchst du hier noch lange?«

»Nein, ich denke ...«

»Ich warte draußen auf dich.« Sie stapfte ins Freie.

Sweet dreams are made of these, dudelte es aus den unsichtbaren Lautsprechern.

Kalkbrenner spürte Marga Wopalkas Blick. Obwohl es keinen Grund dafür gab, war ihm die Situation unangenehm. »Also, wenn da noch etwas ist, das Sie mir sagen wollen ...« Er sah sie an.

Ihre Mundwinkel zuckten. Kopfschüttelnd griff sie nach dem Zuckerstreuer.

»Dann muss ich jetzt leider los.«

Ihre Hände umkrampften das Glas.

»Meine Kollegen werden nach Ihrem Sohn Ausschau halten.«

»Was ist mit Ihnen?« Marga Wopalka stellte den Streuer wieder in die Tischmitte, griff in ihre Jackentasche und legte ein Foto ihres Sohnes auf den Tisch. »Können Sie nicht nach ihm suchen?«

»Tut mir leid, ich bin mit einem anderen Fall beschäftigt.«

Sie setzte zu einem Protest an.

»Aber falls es Sie beruhigt«, kam er ihr zuvor, »werde ich darum bitten, dass man der Suche nach Ihrem Sohn ein besonderes Augenmerk schenkt. In Ordnung?«

Sie nickte und fegte unsichtbare Krümel beiseite. Dann schob sie das Foto über den Tisch, bis es fast seine Hand berührte. »Geben Sie es Ihren Kollegen, bitte. Es ist ein neues Bild, besser als das, was in seiner Akte liegt.«

Kalkbrenner zögerte, dann nahm er das Foto an sich, ging zur Theke und bezahlte. Er spürte Marga Wopalkas verzweifelten Blick in seinem Rücken.

Draußen wartete seine Exfrau unter ihrem Regenschirm. Kurz bevor er sie erreichte, setzte sie sich in Bewegung. Zähneknirschend folgte er ihr durch den Regen.

Im Fahrstuhl fragte er: »Woher wusstest du, wo ich bin?«

»Der Pförtner hat dich ins Café gehen sehen.«

»Verstehe.«

»Wenn ich allerdings gewusst hätte, dass du dort bei einem Schwätzchen sitzt und Händchen hältst …«

»Da hast du etwas missverstanden.«

»Ach ja?«

»Das war eine Mutter, die sich Sorgen um ihren Sohn macht.« Er zeigte ihr das Foto von Gregor Wopalka. »Sie glaubt, ihm ist etwas passiert.«

»Kaum zu glauben, oder?«

»Was?«

»Es gibt Mütter, die sorgen sich um ihre Söhne. Und es sollte Söhne geben, die sich um ihre Mütter sorgen.«

Er schluckte seine Antwort hinunter. Die Fahrstuhltür glitt auseinander. Im Flur stand Rita.

»Ellen«, rief sie erfreut. »Das ist aber eine Überraschung.«

»Ja, mit Paul erlebt man eine Überraschung nach der anderen, nicht?«

»Wie geht es dir? Und warum ... Ach, was stehen wir hier im Flur herum? Komm rein, ich habe Rhabarber-Senf-Kuchen, er wird dir ganz sicher schmecken.«

»Ein andermal, Rita, heute muss ich mich um Pauls Mutter kümmern.«

»Oh ja«, seufzte Rita betrübt. »Das ist wirklich traurig mit ihr.«

»Das ist es wohl«, pflichtete Ellen ihr bei, »und deshalb muss sich wenigstens einer um sie kümmern.«

Rita wechselte einen irritieren Blick mit Kalkbrenner.

Er floh in sein Büro, wo er das Foto von Gregor Wopalka auf seinen Schreibtisch legte. Dann entnahm er seiner Jacke den Wohnungsschlüssel. »Du findest die CD im Wohnzimmerschrank, rechte Seite, unterste Schublade.«

Ellen steckte den Schlüssel ein und stapfte zum Aufzug.

»Ach so«, rief er. »Ellen ...«

Sie drehte sich um.

»Danke für deine Hilfe.«

Wortlos betrat sie die Fahrstuhlkabine. Die Türen schlossen sich.

Muth kam ins Zimmer. »War das eben ...«

»Ja, meine Exfrau. Und das ist auch gut so.« Kalkbrenner zog seine Jacke an. »Lass uns zu Dieppes Tochter fahren.«

NEUNUNDDREISSIG

Während Zoe ein Brötchen aß, das sie unterwegs von den letzten ihr verbliebenen Cents erstanden hatte, harrte sie unter dem schützenden Vordach des S-Bahnhofs Blankenburg aus.

Noch immer goss es wie aus Kübeln. Das dichte, graue Wolkenfeld ließ erahnen, dass sich daran so rasch nichts ändern würde.

Also schulterte sie den Rucksack, schlug die Jackenkapuze über den Kopf und rannte los. Schon nach wenigen Minuten waren ihre Hosenbeine und Schuhe durchnässt. Sie fluchte, weil Google Maps auf ihrem Handy noch einen Fußmarsch von einer halben Stunde bis zu der Rosenthaler Adresse anzeigte.

Der Schillingweg befand sich am äußersten Rand der Siedlung und führte vorbei an einer Reihe Einfamilienhäuser, von denen der Großteil hübsche Neubauten waren, keine zehn oder fünfzehn Jahre alt, mit gepflegten Rasenflächen, aufrechten Zäunen und kleinen Hecken. Nur vereinzelt ließen alte Backsteinhäuser erkennen, dass das Viertel schon vor der Wende entstanden war.

Trotzdem war die Straße seither offenbar nicht ausgebaut worden. Nach wenigen Metern ging sie über in einen unbefestigten Weg, auf der einen Seite ein Ackerstreifen bis zum trüben Horizont, auf der anderen großzügig bemessene Grundstücke.

Zoes Schuhe versanken im Schlamm, während sie bis Nummer 27c stapfte, dem letzten Grundstück in der Reihe.

Unter einer Birke blieb sie stehen. Sie wischte sich das Regenwasser aus dem Gesicht und beäugte angestrengt die Umgebung. Nicht nur, weil sie vergeblich versuchte, sich an die Gegend zu erinnern – sie hielt auch Ausschau nach Gee oder den anderen Typen.

Schließlich warst du hier mit Gee verabredet!

Sie konnte nichts Verräterisches ausmachen, im Gegenteil, je näher sie dem Grundstück kam, desto verlassener wirkte es auf sie.

Hinter einer mannshohen Hecke waren lediglich ein regennasses Schindeldach und ein Schornstein zu erkennen. Der Briefkasten trug kein Namensschild, das Eingangstor war nicht verschlossen, der sandige Pfad bis zum Haus übersät mit Pfützen. Der Garten war gepflegt, die Blumenbeete fast ohne Unkraut, der Rasen vor noch nicht langer Zeit gemäht.

Es handelte sich um eine ehemalige Bauernkate, zweifellos viele Jahrzehnte alt, doch gewissenhaft instand gehalten. Die kleinen Fenster, die weißen Backsteinwände und das Ziegelgefache waren erst vor wenigen Jahren saniert worden.

Zoe spähte durch eines der Fenster. Die Küche wirkte sauber und aufgeräumt. Sie schritt um das Haus herum und warf durch die Hintertür einen Blick ins Wohnzimmer, das bis auf ein paar einzelne Möbelstücke leer war. Das Gebäude erweckte einen unbewohnten Eindruck.

Und doch war Zoe hier vor einer Woche verabredet gewesen.

Willst du noch lange im Regen herumstehen?

Sie ging zurück zur Haustür, ein energischer Tritt – und

das Schloss zersprang. Sie fragte sich, ob sie auch in diesen Dingen eine gewisse Übung besaß.

Als wenn das jetzt eine Rolle spielt!

Sie betrat das Haus.

VIERZIG

Kalkbrenner und seine Kollegin blieben vorsichtshalber stehen.

»Verdammt!«, schrie der Mann sie an.

»Herr Lürsen, bitte«, Muth bemühte sich um einen beruhigenden Tonfall. »Sie sollten …«

»Nein, verdammt!«, brüllte Lürsen.

Die beiden Beamten traten einen Schritt zurück. »Herr Lürsen …«

»Nein, nein, nein!« Lürsen war großgewachsen, fast schlaksig, hatte rote Haare, Sommersprossen, eine schmale Brust und dünne, lange Arme, mit denen er außer sich vor Wut eine Zeitung hin und her schwenkte wie eine Fahne.

Leichenteile in Tiefkühltruhe – Kannibale im Wedding?

»Wie können die so was schreiben?«

Seine Stimme hallte durch das Treppenhaus.

In einer der Wohnungen einige Etagen höher knallte eine Tür. Auf der Straße vor dem Haus ratterte die Straßenbahn. Der Regen prasselte aufs Fensterbrett.

»Herr Lürsen«, versuchte Muth es erneut. »Sie wissen doch, wie Journalisten …«

»Nein, das weiß ich nicht. Aber dafür weiß ich, wie es meiner Frau ergangen ist, als sie das …« Wieder schwenkt er den *Kurier* vor den Nasen der Beamten. »Als sie das hat lesen müssen. Und dann hat dieser Reporter bei uns angerufen …«

»Hardy Sackowitz?«

»Ja, genau der, heute Morgen! Keine Ahnung, wie der an unsere Nummer gekommen ist, wir stehen doch nicht im Telefonbuch. Und er hat Fragen gestellt, die … und da … Da hat sie einen Schock gekriegt. Ich musste einen Arzt rufen, weil sie zusammengebrochen ist. Ist ja aber auch kein Wunder, wenn sie das, also was da in der Zeitung über ihren Vater geschrieben steht, wenn sie das …« Die Hand mit der Zeitung sank hinab. »Wie zum Teufel kommen die überhaupt auf so was?«

Kalkbrenner wollte etwas erwidern, doch er hatte ebenso wenig Erfolg damit wie Muth.

»Ihr Vater, verdammt! Was sollen die Leute von ihm denken? Haben Sie eine Ahnung, wie die Nachbarn uns angucken? Was sich unsere Kinder anhören dürfen? Das ist so … so widerlich!«

Eine Etage tiefer spähte eine ältere Dame zur Wohnungstür heraus.

»Hier gibt's nichts zu glotzen«, brüllte Lürsen.

Erschrocken zog die Nachbarin ihren Kopf zurück.

»Herr Lürsen«, sagte Kalkbrenner, »vielleicht können wir uns in Ihrer Wohnung in Ruhe …«

»Ruhe ist ein gutes Stichwort. Meine Frau braucht Ruhe, nicht noch mehr Aufregung.«

»Trotzdem müssen wir ihr einige Fragen stellen.«

»Hören Sie schlecht? Nein!«

»Stefan«, drang eine schwache Stimme aus der Wohnung. »Ist schon okay.«

»Nein, Inga, das ist es nicht!«

»Ich will's …«, Inga Lürsen hustete, »… hinter mich bringen, bitte, je eher, desto besser.«

Ihr Mann sah die beiden Beamten an, als erwartete er von ihnen Unterstützung.

Sie schwiegen.

Zähneknirschend ging Stephan Lürsen voran ins Wohnzimmer.

Der Raum war mit großen Sofas, vielen Kissen und Beistelltischchen, die Platz für Vasen, Kerzen und Bilderrahmen boten, geschmackvoll, vor allem aber gemütlich eingerichtet. Über den Teppich verstreut lag überall Kinderspielzeug herum, Puppen, Rennautos, Legosteine. Auf einem Wandregal reihten sich Kriminalromane aneinander, daneben hing ein Familienporträt: Mutter, Vater, die beiden Kinder – und Opa Ernst-Hubert Dieppe.

Inga Lürsen lag unter einer Decke auf der Couch. Sie sah hundsmiserabel aus, erschöpft, blass, um Jahre gealtert – darüber konnte auch der warme Lichtschein einer kleinen Stehlampe nicht hinwegtäuschen. Ihr Blick war leicht verschwommen, als hätte sie Medikamente zur Beruhigung bekommen.

Auf dem Boden spielte ihre Tochter mit einer Barbie. Gedankenverloren summte sie vor sich hin.

»Komm, mein Schatz«, Stefan Lürsen legte die Zeitung auf den Tisch, mit der Schlagzeile nach unten. Er zwang sich zu einem Lächeln und nahm seine Tochter auf den Arm. »Ich bring dich in dein Zimmer.«

»Frau Lürsen«, sagte Kalkbrenner. »Ich verstehe Ihre Wut, die Medien hätten niemals davon erfahren dürfen.«

»Was soll das heißen? *Davon!*« Lürsen wirbelte herum. Seine Tochter erschrak auf seinem Arm, und ihr leiser Singsang verstummte. »Wollen Sie damit andeuten, es ist was dran an dem Irrsinn, den die Zeitung schreibt?«

»Hör doch auf, das ist ...«, seine Frau unterdrückte einen weiteren Hustenanfall, »... das ist Blödsinn, ein Irrtum! Das ist es doch, oder?«

»Leider nein«, bedauerte Kalkbrenner.

Sie starrte ihn entgeistert an. »Sie wollen mir sagen, dass mein Vater ... dass er«, sie sah zu ihrer verschreckten Tochter, »dass er in seiner Gefriertruhe? Nein, das glaube ich nicht.«

Kalkbrenner schwieg.

Draußen vor dem Haus ratterte eine Straßenbahn vorbei.

»Oh mein Gott.« Inga Lürsen sah aus, als müsste sie erbrechen.

Ihr Mann trug das Mädchen ins Kinderzimmer. Rasch kehrte er zurück und setzte sich zu seiner Frau auf das Sofa.

Kalkbrenner sagte: »Ich weiß, wir haben Sie das gestern schon einmal gefragt: Hat Ihr Vater je etwas getan, das Ihnen«, sein Blick streifte die Zeitung auf dem Tisch, »mit dem Wissen von heute merkwürdig erscheint?«

»Merkwürdig? Nein ...«

»Hat er jemanden erwähnt, der ...«

»Nein, nein ...« Sie hustete und ihr Körper krampfte sich zusammen.

Ihr Mann stand auf. »Vielleicht wäre es besser, wenn wir das Gespräch ein andermal fortsetzen, Sie sehen doch, das alles nimmt meine Frau ziemlich mit.«

»Frau Lürsen«, sagte Muth.

»Haben Sie mir nicht zugehört?«

»Ihr Vater hat einen Onkel erwähnt.«

»Ihr Vater hatte eine große Familie.«

»Wir meinen nicht unbedingt einen leiblichen Onkel.«

Inga Lürsen schaute auf. Das Sprechen bereitete ihr Mühe. »Wen denn dann?«

»Gab es jemanden, über den er häufig gesprochen hat? Der ein Vorbild für ihn war? Möglicherweise ein guter Freund? Den er Ihnen als *Onkel* vorgestellt hat?«

»Nein, ich …« Sie schüttelte den Kopf, doch dann hielt sie abrupt inne. Ihre Augen verengten sich. »Da war … Onkel Carl.«

»Onkel Karl?«

»Carl Schumann. Carl mit C. Ein Freund meines Vaters, ich habe ihn Onkel Carl genannt. Als ich noch ein Kind war, ist er gelegentlich zu Besuch gekommen, und manchmal sind wir zu ihm nach Rosenthal gefahren. Er wohnte dort in einem Haus.«

»Sein Haus?«

»Nein, ich … ich glaube, das war nur zur Miete.«

»Sein Name befand sich nicht auf der Liste der Freunde und Kollegen Ihres Vaters, um die wir Sie gestern gebeten haben.«

»Er ist vor zwei, nein, vor drei Jahren gestorben. Hat jedenfalls mein Vater gesagt, als ich mich mal wieder nach Onkel, also, nach Carl Schumann erkundigt habe.«

»Hat Herr Schumann Angehörige?«

»Nicht dass ich wüsste. Er war verheiratet, aber …« Sie brach ab. Ihr Gesicht war bereits die ganze Zeit über ungesund blass gewesen, aber nun hob es sich kaum noch von der Tapete hinter ihr ab.

»Inga?«, fragte ihr Mann besorgt.

Ihre Stimme war nur ein bestürztes Flüstern. »Seine Frau … sie ist verschwunden. Das hat er mal erwähnt, ich weiß nicht, ich glaube, ich hatte ihn damals danach gefragt, weil er immer alleine war …«

»Auch danach haben wir uns gestern erkundigt – nach Vermisstenfällen in Ihrem Umfeld.«

»Ich weiß, aber … das ist doch mehr als dreißig Jahre her. Das hat doch nichts mit heute zu tun.«

Da war sich Kalkbrenner nicht so sicher, und auch Inga

Lürsen selbst machte nicht den Eindruck, als habe sie allzu großes Vertrauen in ihre Worte.

»Was können Sie uns noch über Carl Schumann erzählen?«

»Er war nett, etwa so alt wie mein Vater und – ich weiß nicht, ich war ja noch ein Kind, und ich habe ihn immer nur dann getroffen, wenn er zu Besuch kam oder ich mit meinen Eltern bei ihm war zum ...«, sie stockte, »... zum Essen.« Sie sprang auf und stürzte ins Bad.

In ihr Würgen mischte sich das Klingeln von Kalkbrenners Handy.

Es war Berger, der erklärte: »Uns ist bei der Durchsicht von Dieppes Unterlagen etwas Merkwürdiges aufgefallen. Offenbar gehörte ihm ein Haus in Rosenthal.«

»In Rosenthal?«

»Schillingweg 27c. Er hat es vor drei Jahren gekauft.«

»Vor drei Jahren?«

»Sag mal, ist die Verbindung so schlecht, oder wieso wiederholst du alles?«

Inga Lürsen kehrte aus dem Bad zurück. Gestützt von ihrem Mann schleppte sie sich zur Couch. Ihr Gesicht war kalkweiß, ihre Augen rot unterlaufen.

Kalkbrenner fragte: »Und was genau ist daran merkwürdig?«

»Nun«, sagte sein Kollege, »er hat das Haus nicht alleine gekauft. Der andere Eigentümer heißt ...«

»... Carl Schumann.«

Berger schnaufte überrascht. »Woher weißt du das?«

EINUNDVIERZIG

Max rannte die Stufen wieder nach oben und stürzte ins Freie.

Ein Teenager drängelte sich an ihm vorbei, rülpste und warf eine Redbull-Dose in den Abfalleimer.

»Max«, seine Schwester holte stolpernd zu ihm auf. »Wo ... wo willst du hin?«

Sein Blick irrte die Straße rauf und runter. »Siehst du ihn?«

»Wen?«

»Kurti!«

»Nein, warum?«

Oh Mann, mit Kurti war jede Aussicht auf Hilfe verschwunden. Damit nicht genug, musste Max erkennen, dass er nicht einmal mehr wusste, welchen Weg sie durch den Regen zurückgelegt hatten. Niemals würde er zurück zu Kurtis Haus finden, nicht jetzt, und auch nicht später mit seiner Mutter.

»Fahren wir jetzt zu Mama?«, fragte Ellie.

Max fluchte. Endlich besaßen sie eine Wegbeschreibung, mit deren Hilfe sie zu ihrem Opa gelangen konnten. Doch nun fehlte ihnen das Geld. Verärgert trat er gegen den Mülleimer.

Das Scheppern brachte ihn auf eine Idee.

»Was hat Kurti vorhin gesagt?«, fragte er.

Seine Schwester zuckte mit den Schultern. »Weiß nicht.«

Max beugte sich über den Abfalleimer und fischte die Redbull-Dose heraus.

Gefunden, hatte Kurti erklärt, als Ellie ihn nach den vielen Flaschen gefragt hatte.

Und sein Opa hatte jedes Mal, wenn Max die Pfandflaschen zum Supermarkt geschleppt hatte, gelächelt. *Hast du wieder Geld verdient.*

»Ich habe eine Idee«, verkündete Max.

Seine Schwester sah ihn an.

»Wir müssen in alle Mülleimer gucken.«

»Das ist aber bäh«, Ellie streckte ihre Zunge raus. »Das hat Mama gesagt.«

»Nein, das ist es nicht.« Schon etliche Male hatte er Leute dabei beobachtet, häufig sogar an der Currywurstbude vor ihrem Haus, die die Abfallkörbe durchwühlten, als gebe es dort einen Schatz zu bergen. »Hast du schon vergessen? Wir sind im Märchenwald. Jetzt müssen wir einen Schatz suchen.«

»In den Mülleimern?«

»Pass auf«, sagte er, weil er nicht noch mehr Zeit vergeuden wollte. »Du guckst an den Straßenrand, ich in die Mülleimer, ja?«

Ellie nickte, nicht wirklich überzeugt. Als sie allerdings die erste Flasche unter einem Strauch entdeckte, erwachte auch ihre Euphorie. Keine zwei Minuten später fand sie eine zweite Flasche auf einer Mauer. Zwischen den Streben eines Maschendrahtzauns klemmte eine dritte.

Unglaublich, dachte Max. Noch nie war ihm aufgefallen, wie achtlos die Menschen ihren Müll entsorgten.

Nach nicht einmal einer halben Stunde hatten sie fast 30 Flaschen zusammen, außerdem eine Plastiktüte, in der sie das Leergut verstauen konnten.

»Unser Schatz«, freudig schwenkte Max die klirrende Tüte. »Und damit gehen wir jetzt ins ... Schloss.«

»In was für ein Schloss?«

»Wo der Drache haust.«

Ellie blieb wie angewurzelt stehen.

»Kein böser Drache«, lächelte Max. »Er hat nur Hunger. Verdammt großen Hunger sogar.«

Seine Schwester starrte ihn an, als hätte er den Verstand verloren.

»Komm«, lachend eilte er voraus in den Supermarkt auf der anderen Straßenseite. Und tatsächlich, mit etwas Phantasie wirkte die ausladende Öffnung, mit der der Automat ihre Flaschen schluckte, wie das Maul eines Drachens.

»Und wenn er satt ist«, jetzt konnte Max seine Phantasie kaum noch zügeln, »dann spuckt er ...«

»... Feuer?«

»So ungefähr.« Erheitert nahm Max das Stück Papier entgegen, das der Automat ausdruckte, und löste es an der Kasse gegen Bargeld ein. Fast acht Euro.

Keine zehn Minuten später saß er mit seiner Schwester in der U-Bahn Richtung Alexanderplatz. Diesmal würden sie ihr Ziel erreichen, davon war er überzeugt.

Geht zu Opa, auf jeden Fall!

Glücklich zeigte er sein Ticket vor, als zwei uniformierte Männer zustiegen und die Passagiere um ihre Fahrscheine baten.

Die Kontrolleure warfen nur einen kurzen Blick auf das Ticket. Dann fragte einer der beiden, ein kleiner, dicklicher Mann mit einer großen Warze auf der Wange: »Seid ihr alleine unterwegs?«

»Wir fahren zu unserem Opa«, erklärte Max voller Stolz.

»Wo wohnt denn der?«

»In Sperenberg.«

»Das ist eine weite Reise, so ganz alleine.« Der Mann mit der Warze musterte sie beide. »Wie alt seid ihr denn?«

»Ellie ist vier. Und ich bin schon fast zehn.«

»Und wo sind eure Eltern?«

»Unsere Mama ist beim Opa.«

Die Kontrolleure wechselten einen Blick.

Plötzlich wurde Max mulmig zumute.

»Eure Mama lässt euch ganz allein fahren?«, fragte der Warzenmann.

»Mama hat gesagt, wir sollen zum Opa fahren.«

»Das hat sie gesagt?«

»Ja, gestern schon.«

»Gestern?« Wieder sahen sich die beiden Kontrolleure an. »Wie lange seid ihr denn schon unterwegs?«

Max biss sich auf die Zunge.

»Ich glaube«, sagte der Warzenmann zu seinem Kollegen, »wir sollten die Polizei verständigen.«

ZWEIUNDVIERZIG

Kalkbrenner beendete das Telefonat mit seinem Kollegen.

»Können Sie sich«, fragte er Dieppes Tochter, »noch erinnern, was Ihr Vater genau gesagt hat: Wann ist Carl Schumann angeblich gestorben?«

Inga Lürsen lag auf der Couch, die Decke über sich ausgebreitet, ein Taschentuch in der Hand, das sie sich vor den Mund presste, als müsste sie sich jeden Augenblick erneut übergeben. Ihre Antwort war kaum zu verstehen. »Vor drei Jahren.«

»Vor drei Jahren hat Ihr Vater gemeinsam mit Herrn Schumann ein Haus in Rosenthal gekauft.«

»Wie bitte?«

»Sie haben nichts davon gewusst?«

»Nein, ich ...« Sie hielt inne. »Was für ein Haus? Und warum? Mit welchem Geld überhaupt?«

»Diese Fragen hätte ich Ihnen jetzt auch gestellt.«

Inga Lürsen zog die Decke bis ans Kinn, als könnte sie sich auf diese Weise vor weiteren schlechten Nachrichten schützen. »Ich verstehe das alles nicht.«

Kalkbrenner legte seine Karte auf den Tisch. »Falls Ihnen noch etwas einfällt ...«

Auf dem Weg zur Tür folgte ihm Inga Lürsens schwache Stimme. »Warten Sie bitte.«

Er drehte sich zu ihr um.

»Was die da schreiben ...« Mühsam richtete sie sich auf

und griff nach dem *Berliner Kurier.* »Hat mein Vater … hat er …« Ihr Blick fiel wiederstrebend auf die Schlagzeile. »Hat er wirklich … ?«

Flehend sah sie die beiden Beamten an. Auch im Gesicht ihres Mannes glomm Hoffnung.

Im Zweifelsfalle immer die Wahrheit. Eine andere von Kalkbrenners Weisheiten.

»Es tut mir leid«, sagte er. »Diese Informationen hätten nicht an die Medien gelangen dürfen – aber sie sind richtig.«

Sekundenlang saß Inga Lürsen wie erstarrt auf der Couch. Dann zerbrach ihre steinerne Miene. Ihr Mund verzog sich. Ihre Schultern zuckten. Sie kämpfte gegen den Heulkrampf an, zwang sich zu einem Lächeln, doch ihr Gesicht war eine gequälte Grimasse.

Ihr Mann sagte: »Sie sollten jetzt besser gehen.«

»Wenn Sie möchten«, erwiderte Muth, »verständigen wir einen Psychologen oder Seelsorger.«

»Ich habe Sie gerade gebeten, zu gehen.«

»Wir haben Experten, die Ihnen zur Seite stehen.«

»Haben Sie nicht gehört?«

»Papa?« Lürsens kleiner Sohn trat ins Wohnzimmer.

Mit einem Schluchzen brach seine Frau zusammen.

»Bitte, gehen Sie«, zischte Lürsen. »Sofort!«

Kalkbrenner folgte seiner Kollegin zum Wagen.

Der Regen hatte nachgelassen, doch noch immer hingen die dichten, grauen Wolken über der Stadt, als hätten sie nur eine kurze Pause eingelegt.

Während Muth auf der B96a stadtauswärts fuhr, wählte Kalkbrenner Bergers Büronummer.

»Hallo, Paul«, meldete sich sein Kollege.

Kalkbrenner brummte eine Begrüßung. »Ernst-Hubert Dieppe war pensionierter Lehrer. Er hat die Miete für eine vermutlich nicht ganz billige Altbauwohnung im Wedding gezahlt. Woher hatte er das Geld für einen Hauskauf?«

»Soweit ich das bislang überblicke«, sagte Berger, »besaß Dieppe ein Offshore-Konto auf den Caymans.«

»Ich frage mich gerade, worin er noch verstrickt war?«

»Die Frage sollte eher lauten: Wer ist Carl Schumann?«

»Was soll das heißen?«

Hektisches Papierrascheln drang aus dem Telefon, ehe Berger antwortete. »Es liegt keine Geburtsurkunde zu ihm vor, keine Sterbeurkunde, er war weder bei einer Krankenkasse noch bei einer Schule oder einem Verein angemeldet. Es gibt nichts, was darauf hindeutet, dass er je gelebt hat.«

»Es *hat* ihn gegeben, Dieppes Tochter ist ihm als Kind mehrfach begegnet. Außerdem hat er vor drei Jahren das Haus in Rosenthal gekauft.«

»Richtig, und das ist auch das Einzige, was über ihn vorliegt. Ein Grundbucheintrag – und ein Konto, von dem seitdem brav und regelmäßig Grundsteuer, die Abgaben für Müll, Straßenreinigung, Wasser und Abwasser, Strom und Gas beglichen werden, sogar GEZ. Aber ansonsten – nichts. Offenkundig eine falsche Identität.«

»Und die ist niemandem aufgefallen? Nicht dem Grundbuchamt? Dem Notar? Der Bank?«

»Du weißt doch, wie das ist in Berlin: Hier ist alles möglich.«

»Frag bitte trotzdem überall nach.«

»Und googel ihn mal«, meldete sich Muth zu Wort.

»Was?«

»Googel mal den Namen Carl Schumann.« Sie setzte den Blinker und fuhr von der Bundesstraße ab. »Ich habe da so ein Gefühl.«

»Also, mein Gefühl sagt mir«, das Klappern der Tastatur

drang aus dem Hörer, »dass Dutzende Carl Schumanns existieren, mal mit K, mal mit H, und die hat Rita alle bereits überprüfen lassen. Keiner von denen hat ...«

»Gib noch Kannibale dazu ein!«

Berger drosch auf die Tastatur ein. Dann drang nur noch sein überraschtes Schweigen aus dem Hörer.

»Sebastian?«, fragte Kalkbrenner.

Muth nahm an der Kreuzung die Pasewalker Straße nach Rosenthal.

Berger sagte: »Mir werden etliche Websites über Serienkiller und Kannibalen angezeigt. Gleich zu Beginn die Wikipedia-Artikel über einen gewissen *Carl* Großmann, 1922 gestorben, und einen Friedrich *Schumann*, 1921 hingerichtet.«

»Damit wissen wir zwar immer noch nicht, wer der Mann wirklich ist. Aber es dürfte zumindest klar sein, woher der Name stammt«, konstatierte Kalkbrenner.

Sein Kollege ächzte. »Mist – *das* hätte jemand merken müssen.«

»Wie war das noch?« Muth bog nach links in den Schillingweg. »In Berlin ist alles möglich?«

Die Straße ging in einen Schotterweg über, auf der einen Seite ein Feld, auf der anderen die Ausläufer eines Waldes.

Die Reifen rumpelten über den Schotter. Schlamm spritzte aus Pfützen. Steine hämmerten gegen das Unterblech. Es dröhnte im Wageninnern.

Berger war kaum zu verstehen. »Da ... etwas.«

»Sprich lauter!«

»Da ist noch was: Laut Dr. Wittpfuhl ist das Opfer, dessen Leichenteile wir in Dieppes Gefriertruhe fanden, vor circa einer Woche gestorben.«

»Ja.«

»Ebenfalls vor einer Woche wurde Dieppe bei einer Radarkontrolle geblitzt. Auf der B96a.«

»In Höhe Rosenthal«, erinnerte sich Kalkbrenner. »Klingt, als hätte er es eilig gehabt.«

»Hättest du es auch – mit Leichenteilen in deinem Auto.«

»Im Gegenteil, mit einer Leiche im Kofferraum halte ich mich peinlich genau an alle Verkehrsregeln, damit ich *nicht* auffalle – so wie Dieppe es all die Jahre gemacht hat.«

»Nun, wie es scheint, ist er zuletzt tatsächlich immer unvorsichtiger geworden.« Berger schnaufte. »Worauf ich aber eigentlich hinauswollte: Möglicherweise ist das Haus in Rosenthal der Tatort, den wir suchen.«

Daran hatte Kalkbrenner auch schon gedacht. »Verständige bitte die Spurensicherung, sie soll sich auf den Weg machen.« Er wollte auflegen, da fiel ihm noch etwas ein. »Und bitte, Sebastian, sorge dafür, dass die Infos über Carl Schumann und das Haus in Rosenthal nicht die große Runde machen.«

Muth ließ den Wagen ausrollen. Die Nummer 27c war das letzte Grundstück in der Straße. Das Haus lag ruhig und abgeschieden.

Als sie ausgestiegen waren, zeigte Muth auf die Haustür. »Paul!«

Sie war angelehnt, das Schloss aufgebrochen, der Rahmen zersplittert.

DREIUNDVIERZIG

Zoe verzog das Gesicht.

Kaum dass sie das Haus betreten hatte, stieg ihr ein widerlicher Geruch in die Nase, nicht sehr streng, dennoch beißend.

Ihre vor Schlamm starrenden Schuhsohlen schmatzten auf den blankgewienerten Fliesen in der Diele. Sie folgte einem Durchgang nach rechts in die Küche. Sie blieb stehen, um den Anblick in sich aufzunehmen – ein schmaler Tisch, drei Stühle, ein Kühlschrank, eine Anrichte, ein Herd und ein Backofen –, ohne dass sich auch nur der Anflug einer Erinnerung einstellte.

Ernüchtert ging sie hinüber ins Badezimmer. Auch hier stand sie für eine Weile, obwohl weder die Dusche, das Waschbecken noch die Toilette etwas in ihr auslösten.

Zunehmend frustriert suchte sie das Wohnzimmer auf. Wie ihr bereits bei ihrem Blick aus dem Garten durch das Fenster aufgefallen war, besaß der Raum kaum Möbel. Zwei rechtwinklig um einen Tisch gruppierte Sofas, ein TV-Schrank ohne Fernseher, ein hüfthoher PC-Tisch ohne Computer wirkten wie Staffage aus einem billigen Fernsehfilm.

Sie stieg die Treppe hoch und gelangte in einen Raum, der offenbar das Schlafzimmer gewesen war. Jetzt war er leer bis auf einen Heizungskörper an der Wand und Staubflusen, die über die Fliesen wirbelten, als Zoe verärgert darüber hinwegschritt.

Hier ist nichts! Nichts. Rein gar nichts!

Als wäre alles, was auch nur einen Hauch von Leben enthalten hatte, aus dem Haus getilgt worden – so wie das Gedächtnis aus Zoes Kopf.

Auf dem Weg die Stufen hinab ins Wohnzimmer sah sie die Dreckspuren, die sie mit ihren Schuhen kreuz und quer auf den Fliesen hinterlassen hatte.

Wie vom Donner gerührt blieb sie stehen.

Einen ähnlichen Anblick hatte sie schon einmal gesehen: Schuhabdrücke am Boden. Kreuz und quer über die Fliesen verteilt. In einem Zimmer wie diesem. Nur dass es kein Schlamm gewesen war …

Blut, es war Blut!

Ein kalter Schauer kroch ihren Nacken empor, während sie das Wohnzimmer in den Flur durchquerte, vorbei an den Toiletten, als folgte sie nicht ihrem Dreck von heute, sondern einer alten Spur, die vor Tagen – *vor einer Woche?* – hinterlassen worden war. Sie blieb in der Küche stehen.

Davon war nicht die Rede!

Dieser Schrei, das blutige Gesicht, nicht mehr länger nur albtraumhafte Bruchstücke, sondern …

Blut, ganz viel Blut!

… die Erinnerung, plötzlich ganz nah, fast greifbar, wenn sie sich nur ein bisschen Mühe gab, konzentrierte und –

Im Garten ertönten Stimmen.

Erschrocken trat Zoe ans Fenster. Vor dem Grundstück stand ein Wagen. Die Haustür knarzte. Stimmen flüsterten.

Los doch, versteck dich!

Hektisch sah Zoe sich um.

VIERUNDVIERZIG

Kalkbrenner zog seine Waffe aus dem Gürtelhalfter. »Wir gehen rein«, flüsterte er.

»Bist du sicher?« Muth sprach ebenso leise. »Wenn das der Tatort ist, zerstören wir Spuren.«

»Ich fürchte, die Spuren werden gerade schon vernichtet.« Er zeigte zur Türschwelle, deren Fliesen von einem frischen Schuhabdruck aus nassem Sand und lehmiger Erde verunziert wurden.

Muth entsicherte ihre Waffe und hielt sich dicht hinter ihm. Er pirschte zur Tür und klopfte gegen das Holz. »Hier ist die Polizei. Ist da jemand?«

Keine Antwort. Nur das Plätschern, mit dem der Regen von den Bäumen im Garten tropfte.

»Falls jemand im Haus ist – geben Sie Bescheid!«

Nichts.

Kalkbrenner hielt seine Waffe ausgestreckt nach vorne, stieß die Tür auf und folgte den Schuhabdrücken in eine kleine Diele.

Er nahm einen beißenden Geruch wahr, während er mit dem Lauf seiner Waffe die Küche durchschnitt. Eine ganz normale Küche: Tisch, Stühle, Kühlschrank, ein Herd, ein Backofen – bis auf die Schuhabdrücke, kreuz und quer über die Fliesen verteilt. »Niemand da.«

»Hier auch nicht«, meldete seine Kollegin aus dem Badezimmer gegenüber.

Kalkbrenner schlich durch die Diele voraus in das Wohnzimmer.

Fahles Tageslicht fiel durch kleine, schmale Fenster auf einen Teppich, eine Couchgarnitur, einen Tisch, zwei Schränke. Die Abdrücke wurden schwächer.

»Leer«, sagte Kalkbrenner.

Muth erklomm die Treppe nach oben.

Der Raum unter dem Giebel war wohl das Schlafzimmer, allerdings gab es keine Möbel, kein Bett, keinen Schrank, nichts. Die Schuhabdrücke auf dem Parkett waren kaum noch zu erkennen.

Kalkbrenner sicherte seine Waffe und steckte sie ein.

Zurück im Wohnzimmer stieg ihm erneut der Geruch in die Nase, den er bereits gleich nach dem Eintreten wahrgenommen hatte. Beißend. Chemisch. Ein Desinfektionsmittel?

Er fragte: »Wie groß ist die Wahrscheinlichkeit, dass sich ausgerechnet heute ein Einbrecher in das Haus verirrt?«

»Es wäre ein sehr großer Zufall«, bestätigte Muth.

Ihre Blicke kreisten durch den Raum, suchten nach einer Zeitung, einem Fernsehmagazin, einem Kugelschreiber oder einem Notizblock. Vergeblich. Es gab auch keine Tischdecke, keine Kerzen, Blumen, Bilder oder anderen Nippes.

Da war nichts, was auch nur ansatzweise erkennen ließ, dass hier jemand lebte oder sich auch nur längere Zeit aufgehalten hatte.

Kalkbrenner sagte: »Wer immer hier eingebrochen ist, er kam zu spät. Was immer er gesucht hat, wurde vorher weggeschafft.«

»Und wer immer es entsorgt hat«, Muth fischte Einweghandschuhe aus ihrer Jackentasche, streifte sie sich über und fuhr mit dem Zeigefinger über die Fernsehkommode, »hat auch geputzt, und zwar gründlich.« Sie hielt den Finger hoch. »Kein Staub, nicht das kleinste Körnchen.«

»Und es riecht, als wäre erst vor kurzem geputzt worden, letzte Nacht, gestern Abend, sehr viel länger kann es nicht her sein.«

»Ernst-Hubert Dieppe kann es nicht gewesen sein, der ist vor drei Tagen im Wedding gestorben. Ich tippe auf den ominösen Carl Schumann. Das dürfte der Beweis dafür sein, dass Dieppe mindestens noch einen weiteren Mitwisser hatte.«

»Mehr als nur einen Mitwisser«, korrigierte Kalkbrenner. »Gemessen an der Inbrunst, mit der Dieppe von Carl Schumann erzählt hat ... Wie meinte seine Kollegin? Sie hätte noch nie jemanden so von seinem Onkel schwärmen hören. Angesichts dessen wage ich zu behaupten, dieser Carl Schumann war die treibende Kraft bei ...« Sein Handy klingelte. »Wie auch immer, wir sollten uns darauf konzentrieren, die wahre Identität dieses ominösen Carl Schumann herauszufinden.«

Kalkbrenner holte sein klingelndes Telefon hervor. Es war seine Exfrau.

»Ich bin wieder bei deiner Mutter«, sagte Ellen, »und –« Ihre Worte gingen in einem Krachen unter.

Eine Frau stürzte aus der Küche zur Haustür.

FÜNFUNDVIERZIG

Max glaubte, sich verhört zu haben.

Wir sollten die Polizei verständigen.

»Nein«, protestierte er, »wir wollen doch nur zu Opa.«

»Ganz alleine?«, fragte der Kontrolleur mit der Warze.

»Ich bin doch mit Ellie ...«

»Nach Sperenberg?«

»Ja, ich ...«

»Ich bin mir nicht sicher, ob das eine gute Idee ist.« Der Warzenmann wies zur Tür. »Kommt doch mal mit raus.«

Die U-Bahn fuhr in die Station am Alexanderplatz ein.

Hier steigt ihr in den Regionalexpress, hatte Kurti gesagt.

Jetzt folgten sie den beiden Kontrolleuren über den Bahnsteig. Menschen wuselten wie Ameisen umher, ein hektisches Treiben, das Max noch nervöser machte, als er ohnehin schon war.

»Noch einmal«, fragte der Warzenmann, »wo genau sind eure Eltern?«

Max biss sich auf die Lippe. Sollte er ihm von seinem Vater erzählen? Oder von seiner Mama und davon, was geschehen war?

Wir spielen ein Spiel, ja?

Er sagte: »Meine Mama ist beim Opa.«

»Und dein Vater?«

»Der ist ... weg.«

»Weg?«

»Er ist im … im Gefängnis.«

Wieder wechselten die beiden Kontrolleure einen Blick, als würden sie sich in einer lautlosen Sprache verständigen, die Max nicht kannte.

»Wie heißt denn deine Mama?«, fragte der Warzenmann.

Max zögerte. Die Fragen der Männer behagten ihm nicht. Er wurde das Gefühl nicht los, dass sie ihm nicht glaubten, egal was er sagte.

Sie nickten einander zu. Der Warzenmann nahm sein Handy und wählte eine Nummer. Sein Kollege hielt Max an der Schulter fest.

»Max«, fragte Ellie, »was ist los?«

»Wir … wir fahren gleich weiter«, log er, weil er sie nicht noch mehr beunruhigen wollte.

»Zu Mama?«

»Ja.«

»Und warum halten die Männer dich dann fest?«

»Das … das sind Ritter«, flüsterte er. »Ritter aus dem Märchenwald, die … »

Mit kreischenden Bremsen fuhr eine U-Bahn auf dem gegenüberliegenden Gleis ein. Die Waggontüren glitten auseinander. Menschen ergossen sich über den Bahnsteig.

»Entschuldigung«, sagte ein Geschäftsmann und drängelte sich mit wehendem Mantel und Rollkoffer an ihnen vorbei.

Der Kontrolleur ließ Max los.

»Ellie, komm«, rief Max und packte seine Schwester. Noch ehe die Kontrolleure reagieren konnten, schleifte er Ellie quer über den Bahnsteig auf den Zug zu.

Das Türsignal ging.

»Ellie, schnell!« Max legte an Tempo zu.

Seine Schwester stieß mit einer Frau zusammen und stolperte.

»Los!« Max sprang in den Waggon.

Ellie stürzte zu Boden. Die Waggontür schloss sich hinter Max.

»Ellie!« Er hämmerte gegen das Waggonfenster.

Der Zug rollte an. Seine Schwester blieb auf dem Bahnsteig zurück, in ihrem Gesicht stand der Schock. Dann war sie verschwunden.

SECHSUNDVIERZIG

Noch ehe Kalkbrenner reagieren konnte, stürmte seine Kollegin bereits los.

»Bleiben Sie stehen!« Um ein Haar wäre Muth gegen die Haustür gekracht, als die flüchtige Frau sie hinter sich zuschlug.

»Paul?«, tönte Ellen aus seinem Handy.

Kalkbrenner rannte ebenfalls los.

Seine Kollegin war bereits zur Haustür raus. Am Eingangstor flog ihr Blick den Schotterweg hoch und runter.

»Paul«, sie spurtete nach links, »du nach rechts.«

»Paul?«, schrie Ellen. »Was ist los?«

Kalkbrenner eilte nach rechts über den Feldweg, parallel zur Hecke, die das Grundstück umgab. Gleich dahinter begann wieder der Wald.

Er blieb stehen und spähte in das Dickicht.

Tannen raschelten im Wind. Feuchtigkeit tropfte von den Zweigen.

Von der Frau war nichts zu sehen.

»Verdammt, Paul!«, brüllte Ellen. »Kannst du ...«

Laub knisterte. Hinter einem Strauch tauchte für Sekundenbruchteile eine grüne Jacke auf.

Kalkbrenner rannte in den Wald. Äste verfingen sich in seinen Kleidern. Zweige schnellten ihm ins Gesicht. Er kümmerte sich nicht darum, hastete weiter, wich Bäumen aus und stolperte über Wurzeln, während er seinen Blick auf den Punkt gerichtet hielt, an dem er die Frau zuletzt erblickt hatte.

Wiederholt rutschte er auf glitschigem Moos beinahe aus, verfing sich im dichten Unterholz. Das Herz schlug ihm bis hinauf zum Hals. Seine Lunge brannte. Trotzdem legte er an Tempo zu, als er die flüchtende Frau einige Meter voraus entdeckte.

Sie war nicht größer als seine Tochter, schlank und blond. Sie schaute über ihre Schulter. Ihr schmales Gesicht war vor Furcht verzerrt.

»Ich bin ...«, Kalkbrenner schnappte nach Luft, »... Polizist. Sie brauchen ... keine Angst zu haben.«

Die junge Frau beschleunigte ihre Schritte.

Kalkbrenner hetzte hinterher. Er schlug sich durch einen Strauch. Den umgestürzten Baum sah er zu spät.

Mit dem Schienbein prallte er gegen den Stamm. Verzweifelt ruderte er mit den Armen, verlor sein Telefon aus den Händen und stürzte ins Gestrüpp.

Am Himmel rissen die Wolken auf. Die Sonne strahlte durch die Baumwipfel, als lachte sie ihn aus.

Die Frau war verschwunden.

»Paul?« Ellens Stimme knarzte aus dem Unterholz.

Fluchend stemmte sich Kalkbrenner hoch. Er stützte sich an dem Baumstamm ab. Sein Gesicht brannte, sein Schienbein schmerzte, doch nichts schien gebrochen zu sein, nicht einmal verstaucht.

»Paul, was ist denn los?«

Er wischte sich Matsch und Tannennadeln von den Klamotten, pflückte Laub aus seinen Haaren. Allmählich beruhigte sich sein Puls.

Die Sonne verschwand wieder hinter einer schmutzig grauen Wolke.

»Ellen?«, rief er.

»Na endlich.«

»Red mit mir!«

»Paul ...«

»Wo bist du?«

»... wenn das ein Scherz sein soll ...«

»Ah, ich hab dich gefunden.« Kalkbrenner bückte sich nach seinem Handy, das hinter einem Strauch wenige Zentimeter neben einer Pfütze lag. Eine Spinne stakste mit langen, dünnen Beinen über das schlammbespritzte Display. »Ich hätte auf Jessy hören sollen.«

»Wie bitte?«

»Und mehr Sport treiben.«

»Paul, was zum Geier ist los mit dir?«

»Ich habe ... einen Verdächtigen verfolgt.« Er schnippte die Spinne weg und wischte das Telefon an seiner schmutzigen Hose sauber. Humpelnd trat er den Rückweg an. »Du hast gesagt, du bist wieder im Krankenhaus?«

»Ich habe dem Arzt die CD mit den MRT-Bildern gegeben.«

»Du hast sie gefunden?«

»Hätte ich sie ihm sonst geben können?«

Ein Signalton ließ Kalkbrenner wissen, dass ein zweites Telefonat eintraf. »Ellen, ganz schnell, weil ich noch einen weiteren Anruf in der Leitung habe: Was hat der Arzt gesagt?«

»Deswegen rufe ich an. Er möchte mit uns, also, mit dir über den Befund reden.«

»Ist es dringend?«

»Paul, deine Mutter hatte einen Schlaganfall!«

»Aber ihr Zustand hat sich stabilisiert.«

Ellen schnaubte.

»Gut, dann richte ihm bitte aus, ich komme später ins

Krankenhaus.« Noch ehe seine Exfrau antworten konnte, kappte Kalkbrenner das Gespräch und nahm den anderen Anruf entgegen. »Hallo?«

»Paul«, meldete sich sein Kollege Berger. »Habt ihr was entdeckt in dem Haus in Rosenthal?«

»Um ein Haar.«

»Was soll denn das bedeuten?«

»Erzähl ich dir später. Könntest du in der Zwischenzeit bitte dafür sorgen, dass Beamte raus nach Rosenthal fahren und die Nachbarn befragen? Nach Dieppe und möglichen anderen Männern, Auffälligkeiten – das übliche Prozedere?«

»Ich kümmere mich darum«, versprach Berger.

Kalkbrenner ließ den Wald hinter sich. Das Laufen fiel ihm wieder leichter, trotzdem schritt er langsam über den Schotterweg zurück zum Haus.

Weiter vorne näherte sich der Transporter der Spurensicherung, gefolgt von einem schwarzen Volvo.

Kalkbrenner fragte ins Telefon: »Weswegen hast du angerufen, Sebastian?«

»Ich habe das Haus von Dieppe und diesem ominösen Carl Schumann überprüft«, antwortete Berger. »Es gehörte einer alten Dame aus Flensburg, die inzwischen leider verstorben ist, im Übrigen ein ganz normaler Tod im Altersheim, keine Auffälligkeiten. Sie hatte das Haus bis vor drei Jahren an diesen Carl Schumann vermietet.«

»Der es dann mit Dieppe erworben hat, damit die beiden dort weiterhin ungestört ihrer, na ja, Leidenschaft frönen konnten.«

»Danach schaut es aus. Beim Grundbuchamt liegt ein Notarvertrag vor, mit dem der Hauskauf am 5. Juni vor drei Jahren rechtsgültig besiegelt wurde. Für die Mitarbeiter beim Grundbuchamt gab es deshalb keinen Grund, an der notariellen Vereinbarung beziehungsweise der Existenz der beteiligten Parteien zu zweifeln.«

Kalkbrenner erreichte das Grundstück, vor dem inzwischen auch der Transporter angekommen war.

Drei Kriminaltechniker stiegen aus und begannen, ihre Schutzkleidung anzuziehen. Dr. Bodde stand bereits neben ihrem Volvo.

Am Eingangstor tauchte Muth auf. Sie atmete schwer. Nach einem Blick auf Kalkbrenners verdreckte Kleidung wechselte sie einige Worte mit Dr. Bodde, die daraufhin zwei ihrer Mitarbeiter in das Haus schickte.

Der dritte folgte seiner Chefin und Muth in den Garten hinter dem Haus.

Kalkbrenner schloss sich ihnen an, während er seinen Kollegen fragte: »Hast du mit dem Notar gesprochen, der den Hausverkauf vor drei Jahren besiegelt hat?«

»Es war eine Notarin«, korrigierte Berger. »Ihr Name ist ... Moment, ah ja, hier: Eva Tenzer. Ich habe mich mit ihrem Büro in Verbindung gesetzt, musste allerdings von ihrem Kollegen erfahren, dass sie seit drei Jahren als vermisst gilt.«

»Seit drei Jahren?«

»Um genau zu sein: Am 7. Juni vor drei Jahren, also zwei Tage, nachdem von ihr der Notarvertrag besiegelt worden war, hat ihr Verlobter die Vermisstmeldung aufgegeben.«

Kalkbrenner seufzte.

Reiner Zufall wäre Zufall.

Muth blieb vor einem Erdhügel neben einer Pappel stehen.

Der Boden war erst vor kurzem umgegraben worden – und die einzige Stelle im Garten, die nicht ganz glatt war.

SIEBENUNDVIERZIG

Zoes Blick irrte orientierungslos durch den Wald.

Der Regen hatte aufgehört. Sträucher und Bäume raschelten im Wind. Auf den Ästen tschilpten wieder die Vögel. Von den Zweigen rieselte Feuchtigkeit.

Als sie wieder zu Atem kam, checkte sie mit Google Maps ihre Position. In welcher Richtung lag der Bahnhof? Wo befand sich die Straße? Und wo das Haus, aus dem sie geflohen war? Auf keinen Fall wollte sie ihrem Verfolger wieder in die Arme laufen.

Ich bin Polizist. Sie brauchen keine Angst haben.

Hatte er die Wahrheit gesagt? War er tatsächlich ein Polizist? Ein Polizist, dem sie hätte trauen und der ihr hätte helfen können? Vielleicht. Vielleicht aber auch nicht.

Keine Polizei!

Wenn sie bloß wüsste, woher ihre Furcht rührte. Was das Gesicht aus ihrem Alptraum bedeutete. Und das Blut in dem Haus.

Blut, ganz viel Blut!

Noch vor wenigen Minuten schien die Antwort ganz nahe gewesen zu sein. Endlich hatte sich der Schleier lüften wollen, der ihr Gedächtnis so hartnäckig verhüllte. Dann waren die beiden Polizisten auf der Bildfläche erschienen – und es war, als hätte Zoes Erinnerung sich vor Schreck wieder hinter eine Nebelwand zurückgezogen.

Verdammt!

Ihre Wut entlud sich in einem Faustschlag gegen einen Baumstamm. So sehr sie sich auch zu konzentrieren versuchte, der Dunst in ihrem Schädel blieb undurchdringlich.

Unterholz knackte.

Erschrocken ging sie hinter einem Busch in Deckung. Sie hielt den Atem an. Sekunden vergingen, vielleicht auch Minuten, ohne dass sich ihr jemand näherte.

Die Baumwipfel zischelten. Regentropfen plätscherten. In der Ferne rauschte eine S-Bahn.

Zoe nieste. Sie fror in ihren durchnässten Klamotten. Während sie schniefend den Google Maps-Anweisungen folgte, ging ihr das Gespräch durch den Kopf, das sie in ihrem Versteck in der Küche in dem Haus belauscht hatte.

Von wem hatten die beiden Beamten gesprochen?

Sie hatten einen Ernst-Hubert Dieppe erwähnt, der dem Vernehmen nach im Wedding verstorben war. War er ermordet worden? Außerdem war die Rede von einem gewissen Carl Schumann gewesen. Die Beamten hatten ihn als Mitwisser bezeichnet. *Als treibende Kraft.* In welchem Zusammenhang?

Vor Zoe tauchten Häuser zwischen den Bäumen auf. Nach einer Weile erreichte sie die S-Bahn-Station. Aus dem schützenden Schatten einer Kioskbude behielt sie das Bahnhofsgebäude auf der anderen Straßenseite im Blick.

Wer immer die beiden Männer waren, Ernst-Hubert Dieppe und Carl Schumann, offenkundig standen sie in Verbindung mit diesem Haus in Rosenthal, mit Zoes Termin dort vor einer Woche, mit ihrer bruchstückhaften Erinnerung daran, jenem Schrei, dem vielen Blut und mit –

Leichenteile im Kühlschrank, las sie auf der Titelseite einer Zeitung, die am Kioskschaufenster klebte. *Kannibale im Wedding?*

Der zugehörige Artikel war mit zwei Bildern illustriert. Eines zeigte einen Altbau im Wedding, das andere das Porträt eines unscheinbaren Rentners: *Ernst-Hubert D. (58).*

Es war das blutverschmierte Gesicht aus ihrem Alptraum.

Zoes schockierter Blick wechselte zwischen dem Foto und der Schlagzeile.

Wie benommen wankte sie auf den Bahnhof zu. Bremsen kreischten. Ein Knall. Ein heftiger Schmerz. Dunkelheit.

ACHTUNDVIERZIG

In Kalkbrenner breitete sich ein ungutes Gefühl aus.

Es fiel ihm schwer, die genaue Ursache dafür zu benennen. War es der Erdhügel, den Muth im Garten hinter dem Haus entdeckt hatte? Oder Bergers Nachricht?

Dr. Bodde gab einem ihrer Mitarbeiter ein Zeichen.

Der Kriminaltechniker holte einen Spaten und begann, den Erdhügel abzutragen. Schon nach wenigen Sekunden war sein weißer Schutzanzug mit Lehm verschmiert.

Kalkbrenner konzentrierte sich wieder auf das Telefonat mit seinem Kollegen: »Und bis heute gibt es keinen Hinweis auf den Verbleib der Notarin?«

»Nein, nichts«, antwortete Berger. »Soweit ich in der Kürze der Zeit in Erfahrung habe bringen können, wurde Eva Tenzer am Abend des 6. Juni ...«

»Also einen Tag nach der notariellen Vereinbarung.«

»Ja, da wurde sie zum letzten Mal lebend auf dem RAW-Gelände in Friedrichshain gesehen. Und dort verlor sich ihre Spur.«

Kalkbrenner dachte darüber nach.

Das RAW-Gelände in Friedrichshain war nicht nur eine beliebte Discothekenmeile gewesen, die tausende Partywütige anzog, sondern auch ein Sammelbecken für Drogendealer, Taschendiebe und Banden, die mit Messern und zuletzt sogar Schusswaffen auf Raubzug gegangen waren. Über viele Monate hinweg waren brutale Überfälle an der

Tagesordnung gewesen, die Polizei hatte nur machtlos zusehen können.

»Offenbar gingen die Ermittler damals davon aus«, fuhr Berger fort, »Eva Tenzer sei Opfer eines Überfalls beziehungsweise einer Gewalttat mit Todesfolge geworden, auch wenn sie ihre Leiche nicht finden konnten.«

»Nach allen, was wir nun wissen, wage ich zu bezweifeln, dass man ihre Leiche überhaupt jemals finden wird«, grummelte Kalkbrenner.

Der Kriminaltechniker hatte von dem Erdhügel eine Fläche von einem Meter im Quadrat abgetragen und eine Schicht von einem halben Meter Tiefe – doch außer lockerer Erde beförderte er nichts zutage.

»Graben Sie weiter«, wies Dr. Bodde ihn an.

Kalkbrenner fragte seinen Kollegen: »Sind bei den Ermittlungen damals die Namen Ernst-Hubert Dieppe und Carl Schumann aufgetaucht?«

»Das kann ich noch nicht sagen. Ich habe die Ermittlungsakte angefordert, sie ist auf dem Weg zu uns. Aber ob ich es schaffe, sie heute zu lesen … Ich muss mich um die laufenden Befragungen in Dieppes Umfeld kümmern, die Vernehmung der Nachbarn in Rosenthal. Vielleicht kannst du direkt mit dem damaligen Ermittlungsleiter reden?«

»Wer ist es?«

»Peter Mauhöfer«, sagte Berger. »Du kennst ihn, oder?«

Kalkbrenner bejahte. Wiederholt hatte er in den letzten Jahren mit dem Kollegen von der Vermisstenstelle beim LKA zusammengearbeitet.

»Ich habe Mauhöfer bereits angekündigt, dass ihr eventuell bei ihm auftauchen werdet«, sagte Berger. »Und sobald die Ermittlungsakte bei uns eingetroffen ist, lege ich sie dir auf deinen Schreibtisch.«

»Danke.« Kalkbrenner beendete das Telefonat.

Unterdessen stieß der Kriminaltechniker in anderthalb Metern Tiefe auf steinigen Lehm. Kalkbrenner wandte sich ab.

Was immer man im Garten vergraben hatte, es war verschwunden. So wie wahrscheinlich auch alle Spuren im Haus. Und so wie die Notarin Eva Tenzer vor drei Jahren.

Muth schloss zu Kalkbrenner auf. Während sie ihren Wagen ansteuerten, berichtete er ihr frustriert, was er von Berger erfahren hatte.

»Herr Kalkbrenner!« Einer der Kriminaltechniker winkte sie ins Haus und dort in die Küche. »Fällt Ihnen etwas auf?«

Aufmerksam betrachtete Kalkbrenner noch einmal die Kücheneinrichtung. Tisch, Stühle, Anrichte, Kühlschrank, Herd. Bis auf die schmutzigen Schuhabdrücke auf den Fliesen war alles blitzblank.

Der Kriminaltechniker öffnete die Backofenklappe.

»Ein Gasofen«, Kalkbrenner beugte sich vor, »na und?«

»Das ist kein normaler Küchenbackofen.«

»Sondern?«

»Schauen Sie sich die Größe an! Mit angezogenen Beinen passt da durchaus ein erwachsener Mensch hinein. Und angesichts des feuchten Sands hier und der frischen Fingerabdrücke dort würde ich vermuten, dass sich erst vor wenigen Minuten jemand in dem Ofen versteckt hat.«

Kalkbrenner fluchte. Er hatte zwar die Küche gesichert, einen Blick in den Backofen hatte er aber nicht geworfen.

Andererseits: Wie hätte er das ahnen sollen?

»Wenn ich mir das Teil so anschaue«, sagte der Kriminaltechniker, »wage ich zu behaupten, dass es sich dabei um eine Eigenfabrikation handelt.«

Die Platz für einen ausgewachsenen Menschen bietet.

Kalkbrenner begegnete dem Blick seiner Kollegin. Ihrer Miene entnahm er, dass sie die gleichen Bilder wie er vor Augen hatte.

»Lass uns fahren«, sagte Muth, »und mit Mauhöfer reden.«

NEUNUNDVIERZIG

Max war in heller Panik.

»Ist alles in Ordnung mit dir?«, fragte eine ältere Dame.

Ihm schossen die Tränen in die Augen.

»Aber was ist denn los?«

Er konnte den Anblick seiner kleinen Schwester nicht vergessen, wie sie auf dem Bahnsteig zurückgeblieben war, ihre Augen vom Schock geweitet, während der Saum ihres weißen Kleides im Fahrtwind der davonbrausenden U-Bahn flatterte, als würde er heiter zum Abschied winken.

Als der Zug in die Weinmeisterstraße einfuhr, sprang Max aus dem Waggon.

»Nun warte doch«, rief die alte Dame.

Max rannte auf die andere Bahnsteigseite und nahm den erstbesten Zug, der ihn zurück zum Alexanderplatz brachte. Er hatte keine Ahnung, ob sein Ticket noch gültig war, aber das interessierte ihn nicht. Er musste zurück zu seiner Schwester, so schnell wie möglich.

Kümmere dich um Ellie, ja?

Langsam, viel zu langsam ruckelten die Waggons durch den Untergrund. Als er endlich aussteigen konnte, hetzte sein Blick über den Bahnsteig, auf dem Hochbetrieb herrschte. Menschen, soweit das Auge reichte. Doch Ellie war nirgendwo zu sehen.

»Haben Sie meine Schwester gesehen?«, fragte er einen

Mann mit Mütze, der zwei Koffer und zwei Hunde hinter sich herzog.

»Nein.«

»Ihr Name ist Ellie«, erklärte er einer Frau mit Brille.

»Kenn ich nicht.«

»Sie hat ein weißes Kleid mit grünen Tupfern«, beschrieb er einem Ehepaar, »und eine grüne Strumpfhose.«

»Haben wir nicht gesehen.«

Kreuz und quer rannte er über den Bahnsteig, fragte die Leute nach seiner Schwester, während er seine Panik kaum bezwingen konnte. Wo war Ellie? Wo? *Wo?*

Irgendwann erklomm er die Stufen nach oben. Er konnte sich zwar nicht vorstellen, dass Ellie auf eigene Faust den Bahnsteig verlassen hatte, statt auf ihn zu warten. Aber hier hatte er alles abgesucht, und sie war nirgendwo zu sehen.

Er erreichte ein Gewirr aus weitverzweigten Gängen, in denen Unmengen von hektisch wirkenden Menschen unterwegs waren. Er spähte in die Geschäfte, Dunkin' Donuts, Rossmann, einen Zeitungskiosk, suchte den ganzen Bahnhof ab, guckte in jede noch so kleine Ecke. Er lief hin und her, bis ihm die Füße wehtaten. Die Zeit verging, Stunde um Stunde, ohne dass er eine Spur von seiner Schwester –

»Ellie!«, schrie er, als ihm inmitten des Gewimmels eine grüne Strumpfhose ins Auge stach. Seine Schwester kauerte in einer Ecke.

Max stürmte auf sie zu. »Ellie!«

»Was'n los?«, murmelte ein junger Mann, der eine grüne Hose trug, dazu eine nietenbesetzte Lederjacke. Sein Haar war zu einer leuchtend grünen Irokesenfrisur geschoren. Er paffte an einer ekelhaft süß riechenden Zigarette.

Max musste husten, als er fragte: »Hast du Ellie gesehen?«

»Wen?«

»Ellie!«

»Was ist mit ihr?«

»Sie ist weg.«

Der Punk kniff seine Augen zusammen, als müsste er darüber nachdenken. »Hast du ihr was getan?«

»Nein, hab ich nicht, ich ...«

»Wieso suchst du sie dann?«

»Sie ist meine Schwester.«

»Ach so«, der Punk nahm einen Zug von seiner Zigarette, pustete den Rauch aus und lehnte sich zurück, als sei damit alles geklärt.

Der widerliche Qualm legte sich über Max wie die bittere Erkenntnis: Er würde Ellie nicht mehr finden. Sie war verschwunden. Hatten die Kontrolleure sie weggebracht? Womöglich zur Polizei?

Polizei ist niemals gut.

Was sollte er tun? Oh Mann, er wusste es nicht. Seine Augen ertranken in Tränen. Er wünschte sich seine Mutter her. Sogar seinen Vater, der immer wusste, was zu tun war. Sein Vater, der gesagt hatte –

»Du suchst deine Schwester?«, fragte eine Frau, die zu ihm trat. »Ellie?«

»Haben Sie sie gesehen?«

»Ja, ich glaube, ich habe Ellie gesehen.«

FÜNFZIG

Kalkbrenner schwieg frustriert.

Immer wieder blitzte die rostig rote Nachmittagssonne zwischen den Wolken hervor.

Muth bahnte ihnen einen Weg durch den Stoßverkehr. Schließlich parkte sie gegenüber einem wilhelminischen Prachtbau, der den Columbiadamm über mehrere hundert Meter säumte.

In dessen Foyer legten sie ihre Ausweise vor. »Herr Mauhöfer erwartet uns.«

Der Pförtner hielt Rücksprache per Telefon. »Einen Augenblick, er kommt.«

Sie warteten auf billigen Plastikschemeln, erst eine Minute, dann zwei.

Nach zehn Minuten klingelte Kalkbrenners Handy. Wieder eine unterdrückte Nummer. »Frau Wopalka?«

Muth sah ihn verwundert an.

Er zuckte mit den Schultern.

»Herr Kalkbrenner«, sagte Marga Wopalka, »störe ich Sie?«

»Ich arbeite.«

»Natürlich, entschuldigen Sie, ich …«

»Geht es um Ihren Sohn?«, fragte Kalkbrenner.

»Nein, also, ja«, stammelte Marga Wopalka. »Ich muss mit Ihnen reden.«

»Ich sagte doch, meine Kollegen kümmern sich darum.«

»Ich weiß, aber ...«

»Frau Wopalka«, unterbrach Kalkbrenner, weil sich die Fahrstuhltür öffnete. »Ich rufe Sie zurück.« Er trennte die Verbindung und schaltete sein Telefon stumm.

Aus dem Aufzug trat Peter Mauhöfer. »Paul«, rief er mit seiner rauen Stimme, abgeschmirgelt von Jahrzehnten voller Stress und Zigaretten. Er reichte ihnen die Hand. »Lange nicht gesehen.«

»Wenn ich daran denke, weswegen wir uns üblicherweise sehen, muss ich gestehen, dass mich das nicht allzu sehr gestört hat.«

»Da hast du wohl recht.« Mauhöfer lächelte mitfühlend. »Wie geht es dir? Habe gehört, bei deinem letzten Fall hat es dich ziemlich erwischt?«

»Nur ein Streifschuss.« Kalkbrenner hob seine Hand, wo knapp unterhalb des Knöchels eine Narbe verblasste. »Alles halb so wild.«

»Und was machen deine Frauen, Gattin und Tochter?«

»Von Ellen bin ich inzwischen geschieden. Und Jessy setze ich morgen früh in den Zug nach Paris.«

»Paris?«

»Ein Kunststipendium.«

»Ganz der stolze Vater, oder?«

»Selbstverständlich.« Kalkbrenner lächelte. »Und du, Peter, was ist mit dir? Man erzählt, du hättest dein Haus endlich ...«

»Endlich? Wer erzählt denn das?« Mauhöfer lachte. »Ich habe mittlerweile arge Zweifel, dass ich die Fertigstellung noch erleben werde.«

Kurz nach der Wende hatten er und seine zweite Ehefrau zu einem Spottpreis ein baufälliges Haus am Stadtrand Berlins erworben. Ein Jahr später und noch bevor sich Nachwuchs eingestellt hatte, war seine Frau überraschend einem Krebsleiden erlegen. Obwohl alle ihm davon abgeraten hatten, war Mauhöfer in der Bruchbude wohnen geblieben, allerdings fehlte ihm nun der Antrieb, die Sanierung mit allzu großem Elan voranzutreiben.

»Wozu auch?«, fragte er jetzt. »Die Hütte ist gut, wie sie ist. Dort finde ich nach Feierabend Abstand von der Stadt, ihrer Hektik, meinem Job.« Er seufzte. »Womit wir beim Thema wären. Ihr habt Glück, dass ihr mich erwischt. Vor wenigen Minuten habe ich einen Anruf aus Pankow bekommen. Dort hat sich ein alter, dementer Rentner heute Mittag aus dem Pflegeheim davongestohlen.«

»Verstehe.« Das tat Kalkbrenner tatsächlich, mit einem beklommenen Gedanken an seine Mutter.

Dement, verwirrt, gebrechlich und schwerkrank.

Er sagte: »Wir wollen dich nicht lange aufhalten, nur ein paar Fragen ...«

»Euer Kollege meinte, es geht um den Vermisstenfall Elke Tenzer.«

»Eva Tenzer.«

»Eva? Stimmt, genau, entschuldige, das alles ist drei Jahre her.«

»Aber du erinnerst dich daran, oder?«

»Zum Großteil, aber ihr wisst ja, wie das ist. Die Zeit steht nicht still, und auch das Verbrechen macht keine Pause, vor allem nicht in Berlin.« Mauhöfer klopfte seine Jackentasche ab, bis er seinen Autoschlüssel fand. »Ist es okay, wenn wir auf dem Weg zum Wagen darüber reden? Ich bin etwas in Eile.«

Er wartete ihre Antwort nicht ab, sondern setzte sich in Bewegung.

Mit seinen grauen Haaren, dem ebenso grauen Schnauzbart, dem von Falten gezeichneten Gesicht, seinem Cordsakko, der Stoffhose und den Slippern wirkte er wie ein Mann, der sich in aller Gemütlichkeit auf den wohlverdienten Ruhestand in seinem Häuschen am Stadtrand vorbereitete.

Doch obwohl Mauhöfer tatsächlich schon auf die sechzig zuging, täuschte der Anblick.

Wiederholt hatte Kalkbrenner ihn als aufmerksamen, engagierten, vor allem aber energischen Ermittler kennengelernt, der im Krisenfall jederzeit dazu imstande war, das Tempo anzuziehen. Auch jetzt strebte er entschlossen seinem Wagen entgegen.

Kalkbrenner und Muth hatten Mühe, mit ihm Schritt zu halten. Im Verkehrslärm drang nur undeutlich seine Frage zu ihnen durch.

»Also, ihr habt Eva Tenzers Leiche gefunden?«

Kalkbrenner schloss zu ihm auf. »Nein, leider nicht.«

»Aber ihr habt eine Spur?«

»Auch das nicht.«

»Einen Verdacht?«

»Eigentlich ...«

»Na komm – was hat denn dann die Mordkommission mit dem Fall zu schaffen?«

»Also gut«, räumte Kalkbrenner ein, »wir haben tatsächlich einen Verdacht.«

»Der mit eurem aktuellen Fall zu tun hat, richtig?«

»Wie kommst du darauf?«

Mauhöfer lächelte. »Du ermittelst wohl kaum in zwei Fällen gleichzeitig. Vor allem nicht, wenn einer der beiden derart im Fokus der Öffentlichkeit steht wie dieser Kannibalen-Fall. Wie war noch gleich der Name? Dieppe, oder?«

»Ernst-Hubert Dieppe.«

»Ja, ich habe heute Morgen in der Zeitung über ihn gelesen. Auf einem der Fotos wart ihr beide abgebildet.«

»Sagt dir sein Name etwas?«

»In Verbindung mit dem Fall Eva Tenzer? Nein, dann hätte ich mich längst bei euch gemeldet.«

»Und was ist mit einem Carl Schumann?«

»Auch nicht«, sagte Mauhöfer. »Wer soll das sein? Noch ein ... Kannibale?«

Während er mit Mauhöfer Schritt zu halten versuchte, berichtete Kalkbrenner von dem verstorbenen Ernst-Hubert Dieppe, von der gefälschten Existenz seines so genannten »Onkels« Carl Schumann und von deren Hauskauf in Rosenthal, den Eva Tenzer vor drei Jahren notariell beglaubigt hatte – bevor sie einen Tag später spurlos verschwand.

Mauhöfer dachte kurz darüber nach. »Und jetzt glaubt ihr, Eva Tenzer ist damals den beiden ...«

»Vermutlich hauptsächlich diesem Carl Schumann!«

»... auf die Schliche gekommen, weshalb sie sie verschwinden ließen.«

»Was würdest *du* denken?«

»Euer Verdacht liegt nahe, nur ...« Mauhöfer blieb stehen und blinzelte gedankenvoll in die untergehende Sonne. Dann schüttelte er den Kopf. »Beim besten Willen, ich kann mich nicht daran erinnern, dass uns bei der damaligen Suche nach der Notarin die Namen Dieppe und Schumann untergekommen sind. Um ganz sicherzugehen, müsste ich mir allerdings die Ermittlungsakte noch einmal zu Gemüte führen.« Er setzte sich wieder in Bewegung. »Aber nur mal angenommen, die Namen wären im Zuge der Ermittlungen tatsächlich aufgetaucht und von uns überprüft worden, meint ihr nicht, die falsche Identität dieses Carl Schumann wäre uns nicht schon damals aufgefallen?«

»Na ja – ihr seid damals von einem Überfall auf dem RAW-Gelände ausgegangen.«

»Es gab ständig Überfälle auf dem RAW, viele davon sehr brutal.«

»Was hat euch so sicher gemacht bei der Notarin?«

»Es gab zwei oder drei Zeugen, möglicherweise waren es auch vier, die genaue Anzahl müsste ich ebenfalls in der Akte nachlesen, die unabhängig voneinander bestätigten, Eva Tenzer auf dem RAW-Gelände gesehen zu haben. Wenn ich mich nicht täusche, hat man kurze Zeit später in einem Gebüsch ihre Handtasche gefunden, nur noch ihr Schminkzeug und ein winziges Tütchen mit Drogen darin, ich glaube, es war Kokain. Alle Wertsachen dagegen waren verschwunden, ihr Handy, die Geldbörse, die Kreditkarten.«

»Und auch sie war spurlos verschwunden.«

»Weswegen wir davon ausgingen, dass der Überfall auf sie ein tödliches Ende genommen und man ihre Leiche entsorgt hatte.«

»Während man ihre Tasche mit dem Kokain einfach liegen gelassen hat«, bemerkte Muth. »Das ist merkwürdig, oder?«

»Die gleiche Frage haben wir uns damals natürlich auch gestellt. Aber am Ende gab es nichts, was auf einen anderen Tathergang hingedeutet hätte.«

»Gar nichts?«, hakte Muth nach.

»Natürlich gab es eine Vielzahl an Hinweisen, auch aus der Öffentlichkeit. Ihr wisst ja, wie das ist, es melden sich Trittbrettfahrer und Wichtigtuer.«

Mauhöfer hatte seinen Wagen erreicht. Er warf einen Blick auf die Uhr. »Irgendwelche Spinner, die erklären, dass sie die Vermisste entführt und getötet haben, mit ihr zusammenleben, sie gesehen haben, in Köln, Barcelona, Sydney oder wo auch immer, das steht alles in der Akte, auch das ...« Er stockte. Nachdenklich schoben sich seine Augenbrauen zusammen. Sein Gesicht bekam noch mehr Falten. »Vielleicht solltet ihr mal mit dem Verlobten reden.«

»Was ist mit ihm?«

»Er war damals der festen Überzeugung, es hätte mehr als nur ein Überfall hinter dem Verschwinden seiner Verlobten gesteckt.«

»Wie kam er darauf?«

»Na ja, ihr wisst doch, wie das ist, egal ob in einem Vermissten- oder in einem Mordfall: Oft wollen und können die Angehörigen das Naheliegende nicht akzeptieren, weil sie sich dann eingestehen müssten, dass sie das Opfer nicht so gut gekannt haben, wie sie immer dachten. Dass dieser Mensch Geheimnisse vor ihnen hatte – das Übliche eben.«

»Hatte Eva Tenzer Geheimnisse?«, fragte Muth.

Mauhöfer zuckte mit den Schultern. »Sie hat sich auf dem RAW-Gelände aufgehalten.«

»Was soll daran ein Geheimnis sein?«

»Ihr Verlobter war überzeugt, sie hätte niemals einen Fuß freiwillig dort draufgesetzt. Ergo musste sie einen anderen Grund dafür gehabt haben. Aber was für ein Grund das sein sollte, konnte er uns auch nicht sagen. Ständig hat er bei uns angerufen, stand fast täglich vor dem Dezernat, erzählte dies, verlangte das, ehrlich, das war echt anstrengend mit ihm. Wir haben es auf den Schock und seine Trauer geschoben, denn ... was soll ich sagen?« Mauhöfer blickte wieder auf die Uhr. »Eva Tenzer war nun mal zuletzt auf dem RAW-Gelände gesehen worden, einer gefährlichen Party-Meile. Es gab einfach keinen Grund, in eine andere Richtung zu ermitteln. Aber«, Mauhöfer schaute von Kalkbrenner zu

Muth und wieder zurück, »jetzt scheint es ja einen sehr guten Grund dafür zu geben.«

Kalkbrenner beließ es bei einem Kopfnicken.

»Tja, tut mir leid«, bedauerte Mauhöfer, »mehr fällt mir dazu gerade nicht mehr ein.« Er streckte den Autoschlüssel aus und entriegelte die Wagentür. »Und jetzt sollte ich mich langsam auf den Weg machen.«

»Trotzdem danke für deine Zeit.«

»Dafür nicht. Wenn ich heute Abend die Zeit finde, werfe ich noch mal einen Blick in die Akte, frische mein Gedächtnis auf und schaue, was mir noch einfällt, okay? Dann melde ich mich.« Er öffnete die Autotür. »Und falls ihr etwas Konkretes findet ...«

»... geben wir dir selbstverständlich Bescheid«, beendete Kalkbrenner den Satz.

Mauhöfer stieg in den Wagen. »Wäre natürlich eine tolle Sache, wenn der Fall Eva Tenzer nach drei Jahren plötzlich doch noch ein Ende findet. Obwohl«, seine Miene verdüsterte sich, »ein gutes Ende dürfte wohl nicht zu erwarten sein.«

»Wohl kaum«, grummelte Kalkbrenner.

Mauhöfer wollte die Autotür zuziehen, dann hielt er aber noch einmal inne. »Mal ehrlich, dieser Dieppe und dieser Schumann ...«

»Ja?«

»Glaubt ihr, sie haben Eva Tenzer, also ... Haben die sie auch ...«, Mauhöfer schluckte, »... gegessen?«

EINUNDFÜNFZIG

Zoe schlug die Augen auf und schaute in den Himmel.

Die Wolkenfelder waren zerrissen. Sonnenlicht bohrte sich wie glühender Stahl in ihre Augen. Tränen verwässerten ihren Blick.

Eine Stimme schrie voller Panik. Ein Gesicht schob sich ins Licht.

Ein blutverschmiertes Gesicht.

Zoes Herz schlug schneller. Das Gesicht hing dicht vor ihrer Nase.

»Oh mein Gott«, das Gesicht einer Frau, *»sie ist einfach auf die Straße gelaufen!«*

»Ist sie tot, Papa?«, fragte ein Kind.

»Sie hat nicht nach links und nicht nach rechts geguckt …«

»Nein«, antwortete der Vater, »sie kommt zu sich.«

»Ich hab noch zu bremsen versucht …«

Zoe versuchte sich zu bewegen. Die Schmerzen schossen wie ein Blitz von ihrem Kopf durch den Nacken bis hinab in ihre Hüfte. Ihr ganzer Körper war eine einzige, brodelnde Wunde.

»Ich bin nicht schuld!«, brüllte die Frau.

»Hat sie sich wehgetan, Papa?«, fragte das Kind.

»Ich rufe einen Krankenwagen«, erklärte der Vater.

Nein, wollte Zoe erwidern, *mir geht es gut.* Nur ein Krächzen kam über ihre Lippen. Sie schmeckte Blut und musste würgen.

Erneut versuchte sie sich aufzurichten. Die Schmerzen waren wie ein Katapult, das sie zurück auf den Asphalt schleuderte. Die Welt begann sich zu drehen, schneller und immer schneller. Der Vater mit seinem Kind rückte an den Rand, die Worte der beiden in weite Ferne.

Leichenteile im Kühlschrank, dachte Zoe noch.

Ein Martinshorn näherte sich und mit ihm wieder die Dunkelheit.

ZWEIUNDFÜNFZIG

Kalkbrenners Kollegin drückte die Klingel.

»Verdammt!«, schepperte eine Stimme aus der Gegensprechanlage. »Was klingelt ihr ständig bei mir? Ich will eure Prospekte nicht, also schert euch ...«

»Hier ist die Kriminalpolizei!«, unterbrach Muth den geifernden Redeschwall. »Herr Wilhelm Böhme?«

»Die Kriminalpolizei?«

»Wir würden uns gerne mit Ihnen unterhalten.«

Überraschtes Schweigen drang aus dem Lautsprecher. Dann, leise und vorsichtig: »Geht es um ... Eva?«

»Ja, wir ...«

»Haben Sie sie gefunden?« Plötzlich klang Böhme aufgeregt. »Oh Gott, ja, kommen Sie rein!« Er drückte den Türsummer.

Er erwartete sie in der sechsten Etage des Plattenbaus an der Frankfurter Allee. Er trug ein weißes, fleckiges T-Shirt, eine Jogginghose und ausgelatschte Sneakers. Er stand inmitten einer dichten Qualmwolke, die aus seiner Wohnung ins Treppenhaus zog. »Haben Sie sie wirklich gefunden?«

»Nein, leider nicht«, Kalkbrenner zeigte seinen Dienstausweis. »Wir haben nur einige Fragen.«

»Aber Sie sind wegen Eva hier?«

»Ja, wir ...«

»Ich wusste es!«

»Wie bitte?«

Böhme starrte die beiden Beamten an. Von der Zigarette in seiner Hand kräuselte Rauch empor.

In einer Nachbarwohnung fluchte eine Frau, und ein Mann brüllte ebenso wütend auf sie ein. Etwas knallte. Glas zerbrach. Die Frau schluchzte. Zwei Türen weiter wurde Schlagermusik aufgedreht. *Ein Stern, der deinen Namen trägt, hoch am Himmelszelt …*

»Ich wusste, dass Sie es irgendwann herausfinden«, sagte Böhme. »Dass auch Sie einsehen, dass es kein Überfall war. Deswegen sind Sie doch hier, richtig? Ich wusste es.« Er ballte die Faust zum Triumph. Dabei wurde er sich seiner Zigarette bewusst, die zum Stummel herabgebrannt war. »Kommen Sie rein.«

In seiner Wohnung hing Zigarettenqualm dicht wie Nebel. Die Tapete war gelb vom Nikotin, der einstmals weiße Teppichboden ergraut. Auf dem Couchtisch quollen Kippen aus einem übervollen Aschenbecher.

Die Schlagermusik war nicht mehr so laut, aber immer noch zu hören.

Ein Stern, der deinen Namen trägt, alle Zeiten überlebt …

Erstaunlicherweise waren die Fenster geputzt. Sie gewährten einen glasklaren Blick auf den Himmel, den der heraufziehende Abend schwärzte. Vereinzelt hingen Wolken über der Stadt, mächtig und grau.

Kalkbrenner fragte sich, ob das Zufall war.

Wie Scheinwerferlicht trafen die letzten Sonnenstrahlen dieses Tages durch die Fenster auf ein gerahmtes Bild an der Wand. Es zeigte Eva Tenzer, gehüllt in ein Sommerkleid, ihre Ballerinas in der Hand, wie sie über die Schulter in die Linse des Fotografen schaute.

Böhme folgte Kalkbrenners Blick. »Sie war 41.«

»Wie bitte?«

»Kennen Sie das RAW?«

»Ja.«

»Dann wissen Sie auch, was für ein Publikum sich dort herumgetrieben hat.« Er lehnte sich zurück, als sei damit alles gesagt.

Die beiden Beamten schwiegen.

Seufzend fiel Böhme auf das Sofa, griff nach einer Packung Lucky Strike und steckte sich eine neue Zigarette an. »Eva war 41 Jahre, verstehen Sie? Das letzte Mal war sie mit 30 in einer Diskothek! Und auch damals hat sie nie ein großes Interesse daran gehabt, und erst recht nicht an dieser Musik, die dort lief, dieses *Bumm-Bumm-Bumm*. Ich bin damals auf dem Gelände gewesen, einige Tage nach ihrem Verschwinden, als klar war, dass man sie dort zum letzten Mal lebend gesehen hatte. Ich wollte gucken, wo sie ... wo sie ...« Grimmig paffte er seine Zigarette. »Ich konnte das nicht glauben, und ich glaube es noch heute noch weniger. Was hätte sie dort zu suchen gehabt?«

»Möglicherweise wollte sie ...«

»Drogen kaufen?« Böhme lachte und Rauch entwich seinem Mund. »Mann, das haben Ihre Kollegen damals auch behauptet. Weil es ja auf der Hand liegt, wenn man sich dort herumtreibt, richtig?«

»Soweit wir wissen, wurden Drogen in ihrer Handtasche gefunden?«

»Na und?« Böhmes Lachen erstarb. »Dann hat man die Drogen da reingelegt, was weiß ich. Sie hat nie Drogen genommen, nie, nie, sie hat ja nicht einmal Alkohol getrunken. Oder geraucht.« Demonstrativ hielt er seine Zigarette hoch. Asche flatterte auf sein Hemd. »Sie hat immer versucht, mich davon abzubringen, und wissen Sie was?« Unwirsch fegte er die Asche von seinen Klamotten. »Fast hätte sie es geschafft, aber dann war sie verschwunden. Spurlos. Nur wenige Wochen vor unserer Hochzeit.«

Kalkbrenner verspürte ein Kratzen im Hals. »Was, glauben Sie, ist vor drei Jahren tatsächlich geschehen?«

»Sagen *Sie* es mir, deswegen sind Sie doch hier.«

»Sie haben damals gesagt, es sei etwas anderes als ein Überfall gewesen.«

»Das ist doch Quatsch – natürlich war es ein Überfall!«

»Entschuldigung«, mischte sich Muth räuspernd ein, »aber ...«

»Nein, nein«, Böhme schnippte seine Zigarette am Aschenbecher ab. »Was ich Ihren Kollegen damals gesagt habe, war: Es war kein *zufälliger* Überfall, sondern ein ganz *gezielter*. Kein aus dem Ruder gelaufener Raub, sondern eine Entführung. Um Eva zum Schweigen zu bringen.«

»Wie kommen Sie darauf?«

»Mann, das habe ich doch alles schon hundertmal erklärt.«

»Erklären Sie es uns bitte noch einmal.«

Böhme drückte die Kippe aus. »Weswegen sind Sie eigentlich hier?«

»Wir wollen mit Ihnen über das Verschwinden Ihrer Verlobten reden.«

»Warum fragen Sie nicht Ihre Kollegen, die damals in dem Fall ermittelt haben?«

»Weil wir es von Ihnen persönlich hören wollen«, sagte Kalkbrenner.

Böhme zog die letzte Lucky Strike aus seiner Schachtel. Er zündete sie an, während er den Blick auf das Bild seiner Verlobten richtete. »Eva war aufgeregt, verstehen Sie?«

»Offen gestanden: nein.«

»Dann haben Sie etwas gemein mit Ihren Kollegen von

damals. Die haben's auch nicht verstanden. Oder verstehen wollen.« Böhme pflückte sich Tabakfitzel von der Zunge und streute sie zu Boden. »So kompliziert ist das aber doch eigentlich gar nicht. Sie war sauer, als sie mich an jenem Abend angerufen hat. Sie meinte, ihr sei da was aufgefallen.«

»Und was war das?«

»Herrgott, wir säßen doch nicht hier, wenn Sie es mir verraten hätte! Sie hat nur gemeint, sie sei sich noch nicht sicher, vielleicht sei auch alles nur ein Irrtum oder völlig unbedeutend. Jedenfalls wollte sie, bevor sie die Welt verrückt macht, erst noch etwas überprüfen, ja, das hat sie gesagt – *bevor ich die Welt verrückt mache.* Verdammt, hätte sie die Welt bloß verrückt gemacht, dann wäre das alles ... dann wäre sie nicht ...« Seine Stimme erlahmte. Seine Augen schimmerten feucht. »Wie auch immer, sie hat mich angerufen, weil sie es nicht rechtzeitig zum Essen schaffte. Wir waren an dem Abend mit Freunden verabredet.«

»Hat sie oft ein Essen abgesagt?«

»Gelegentlich, wenn viel zu tun war.«

»Auch für eine Sache, die möglicherweise völlig unbedeutend war?«

»Nein, nein«, widersprach Böhme und fuchtelte mit der Zigarette. »Das ist es ja, verstehen Sie? Auch wenn sie so getan hat, als wäre alles halb so wild, ich kannte sie lange genug, um zu merken, dass sie aufgebracht war. Mann, richtig wütend war sie. Und dann ... dann kam sie die Nacht nicht nach Hause, nicht am nächsten Morgen«, er nahm einen kräftigen Zug, konnte aber nicht verhindern, dass seine Stimme erneut schwankte, »nicht am nächsten Tag ...«

In Kalkbrenners Jackentasche vibrierte sein Handy.

Er ignorierte es und fragte: »Hat Ihre Verlobte an jenem Abend den Namen Carl Schumann erwähnt?«

»Nein, wie gesagt, sie meinte nur ...«

»Auch nicht an in den Tagen zuvor?«

»Ich denke, daran könnte ich mich erinnern.«

»Was ist mit einem Ernst-Hubert Dieppe?«

»Wer sind die beiden?«

»Haben Sie den Beamten damals von dem Telefonat mit Ihrer Frau erzählt?«

»Natürlich habe ich das, mehrmals sogar, immer wieder.« Er drückte die Kippe in den Aschenbecher. »Am Ende haben sie mich als Spinner abgetan.« Er klopfte seine Hosentasche ab, sprang fluchend zum Schrank und kramte eine neue Schachtel Lucky Strike aus einer Schublade. »Und das nur, weil ich nicht glauben wollte, nein ... weil ich überzeugt davon war, dass es kein Raubüberfall war. Dass man Eva zum RAW gelockt hat, aus welchen Gründen auch immer. Dass man ihr dort eine Falle gestellt hat.« Er plumpste aufs Sofa und zerrte das Zellophan von der Packung.

In das Knistern mischte sich das Klingeln von Muths Handy.

»Entschuldigung«, sagte sie nach einem Blick aufs Display und verließ den Raum.

Böhme klopfte eine Zigarette aus der Schachtel. »Aber ich konnte es nicht beweisen, obwohl ich alles darangesetzt habe. Ich wollte in Evas Büro, mir ihre Aufzeichnungen, Papiere, Dokumente, Akten ansehen, aber das wurde mir verweigert. Zum Schutz der Klienten. Datenschutz. Mensch, denen war alles wichtiger als Evas Leben. Also habe ich die Polizei darum gebeten, immer wieder aufgefordert, gedrängelt – doch die wollten nichts davon hören. Also habe ich auf eigene Faust einige von Evas Klienten ausfindig gemacht, den einen oder anderen Namen kannte ich ja ...«

»Aber Carl Schumann und Ernst-Hubert Dieppe gehörten nicht dazu?«

»Nicht dass ich wüsste, das habe ich doch schon gesagt, aber ...« Er sprang wieder auf und zerteilte die Rauchschwaden, während er ins Nebenzimmer rannte. Er kehrte mit einem Laptop zurück. »Ich habe mir damals viele Notizen gemacht.«

Die Zigarette baumelte zwischen seinen Lippen, als er den Computer aufklappte und durch seine Aufzeichnungen scrollte. »Wie waren noch gleich die Namen?«

»Schumann. Und Dieppe.«

»Nein, die waren nicht dabei, aber«, Böhme zog an der Kippe und stieß den Qualm durch die Nase aus, »ich habe nur mit einem Bruchteil der Leute sprechen können, es gab schon bald Beschwerden von wegen Diskretion und Datenschutz und so. Evas Kollegen haben mir dann sogar per Unterlassungsklage die Suche verboten. Und wissen Sie, warum? Weil sie befürchtet haben, ich würde ihnen ihre Klienten vergraulen. Ist das zu glauben? Sie hatten Angst, ihre Kunden zu verlieren. Und was war mit Eva? Ich hatte Eva verloren. Ich verlor meinen Job. Und, na ja ...« Mit einem wütenden Keuchen zündete er sich die erloschene Zigarette neu an. »Sie sehen ja, wo's mich hingebracht hat.«

»Es tut mir leid«, war das Einzige, was Kalkbrenner einfiel. Er verabschiedete sich.

Draußen war die Sonne inzwischen untergegangen. Die Nacht hing über Berlin, düster und kalt.

Muth, die bereits im Auto saß, beendete ihr Telefonat. »Das war Sebastian. Ich habe ihn gebeten, sich um einen Zugang zu Eva Tenzers Unterlagen in ihrem Notariat zu kümmern.«

»Und ich möchte einen Blick in die Ermittlungsakte werfen.«

»Die liegt bereits auf deinem Schreibtisch, sagt Sebastian.«

»Und weshalb hat er angerufen?«

»Die Spurensicherung hat unsere Vermutung bestätigt: Das Haus in Rosenthal wurde von oben bis unten mit Industriereiniger gesäubert. Gründlich, aber nicht gründlich genug, das gelingt in den seltensten Fällen. Im Badezimmer, im Wohnzimmer, im Flur, überall wurden unter UV-Licht Rückstände von Blut entdeckt. Sehr viel Blut.«

»Also ein Tatort.«

»Das ist noch nicht alles: Im Badezimmer und der Küche haben sie Fingerabdrücke von Ernst-Hubert Dieppe gesichert.«

»Das überrascht mich nicht wirklich.«

»Mich auch nicht. In der Küche haben sie noch Fingerabdrücke weiterer Personen gefunden, einige dürften zu der Frau gehören, die uns heute Mittag entwischt ist. Leider ist sie nicht registriert. Anders schaut es mit einem gewissen Michael Spiekers aus. Er ist einschlägig vorbestraft wegen Drogenbesitz, Alkohol am Steuer und Erregung öffentlichen Ärgernisses – er wurde beim Sex im Park erwischt. Er wohnt mit seiner Freundin zusammen, einer Patrizia Bärmann.«

»Hat sie ihn als vermisst gemeldet?«

»Bisher nicht.«

»Gibt es – außer seinen Fingerabdrücken in dem Haus – noch irgendetwas anderes, das ihn mit Dieppe in Verbindung bringt?«

»Sebastian hat gestern schon die Anrufliste von Dieppe checken lassen, sein Festnetz, sein Handy, auch die E-Mails auf seinem Laptop – der Name Spiekers ist dabei nicht aufgetaucht.«

»Wo genau wurden Spiekers Fingerabdrücke entdeckt?«

»Das ist genau der Punkt – im Backofen.«

Kalkbrenner fröstelte.

Die Person wurde vermutlich bei lebendigem Leib gegrillt.

DREIUNDFÜNFZIG

Max konnte sein Glück nicht fassen.

»Wo?«, rief er mit neu erwachter Hoffnung. »Wo ist Ellie?«

Die Frau lächelte nachsichtig. »Mal langsam, junger Mann.«

»Nein, nein, Ellie ist erst vier! Sie kennt sich hier nicht aus. Bestimmt hat sie große Angst. Wo ist sie?«

»Ich bin mir ja nicht einmal sicher, ob es Ellie überhaupt war.«

»Aber Sie haben doch gesagt ...«

»Ich habe ein Mädchen gesehen ...«

»Wie sah das Mädchen denn aus?«, unterbrach Max ungeduldig.

Die Frau hob beschwichtigend ihre Hände. »Lass mich überlegen.«

»Hatte sie ein weißes Kleid an?«

»Ja«, die Frau nickte, »stimmt.«

»Mit grünen Punkten?«

»Ganz genau, mit grünen Punkten. Und dazu ...« Die Frau kniff ihre Augen zusammen, als sie versuchte, sich an Ellies Anblick zu erinnern.

»... eine grüne Strumpfhose!«, kam Max ihr zur Hilfe.

»Richtig, eine grüne Strumpfhose.«

»Das ist Ellie!«, jubelte Max. »Wo haben Sie sie gesehen?«

»Das war draußen, auf dem Vorplatz.«

»Wirklich?«, zweifelte Max. Seine verschreckte kleine Schwester sollte ganz allein den Weg nach draußen angetreten haben?

»Aber ja«, versicherte die Frau. »Draußen auf dem Vorplatz, sie trug ein weißes Kleid mit grünen Punkten und eine grüne Strumpfhose.«

»Das ist Ellie!«

»Dann komm«, die Frau ging zur Rolltreppe. »Ich zeige dir, wo ich sie gesehen habe.« Auf dem Weg nach oben fragte sie: »Was ist denn eigentlich passiert?«,

Max erzählte ihr von seiner Reise zu Opa, dass sie dabei von Fahrscheinkontrolleuren angehalten worden waren und deshalb hatten davonrennen müssen.

»Und sie wollten euch festhalten, weil ihr zu jung seid?«, fragte die Frau.

Max nickte. »Obwohl meine Mama gesagt hat, wir sollen zu Opa fahren.«

»Und wo ist deine Mama?«

»Bei Opa«, er zögerte, »glaube ich.«

»Du weißt es nicht?«

»Doch, ganz bestimmt«, fügte er rasch er hinzu.

Sie erreichten den Ausgang. Auf dem Vorplatz herrschte nicht ganz so viel Betrieb wie im Inneren des Bahnhofs, aber dennoch war es schwer, den Überblick zu behalten.

»Dort«, die Frau deutete auf ein seltsames Gebilde, »dort vor der Weltzeituhr habe ich deine Schwester gesehen.«

Max folgte ihrem Fingerzeig. »Ich kann sie nicht sehen.«

»Lass uns hingehen«, schlug die Frau vor.

Sie überquerten den Platz bis zu dem merkwürdigen Objekt, um das sich Leute gruppiert hatten und sich gegenseitig fotografierten.

Max hielt nach seiner Schwester Ausschau – vergebens.

»Ich bin mir sicher, dass sie hier war«, sagte die Frau, als sie Max' Enttäuschung bemerkte.

Aber jetzt war sie offenbar schon wieder verschwunden. Was war denn bloß in sie gefahren? Sie traute sich doch sonst keinen Schritt allein zu gehen. Oh Mann, er war verzweifelt. Er konnte kaum einen klaren Gedanken fassen. Er war erschöpft. Er wollte nichts lieber als endlich zu seinem Opa. Zu seiner Mutter. Aber vorher musste er Ellie finden. Bloß wie? Wo sollte er noch nach ihr suchen? Berlin war so groß, gewaltig wie ein Wald, *kein Märchenwald*, in dem man sich viel zu leicht verlaufen konnte.

Als wüsste sie um seine Gedanken, fragte die Frau: »Wie lange seid ihr eigentlich schon unterwegs?«

»Seit gestern Morgen«, sagte Max, dem es vorkam wie eine Ewigkeit, weil seine Reise kein Ende nahm, im Gegenteil, sie wurde immer länger und schlimmer.

»Meine Güte, das ist ja ... Und wo seid ihr die Nacht über gewesen?«

»Bei Kurti. Ein Obdachloser.«

»Oh nein«, fassungslos schüttelte die Frau den Kopf. »Das ist ja ... schrecklich. Und was habt ihr gegessen? Habt ihr überhaupt etwas gegessen?«

»Das Frühstück von Kurti. Pommes mit Burger.«

»Das ist doch kein Frühstück! Du brauchst was Ordentliches im Magen. Na komm, wir gehen was essen.«

Max schüttelte den Kopf. Hunger hatte er gerade überhaupt nicht.

»Wenn du weiter nach deiner Schwester suchen möchtest«, sagte die Frau, »musst du bei Kräften bleiben. Du musst was essen. Und trinken.«

Womit sie natürlich recht hatte. Er durfte nicht aufgeben. Er musste stark bleiben. »Aber ich hab kein Geld.«

»Mach dir darüber keinen Kopf«, lächelnd deutete sie zum Bahnhof. »Ich lade dich ein.«

VIERUNDFÜNFZIG

Kalkbrenner beobachtete die junge Frau.

Sie nahm den brodelnden Wasserkocher in die Hand, füllte ihre Tasse auf und verspritzte dabei einen Großteil des Wassers. Sie stöhnte entnervt, während sich die Pfütze bis zum kleinen Fernseher am Rand der Anrichte ausbreitete.

Auf der Mattscheibe flimmerte eine Reality-Soap, in der sich zwei üppige Mädchen mit mehr als nur aufgespritzten Lippen gegenseitig ankeiften.

Kalkbrenner sprach gegen den Lärm an. »Frau Bärmann ...«

»Patrizia ist okay«, unterbrach sie ihn, während sie ihre Tasse auf den Tisch stellte. Mit der Fernbedienung verringerte sie die Lautstärke des Fernsehers.

Als sie sich im Schneidersitz auf den Stuhl hockte, schlug sie sich ihr Knie an der Tischkante. Ihr Tee schwappte über. Ächzend wischte sie die Pfütze mit einem Küchentuch weg. Dann sah sie Kalkbrenner und dessen Kollegin abwechselnd an. »Hat Micha wieder was ausgefressen?«

»Nein, wir wollen nur mit ihm reden.«

»Wozu, wenn er nichts angestellt hat?«

Kalkbrenner zögerte.

Patrizia war von kleiner, fast zarter Statur, ansonsten aber schien sie den beiden Soap-Darstellerinnen nachzueifern. Ihr Gesicht war gebräunt, ihre Augen und die Lippen geschminkt, ein schwarzrotes Drachentattoo zierte ihren Oberarm, ihre langen, schwarzen Extensions zähmte eine rote Spange, die zu dem Lack ihrer Kunstnägel passte.

Ihre Finger waren ständig in Bewegung, kratzten über den Tisch, klackerten gegen die Tasse, zupften an ihren Strähnen, pulten an einem Pickel an ihrer Schläfe. Ihre Augen zuckten unstetig in den Höhlen, während sie auf Kalkbrenners Antwort wartete.

Die Gefahr war groß, dass ein weiteres Gespräch mit ihr nahezu unmöglich werden würde, wenn er ihr die Wahrheit gleich zu Beginn eröffnete.

»Patrizia«, begann er deshalb. »Sie haben gesagt, Sie hätten Ihren Freund vor einer Woche das letzte Mal gesehen.«

»Ja«, sie wickelte eine Strähne um ihren Finger, »das stimmt.«

»Machen Sie sich keine Sorgen um ihn?«

»Nein, wieso?«

»Eine Woche ist eine lange Zeit.«

»Na ja«, sie guckte zum Fernseher, wo die beiden Mädchen handgreiflich wurden. »Wir müssen ja nicht ständig aufeinanderglucken.«

»Aber sie wohnen doch zusammen.«

Sie klemmte die Strähne hinters Ohr und enthüllte ein Ohrläppchen, das von einem hölzernen Tunnel geweitet wurde. »Müssen wir uns deshalb jeden Tag sehen?«

»Demnach geschieht es häufiger, dass er mehrere Tage nicht zu Hause ist.«

»Ja.«

»Und kein Telefonat? Keine SMS?«

»Wenn er mit Freunden feiern ist«, ihre Hand glitt über den Tisch, »kommt das schon mal vor.«

»Eine Woche lang?«

Sie ergriff den Henkel ihrer Teetasse. »Manchmal.«

»Und das stört Sie nicht?«

»Sollte es?«

»Nimmt er Drogen?«

»Spielt das eine Rolle?«

»Sind Sie beide glücklich?«

»Was soll die Frage?« Sie kratzte an ihrem Pickel.

»Ich bin nur etwas irritiert«, gestand Kalkbrenner. »Sie haben seit einer Woche –«

Es klingelte an der Wohnungstür.

Patrizia entwirrte ihre Beine aus dem Schneidersitz und schlug sich abermals das Knie. Wieder schwappte Tee über.

Während sie einer jungen Frau die Tür öffnete, die sie überschwänglich umarmte, nahm Muth das Handtuch und wischte den Tisch trocken.

Auch im Fernsehen lagen sich die beiden Frauen in den Armen. Wie schnell und einfach Versöhnung doch gelang, zumindest nach Vorstellung einiger Drehbuchautoren.

»Das ist Marie«, stellte Patrizia ihre Freundin vor, die nicht sehr viel größer, jedoch ebenso gebräunt und geschminkt war wie sie. Sie trug Hackenschuhe, Leggins, einen Piercingring an der Lippe und noch mehr Tätowierungen auf den Armen.

Muth faltete das Handtuch und legte es auf die Anrichte.

»Patrizia«, sagte Kalkbrenner. »Sie haben seit einer Woche von Ihrem Freund, mit dem Sie zusammenwohnen, weder etwas gesehen noch gehört, und Sie machen sich keinerlei Sorgen. Ernsthaft?«

Die beiden Freundinnen tauschten einen Blick.

»Micha und ich«, Patrizia griff nach ihrer Teetasse und

ihre Kunstnägel schlugen klackernd gegen das Porzellan, »führen halt eine andere Beziehung.«

Kalkbrenner sah sie fragend an.

»Anders eben.« Sie kratzte wieder an ihrem Pickel.

»Die Frage meines Kollegen haben Sie aber noch nicht beantwortet«, bemerkte Muth. »Führen Sie eine glückliche Beziehung?«

»Ja, doch.« Abermals schaute Patrizia zu ihrer Freundin. Unterdessen drehte sie die Teetasse im Kreis, als könnte sie sich dabei besser auf ihre nächsten Worte konzentrieren. »Es ist halt eine ...«

»... offene Beziehung«, konkretisierte Muth.

Patrizia berührte das Tattoo auf ihrem Arm. Unter dem Drachen war eine kleine Schrift zu erkennen. *Micha, 20. Juli.*

Allmählich begann Kalkbrenner zu verstehen. »Er trifft sich also ab und zu mit einer anderen Frau. Das ist okay für Sie?«

»Ich mach's ja auch.«

»Sich mit anderen Frauen treffen?«

»Mit Männern!« Sie verdrehte die Augen. Ihre Finger schlossen sich fest um das Tattoo. »Und falls Sie es immer noch nicht glauben können, sag ich's gern noch mal: Wir sind trotzdem glücklich.«

»Verstehe. Und mit wem hat er sich letzte Woche getroffen, als er in die Disko wollte?«

»Zuerst ist er mit Freunden ins Berghain.«

»Sie haben ihn nicht begleitet?«

»Ich musste arbeiten.«

»Darf ich fragen, wo?«

Sie tauschte einen Blick mit ihrer Freundin, dann schaute sie zum Fernseher, auf dem inzwischen Werbung lief. »Im *Apollo.*«

Kalkbrenner begriff endgültig.

Das *Apollo* am Potsdamer Platz war das größte Bordell Europas – mit Hotel, Restaurant, Wellness-Oase, Pornokino, SM-Verlies, Strip- und Tabledance-Bars.

Muth sagte: »Wir benötigen die Namen und Adressen seiner Freunde, mit denen er im Berghain war.«

»Ich verstehe nicht ...«

»Außerdem haben Sie erwähnt, er sei *zuerst* mit seinen Freunden unterwegs gewesen. Und anschließend?«

»Da war er bei einer Freundin.«

»Auch deren Name benötigen wir.«

Die beiden Frauen sahen sich an.

»Er war bei Ihnen, Marie«, stellte Muth fest.

Marie bejahte. »Wie Patrizia schon gesagt hat: Wir gehen offen damit um. Ja, Micha war bei mir, aber er ist am nächsten Tag gefahren.«

»Hat er gesagt, wohin?«

»Ich habe ihn nicht gefragt, aber ich dachte, er will wieder zu Patrizia.«

»Und ich dachte, er ist noch bei Marie«, sagte Patrizia.

»Was ist mit seiner Arbeit?«

»Er hat im Augenblick keine. Ist nicht so einfach, was zu finden hier in Berlin.«

»Ist er Ihr Zuhälter?«

»Nein!«, empörten sich beide Frauen gleichzeitig.

»Er ist mein Freund«, beteuerte Patrizia. Ihre Freundin nickte.

Auf der Mattscheibe endete die Werbung. Die beiden aufgedonnerten Streithähne gingen in die nächste Runde.

Kalkbrenner fragte: »Gibt es etwas Ungewöhnliches, das Ihnen in letzter Zeit an Ihrem Freund aufgefallen ist?«

»Nein, er war wie immer, aber ...«

»Hat er sich auffällig oft im Internet bewegt? Fremden Personen geschrieben? Oder ... außergewöhnliche Bilder verschickt?«

»Ich weiß nicht, was Sie meinen. Und überhaupt: Können Sie jetzt endlich mal sagen, was eigentlich los ist?«

»Hat Ihr Freund den Namen Erst-Hubert Dieppe erwähnt?«

Beide Frauen schüttelten den Kopf.

»Oder Carl Schumann?«

Noch ein Kopfschütteln.

»War er mal in Rosenthal?«

»Wo ist das?«, fragte Patrizia.

»Ein Stadtteil von Berlin. Ziemlich am Rand.«

»Nie gehört«, entgegnete Marie.

»Ich auch nicht«, fügte Patrizia hinzu. »Aber, verdammt, was sollen die ganzen Fragen? Was ist mit Micha?«

Muth sagte: »Wir möchten seinen Computer mitnehmen. Ist das in Ordnung?«

»Wieso? Was soll er verbrochen haben?«

»Nichts, aber es ist dennoch wichtig.«

Wieder wechselten die Frauen einen Blick.

»Falls da Fotos von Ihnen beiden drauf sind ...«

Patrizia wollte etwas erwidern.

»... oder Videos, die interessieren uns nicht«, versicherte Muth.

Patrizia schaute ihre Freundin an, dann stand sie auf und ging ins Schlafzimmer, das der Küche gegenüberlag.

Die Tür gab den Blick frei auf ein übergroßes Bett, um das sich neonfarbene Lichtschlangen wanden, eine Poledance-Stange, die vom Boden bis zur Decke reichte, einen Flat-TV und ein Regal voller DVDs.

Patrizia kehrte mit einem MacBook zurück.

Muth fragte: »Ist es mit einem Passwort geschützt?«

»Obsequiously.«

»Unterwürfig?«

Patrizia nickte.

Kalkbrenner atmete durch und wappnete sich für seine nächsten Worte. »Außerdem benötigen wir die Zahnbürste Ihres Freundes.«

»Warum das denn?«

»Für einen DNA-Abgleich.«

Die beiden Frauen starrten ihn mit offenen Mündern an. Beide hatten Piercings in der Zunge.

»Verstehen Sie das bitte nicht falsch«, fügte er hinzu. »Noch ...«

»Was soll das?«, unterbrach ihn Patrizia, und ihre langen Fingernägel zerfurchten die Luft. »Sie kommen hierher, stellen blöde Fragen und ... und ... was ist mit Micha? Ist er ... tot?«

»Nein, im Augenblick ...«

»Im Augenblick?« Ihre Stimme wurde schrill. »Und dann? Nach dem DNA-Abgleich? Den machen Sie doch nur, um ...« Entsetzt schlug sie die Hände vor den Mund. Ihre langen Nägel gruben sich in ihre Wangen. »Jetzt sagen Sie schon: Ist er tot?«

»Das wissen wir nicht.«

»Aber Sie ... Sie haben eine Leiche gefunden.«

Nein, dachte Kalkbrenner, *nur Leichenteile.*

»Ich ... ich will sie sehen. Dann kann ich Ihnen sagen, ob ...«

»Es tut mir leid, aber das ist nicht möglich.«

Für zwei, drei Sekunden blieb Patrizia still. Dann schien sie zu begreifen, und Tränen schossen ihr in die Augen.

Auch der Blick ihrer Freundin trübte sich, dennoch

stand Marie auf, ging ins Bad und zeigte Muth die Zahnbürste.

Dann kehrte sie zurück und nahm ihre Freundin in den Arm.

»Wann?«, fragte sie mit tränenerstickter Stimme, als Kalkbrenner und seine Kollegin die Küche verließen. »Wann kriegen wir Bescheid?«

»Die Zahnbürste wird noch heute zur Analyse ins Labor gebracht, spätestens morgen Mittag wissen wir mehr.«

Auf dem Weg zum Auto war er sich da nicht mehr so sicher.

FÜNFUNDFÜNFZIG

Max rührte sich nicht vom Fleck.

»Was ist?« Die Frau drehte sich zu ihm um. »Willst du nichts essen?«

»Doch«, sagte Max und blieb trotzdem stehen.

Geh nicht mit Fremden, hatte seine Mutter ihm eingebläut, als er noch ein kleiner Junge gewesen war.

»Und warum kommst du dann nicht mit?«, fragte die Frau.

Max druckste herum. »Weil ich … also …«

»Verstehe«, unterbrach sie ihn mit einem Lächeln. »Wie heißt du?«

»Max.«

»Hallo, Max, ich bin Rebecca.«

Er biss sich auf die Unterlippe.

»Siehst du«, sagte Rebecca. »Jetzt sind wir keine Fremden mehr.«

»Aber wir kennen uns doch gar nicht«, widersprach er.

»Das stimmt natürlich«, sie lächelte noch breiter. »Aber sieh mal«, sie zeigte erneut zum Bahnhof, »überall hier sind Menschen, was glaubst du, soll passieren? Dass ich dich schnappe und mit dir wegrenne?« Sie kicherte, als wäre das eine komische Vorstellung.

Und das war es auch. Der Gedanke, dass sie ihn auf den Arm nahm und mit ihm durch das Gewimmel davoneilte, entlockte Max ein Lächeln. Immerhin war er schon fast zehn!

»Da sind jede Menge Restaurants«, sagte Rebecca. »Such dir einfach eines aus, okay?«

Max zögerte nach wie vor.

Aber seine Mutter hatte eigentlich immer nur vor fremden Männern gewarnt, und Rebecca war nett und aufmerksam. Sie hatte Ellie gesehen, daran gab es keinen Zweifel, und sie hatte geholfen, nach ihr zu suchen.

Kurzerhand folgte Max ihr zum Bahnhof, wo er sich für eine Pizzeria entschied.

»Und was willst du trinken?«, fragte Rebecca, nachdem sie zwei Pizzen bestellt hatten.

»Eine Fanta.«

»Du solltest besser etwas Warmes trinken.«

»Fanta schmeckt mir besser.«

»Und was trinkst du zum Frühstück?«

»Kakao.«

»Dann kriegst du einen Kakao, das ist was Ordentliches.«

»Das sagt Mama auch immer.«

»Na siehst du.« Rebecca bestellte einen Kakao für Max und einen Tee für sich. Kurz darauf wurden die Pizzen serviert.

Mit dem dampfenden Essen vor seiner Nase erwachte auch der Hunger wieder. Mit schnellen Bissen schlang Max seine Salamipizza hinunter.

Als er fertig war, rülpste er.

»Na«, grinste Rebecca, »das gehört sich aber nicht.«

Max rieb sich den Bauch. Das Essen hatte ihn satt, träge und müde gemacht. Er gähnte.

»Und was hast du jetzt vor?«, fragte Rebecca. »Fährst du zu deinem Opa?«

»Nein«, empörte er sich. »Ich muss doch Ellie finden.«

»Aber um diese Zeit? Nein …«

»Doch, doch …«

»Auf keinen Fall!« Rebecca zeigte durch das Fenster auf den Alexanderplatz. Draußen wurde es wieder dunkel. Die Straßenlaternen entflammten. »Du kannst nicht alleine durch die Stadt laufen, Max, das ist viel zu gefährlich für einen Jungen in deinem Alter.«

»Ich bin schon bald zehn.«

»Trotzdem!«

»Aber Ellie …«

»Weißt du, was ich glaube? Deine Schwester ist bestimmt schon in Sicherheit.«

»Meinst du?«

»Aber ja, du hast doch erzählt, die Kontrolleure haben euch erwischt, aber nur du konntest wegrennen, oder? Also haben sie deine Schwester zur Polizei gebracht, und die hat sie …«

»Ins Gefängnis?«

»Aber nein«, Rebecca lachte. »Wie alt ist dein Schwesterchen?«

»Ellie ist vier.«

»Mit vier kommt doch noch niemand ins Gefängnis. Die Polizei wird sich um sie gekümmert und sie zu …«, sie hielt inne und kratzte sich die Schläfe. »Zu deiner Mama gebracht haben«, vollendete sie dann den Satz.

»Bei Opa?«

»Oder, ja, zu deinem Opa. Ganz bestimmt sogar.«

Max dachte darüber nach. Vermutlich hatte Rebecca recht. Seine Schwester war viel zu jung, um in ein Gefängnis gesteckt zu werden. Außerdem hatte sie ja auch gar nichts verbrochen.

Oh Mann, warum hatte er sich eigentlich solche Sorgen gemacht?

Ihm kam ein anderer Gedanke. »Kannst du mich auch zu Opa bringen?«

»Das würde ich sehr gerne, nur ... Ich habe kein Auto.«

»Wir können mit der Bahn fahren.«

»Das ist eine gute Idee, aber ...« Rebecca blickte auf die Uhr und ihre Miene verfinsterte sich. »Dummerweise ist es schon sehr spät und ... Pass auf, was hältst du davon, wenn ich dich morgen früh zu deinem ... also, zu deinem Opa bringe?«

»Das ist aber noch so lange.«

»Ach, so lange ist das gar nicht mehr. Ich habe zu Hause noch viel zu tun, weißt du. Ich habe ziemlich viel Zeit bei der Suche nach deiner Schwester verloren. Und dann waren wir noch essen, das hat auch noch einmal Zeit gekostet. Ich muss jetzt wirklich erst einmal nach Hause.«

Max bekam ein schlechtes Gewissen.

»Deine Schwester ist bei deinem Opa«, sagte sie. »Da bin ich mir ganz sicher. Also: Morgen früh?«

»Na gut«, willigte er ein, bevor ihm ein neuerlicher Schreck durch die Glieder fuhr. »Aber wo soll ich schlafen?«

»Ach, natürlich«, Rebecca schüttelte den Kopf, als könnte sie selbst nicht fassen, dass ihr dieser Gedanke noch nicht gekommen war, »daran habe ich ja gar nicht gedacht.«

Max schwieg beklommen.

»Komm einfach mit zu uns«, schlug Rebecca vor.

»Zu dir?«

»Aber ja.«

Die Idee klang sehr verlockend, aber ... *Geh niemals mit Fremden.*

Verstohlen musterte er Rebecca, die mit ihm nach Ellie gesucht und ihm ein verdammt leckeres Essen spendiert hatte. Sie war von mittlerer Statur, hatte langes, volles Haar und leicht gebräunte Haut, fast so wie seine Mutter. Auch ihr Rock und ihre Bluse weckten nicht Max' Unbehagen, aber dennoch …

»Hast du etwa Angst vor mir?«, fragte sie.

Max senkte den Blick.

Rebecca sah ihn enttäuscht hat. »Du glaubst, ich will dir was Böses tun?«

»Nein«, flüsterte er beschämt. »Du bist nett. Du hast mir geholfen.«

»Ja, Max, und das will ich jetzt auch. Aber wenn du mir nicht vertraust und lieber wieder bei einem Obdachlosen schlafen möchtest«, sie betrachtete ihn skeptisch von Kopf bis Fuß, »in deinen dreckigen Sachen«, sie schnüffelte abfällig, »wann hast du dich eigentlich das letzte Mal geduscht?«

Peinlich berührt senkte Max die Augen.

»Ich hätte dir Sachen von meinem Sohn gegeben. Du hättest sogar in seinem Zimmer schlafen können.«

»Du hast einen Sohn?«

»Das ist ja jetzt egal. Wenn du meine Hilfe nicht willst …«

»Doch, ja.« Max hatte ein schlechtes Gewissen, weil er ihr misstraut hatte. »Wie heißt dein Sohn?«

»André«, Rebecca holte ein Foto aus ihrem Portemonnaie. »Schau hier, das ist er.«

»Und ich darf wirklich in seinem Zimmer schlafen?«

»Wenn ich's dir doch sage.« Rebecca stand auf. »Na komm, lass uns fahren.«

SECHSUNDFÜNFZIG

Kalkbrenner parkte vor dem Jüdischen Krankenhaus.

Abgesehen von ein paar vereinzelten Wolken war der Nachthimmel sternenklar. Der Mond strahlte hell, fast zu grell für seine müden Augen.

I see the bad moon rising, sang Creedance Clearwater Revival, *I see trouble on the way.*

Seit Muth ihn vor dem Präsidium abgesetzt hatte und er in seinen eigenen Wagen umgestiegen war, zerbrach er sich den Kopf.

Egal wie er es drehte und wendete: Selbst wenn sich herausstellte, dass es sich bei den Leichenteilen in Dieppes Gefrierschrank um die Überreste von Michael Spiekers handelte, war das nur eine weitere Bestätigung dessen, was sie ohnehin schon wussten.

Kannibale im Wedding!

Alle anderen Fragen dagegen blieben auch dann offen.

I see earthquakes and lightnin', I see bad times today.

Er zog den Zündschlüssel und die Musik erstarb.

Normalerweise sorgten die Rockklassiker dafür, dass er sich nach einem schlauchenden Arbeitstag entspannte. An diesem Abend vertrieben sie seine Gedanken nicht.

Wie hatten sich Michael Spiekers und Ernst-Hubert Dieppe kennengelernt? Wie viele Opfer hatte Dieppe noch auf dem Gewissen? Wer war dieser ominöse »Onkel« Carl Schumann? War die Notarin Eva Tenzer ihm auf die Schliche gekommen? Hatte sie deshalb vor drei Jahren verschwinden müssen?

Hastig trat Kalkbrenner ins Freie. Wenn er Antworten finden wollte, brauchte er Abstand und einen klaren Kopf.

Er bezweifelte, dass das Krankenhaus der richtige Ort dafür war.

»Oh«, machte die Krankenschwester, als er vor der Schleuse zur Intensivstation stand. »Herr Kalkbrenner, oder? Ihre Mutter ist nicht mehr hier.«

In seinem Magen formte sich ein Knoten.

»Keine Sorge«, sie tätschelte ihm den Arm. »Sie hat sich so weit erholt, dass wir sie auf ein normales Zimmer verlegen konnten.«

»Und das bedeutet?«

»Mit großer Wahrscheinlichkeit wird sie wieder zu Bewusstsein kommen.«

Erleichtert folgte er ihrer Wegbeschreibung bis vor das Zimmer zwei Etagen tiefer. Dort überkamen ihn unvermittelt Zweifel.

Sie hat sich so weit erholt ...

Langsam betrat er den Raum, der bis auf die winzigen Lichter einiger Apparate im Dunkeln lag. Seine Mutter war nur ein schmaler, schwarzer Schemen unter der Bettdecke.

Auf dem Stuhl daneben saß eine Gestalt.

»Ellen?«, flüsterte Kalkbrenner.

Seine Exfrau zuckte zusammen.

»Hast du geschlafen?«

Ihr Atem ging schnell, während sie die Nachttischlampe anknipste. »Musst du mich so erschrecken?«

Er kniff die Augen gegen das plötzliche Licht zusammen. »Was machst du hier?«

»Auf dich warten.«

»Warum?«

Ellen kramte in ihrer Handtasche. »Dein Wohnungsschlüssel.«

»Ach so, ja.« Daran hatte er gar nicht mehr gedacht. »Danke.«

Der Schüssel war zweifelsohne nicht der einzige Grund für ihre Anwesenheit, doch Kalkbrenner wollte sie nicht darauf ansprechen. Er ahnte, worauf das hinauslaufen würde.

Er rückte einen Stuhl ans Bett. »Wie geht es ihr?«

»Ich dachte, du wolltest mit dem Arzt sprechen.«

»Ich werde gleich mit ihm reden.«

»Der hat mittlerweile Feierabend.«

Kalkbrenner streckte die Hand nach seiner Mutter aus. Ihr Arm bestand nur noch aus Haut und Knochen.

Ellen lehnte sich in die Schatten zurück. »Jessy ist auch schon nach Hause gefahren.«

»Schon?«

»Sie muss doch früh aufstehen.«

»Ach ja?«

Sie beugte sich vor, bis sie der Schein der Nachttischlampe streifte. Ihr Gesicht blieb düster. »Du hast es vergessen!«

»Blödsinn«, beeilte er sich zu sagen, weil er es tatsächlich vergessen hatte, und plötzlich überwältigten ihn der Stress des abgelaufenen Tages, die Anspannung und die Erschöpfung. Er wollte nur noch die Füße hochlegen, die Augen schließen und einschlafen.

Stattdessen schaltete er sein Handy ein und überprüfte den Timer, den Wecker, sogar die RemindMe-App. »Natürlich denke ich daran, sie morgen früh zum Bahnhof zu bringen.«

»Hältst du es noch immer für eine gute Idee, dass sie fährt?«

Nein, lag ihm auf der Zunge, während sich mit unvermittelter Heftigkeit wieder dieses Stechen in der Brust meldete, das er zunächst verdrängt und dann vergessen hatte.

Ja, er würde seine Tochter vermissen. Sie und ihr Baby, seinen Enkelsohn. *Henry*. Doch sie deshalb von ihrem Umzug nach Paris abzuhalten, wäre egoistisch. Er nickte.

Ellen schüttelte den Kopf. »In ihrem Zustand?«

»Sie ist schwanger, nicht krank.«

»Muss ich dich an ihre Schwangerschaftsdiabetes erinnern?«

»Muss ich dich daran erinnern, dass das völlig normal ist? Außerdem zieht Leif mit ihr um.«

Ellen schnaubte abfällig.

Kalkbrenner war sich nicht sicher, ob sie damit ein Urteil über den Freund ihrer Tochter fällte – oder über ihn. Wahrscheinlich nahm sich das in ihren Augen nicht viel.

Jetzt konnte er ein Gähnen nicht mehr unterdrücken.

Es gab niemanden, der es seiner Exfrau recht machen konnte. Und er wusste nicht einmal mehr, ob Ellen jemals anders gewesen war, aber zum Ende ihrer Beziehung hin hatte sie ihn mit ihrer Nörgelei zur Weißglut getrieben. Und sie schaffte es noch heute.

Als brauchte es einen weiteren Beweis, meldete sich sein Handy.

Ellen lächelte gallig. »Die Arbeit?«

Er zuckte mit den Schultern.

»Oder wieder eine Mutter, die sich um ihren Sohn sorgt?«

Er verzichtete auf eine Antwort.

»Na ja«, sie erhob sich. »Ich fahr dann mal besser.«

»Gute Nacht«, sagte er, »und danke für deine Hilfe.«

Sie verließ das Zimmer, ohne ihn noch eines Blickes zu würdigen.

Kalkbrenner schaute auf das Display seines Telefons. Unterdrückte Nummer. »Frau Wopalka«, seufzte er. »Wie kann ich Ihnen helfen?«

»Sie wollten mich zurückrufen, Herr Kalkbrenner.«

»Stimmt ... Tut mir leid, ich hab's vergessen.«

Marga Wopalka schwieg. Im Hintergrund schrie ein Baby.

»Haben Sie immer noch nichts von Ihrem Sohn gehört?«

»Nein, aber ... inzwischen mache ich mir wirklich große Sorgen. Das alles sieht Gregor nicht ähnlich.«

»Ich kann mich nur wiederholen ...«

»Ich muss mit Ihnen reden!«

»... sprechen Sie mit meinen Kollegen. Ich gebe Ihnen die Nummer.«

»Die habe ich doch schon, aber da geht keiner mehr ans Telefon.«

Zähneknirschend dachte Kalkbrenner an die Kollegen im Einbruchsdezernat, die Dienst nach Vorschrift leisteten – bis um 17 Uhr, keine Minute länger. »Hat das nicht Zeit bis morgen?«

»Nein, bitte, Herr Kalkbrenner, können wir uns treffen? Es ist wirklich wichtig.«

Er atmete durch. »Sind Sie zu Hause?«

»Nein.« Sie nannte eine Adresse in Schöneberg, beinahe am anderen Ende der Stadt. »Aber wenn Sie dort sind, werden Sie es verstehen.«

»Na gut«, er unterdrückte ein Gähnen. »Bis gleich.« Noch immer hielt er den Arm seiner Mutter fest. Er beugte sich vor und küsste sie auf die Wange. Ihre Haut war faltig und kalt.

Mit großer Wahrscheinlichkeit wird sie wieder zu Bewusstsein kommen.

Plötzlich war er sich nicht mehr sicher, ob er wollte, dass sie noch einmal erwachte. Welches Bewusstsein? Sie war dement!

Er schämte sich für seinen Gedanken und eilte hinaus.

SIEBENUNDFÜNFZIG

Zoes Schmerzen waren wie fortgeblasen.

Sie blinzelte ins Licht. Diesmal war es der helle Schein einer Deckenlampe.

Sie hob den Kopf, was ihr nur mit Mühe gelang. Sie lag in einem weißen Bett in einem weißen Zimmer, die weiße Decke bis an die Brust gezogen. Sie trug einen weißen Pyjama, der nicht ihr gehörte. Neben ihr stand ein leise surrender Monitor. Aus Infusionsbeuteln an glänzenden Galgen wanden sich winzige Schläuche wie Schlangen in die Kanülen in ihrem Unterarm.

Als sie sich aufrichten wollte, entlockte sie ihrem Körper nur ein kurzes Zucken. Ihre Arme und Beine fühlten sich bleiern an, fast wie gelähmt. Sie nuschelte einen erschrockenen Fluch.

»Keine Sorge«, beschwichtigte eine freundliche Stimme. »Das geht wieder vorbei.«

Schwerfällig, wie in Zeitlupe, neigte Zoe ihren Kopf.

Eine Krankenschwester wuselte um die beiden Patientinnen in den Nachbarbetten herum, greise Damen mit schlohweißem Haar. »Ich habe Ihnen gerade eben ein Sedativum verabreicht, die Wirkung dürfte allmählich einsetzen.«

»Wo …«, leierte Zoes Stimme, »… wo bin ich?«

Die Pflegerin war entsetzlich dünn, fast krankhaft mager. Dennoch schien ihr die Arbeit keine Mühe zu bereiten. Rasch und sicher hob sie die Patientinnen an, klopfte ihnen die Kissen zurecht und bettete sie wieder zurück. Die Sohlen ihrer Birkenstocksandalen quietschten auf dem Linoleumboden, als sie an Zoes Bett trat. »Wonach sieht es denn für Sie aus?«

»Was ...?«

»Was mit Ihnen passiert ist? Wissen Sie das nicht?«

»Ein Unfall.«

»Und davor?«

»Davor?«

»Was *vor* Ihrem Unfall passiert ist. Können Sie darüber etwas sagen?«

Verschwommene Bilder zogen vor Zoes Auge vorbei, das Haus, das Blut, ein Gesicht, die Zeitung.

Kannibale im Wedding?

»Ich ...«, ihre Stimme erstarb, wollte ihr nicht mehr gehorchen. Ihr Körper wurde immer schwerer und schwächer. »... kann mich ... nicht erinnern.«

»Das kann passieren«, sagte die Pflegerin. »Kein Grund zur Sorge, das wird schon wieder. Sie haben bei dem Unfall nur eine Prellung des Beckens erlitten. Einige Tage werden Sie Schmerzen beim Laufen haben, außerdem ein riesiges Hämatom, aber nichts, was nicht wieder vorbeigeht.« Obwohl sie nach wie vor neben Zoes Bett stand, entfernte sie sich mit jedem ihrer Worte ein bisschen mehr. »Die Fahrerin hat ihren Wagen rechtzeitig bremsen können, mehr oder weniger.«

Zoe kam nicht mehr gegen die Müdigkeit an, die sie einem Tonnengewicht gleich in das Bett presste.

»Ach so«, hörte sie die Krankenschwester sagen, inzwischen aus weiter Entfernung, »bevor Sie wieder einschlafen, gibt es jemanden, den wir für Sie verständigen sollen?«

»Ich ... weiß nicht«, stieß Zoe hervor.

»Was ist mit Angehörigen?«

»Meine Eltern.«

»Wie heißen die?«

»Ich …« Sie schluckte.

»Und wie ist Ihr Name?«

»Zoe«, flüsterte sie.

»Und weiter?«

»Zoe«, wiederholte sie. Oder hatte sie ihren Namen nur noch gedacht? Irgendwie gehörte ihr Mund nicht mehr zu ihrem Körper. Ihre Augenlider flatterten.

»Na gut«, die Pflegerin winkte ab. »Ich denke, das klären wir besser morgen, wenn Sie wach sind.« Sie drehte an einer Schraube am Infusionsbeutel. »Jetzt kommen Sie erst einmal wieder zu Kräften.«

Zoes Augen fielen zu.

ACHTUNDFÜNFZIG

»Herr Kalkbrenner?« In den Schatten unter einer Platane glomm Glut auf.

»Frau Wopalka?«

Das Klackern ihrer Absätze hallte zwischen den verschnörkelten Fassaden Schöneberger Altbauten, bis sie im Lichtkegel einer Straßenlaterne stehen blieb. »Danke, dass Sie gekommen sind.«

»Wenn es so wichtig ist, wie Sie sagen.«

Marga Wopalka zog an ihrer Zigarette und wandte das Gesicht ab, als sie den Rauch in die kalte Nachtluft pustete.

»Kommen Sie.« Sie ließ die Kippe auf den Bürgersteig fallen und trat auf einen glatten, wenig einladend wirkenden Neubau zu, der zwischen den Altbauten eingepfercht worden war. Im Parterre gähnten die Schaufenster insolventer Ladenlokale.

Kalkbrenner rührte sich nicht vom Fleck.

»Bitte.« Sie entriegelte die Haustür.

Notgedrungen folgte er ihr ins Treppenhaus.

Sie trug noch immer den mintgrünen Blazer, jetzt zu einer Jeans und schwarzen Pumps. Wie am Vormittag prägten Sorgenfalten ihr Gesicht, während sie immer wieder über die Schulter schaute, als wollte sie sich vergewissern, dass er ihr in die Wohnung in der ersten Etage folgte.

In einer schmalen Diele zwängten sie sich vorbei an einem Stapel Umzugskisten, einem Schuhständer und einem offenen Regal, das eine erstaunliche Menge Plunder barg: Handyladekabel und Frühstücksteller, mehrere Kartons mit Windeln, einen Pümpel, CDs, sogar ein Buch. *Sei schlau, stell dich dumm*, empfahl Daniela Katzenberger.

»Eine WG«, sagte Marga Wopalka entschuldigend.

Hinter einer der Türen, die vom Flur abgingen, erklang das blecherne Scheppern eines Fernsehers, hinter der nächsten ein Techno-Bass. Im dritten Zimmer, in das Marga Wopalka ihn führte, schrie ein Neugeborenes.

»Das ist Maugoschata«, stellte sie die junge Frau vor, die mit einem Baby auf dem Arm in einem riesigen Sitzsack versank. »Die Freundin meines Sohnes.«

»Hallo«, murmelte Maugoschata und steckte ihrem wimmernden Kind einen Schnuller zwischen die Lippen. Das Kleine nuckelte daran, spuckte ihn aus und heulte weiter.

Im Nebenzimmer wummerten die Bässe.

Verzweifelt schaute Maugoschata auf. Sie war blass und übermüdet, hatte tiefe Ringe um die Augen. Ihr Jogginganzug war fleckenübersät.

»Soll ich sie kurz nehmen?«, bot Marga Wopalka an.

Als hätte sie nur darauf gewartet, reichte Maugoschata ihr das Neugeborene. Kalkbrenner war kein Experte für Kleinkinder, aber dieses hier konnte noch keine vier Wochen alt sein.

Marga Wopalka wiegte es in ihren Armen, und als es sich beruhigte, glitt ein Lächeln über ihr Gesicht. Dann war es wieder verschwunden, und sie blickte bekümmert zu Kalkbrenner. »Das ist die Tochter meines Sohnes.«

Das hatte er sich schon gedacht. »Aber …«

»Nein, warten Sie. Lassen Sie mich bitte ausreden. Ich weiß, Gregor ist kein Unschuldslamm, er hat eine Menge Dummheiten gemacht. Aber Sie müssen mir glauben, er hat damit aufgehört – und den Grund dafür sehen Sie hier auf meinem Arm.«

Kalkbrenner betrachtete das winzige Zimmer, das mit einer Babywiege, einer Schlafcouch und einem Kleiderschrank aus dem Möbeldiscounter vollgestopft war. In den Regalen stapelten sich Windeln, Babystrampler und -nahrung, auf dem Boden davor standen mehrere leere Bierflaschen und leere Gläser mit einem klebrigen Rest. Der Teppich war schmutzig, an der Decke über dem Fenster kringelte sich ein Feuchtigkeitsfleck.

Als wüsste sie um seine Gedanken, sagte Marga Wopalka: »Er wollte Maugoschata hier rausholen, oder nicht, Maugoschata?« Sie drehte sich zu der jungen Frau um, die ihre Beine auf den Sitzsack gezogen hatte, die Arme darum geschlungen, ihren Kopf darauf gelegt, die Augen geschlossen. »Maugoschata?«

Die junge Frau blinzelte erschrocken.

»Er wollte sich eine Arbeit suchen«, fügte Marga Wopalka hinzu, »eine ehrliche Arbeit. Maugoschata, sag du, was Gregor dir erzählt hat.«

»Weil er ... er ist Vater geworden«, nuschelte Maugoschata in gebrochenem Deutsch, »er wollte sich bessern.«

Das Baby gluckste.

Marga Wopalka drückte es an sich. »Ich habe erst heute davon erfahren.«

»Von dem Baby?«, fragte Kalkbrenner überrascht.

»Als Maugoschata vor unserer Tür stand. Weil sie sich ebenfalls Sorgen um Gregor macht.«

»Ich machen ... große Sorgen«, murmelte Maugoschata.

Marga Wopalka streichelte dem Baby die Wange. Wieder leuchtete ihr Gesicht. »Verstehen Sie?«

Kalkbrenner nickte. »Und dennoch war Gregor an dem

Einbruch beteiligt. Daran gibt es überhaupt keinen Zweifel.«

»Dafür muss es einen Grund gegeben haben.«

»Für gewöhnlich ist es Habgier.«

»Nein, nein, einen anderen Grund, einen wichtigen, sonst hätte er sich niemals darauf eingelassen.«

»Was soll das für ein Grund gewesen sein?«

»Das weiß ich nicht.«

»Und was ist mit Ihnen, Maugoschata?«, fragte Kalkbrenner.

Die junge Frau schüttelte den Kopf. »Ich auch nicht wissen, aber ... ich haben Angst, große Angst, weil Gregor ... Er nicht wollten Einbruch.«

»Da hören Sie's«, rief Marga Wopalka. »Und jetzt ist er verschwunden, weil ... weil der Einbruch nicht geklappt hat, weil Silviu tot ist.« Sie legte das Baby in die Wiege und zupfte eine rosa Decke über dem winzigen Körper zurecht. »Ich wusste es, er ist in Gefahr!«

Kalkbrenner dachte darüber nach. »Also gut, ich werde morgen mit den Kollegen vom Einbruchsdezernat darüber sprechen.«

»Das ist alles?«

»Ich muss erst einmal wissen, wie weit sie mit ihren Ermittlungen sind und was sie herausgefunden haben. Das ist nicht mein Fall, Frau Wopalka. Deshalb möchte ich auch, dass Sie beide morgen mit den Kollegen reden, einverstanden?«

Es dauerte einige Sekunden, bis die beiden Frauen zustimmten.

Er schaute auf die Uhr.

»Warten Sie«, sagte Marga Wopalka. »Ich bringe Sie raus.«

»Nicht nötig, ich finde den Weg.«

»Ich wollte sowieso gehen.« Sie beugte sich noch einmal zu dem Baby hinab, streichelte ihm liebevoll durchs dünne Haar, verabschiedete sich von Maugoschata und versprach, gleich morgen früh wieder vorbeizukommen.

Draußen auf der Straße klappte sie den Kragen ihres Mantels auf. »Ich habe mich noch gar nicht für den Kaffee heute Morgen bedankt.«

»Kein Problem.«

»Darf ich jetzt Sie auf einen Kaffee einladen?« Sie deutete auf die roten Neonlichter einer Bar an der nächsten Straßenecke.

»Danke, aber ...«

»Sie müssen nach Hause. Ihre Frau wartet, richtig?«

»Und wenn?«

»Oh, nein, nein«, sie errötete. »So war das nicht gemeint, ich wollte nicht ...«

»Schon in Ordnung.«

»Nein, wirklich, es ... es war nur eine Frage«, stammelte sie. »Es ist nur, ich habe noch eine Strecke vor mir, es ist spät, ich bin müde, und Sie sehen auch nicht aus, als ob Sie ...«

»So schlimm?«

»Oh Gott, was rede ich? Tut mir leid, vergessen Sie's, ich bin durch den Wind ...« Ächzend ließ sie ihre Schultern fallen.

Kalkbrenners Blick streifte die Bar.

Wahrscheinlich sah er nach den letzten beiden Tagen tatsächlich aus wie ein Gespenst. Auch er fühlte sich erschöpft, auch er hatte noch einen beträchtlichen Weg vor sich.

Und was erwartet dich zu Hause?

Ohne Zweifel eine Menge Kopfzerbrechen, gefolgt von unangenehmen Träumen. Oder einer schlaflosen Nacht.

Kannibale im Wedding!

Nicht einmal Bernie war da, um ihn auf andere Gedanken zu bringen.

»Ein Kaffee«, sagte er, »ist keine schlechte Idee.«

NEUNUNDFÜNFZIG

Max fand sich in einem ruhigen Stadtteil wieder.

Die Häuser, die die Straße säumten, waren alt und ehrwürdig, nicht solche hässlichen Betonkästen wie in seinem Viertel. Wahrscheinlich gab es hier auch keine Raufbolde wie in Rudow.

»Komm«, sagte Rebecca, als sie sein ehrfürchtiges Zögern bemerkte.

Ihr Haus war um ein Vielfaches größer, geräumiger und beeindruckender als die Plattenbauwohnung, die sich Max mit seiner Mutter und Ellie teilte.

Auch die Einrichtung bestand aus großen, massiven Türmen, zumindest wirkten die Möbelstücke so auf Max. Die Sofas waren aus Leder und derart fleckenfrei, dass er sich kaum traute, darauf Platz zu nehmen. Statt selbstgekritzelter Bilder hingen Malereien an den Wänden.

»Möchtest du noch etwas trinken?«, fragte Rebecca.

»Ja«, flüsterte Max respektvoll, »gerne.«

»Eine Fanta?«

»Ja.«

Sie ging in die Küche, deren strahlenden Schränke kein Vergleich waren zu dem alten, zusammengewürfelten Zeug, das Max' Mutter ihr eigen nannte.

»Geh doch schon mal in dein Zimmer«, schlug Rebecca vor.

»Das Zimmer von André?«

»Ja, natürlich, das ... das Zimmer von André. Die Treppe hoch, die zweite Tür von links. Dort kannst du dann auch schlafen.«

Max folgte der Treppe wie beschrieben. Überwältigt blieb er im Türrahmen stehen.

Rebeccas Stimme kam von unten. »Gefällt es dir?«

»Es ist ...« Max wusste nicht, wie er es beschreiben sollte.

Das Zimmer war nicht einfach nur groß, es war gewaltig. André besaß einen riesigen Kleiderschrank, der anders als Max' Schrank nicht jede Sekunde zusammenzubrechen drohte. Das große Bett bestand aus dem gleichen Holz wie das breite Regal an der Wand, das übersät war mit Spielfiguren. Max erkannte Superman, Batman, Spiderman, Bart Simpson, Bender, Family Guy und noch viele andere. Was ihn zum ersten Mal auf die Frage brachte, wie alt Rebeccas Sohn überhaupt war.

Neugierig betrachtete er die gerahmten Bilder an der Wand. André war vielleicht neun oder zehn Jahre alt, hatte braune Haare, die er gescheitelt und mit fransig-blonden Strähnchen trug.

Auf seinem Schreibtisch stand ein Computer. Vor dem Monitor lag ein Controller, dessen Kabel sich zu einer Xbox schlängelte. Daneben, auf einem halbhohen Regal, befand sich eine Stereoanlage mit unzähligen CDs und DVDs.

Max konnte die Titel nicht erkennen, doch noch immer traute er sich nicht in das Zimmer. So verlockend es auf ihn wirkte, es gehörte André. Und der besaß mehr tolle Sachen, als sie sich Max in seinen kühnsten Träumen vorgestellt hatte.

»Worauf wartest du?« Rebecca war unbemerkt hinter ihn getreten. »Es gehört dir.«

»Aber wo ist André?«

»Er ist …«, sie zögerte, als fiele ihr die Antwort schwer, »… bald wieder da.«

»Wohnt er jetzt woanders?«

»Nein …«

»Bei seinem Papa?«

»… er ist hier«, sagte sie so schnell, dass er es um ein Haar nicht verstand. »Und sein Papa ist auch bald wieder da.«

Irgendetwas an dieser Antwort kam Max seltsam vor.

Noch ehe er sie danach fragen konnte, sagte sie: »Weißt du was, jetzt gehst du erst mal duschen. Dann reden wir weiter, okay?«

In dem großen Badezimmer, dessen weiße Fliesen glänzten und funkelten, legte sie ihm ein Handtuch auf ein Beistelltischchen. Nachdem sie ihm eine Zahnbürste in einen Becher am Waschbecken gestellt hatte, ließ sie ihn allein.

Er warf seine schmutzige Wäsche auf einen Haufen und stieg unter die Dusche. Das warme Wasser, das auf ihn herabprasselte, fühlte sich prächtig an. Gleichzeitig dachte er an Rebeccas merkwürdige Reaktion gerade eben.

War sie traurig? Oder wütend? Hatten sie und ihr Mann sich getrennt, und André lebte jetzt bei seinem Vater?

Vielleicht war das der Grund, weshalb sie nicht gern darüber sprechen wollte, so wie Kurti, der auch darunter litt, dass er einsam war. Kein Wunder, dass Rebecca traurig und wütend war.

Oh Mann, wie er sich auf morgen freute, auf das Wiedersehen mit seiner Mutter, mit seiner Schwester und seinem Opa. Was für ein Glück, dass er Rebecca getroffen hatte. Sie war ein rettender Engel gewesen. Oder eine wunderbare Fee.

Im Märchenwald wird immer alles gut.

Als er das Wasser abdrehte und nach seinem Handtuch

griff, nebelte eine dichte Dunstwolke das Badezimmer ein. Weshalb er wohl auch nicht mitbekommen hatte, dass Rebecca noch einmal hereingekommen war. Auf dem Beistelltischchen lagen eine schwarze Unterhose und ein samtig brauner Schlafanzug.

Er sah sich nach seinen eigenen Kleidern um, aber die waren verschwunden.

Er schlüpfte in den Pyjama, der nach Waschmittel roch, nicht ganz so angenehm wie zu Hause, aber dafür fühlte er sich flauschig an.

»Ha«, strahlte Rebecca, die in Andrés Zimmer wartete. »Hab ich's mir doch gedacht. Die Sachen passen dir wie angegossen.«

Zweifelnd blickte Max an sich hinab. Die Schlafanzughose war eindeutig zu lang, das Oberteil zu weit.

»Keine Bange«, Rebecca winkte ab. »Da wächst du noch rein.«

»Gehört das André?«

»Das gehört dir.«

»Mir?«

»Aber ja, die Sachen habe ich für dich rausgesucht.«

Max konnte sein Glück kaum fassen. Wieder sah er sich in dem Zimmer um, und plötzlich verspürte er Neid. Die meisten Sachen kannte er nur aus der Fernsehwerbung und aus den Erzählungen anderer Jungen in seiner Schulklasse. Wenn er nur einen Bruchteil von Andrés Spielsachen besäße, wäre er der glücklichste Junge auf der Welt.

»Möchtest du damit spielen?« Rebecca deutete auf die Xbox.

»Darf ich?«

»Dafür ist sie doch da«, sie schaltete die Spielkonsole ein. »Du weißt ja, wie sie funktioniert, oder?«

»Ich hab schon mal bei einem Freund gespielt.«

»Na dann«, sie gab ihm den Controller.

Freudig drückte er die Tasten.

»Aber denk dran, nicht mehr allzu lange, es ist schon spät. Morgen musst du früh raus, hörst du?«

»Ja«, sagte er, begeistert von den Figuren, die auf dem PC-Bildschirm zum Leben erwachten.

Die nächsten anderthalb Stunden hüpfte und sprang er durch eine bunte Abenteuerwelt, fühlte sich dabei wie ein Held, stark und unerschrocken.

Umso enttäuschter war er, als Rebecca irgendwann meinte: »Ende der Vorstellung.«

»Nur noch kurz«, bettelte er.

»Das war wohl lang genug, oder nicht?« Sie nahm ihm den Controller aus der Hand. »Zähneputzen und ab ins Bett.«

Beschämt verdrückte er sich ins Badezimmer. Sie hatte ja recht. Außerdem konnte er froh sein, dass sie ihm überhaupt erlaubt hatte, mit Andrés Xbox zu spielen. Der Gedanke allerdings, dass er die Konsole und all die anderen tollen Spielsachen zurücklassen musste, stimmte ihn traurig.

Aber vielleicht, dachte er, könnte er später noch einmal mit seiner Mutter wiederkommen, sich mit Rebecca und André verabreden. Vielleicht könnten sie sogar Freunde werden, oh ja, das war ein schöner Gedanke.

Glücklich kehrte er ins Kinderzimmer zurück. Der Wecker auf dem Nachtschränkchen zeigte kurz vor 23 Uhr. Mit einem Gähnen krabbelte er ins Bett.

Rebecca zupfte die Decke über ihm zurecht. »Gute Nacht, Kleiner.«

Lächelnd löschte sie das Licht und verließ den Raum.

SECHZIG

Kalkbrenner bestellte zwei Kaffee.

»Sonst nichts?«, fragte die Kellnerin, eine Studentin im rabenschwarzen Grufti-Look mit Dreadlocks und Piercingringen an Oberlippe und Augenbraue.

»Danke, nein.«

»Sicher?«

»Ja.«

Sie friemelte an ihrem Lippenpiercing.

»Ganz sicher«, sagte Kalkbrenner.

Enttäuscht schlurfte sie zum Tresen.

Obwohl das Wochenende nahte, waren nur wenige Tische besetzt. Fahrstuhlmusik rieselte aus unsichtbaren Lautsprechern. Zusätzlich schuf gedimmtes Licht Atmosphäre, Behaglichkeit und Wärme.

Kalkbrenner begann, sich zu entspannen.

Bis Marga Wopalka sagte: »Sie glauben mir nicht, oder?«

»Doch.«

Sie lächelte schwach, seine Lüge war wohl zu leicht zu durchschauen. »Es tut mir leid, dass ich Sie so spät noch damit behelligt habe.«

»Ich hätte ja nicht herkommen müssen.«

»Ist das nicht Ihre Aufgabe?«

»Eigentlich die meiner Kollegen.«

»Aber die sind im Feierabend«, erinnerte sie.

Kalkbrenner zuckte mit den Achseln.

»Warum sind Sie trotzdem gekommen?«

»Weil Sie sich Sorgen um Ihren Sohn machen.«

»Mehr als das, ich habe Angst«, korrigierte sie. »Und seit ich von seiner Tochter weiß, noch viel mehr.«

An einem der Nachbartische lachte eine Frau. Sie streckte die Hand aus und streichelte ihrem Gegenüber zärtlich die Wange.

Marga Wopalka betrachtete das verliebte Paar. Wieder zogen Schatten über ihr Gesicht.

Als das Paar ihren verkniffenen Blick bemerkte, wandte sie sich hastig ab. »Ihre Zweifel an Gregor sind berechtigt, Herr Kalkbrenner, dessen bin ich mir bewusst. Aber egal was er sich in der Vergangenheit zuschulden hat kommen lassen: Er ist immer noch mein Sohn. Ich kann nicht einfach herumsitzen und warten. Können Sie mich nicht ein bisschen verstehen?«

»Wie gesagt, das kann ich.«

»Ehrlich?« Verunsichert neigte sie ihren Kopf. »Oder sagen Sie das nur, weil Sie sich dazu verpflichtet fühlen?«

Noch ehe er antworten konnte, wurde der Kaffee serviert.

»Ja«, erklärte Kalkbrenner der Grufti-Kellnerin, sobald sie ihren Mund öffnete, »wir sind uns immer noch sicher.«

Beleidigt stapfte sie von dannen.

Als Kalkbrenner den Keks von seinem Unterteller pickte, war er sich plötzlich nicht mehr so sicher. Er hatte seit Stunden nichts mehr gegessen. Fast hätte er der Kellnerin gewunken und um die Speisekarten gebeten, doch dann spürte er Marga Wopalkas bohrenden Blick.

Können Sie mich nicht ein bisschen verstehen?

Er kaute auf seinem Keks herum.

Gregor Wopalka war vor kurzem Vater geworden, und

wenn man den Worten seiner Freundin Glauben schenkte, hatte er sich entschlossen, ein besserer Mensch zu werden.

Ein löblicher Vorsatz, den in so einer Situation viele fassten, die auf die schiefe Bahn geraten waren. Das wusste Kalkbrenner aus langjähriger Erfahrung als Ermittler. Dummerweise wusste er auch, dass den meisten der Weg zurück in die Legalität schwerer als der endgültige Sprung in den Abgrund fiel.

Marga Wopalka dagegen war überzeugt, dass ihr Sohn tatsächlich die Kehrtwende geschafft hatte, und dass er sich deshalb in Gefahr befand, weil alles andere sonst keinen Sinn ergab, ihre Verzweiflung, ihre Angst – und die Hoffnung, dass sich Gregors Lage tatsächlich verbesserte.

Kalkbrenner musste an Inga Lürsen denken.

Was würden Sie für Ihre Tochter tun?

Das hatte sie ihn gestern Morgen gefragt, kurz nachdem er ihr die Nachricht vom Tod ihres Vaters überbracht hatte.

Ganz sicher waren Mütter nicht anders, wenn es um ihre Söhne ging.

Er fragte: »Was ist mit Ihrem Mann?«

»Das ist«, Marga Wopalka dehnte ihre Worte, »alles nicht so einfach. Wir leben zwar zusammen, aber ...«

»Entschuldigung, nein, das habe ich nicht gemeint. Ich wollte wissen, ob Ihr Mann Ihre Sorge um Gregor teilt.«

Verschämt senkte sie ihren Blick. »Er hat mit dem Thema abgeschlossen.«

»Dem Thema?«

»Da kommt der Buchhalter bei ihm durch.« Sie lächelte gequält. »Er legt Akten an, bearbeitet sie, schließt sie ab. Und so ist er auch mit unserem Sohn verfahren. Achtzehn Jahre lang hat er ihn, nun ja, sozusagen bearbeitet, zwar nicht zu seiner Zufriedenheit, aber so ist das eben, nicht alles funktioniert immer einwandfrei. Irgendwann wird die Akte dann geschlossen, in diesem Fall, als Gregor volljährig wurde. Jetzt ist er für sich selbst verantwortlich. Akte Gregor zu, Deckel drauf, fertig.«

»Weiß Ihr Mann von seiner Enkeltochter?«

»Ja, ebenfalls seit heute. Aber die Sache zwischen ihm und Gregor, die ist ... Wie gesagt: Akte zu. Und so«, sie fegte Kekskrümel vom Tisch, »verhält es sich auch mit unserer Ehe.«

Kalkbrenner wollte etwas erwidern.

»Ja«, kam sie ihm zuvor und griff nach dem Zuckerstreuer, »ich weiß, wahrscheinlich ist das nur seine Art, mit seinem, also ... mit unserem Scheitern umzugehen, aber das macht die Sache nicht besser, das macht unsere Ehe nicht besser und ...« Unvermittelt lachte sie auf, ein sprödes, freudloses Lachen. »Ach, was erzähle ich hier eigentlich? Tut mir leid.« Sie kippte Zucker in ihren Kaffee. »Ich will Sie nicht damit langweilen.«

»Das ist schon in Ordnung.«

»Dass ich Sie langweile?«

»Nein, dass Sie erzählen.«

»Weil Sie dann nichts erzählen müssen?« Sie schob den Streuer in die Tischmitte.

Er griff danach.

»Sie stellen lieber Fragen«, sagte Marga Wopalka und nahm ihren Keks, »und hören dann den Leuten zu. Das ist Ihr Job, oder?«

»Im Prinzip ja.«

»Machen Sie niemals Feierabend?«

»Macht das Verbrechen Feierabend?«

»Natürlich nicht«, sie tunkte den Keks in ihren Kaffee. »Aber halten Sie mich für eine Verbrecherin?«

»Nein, Sie nicht.«

Der Keks gefror auf halbem Weg zu ihrem Mund. Kaffee tropfte auf den Tisch.

Kalkbrenner schwieg. Marga Wopalka überwand ihre Starre und steckte sich den Keks in den Mund, während sie mit der Serviette den Kaffee und die Krümel vom Tisch wischte. »Sie sollten wissen, er war nicht immer so. Als Kind war Gregor zuckersüß.«

»Sind Kinder das nicht immer?«

»Die meisten vermutlich. Aber irgendwann, also ...«

»... werden sie erwachsen.«

»Erwachsen?« Gedankenverloren rührte sie mit dem Löffel in ihrer Tasse. »Erwachsen bedeutet reif, vernünftig, klug.«

»Im Idealfall.«

»Und dass man als Eltern stolz sein kann.«

»Meistens.«

»Manchmal aber auch nicht.« Mit einem metallischen Klirren landete der Löffel auf dem Tisch.

Kalkbrenner trank einen Schluck von seinem Kaffee.

Er dachte an ihren Sohn, vorbestraft und höchstwahrscheinlich auf der Flucht, an dessen Freundin Maugoscha-ta, blass, erschöpft und mit ihrem Baby überfordert. Ihm fielen die beiden jungen Frauen ein, denen er vor wenigen Stunden begegnet war. Patrizia und Marie, die Reality-Soaps glotzten, wenn sie nicht im Bordell arbeiteten und ihrem nun vermissten Freund Michael Spiekers seine Partynächte finanzierten.

Und dann musste er an Jessy denken.

Obwohl er sie einen Großteil ihrer Kindheit vernachlässigt hatte, war seine Tochter zu einer erwachsenen Frau gereift.

Reif, vernünftig, klug.

Ja, das alles war sie. Erfolgreich absolvierte sie ein Kunststudium. Ihr stand ein Stipendium in Paris bevor. Und jetzt erwartete sie ihr erstes Kind. *Henry.* Seinen Enkelsohn.

Ganz egal, was er bei dem Gedanken an ihre Umzugspläne empfand, er war stolz auf Jessy.

»Wir haben es versucht«, sagte Marga Wopalka. »Wir wollten auch stolz auf Gregor sein, aber ... Anfangs haben wir gedacht, das alles ist nur so eine Phase. Wir haben auf ihn eingeredet, mit ihm gestritten, alles ohne Erfolg. Irgendwann hat es Alexander, also, mein Mann, mit den guten, alten Methoden versucht.«

»Die guten, alten Methoden?«

»Na ja«, sie wich seinem Blick aus. »Taschengeldentzug, Hausarrest und, na ja, ich meine, früher hat es so was doch auch nicht gegeben.«

»Sind Sie sich da sicher?«

»Aber ja, früher gab es kein ADHS, keine ...«, ihr Blick suchte die Grufti-Kellnerin, »... Piercings und Tattoos, keine Jeans, die bis auf die Kniekehlen hingen, keine schreckliche Musik wie diesen Hip-Hop.«

»Stimmt, wir haben unsere Eltern mit langen Haaren, Lederjacke und schrecklicher Rockmusik schockiert.«

»Sie ...«

»Und heute sind *wir* die Eltern, und der Hip-Hop unserer Kinder bringt *uns* aus der Fassung. Während unsere Lieder keinen Rebell mehr hinter dem Ofen hervorlocken, im Gegenteil, sie zählen jetzt zu den Klassikern der Musikgeschichte. Wer hätte das damals gedacht?«

»Ich kann mir Sie nicht wirklich als Rebellen vorstellen.«

»Na ja, zumindest habe ich Deep Purple, Led Zeppelin

und Pink Floyd rauf und runter gehört, sehr zur Verzweiflung meiner Eltern.«

»Im Ernst?«

»Absolut, und ich gebe zu, manchmal taten es sogar die Stones. Aber worauf ich hinausmöchte: Damals, also in jener Zeit, aus der ihre«, er deutete Gänsefüßchen an, »*guten, alten Methoden* stammen, war unsere Musik der älteren Generation genau so ein Graus.« Er konnte sich ein Lächeln nicht verkneifen. »Heute gilt sie als die *gute, alte Zeit.*«

»Also bitte, Deep Purple, die Stones«, sie lächelte ebenfalls, »das war lange vor Ihrer Zeit.«

»Danke, das ist nett von Ihnen.«

»Nein, wirklich, Sie sind Anfang vierzig oder ...«

»Vorsicht, Frau Wopalka, zwingen Sie mich nicht zu einer Lüge.«

»In diesem Fall allenfalls ein leichtes Vergehen.« Ihre Augen blitzten amüsiert, und die Verzweiflung schwand aus ihrem Gesicht. Ihre Sorgenfalten glätteten sich, und im gedämpften Licht der Kneipe wirkte sie – jünger. Und attraktiver.

Kalkbrenner hob seine Kaffeetasse an. Er wusste nicht zu sagen, ob ihm die Richtung, die ihr Gespräch unvermittelt eingeschlagen hatte, behagte oder ob sie ihn erschreckte.

»Und Sie?«, fragte Marga Wopalka.

»Was ist mit mir?«

Ihr Blick fand seine Hände. »Sie sind nicht verheiratet, oder?«

»Geschieden.«

»Das heute Morgen ...«

»... war meine Exfrau, richtig geraten.«

»Dann bin ich erleichtert. Ich hatte schon befürchtet, da wäre ein falscher Eindruck entstanden.«

Er leerte seine Kaffeetasse, während er sich fragte, was um alles in der Welt er hier eigentlich tat.

Seine schwangere Tochter erwartete in Herrgottsfrühe eine Fahrt zum Bahnhof. Unterdessen lag seine Mutter im Sterben. Und er selbst steckte in einem der groteskesten Mordfälle seiner in dieser Hinsicht nicht eben armen Karriere.

Und er? Plauderte in einer Bar, als ginge ihn das alles nichts an.

»Geht es Ihnen gut?« Marga Wopalka musterte ihn besorgt.

Er schaute auf die Uhr. »Ich sollte langsam fahren.«

»Habe ich etwas Falsches gesagt?«

»Ich muss morgen sehr früh raus.«

Sie neigte irritiert den Kopf.

»Ich rede mit meinen Kollegen im Einbruchsdezernat. Sie werden sich mit Ihnen in Verbindung setzen.« Kalkbrenner stand auf. »Danke für den Kaffee.«

EINUNDSECHZIG

Zoe wurde von einer surrenden Jalousie geweckt.

Der neue Tag bot einen blauen Himmel, eine Sonne, die golden funkelte, eine Stadt, die so still, unverdorben und friedlich wirkte, dass Zoe gar nicht anders konnte – sie verspürte Hoffnung.

Das wird schon wieder, keine Sorge.

Die Krankenschwester war die gleiche dürre Gestalt wie am Vorabend. Trotz Nachtschicht und tiefer Augenringe quietschte sie auf ihren Birkenstocksandalen voller Elan von Patientin zu Patientin, richtete an deren Betten die Kopfenden auf, klappte die Nachttischchen aus und stellte ein Tablett mit einem Frühstücksteller und einer dampfenden Tasse darauf ab.

»Die brauchen wir jetzt nicht mehr«, sagte sie, während sie Zoe von den Kanülen befreite, bevor sie auch ihr einen Teller mit Brot, Butter, Aufschnitt, Käse, Marmelade und eine Tasse heißen Pfefferminztee servierte.

Es war Zoes erste richtige Mahlzeit seit Tagen, und obwohl das Brot zäh und der Tee fade war und die greisen Damen in den beiden Nachbarbetten schmatzten, schlürften und dabei wie die Hühner schnatterten, schmeckte das Frühstück großartig.

»Alles aufgegessen«, lobte die Krankenschwester eine Stunde später, als sie die leeren Teller abräumte. »Also geht es Ihnen wieder besser, sehr gut.«

Zoe lächelte. Sie fühlte sich tatsächlich um Längen besser, ausgeschlafen und bei Kräften. Selbst das Geplapper ihrer Bettnachbarinnen störte sie nicht weiter.

»Und erinnern können Sie sich jetzt bestimmt auch wieder, oder?«

Zoes Lächeln erstarb.

Die Pflegerin sah sie stirnrunzelnd an. »Sie wissen immer noch nicht, was mit Ihnen passiert ist?«

»Der Unfall ...«

»Und alles andere? Ihr Name zum Beispiel.«

»Zoe.«

»So weit waren wir gestern Abend auch schon.«

Zoe schwieg betreten. Auch die beiden alten Damen in den Nachbarbetten waren verstummt.

»Das ist ... nicht gut«, stellte die Krankenschwester fest. »Denn wir benötigen Ihren Namen und Ihre Versicherungsdaten. Wir haben zwar Ihren Rucksack und Ihr Handy«, sie wies zu einem Stuhl, auf dem Zoes dreckige Klamotten lagen, »aber weder einen Personalausweis noch eine Versicherungskarte oder dergleichen.« Sie machte eine kurze Pause, in der sie Zoe skeptisch musterte. »Und auch die Polizeibeamten werden diese Angaben gleich brauchen.«

Zoe versteifte sich. »Polizei?«

»Ja, im Augenblick reden die Beamten noch mit dem Arzt.«

»Warum?«

»Was denken Sie? Wegen des Unfallhergangs natürlich. Soweit ich gehört habe, sind Sie gestern einfach vor das Auto gelaufen, also liegt die Schuld wahrscheinlich bei Ihnen. Aber der Unfall ist nur das eine. Zu Ihren anderen, älteren Verletzungen – den Platzwunden, Blutergüssen und

Schnitten – haben die Beamten sicherlich auch einige Fragen.«

»Aber ich habe doch keine Ahnung.«

»Ich weiß«, die Krankenschwester schenkte ihr ein mitleidiges Lächeln. »Das kriegen wir häufiger von den Frauen zu hören, die hier eingeliefert werden, aber *Sie* sollten wissen, dass es Ihnen nicht hilft, wenn Sie ...«

»Nein«, unterbrach Zoe. »So meine ich das nicht. Ich kann mich echt nicht erinnern!«

Und selbst wenn sie es könnte, sie war sich nicht sicher, ob sie darüber hätte reden wollen. Oder ob ihr jemand glaubte.

Leichenteile im Kühlschrank. Kannibale im Wedding?

Sie konnte es selber kaum fassen.

»Und Sie nehmen mich wirklich nicht auf den Arm?«, fragte die Pflegerin.

Zoe schüttelte den Kopf.

»Nun«, nachdenklich kratzte sich die Krankenschwester ihren Unterarm. »Ich glaube, dann sollte ich besser den Arzt verständigen.« Noch ehe Zoe protestieren konnte, rauschte die Pflegerin mit quietschenden Sohlen aus dem Zimmer.

Mit wachsendem Unbehagen starrte Zoe zur Tür.

Im Augenblick reden die Beamten noch mit dem Arzt.

Sie schob das Nachttischchen beiseite und stemmte sich aus dem Bett. Sie spürte den neugierigen Blick der Omas, als sie ihren Fuß auf den Boden setzte. Das Bein gab unter ihr nach. Ganz so erholt, wie sie sich vor wenigen Minuten noch gefühlt hatte, war ihr Körper offenbar doch noch nicht.

»Was machen Sie da?«, fragte die eine alte Dame.

»Bleiben Sie doch liegen!«, forderte die andere.

Zoe ließ den anderen Fuß folgen. Sie belastete ihn behutsam, bis sie davon überzeugt war, einen sicheren Stand zu haben. Schwindel erfasste sie, verging aber nach wenigen Sekunden.

Im Krankenhausflur näherten sich Stimmen.

Verdammt!

Niemand kam ins Zimmer. Die Stimmen entfernten sich.

Noch etwas unsicher wankte Zoe zum Stuhl, zog den Pyjama aus und schlüpfte in ihre alten Klamotten.

»Machen Sie das nicht!«

»Das bringt doch nichts!«

Zoe ignorierte die beiden, band sich die Schuhe, warf sich die Jacke und den Rucksack über, öffnete die Tür und spähte in den Krankenhausflur. Ein paar Patienten waren unterwegs, ein Pfleger. Von der dürren Krankenschwester, einem Arzt oder Polizisten war nichts zu sehen.

»Sie können nicht vor Ihren Problemen davonlaufen!«

»Alles wird wieder von vorne anfangen!«

So zügig es ihr Körper zuließ, folgte sie den Hinweisschildern zum Ausgang. Als sie den Fahrstuhl erreichte, sah sie die Krankenschwester, der ein Arzt und zwei Streifenbeamten aus einem Zimmer folgten.

Keine Polizei!

Zoe wich ins Treppenhaus aus. Über die Stufen gelangte sie ins Erdgeschoss, hastete vorbei am Pförtner bis nach draußen. Erst als sie an der Kreuzung stand, wurde ihr klar, dass sie zwar aus dem Krankenhaus entkommen war, aber keinen Plan hatte, wie es weitergehen sollte.

Was ist mit Angehörigen?

Sie setzte sich wieder in Bewegung.

ZWEIUNDSECHZIG

Kaum stand Kalkbrenner im Treppenhaus, da erscholl von oben ein aufgeregtes Kläffen.

»Langsam, Dicker«, rief er, wohl wissend, dass seine Warnung ungehört verhallen würde.

Wie ein Wirbelwind stürmte Bernie die Stufen runter, geriet ins Straucheln und knallte gegen das Schienbein seines Herrchens.

»Oh ja«, stöhnte Kalkbrenner, der plötzlich wieder den Schmerz vom Vortag spürte. »Ich habe dich auch so was von vermisst.«

Ausgelassen sprang der Bernhardiner an ihm hoch, während er Laute von sich gab, die man allenfalls von einem Rehpinscher erwartete.

Mein Hund ist nicht normal.

»Zumindest er braucht keinen Kaffee, um morgens wach zu werden«, amüsierte sich Jessy, als ihr Vater und sein tobender Hund es endlich hinauf in ihre Wohnung geschafft hatten. »Und was ist mit dir?«

»Kaffee?« Kalkbrenner musterte seine Tochter. Mit Stiefeln, Strümpfen, Rock und ihrem Lieblingsfellmantel, der sich über ihren Babybauch spannte, war sie reisefertig angekleidet. »Bleibt mir die Zeit dafür?«

»Ein paar Minuten schon.« Sie drückte ihm eine dampfende Tasse in die Hand. »Außerdem siehst du aus, als könntest du ihn gebrauchen.«

»Das höre ich in letzter Zeit häufiger.«

»Wieder zu viel Arbeit?«

»Kann man so sagen.«

»Oder eine Frau?«

»Eine Frau?«

»Mama sagte, du hattest ein Date.«

»Das war nichts weiter als ein berufliches Gespräch. Das habe ich deiner Mutter auch schon erklärt, aber sie hat es trotzdem missverstanden. Oder sie hat es missverstehen wollen.«

»Ach so.« Jessy klang nicht überzeugt.

Er pustete in die heiße Tasse, während er an sein Treffen mit Marga Wopalka gestern Abend dachte.

Zweifellos war es Bestandteil seiner Arbeit gewesen, auch wenn es eigentlich in den Zuständigkeitsbereich seiner Kollegen fiel. Aber sie war eine Mutter, die Angst um ihren Sohn hatte. Und er war Polizist.

Nichts weiter als ein berufliches Gespräch.

Na gut, irgendwann war ihre Unterhaltung etwas abgedriftet, unterhaltsamer geworden, auch persönlicher. Für einen Augenblick hatte er seine Sorgen vergessen – und sie ihre.

Wann hatte er sich zuletzt ungezwungen mit einer Frau im Café unterhalten? Doch noch während der Rückfahrt aus Schöneberg hatte ihm wieder der Schädel zu schwirren begonnen.

Zu Hause hatte er eine CD von Deep Purple eingelegt, *die Klassiker der Musikgeschichte*, und sich dazu zwei Gläser Rotwein gegönnt. Weder die Musik noch der Alkohol hatten ihm Ablenkung verschafft. Zu viele Fragen, zu viele Sorgen. Und nicht alle betrafen seine Arbeit.

Er war in einen unruhigen Schlaf verfallen, aus dem ihn

nach viel zu kurzer Zeit schon sein Timer, der Wecker und die RemindMe-App gerissen hatten.

Hältst du es noch immer für eine gute Idee, dass sie fährt?

Er spürte den aufmerksamen Blick seiner Tochter. Sie hatte sich neben Bernie hingehockt und streichelte ihm durchs Fell.

Kalkbrenner leerte seine Kaffeetasse. »Wir sollten fahren, sonst schaffen wir es nicht rechtzeitig durch den Berufsverkehr.«

»Warte«, ächzend stemmte sich Jessy hoch. »Ich hol meinen Koffer.«

»Auf keinen Fall, den trage ich.«

»Paps, der ist nicht schwer.«

»Aber du bist schwanger.«

»Trotzdem muss ich ihn bei meiner Ankunft alleine tragen.«

»Na, ich hoffe doch, es findet sich ein Gentleman.«

»Äh, ich fahre nicht nach London.«

»Meinetwegen, dann halt ein netter Monsieur.«

»Und was, wenn nicht?«

»Musst du immer das letzte Wort haben?«

»Ich bin deine Tochter.«

Kalkbrenner setzte zu einer Antwort an, doch dann gab er sich ihrem Lächeln geschlagen. Ein Lächeln, das sein mulmiges Gefühl noch einmal verstärkte.

Sorgfältig spülte er die Kaffeetasse aus, bis ihm bewusst wurde, dass er die Abfahrt nur unnötig herauszögerte. Er schnappte Jessys Koffer, aus dessen Seitentasche ein Kinderbuch ragte. *Gehen wir heim, kleiner Bär.*

Kalkbrenner fragte: »Nimmst du es mit?«

»Für die Fahrt.«

»Du willst es lesen?«

»Es erinnert mich an früher.« Jessy schmiegte ihren Kopf an seine Schulter.

Kalkbrenners Herz klopfte, während er den Koffer zum Auto trug. Bernie hüpfte freudig kläffend auf die Rückbank.

Die Sonne schob sich über die Häuserdächer und verscheuchte die letzten Spuren der Nacht. Der Himmel war wolkenlos, aber der kühle Wind, der die Berufspendler zur S-Bahn-Station trieb, ließ den Herbst erahnen.

Von den Dealern war um diese Uhrzeit noch nichts zu sehen.

Sie waren keine fünf Minuten unterwegs, da fragte Jessy: »Was ist los, Paps?«

»Wieso fragst du?«

»Du bist so ... seltsam.«

Schweigend wich er einem Bus aus, der vom Standstreifen losfuhr, während er sich fragte, warum er für seine Tochter so leicht zu durchschauen war, während ihm ihre Gefühle zum Großteil ein Rätsel blieben.

Du bist so ... seltsam.

Am Frankfurter Tor bog er nach links zum Alexanderplatz ab. Das altehrwürdige *Kino International* glitt an ihnen vorüber. Umleitungen lotsten sie über enge, verstopfte Nebenstraßen am Brandenburger Tor vorbei. Seit einer gefühlten Ewigkeit bestand die Gegend aus Baustellen. Kaum war eine verschwunden, tauchte eine neue auf.

Am Reichstag musste er vor einer roten Ampel halten.

Hinter dem Kanzleramt spiegelte sich die Morgensonne im Glas- und Stahlkonstrukt des Hauptbahnhofs.

»Bist du wegen Oma traurig?«, wollte Jessy wissen.

Er zögerte.

Sie hat sich erholt.

Seine Tochter fragte: »Warst du gestern noch bei ihr?«

»Spät, aber ja.«

»Der Arzt sagte, sie kommt wieder zu Bewusstsein.«

»Ich weiß.«

»Es wäre schön, wenn sie es bis zu Henrys Geburt schafft, oder nicht?« Jessy streichelte ihren Bauch.

Erneut befielen Kalkbrenner die Zweifel vom Vorabend.

Welches Bewusstsein? Sie ist dement!

Seine Mutter würde nur weiter dahinvegetieren. Bis zum nächsten Herzinfarkt, Schlaganfall oder welche schlechte Laune die Natur sich noch für sie einfallen ließ.

Und wozu?

»Oder ist es wegen mir?«, riss Jessy ihn aus seinen Gedanken.

Die Ampel sprang auf Grün, und Kalkbrenner gab Gas, einen Tick zu schnell. Der Wagen machte einen Satz nach vorne, und Bernie purzelte in den Fußraum. Er fiepte erschrocken.

»Paps!« Jessy streckte die Hand nach hinten aus und tätschelte dem Bernhardiner das Fell. Wissend lächelte sie ihren Vater an.

Nur gut, dass ich dich inzwischen kenne.

Am liebsten hätte er die Bremse getreten, seine Tochter in den Arm genommen, an sich gedrückt und nicht mehr losgelassen. Vielleicht wäre er tatsächlich über seinen Schatten gesprungen, hätte nicht in dieser Sekunde sein Handy zu klingeln begonnen.

Er aktivierte die Freisprecheinrichtung. »Hallo?«

»Paul?«

»Am Apparat.«

»Ernst Koszinski, Einbruchsdezernat. Du hattest mir diese Nacht auf den Anrufbeantworter gequatscht.«

»Richtig.«

»Arbeitest du immer so spät?«

»Tja«, machte Kalkbrenner.

Koszinski gluckste. »Du wolltest, dass ich dich zurückrufe.«

»Es geht um den Einbruch vor zwei Tagen.«

»Bei dem schwulen Friseur?«

»Ist euch etwas Besonderes aufgefallen?«

»Nein, nichts«, Koszinski kicherte. »Bis auf den Umstand, dass der Einbruch für den einen Typen in die Hose ging – er ist tot. Der andere hat deswegen die Hose voll – er ist abgetaucht.«

»Und bei diesem Friseur, wie war noch gleich sein Name?«

»Martin Meyer.«

»Auch nichts Ungewöhnliches bemerkt?«

»Außer, dass er schwul ist?«

»Eher unwahrscheinlich, dass es die Jungs *darauf* abgesehen haben«, bemerkte Kalkbrenner.

»Stimmt«, Koszinski lachte, »wohl eher auf die Kasse oder den Computer.«

»Vielleicht redet ihr mal mit Frau Wopalka, der Mutter des verschwunden Jungen. Sie glaubt ...«

»... dass ihr Sohn in Gefahr ist, ja, ich weiß«, Koszinski stöhnte. »Die ruft hier ständig an.«

»Sie glaubt, bei dem Einbruch ging es um, nun, was anderes als nur die Kasse.«

»Keine Ahnung, was das sein sollte.«

»Kein Hinweis in irgendeine andere Richtung?«

»Nö. Nichts dergleichen.«

»Danke für den Rückruf.«

Noch immer streichelte Jessy den Bernhardiner, während sie ihren Blick auf den näherkommenden Bahnhof gerichtet hielt.

Nachdem Kalkbrenner den Wagen auf dem Parkplatz an der Invalidenstraße abgestellt hatte, blieben sie sitzen und verfolgten das hektische Gewusel zwischen den an- und abfahrenden Bussen, Taxis und Pkws. Bernie kläffte einen vorbeirumpelnden Lkw an.

»Paps«, sagte Jessy schließlich, »ich komme doch wieder.«

»Schon klar.«

»Außerdem ist Paris mit dem ICE keine acht Stunden entfernt. Du kannst uns besuchen kommen.«

»Worauf du dich verlassen kannst.«

»Aber bitte nur einmal pro Quartal, alles andere ...«

»Wie bitte?«

Sie zwinkerte ihm zu.

Kalkbrenners Magen zog sich zusammen. Erneut meldete sich sein Handy. Diesmal war es Muth. Er ließ seine Kollegin klingeln.

Als sie den Bahnsteig erreichten, fuhr bereits der Zug ein. Fast war Kalkbrenner erleichtert, so wurde der Abschied nicht noch länger hinausgezögert.

»Gibst du Bescheid, sobald du angekommen bist?«, fragte er.

»Paps, ich bin kein kleines Kind mehr.«

»Aber du erwartest eines.«

Lächelnd drückte sie ihn an sich.

»Wie?«, flüsterte er an ihrem Ohr. »Diesmal nicht das letzte Wort?«

»Doch«, sie drückte ihm einen Kuss auf die Wange. »Ich hab dich lieb, Paps.«

Seine Kehle war wie zugeschnürt, als er ihr den Koffer in das Abteil reichte. Gleich darauf schlossen sich die Türen, und der Zug rollte an.

Jessy winkte. Bernie stieß ein trauriges Jaulen aus.

Plötzlich begriff Kalkbrenner, warum ihm der Abschied von seiner Tochter so schwerfiel.

Ich hab dich lieb, Paps.

Wenn seine Mutter starb, waren Jessy und ihr Baby, sein Enkelsohn, *Henry*, die einzige Familie, die ihm blieb.

DREIUNDSECHZIG

Zoe stand vor einem Townhaus, ein schwarzer, schmaler Ziegelbau über drei Etagen. Nichts Erhabenes, aber durchaus ansehnlich in der Stille, die über den Straßen der Stralauer Halbinsel lag. In der Küche brannte Licht.

Bergmann, stand in Druckschrift auf dem Klingelschild.

Leise flüsterte Zoe den Namen, doch wie auch der Anblick des Hauses löste er keinerlei Emotionen in ihr aus.

Kaum dass sie die Klingel drückte, näherten sich Schritte der Tür. Ein kleiner, beleibter Mann mit Glatze stand in Pantoffeln, Jeans und Cordhemd auf der Schwelle. Es war das Gesicht von dem Foto auf ihrem Handy: *Papa + Mama.*

Ihr Vater sah sie überrascht an. »Du?«

»Ich ...«

»Bitte, sei leise«, zischte er. »Was willst du hier?«

»Habt ihr meinen Anruf nicht gekriegt?«

»Ja, doch«, nervös warf er einen Blick über die Schulter in die Diele und zog die Tür dichter heran. »Aber du hättest nicht kommen brauchen.«

»Ich brauche eure Hilfe.«

»Brauchst du wieder Geld?«

»Nein, also, ja, aber ... darum geht es nicht. Etwas ist passiert, ich glaube, etwas Schlimmes.«

»Was soll das heißen? Du glaubst?«

»Ich weiß es nicht, ich ... ich werde verfolgt und bedroht, aber ich kann mich an nichts erinnern.«

Verwundert schob ihr Vater seine Augenbrauen zusammen. Seine Glatze glänzte im Sonnenlicht.

»Ich glaube, ich habe mein Gedächtnis verloren«, sagte Zoe.

»Hattest du einen Unfall?«

»Keine Ahnung, ja, wahrscheinlich, alles ist so …«

»Mit wem redest du da?«, ertönte eine scharfe Stimme aus dem Haus.

Noch ehe Zoes Vater antworten konnte, schob sich eine Frau an ihm vorbei. Weil sie ihr Haar zu einem strengen Dutt gebunden hatte, wirkte sie größer als er. Auch ihre Miene war finster. Noch finsterer. »Ha, wusste ich's doch …«

»Du bist meine Mutter?«

»… dass du irgendwann wieder vor der Tür stehst. Hast du wieder Ärger?«

»Ich …«

»Nein, erspar's mir, ich dachte, ich hätte mich beim letzten Mal klar und deutlich ausgedrückt. Offensichtlich nicht, denn allein dein Name …«

»Mein Name?«

»Ach komm, tu nicht so!« Ihre Mutter trat einen Schritt vor. Ihr Blick eilte die Straße einmal rauf und runter, als fürchtete sie, belauscht zu werden. Dann funkelte sie Zoe an. »Als wenn es nicht reicht, dass du wieder anrufst und bettelnd vor unserer Tür stehst, musst du auch noch mit diesem Namen kokettieren.«

»Ich habe keine Ahnung, wovon du sprichst.«

»Willst du dich über mich lustig machen? Du weißt ganz genau, wie sehr du uns damit beschämst und …«

»Womit?«, stieß Zoe hervor. »Sag mir bitte, womit!«

»Sie kann sich nicht erinnern«, wand ihr Vater zaghaft ein. »Sie hatte einen Unfall.«

»Einen Unfall? Hat sie dir das erzählt, ja?« Ihre Mutter lachte hämisch auf. »Und du fällst wieder darauf rein?«

»Ich weiß es wirklich nicht, Mama«, rief Zoe. »Und es tut mir leid, wenn ich etwas getan haben sollte, was euch verletzt hat ...«

»Verletzt? Ha!«

»... aber was immer es war, es ist vorbei. Mein früheres Leben, das ist weg.«

»Trotzdem steckst du in Schwierigkeiten, deshalb bist du doch hier, habe ich recht?«

Verzweifelt suchte Zoe nach einer Antwort. Wie sollte sie ihrer Mutter ihre Situation erklären, wenn sie selbst keine Erklärung dafür hatte?

»Wusst' ich's doch«, ihre Mutter nickte grimmig. »Also erzähl mir nicht, du hast damit nichts mehr zu schaffen ...«

»Aber womit denn bloß?«, schrie Zoe entnervt. *»Sag mir womit!«*

»Nein, nein, diese ... Sachen, dein Schweinkram, ich will nicht mehr darüber reden. Wir wollen nichts mehr damit zu tun haben, begreif das endlich! Ich ertrage diese ständigen Demütigungen nicht mehr, das Gerede unserer Nachbarn, unserer Freunde.«

»*Ich will doch nur* ... Mama?«

Die Frau, die ihre Mutter war, schlug die Haustür zu.

VIERUNDSECHZIG

Kalkbrenner kaute an einem Schinkenbrötchen, das er an einer der unzähligen Bahnhofsbäckerbuden erstanden hatte, und trat auf die Straße.

Zu seiner Überraschung lehnte Muth am Kotflügel seines Wagens.

»Was machst du hier?«, schmatzte er gegen das Verkehrsrauschen auf der Invalidenstraße an.

Muth kraulte dem freudig zappelnden Bernie das Fell. »Dir bei Jessys Abschied zur Seite stehen.«

»Also bitte, so schlimm ...«

»Und ob es das ist! Das ist nicht nur mir aufgefallen, stimmt's, Bernie?«

Der Bernhardiner kläffte wie zur Bestätigung.

Kalkbrenner biss in sein Brötchen.

Höre ich da Wehmut in deiner Stimme?

Er fragte: »Woher wusstest du die Abfahrtszeit?«

»Die hast du vor ein paar Tagen erwähnt.«

»Und warum hast du vorhin angerufen?«

»Ich wollte wissen, wo du deinen Wagen geparkt hast. Damit du nicht ohne mich losfährst.« Muth griff in ihre Jackentasche. »Aber jetzt habe ich ihn ja gefunden und ... Pass auf, Paul, dein Brötchen!«

Eine Brötchenhälfte klatschte mitsamt der Schinkenscheibe zu Boden.

»Bernie, nein!«, schimpfte Kalkbrenner. »Ach, verdammt!«

Schmatzend machte sich der Hund über das Frühstück her.

Muth hielt eine mehrfach gefaltete Zeitung in der Hand. »Schon gelesen?«

Kalkbrenner schob sich den trockenen Rest seines Brötchens in den Mund. Er schüttelte den Kopf. Aus gutem Grund hatte er heute noch keinen Blick in die Presse geworfen. Er hatte sich den Morgen nicht noch mehr verderben wollen.

Er nahm den *Berliner Kurier*, den seine Kollegin ihm reichte, und betrachtete die Titelseite.

Die Schlagzeile war unmissverständlich: *Kannibale im Wedding!* Die kleinere Überschrift darunter lautete: *Einer der liebenswertesten Menschen.*

Der zugehörige Artikel stammte erneut aus der Feder von Hardy Sackowitz und ließ wissen, dass ein Polizeisprecher den Kannibalen-Verdacht bestätigt hatte. Außerdem hatte der Reporter nicht nur die Nachbarn Ernst-Hubert Dieppes befragt, die diesen als unbescholtenen Bürger beschrieben, sondern auch dessen Tochter einen Kommentar entlockt. *»Ich verstehe das alles nicht.«*

Der Beitrag enthielt ein paar Plattitüden zum *unfassbaren Nebeneinander von Bürgerlichem und Monströsem*, darüber hinaus zum Glück aber keine weiteren relevanten Informationen – nichts über die mögliche Verbindung von Dieppe zu Michael Spiekers, zu einem gewissen Carl Schumann, zu der vermissten Notarin Eva Tenzer.

Dennoch mussten sie davon ausgehen, dass auch diese Informationen an die Öffentlichkeit gelangten. Es war nur eine Frage der Zeit.

Kalkbrenner mochte sich die Schlagzeilen nicht ausmalen, und noch weniger die Wut seines Chefs. »Sera, bist du mit der Bahn gekommen?«

»Ja.«

»Und wohin fahren wir jetzt?« Er entriegelte die Autotür.

Muth stieß sich vom Kotflügel ab. »Das Ergebnis des DNA-Vergleichs liegt vor: Die Leichenteile aus Dieppes Tiefkühltruhe, die Reste auf seinem Teller beziehungsweise aus seinem Magen – es gibt keinen Zweifel, es ist Michael Spiekers.«

Nichts anderes hatte Kalkbrenner erwartet.

»Außerdem habe ich mir gestern Abend noch Spiekers' Laptop angesehen. Die Festplatte ist voll mit Pornos.«

»Ich dachte, die interessieren uns nicht.«

»In diesem Fall schon«, sagte Muth. »Er hat sämtliche seiner Fotos und Filme bei MyDirtyHobby hochgeladen. Eine Website, die sich selbst *Deine Amateursex-Community* nennt.«

»Amateurpornos? Sollte mich das überraschen?«

»Zumindest nicht der Stino-Kram.«

»Stino-Kram?«

»Stinknormaler Sex.«

»Aha.«

»Er besaß allerdings noch einen zweiten MDH-Account.«

»Und was ist das jetzt wieder? MDH?«

»Die Abkürzung von MyDirtyHobby.«

»Ach so«, grummelte Kalkbrenner.

Muth sagte: »Über diesen zweiten MDH-Account hat er bis vor fünf Wochen Filme härteren Inhalts angeboten, BDSM, Fetisch, Kliniksex, solche Dinge.«

»Tut mir leid, Sera, ich bin kein Experte in … *solchen Dingen*. Wovon genau redest du?«

»Die Frauen in den Filmen tragen überwiegend Lack und Leder, lassen sich fesseln, peitschen, schlagen oder werden anderweitig erniedrigt. In einem der Filme werden sie von mehreren Männern angepinkelt, nach dem sie Sex mit ihnen hatten. In einem anderen Film werden sie auf einen Gynäkologenstuhl geschnallt und mit diversen Dingen penetriert, Dildos, Vibratoren, Plugs, Weinflaschen, Kerzen ... brennende Kerzen. In noch einem anderen Film bekommen sie einen Einlauf und ...«

»Okay, danke, das genügt«, unterbrach Kalkbrenner. »Und dabei kam auch Dieppe ins Spiel?«

»Nein. Ich habe nicht den geringsten Hinweis auf eine Verbindung zu Dieppe gefunden.«

»Es muss aber eine Verbindung gegeben haben, andernfalls hätten wir Spiekers' Überreste nicht bei Dieppe gefunden.«

»Deshalb sollten wir Spiekers' Vorliebe für SM, Fetisch und solche Sachen genauer unter die Lupe nehmen.«

»Du glaubst, deshalb hatte er auch ein Faible für Kannibalismus?«

»Häufig überschneiden sich Neigungen und Szenen.«

»Wie gesagt, ich bin da kein Experte«, erinnerte Kalkbrenner.

»Ich auch nicht«, gestand Muth. »Ich kann nur wiedergeben, was ich letzte Nacht darüber gelesen habe. Und dazu gehört, dass die Phantasie, einen Menschen zu verspeisen oder sich verspeisen zu lassen, ein sexueller Fetisch ist.«

»Soll ich dir sagen, was das alles für mich ist?«

»Ich höre.«

Kalkbrenner winkte unwirsch ab. Er scheuchte den Bernhardiner auf die Rückbank und klemmte sich hinters Lenkrad. Die Zeitung warf er aufs Armaturenbrett. »Mit wem – außer seinen beiden Freundinnen – hat Spiekers all diese Filme gedreht? Du hast andere Männer erwähnt?«

»Das ist das nächste Problem.« Muth sank auf den Beifahrersitz. »Spiekers scheint die Festplatte seines Laptops neu eingerichtet zu haben. Es gibt keine Daten auf dem Computer, die älter als fünf Wochen sind.«

»Bei diesem verdammten Fall ist irgendwie alles vernichtet, vermisst, gelöscht, verschwunden, oder täusche ich mich da?«

»Ich habe den Laptop an die PC-Experten vom LKA übergeben, die kennen da ein paar Tricks. Möglicherweise stoßen sie dabei auf etwas.«

»Möglicherweise.« Frustriert startete Kalkbrenner den Motor. »Möglicherweise aber auch nicht.«

»Zumindest sollten wir noch einmal mit Spiekers Freundin reden.«

»Das müssen wir jetzt sowieso.«

FÜNFUNDSECHZIG

Max erwachte, weil helles Licht das Zimmer flutete.

»Aufgestanden!« Rebecca schob die Vorhänge beiseite. »Du hast lange genug geschlafen.«

Unwillig linste er unter der Bettdecke hervor.

»Du bist unverbesserlich!«, lachte sie. »Ein richtiger Langschläfer, mein Kleiner!«

Die Uhr auf dem Nachtschränkchen zeigte weit nach 9.

Erschrocken richtete sich Max auf. Warum hatte Rebecca ihn nicht schon früher geweckt?

»Hier«, sie kramte in den Schubladen nach Socken und entnahm dem Kleiderschrank eine Jeans sowie ein T-Shirt, auf das Bender, der Roboter aus *Futurama* aufgedruckt war. Sogar einen Gürtel mit einer breiten Schnalle legte sie ihm aufs Bett.

Max war baff vor Erstaunen. »Aber die ...«

»Sie gehören dir! Bestimmt stehen sie dir richtig gut.«

»Danke, aber ... was ist mit meinen Sachen?«

»Willst du die etwa wieder anziehen? Die waren dreckig. Und haben gestunken.«

»Meine Mama kann die doch waschen«, sagte Max.

Rebecca bedachte ihn mit einem grimmigen Blick, als hätte er etwas Falsches gesagt.

Aber Max war sich keiner Schuld bewusst.

»Das wird dauern«, sagte sie dann, und falls sie tatsächlich sauer auf ihn gewesen war, ließ sie es sich nicht mehr anmerken. Sie lächelte sogar. »Und ich dachte, wir wollen gleich los.«

Womit sie so was von recht hatte. Er eilte ins Bad, wusch sich das Gesicht und kleidete sich an.

Als er sich in seinen neuen Klamotten bewunderte, bekam er prompt ein schlechtes Gewissen, weil er Rebecca schon wieder verärgert hatte. Das war wirklich nicht fair von ihm – so wie sie sich anstrengte, ihm zu helfen. Die Jeans kniff ihm zwar etwas im Schritt, aber zusammen mit dem Bender-T-Shirt sah er richtig cool aus, fast so cool wie die Jungs in seinem Viertel.

»Oh ja!« Rebecca tauchte im Türrahmen auf und strahlte über das ganze Gesicht. »Das steht dir perfekt.«

»Die Hose ist mir ein bisschen zu eng.«

»Ach was, die ist wie für dich gemacht.«

»Ich glaube ...«

»Oder gefällt sie dir etwa nicht?«

»Doch, sehr sogar«, beeilte er sich zu sagen, weil er sie nicht schon wieder beleidigen wollte. »Danke.«

»Ach was, dafür sind Mütter doch da«, lachte sie und wuschelte ihm durchs Haar. »Warte mal!« Mit ihren Fingern kämmte sie ihm den Pony. »So steht's dir besser, viel besser und ...« Von unten kam das *Pling* der Mikrowelle. »Oh, dein Kakao.« Sie eilte die Stufen hinunter in die Küche.

Irritiert betrachtete sich Max im Spiegel. Seine Haare saßen nicht mehr so, wie er sie vor wenigen Minuten noch gekämmt hatte. Jetzt trug er einen Scheitel, der ihn an irgendwen erinnerte. Aber an wen? Er kam nicht darauf.

»Ich hab dir in deinem Zimmer neue Schuhe rausgestellt«, hörte er Rebecca rufen.

Mit ihrer Stimme drang der Duft von Frühstück nach oben, Ei, Wurst und frische Marmelade.

In deinem Zimmer, dachte Max, während er in Andrés Zimmer ging. Oh Mann, das war wirklich eine schöne Vorstellung.

Vor dem Bett standen nigelnagelneue Nike-Sneakers.

Nein, verbesserte er sich, keine schöne Vorstellung, mehr als das. Ein Traum! Anders als die Jeans passten die Schuhe wie angegossen.

»Dein Rührei ist fertig«, ließ Rebecca wissen.

Wehmütig schaute er sich noch einmal in dem Zimmer um. Dabei blieb sein Blick an einem der gerahmten Bilder an der Wand hängen. Plötzlich fiel ihm ein, an wen ihn der Scheitel erinnerte. Von den blonden Strähnchen abgesehen, die ihm fehlten, sah er aus wie …

»André?« Rebecca steckte ihren Kopf zur Tür herein. »Wo bleibst du? Nun komm endlich!«

Er wollte sie auf ihren Fehler hinweisen, aber da war sie bereits wieder die Treppe runter in die Küche verschwunden.

SECHSUNDSECHZIG

Kalkbrenner wartete, bis sich die beiden Freundinnen beruhigten.

Die unruhige Nacht, die sie in Ungewissheit hatten verbringen müssen, war ihnen anzusehen. Anders als noch am Vorabend hingen ihnen ihre langen Extensions ungekämmt über die Schultern, ihre Gesichter waren nicht geschminkt. Seit wenigen Minuten war ihre Sonnenbankbräune außerdem einer leichenhaften Blässe gewichen, und ihren verquollenen Augen sah man an, dass sie geweint hatten.

»Was«, schluchzte Patrizia, »was ist mit Micha passiert?«

Kalkbrenner zögerte.

Nach fast dreißig Jahren im Polizeidienst war es beinahe Routine für ihn geworden, Angehörigen eines Mordopfers die Hiobsbotschaft zu überbringen. Er hatte gelernt, mit den Reaktionen der Hinterbliebenen umzugehen, mit ihrem Schock, ihrem Schmerz und ihrer Trauer – und dieser einen Frage, die sie alle früher oder später stellten.

Was genau ist passiert?

Egal, ob überfahren, erstochen, erschossen oder erwürgt – Unfälle und Gewaltdelikte waren zwar schrecklich, aber zumindest erklärbar, irgendwie.

Doch was erklärte man Menschen, deren Angehöriger Opfer eines Kannibalen geworden war?

Gewürzt, angebraten und geschmort.

»Patrizia, Marie«, kam ihm Muth zu Hilfe, »es gibt da noch einige Fragen.«

»Aber ...«

»Sie haben Pornofilme mit Ihrem Freund gedreht.«

»Ich dachte, die Filme interessieren Sie nicht«, sagte Marie.

»Richtig«, Muth nickte, »die normalen Clips, die Sie mit ihm gedreht haben, spielen keine Rolle für uns. Anders verhält es sich aber mit den SM-Filmen.«

»Wieso«, mit einem Taschentuch tupfte sich Patrizia die Augen, »soll das was anderes sein?«

»Das macht doch jeder«, sagte Marie.

Kalkbrenner räusperte sich. »Also ich nicht.«

Die beiden jungen Frauen setzten zu einer Erwiderung an.

»Was genau hat Sie an SM gereizt?«, kam Muth ihnen zuvor.

Patrizia starrte sie entgeistert an. »Mein Freund ist tot.«, presste sie hervor und zerknüllte dabei ihr Taschentuch. »Er ist umgebracht worden, und Sie wollen mit uns über unsere sexuellen Vorlieben sprechen?«

»Möglicherweise ist es wichtig.«

»Was«, Patrizia wechselte einen verwirrten Blick mit ihrer Freundin, »was soll daran wichtig sein?«

»Sie haben sich fesseln lassen«, wandte Kalkbrenner ein, »und mit Peitschen und Gerten schlagen lassen. Von den anderen Dingen möchte ich erst gar nicht anfangen.«

»Aber das«, wieder schaute Patrizia ihre Freundin an, »das war doch nur ein Spiel.«

»Ein schmerzhaftes Spiel, wie mir scheint.«

»Aber keines, das verboten ist«, sagte Patrizia.

Ihre Freundin pflichtete ihr bei. »Solange es einvernehmlich ist.«

»Und das war es bei Ihnen?«, erkundigte sich Muth. »Oder hat Ihr Freund Sie dazu gezwungen?«

»Nein«, antworteten die beiden Frauen wie aus einem Mund.

»Er hat auch niemals die Grenzen der Einvernehmlichkeit überschritten?«

Patrizia zupfte an ihrem Taschentuch. »Nein, aber ... wieso fragen Sie das?«

»Hatte er Neigungen, die abseitiger waren? Möglicherweise ungesetzlich?«

»Sie meinen mit ... Kindern? Mit Tieren oder so? Nein!«

»Ich rede von Phantasien, bei denen es, nun, wie soll ich es formulieren? Bei denen es auch um den Tod geht.«

»Nein, nein, so was ...« Patrizia runzelte die Stirn, tauschte erneut einen Blick mit ihrer Freundin.

Marie nickte, als wäre ihr der gleiche Gedanke gekommen. »Da war dieser ... Sebbo.«

»Sebbo?«, horchte Kalkbrenner auf. »Und weiter?«

»Sebbo eben.«

»Ist das sein richtiger Name?«

»Keine Ahnung, wir haben doch nur Filme mit ihm gedreht.«

»Sie hatten Sex mit ihm.«

»Muss ich dafür seine ganze Lebensgeschichte kennen?«

»Nein«, Kalkbrenner unterdrückte ein resigniertes Seufzen. »Natürlich nicht. Sie wissen also rein gar nichts über ihn?«

Patrizia schüttelte den Kopf. »Micha hat sich immer um die Filme gekümmert, um die Locations und die anderen Männer.«

»Und einer davon war dieser Sebbo«, hakte Kalkbrenner nach.

»Ja, aber das ist jetzt schon eine Weile her ...«

»Fünf Wochen?«, fragte Muth.

»Ja, könnte hinkommen. Da hat Micha ihn plötzlich nicht mehr mitgebracht. Und dann wollte er erst mal keine solchen Filme mehr drehen.«

»Hat er einen Grund dafür genannt?«

»Er hatte sich mit Sebbo gestritten, ich glaube, es ging um ...« Unvermittelt versteifte sich Patrizia. »Hat Sebbo ihn umgebracht?«

»Dazu können wir nichts sagen«, antwortete Kalkbrenner.

»Hat er ihn umgebracht?« Ihre Stimme wurde schriller.

Kalkbrenner ging nicht darauf ein. »Was war der Grund für den Streit?«

»Ich«, eine Träne löste sich aus Patrizias Augenwinkel, und sie tupfte sich mit den Fetzen ihres Taschentuchs die Wange, »ich weiß auch nicht, Sebbo hat wohl noch andere Sachen gemacht.«

»Andere Sachen?«

»Ekelkram oder so, Micha hat kein Wort darüber verloren, er meinte nur, er wolle nichts mehr mit Sebbo zu tun haben und –« Sie hielt inne, weil Kalkbrenners Handy läutete.

Es war Berger, der wissen wollte: »Seid ihr schon auf dem Weg ins Präsidium?«

»Warum?«

»Die Kollegen vom LKA haben gerade eben Spiekers Laptop zurückgeschickt.«

»Haben Sie die Festplatte wiederherstellen können?«

»Ja, das war offenbar gar nicht so schwer, weil man sie nicht richtig gelöscht hat. Es gibt da nämlich zwei Funktionen am Computer, eine sichere Installation und eine normale, bei der ein Backup der Festplatte angelegt wird, zumindest habe ich mir …«

»Sebastian!«

»Entschuldige«, Berger hüstelte verlegen. »Ja, also, die alten Daten konnten problemlos wiederhergestellt werden.«

»Und was sind das für Daten?«

Berger schnaufte widerwillig. »Schlimme Filme.«

»Mit Michael Spiekers?«

»Unter anderem, ja.«

»Taucht auf dem Rechner irgendwo der Name Dieppe auf? Oder Schumann?«

»Nein.«

»Was ist mit Sebbo?«, fragte Kalkbrenner.

»Wer?«

»S-E-B-B-O.«

»Da muss ich nachschauen.«

»Und frage bitte mal die Kollegen der LKA-Abteilung für Onlinekriminalität, ob ihnen dieser Name schon mal in Verbindung mit Sexualdelikten und Pornographie untergekommen ist.«

»Ich kümmere mich darum.« Berger legte auf.

Kalkbrenner wandte sich wieder den jungen Frauen zu. »Patrizia, Marie, ich habe Sie beide gestern Abend nach ungewöhnlichen Dingen gefragt.«

»Ja, aber …«

»Irgendetwas, was der Grund für das Verschwinden Ihres Freundes hätte sein können.«

»… woher sollten wir wissen, dass er …«

»Deshalb noch einmal die Frage und bitte die Wahrheit: Haben Ihr Freund oder dieser Sebbo je den Namen Ernst-Hubert Dieppe erwähnt?«

»Nein.«

»Carl Schumann?«

»Auch nicht.«

»Ganz sicher?«

»Ja doch!« Patrizia nickte vehement und ihre Extensions wirbelten durch die Luft.

Kalkbrenner stand auf.

»Warten Sie!«, rief Marie. »Sie haben da doch gerade nach … nach abseitigen Dingen gefragt.«

»Ja.«

»Dieser Dieppe, nach dem Sie fragten, ist das nicht …?« Sie stupste ihre Freundin an. »Den haben wir doch gestern Abend in den Nachrichten auf RTL2 gesehen, erinnerst du dich?« Sie richtete ihren Blick auf die beiden Beamten. Sie sah aus, als müsste sie sich auf den Teppich erbrechen. »Ist das nicht dieser … dieser Kannibale?«

SIEBENUNDSECHZIG

Zoe schlug gegen die Haustür.

»Verdammt, Mama!« Ihre Stimme hallte in der Stille Stralaus. *»Papa!«*

Sie holte zu einem weiteren Schlag aus.

»Hör auf damit!«, blaffte ihre Mutter durch die Tür, »Sonst rufe ich die Polizei.«

Zoes Faust erstarrte im Flug.

Die Tür zum benachbarten Townhaus ging auf. Ein Mann bückte sich nach einem unsichtbaren Fleck auf der Fußmatte. Aus dem Augenwinkel behielt er Zoe im Blick.

Sie ließ die Hand sinken, schnaufte schwer. Sie konnte nicht fassen, dass ihre Mutter, dass ihre Eltern, dass die einzigen Menschen, von denen sie geglaubt hatte, ihnen vertrauen zu können, sich im Haus verschanzten. Ihr sogar mit der Polizei drohten.

Wir wollen nichts mehr damit zu tun haben.

Der Nachbar fragte: »Ist alles …?«

»Nein, verdammt!« Tränen schossen Zoe in die Augen.

Nichts ist in Ordnung. Gar nichts!

Sie wandte sich ab. Sie begriff die Welt um sich herum nicht mehr und sich selbst am allerwenigsten.

Diese … Sachen, dein Schweinkram.

Was hatte ihre Mutter damit gemeint? Und wie passte das zu den Bruchstücken ihrer Erinnerung, dem Haus, dem Blut, dem Gesicht aus der Zeitung?

Leichenteile im Kühlschrank.

Schaudernd trottete sie die Straße entlang. Als sie die Kreuzung erreichte, hörte sie ein rhythmisches Klatschen hinter sich.

»Warte!« In seinen Pantoffeln schlappte ihr Vater heran. »Hier«, flüsterte er und drückte ihr etwas in die Hand. »Mehr kann ich leider nicht.«

Zoe wischte sich die Tränen weg. In ihrer Hand lag ein Bündel Geldscheine.

»Sag's nicht deiner Mutter«, ihr Vater schaute zurück zum Haus, »sie würde es nicht verstehen.«

Als wenn es noch zu einem Gespräch mit ihr kommen würde, wollte Zoe erwidern. Sie schluckte die Bemerkung hinunter. »Was hat sie mit dem Namen gemeint?«, fragte sie stattdessen. »Welchen Namen?«

»Zoe?«

»Was meinte sie mit – *kokettieren?*«

Skeptisch neigte ihr Vater den Kopf. »Du kannst dich tatsächlich nicht erinnern?«

»Nein, ich hab euch nicht angelogen.«

Er hüllte sich in Schweigen, noch immer nicht überzeugt. »Na ja«, seufzte er schließlich, als wäre er zu einer Entscheidung gekommen. »Zoe ist dein, wie soll ich sagen? Dein Künstlername.«

»Und wie heiße ich richtig?«

»Julia.«

»Julia?«

»Ja, Julia, aber«, er atmete durch, »aber was ich nicht verstehe: Wieso kannst du dich an *Zoe* erinnern, nicht aber an deinen richtigen Namen?«

»Ich kann mich nicht daran erinnern. Ich bin gestern so genannt worden, nachdem ich erwacht bin.«

»Warst du im Koma?«

»Ich weiß es nicht, ich …« Ihr kam ein anderer Gedanke. Sie nahm ihr Handy, klickte das Adressbuch an, scrollte sich durch die Namen bis zu –

Julia Bergmann

Kein Wunder, dass sie sich, als sie gestern Morgen nach ihrem eigenen Eintrag gesucht hatte, nicht hatte finden können. Sie überflog die gespeicherten Informationen, ihre Handynummer, ihre Adresse, ihre Bankdaten samt Pincode, ihre Zugangsdaten für ebay, Amazon, Tinder, Lovoo, Joyclub.de, MyDirtyHobby.com, Pornhub.com.

Sie schaute auf. »Künstlername wofür?«

Ihr Vater verzog leidend die Lippen.

»Meinte Mama mit diesem Schweinkram – Pornofilme?«

Widerwillig nickte er. »Wir haben davon nur durch einen Zufall erfahren, Julia. Ein saudummer Zufall, ein Nachbar, der …«

»Ein Nachbar?«

»Er hat uns davon erzählt, wir haben es gesehen, diese Sachen, also, SM, so nennt man das wohl. Julia, es war …«, er kniff die Augen zusammen, als suchte er nach der passenden Umschreibung.

»Schweinkram!«, vollendete Julia.

Er seufzte. »Und dann sind da noch die anderen Dinge, deine Drogeneskapaden, Diebstähle. Du kannst froh sein, dass du damit noch nicht erwischt worden bist. Aber deine Mutter, sie erträgt das alles nicht mehr. Und ich kann ihr das nicht einmal verübeln.«

Allmählich begann Julia zu begreifen. Einiges, aber nicht alles.

Als wüsste er um ihre Gedanken, fragte ihr Vater: »Was sind das für Schwierigkeiten, in denen du steckst?«

»Ich weiß es nicht.« Was nicht ganz der Wahrheit entsprach. Sie wusste inzwischen von den skrupellosen Typen, die sie verfolgten und bedrohten, von Drogen, Diebstählen, Pornos, SM und –

Kannibale im Wedding?

In was zum Teufel war sie da bloß verwickelt?

Ihr Vater sagte: »Wenn du in Gefahr bist, solltest du zur Polizei gehen.«

»Nein, Papa ...«

»Egal was es für Schwierigkeiten sind, es ist bestimmt das Beste.«

Sie schwieg.

Keine Polizei!

Resigniert hob ihr Vater die Schultern.

»Trotzdem danke«, sagte Julia und hob ihre Hand mit dem Geld.

Ein wehmütiges Lächeln huschte über das runde Gesicht ihres Vaters, und für einen Moment hatte es den Anschein, als wollte er ihre Wange streicheln. Stattdessen wandte er sich zum Gehen.

»Ach so, und bevor ich es vergesse«, er drehte sich noch einmal um, »was ist mit deinem Wagen?«

»Meinem Wagen?«

»Der schon seit Wochen hier herumsteht.« Er wies auf einen alten, rostigen Fiat Punto. »Wie lange noch?«

Julia kramte den Schlüsselbund aus ihrer Jackentasche. Er passte in das Türschloss des kleinen, eckigen Autos.

»Verrat es bitte deiner Mutter nicht, aber ich habe kürzlich die Batterie ausgewechselt. Auch einen neuen Reifen habe ich aufgezogen. Er ist wieder fahrbereit.«

Julia startete den Motor.

»Besser«, ihr Vater beugte sich ins Wageninnere, »du überlässt Irina den Wagen nicht mehr.«

»Irina?« Julia horchte auf. »Du kennst sie?«

»Natürlich, ihr seid schon im Kindergarten unzertrennlich gewesen.«

»Und heute?«

»Ihr seid es immer noch, auch wenn mir das Gegenteil lieber gewesen wäre.« Kummer schlich sich in seine Stimme. »Denn seit sie ihren Mann kennengelernt hat, diesen Sebbo oder wie der Kerl heißt, da hat Irina sich verändert. Und dann hat sie dich verändert. Durch die beiden bist du erst in Kontakt gekommen mit diesen, ach, all diesen Sachen.«

Julia zog die Tür zu und gab Gas. Es führte kein Weg daran vorbei: Wenn sie wissen wollte, was geschehen war, musste sie Irina finden und mit ihr reden.

ACHTUNDSECHZIG

»Herr Kalkbrenner!«, hallte es durch das Foyer des Präsidiums.

Ungeduldig drückte Kalkbrenner den Fahrstuhlknopf mehrmals hintereinander, doch der Aufzug ließ auf sich warten.

Ganz anders Sackowitz, der so schnell auf sie zuwatschelte, wie es ihm seine angegriffene Gesundheit erlaubte.

Kalkbrenner fluchte.

»Das habe ich gehört«, grinste der Reporter, während Bernie ihn schwanzwedelnd begrüßte. »Aber Ihr Hund, der freut sich, mich zu sehen.«

»Der«, sagte Muth, »freut sich über jeden alten Knochen.«

Sackowitz' Grinsen wurde noch breiter. »Apropos Knochen, Herr Kalkbrenner, gibt es Neuigkeiten, was die Leichenteile in der Gefriertruhe im Wedding betrifft?«

»Gegenfrage: Gibt es einen Grund, weshalb ich Ihnen das verraten sollte?«

»Haben Sie einen Namen für mich?«

»Sind Sie mit Ihrem nicht zufrieden?«

Sackowitz lachte. »Außerdem frage ich mich schon die ganze Zeit, ob es womöglich mehr als nur ein Opfer des Kannibalen gegeben hat?«

»Sie geben niemals auf, oder?«

»Meine Güte, früher oder später werde ich es sowieso erfahren.«

»Dann bleiben wir fürs Erste bei später«, die Fahrstuhltüren glitten vor Kalkbrenner auseinander, »in Ordnung?«

»Ach kommen Sie!«

»Nein, ich gehe jetzt.« Kalkbrenner pfiff Bernie zu sich und folgte seiner Kollegin in den Aufzug.

Drei Stunden waren verstrichen, seit sie das Ergebnis des DNA-Abgleichs erfahren hatten, und eine Dreiviertelstunde, seit sie bei Michael Spiekers' Freundin aufgebrochen waren – und noch war offenbar nichts davon an die Presse durchgesickert.

Kalkbrenner beschloss, das als ein gutes Zeichen zu werten.

Sorgen Sie für Verschwiegenheit!

In der dritten Etage empfing ihn ein erschrockenes Quieken.

»Oh nein, nein, nein!«, zeterte Rita. »Geh weg, weg, weg mit dir!« Sie schnappte ihren Kuchenteller vom Schreibtisch, noch ehe Bernie seine Schnauze in ihre neueste Kuchenkreation vergraben konnte.

Der Bernhardiner kläffte empört.

»Paul«, auf den Zehenspitzen ihrer Birkenstocksandalen reckte Rita ihren Kuchen in die Höhe. »Muss das sein?«

»Tut mir leid, aber ...«

»Du weißt, was Dr. Salm gesagt hat. Keine Hunde mehr!«

»Ich weiß, dass ich noch immer keine Hundesitterin habe.«

»Wenn er dahinterkommt, dass du Bernie schon wieder ...«

»Es muss ihm ja niemand davon erzählen.« Kalkbrenner brachte den Bernhardiner in sein Büro.

Auf dem Schreibtisch lag die Ermittlungsakte im Vermisstenfall Eva Tenzer. Er klemmte sie sich unter den Arm.

»Und du, Dicker«, befahl er Bernie, »bleibst hier!«

Der Bernhardiner glotzte ihn mit großen Augen an.

»Hast du verstanden?« Kalkbrenner eilte hinüber zu Bergers Büro. Auf halber Strecke verlangsamte er seine Schritte.

Im Konferenzraum saß Bernd Schöffel vor einem Laptop.

Schöffel war nicht nur ein Computerexperte, der ihnen immer mal wieder bei PC-Problemen oder Datenrettung unter die Arme griff, sondern auch Ermittler in der LKA-Abteilung für Onlinekriminalität, Sexualdelikte, Pornographie.

Kalkbrenner war sich nicht sicher, ob er Schöffels Aufwartung ebenfalls als ein gutes Omen deuten durfte.

Vor Bergers Büro blieb er stehen.

Durch die Glasscheibe in der Tür beobachtete er seinen Kollegen, der hinter dem Schreibtisch hockte und mit dem Hörer zwischen Schulter und Wange eingeklemmt telefonierte. Abwechselnd machte er sich Notizen und zwirbelte seinen preußisch-zackigen Bart. Als er Kalkbrenner bemerkte, bedeutete Berger ihm mit einem Wink: *Bin gleich da.*

»Paul?« Wie aus dem Nichts materialisierte sich vor Kalkbrenners Nase ein Teller mit einem gewaltigen Sahneklecks. »Möchtest du?«

»Danke, Rita ...«

»Heute ist es ein Mohn-Mango-Kuchen.«

»... aber ich habe ...«

»Sebastian findet ihn lecker.«

»... schon gefrühstückt.«

Was nicht einmal gelogen war, auch wenn es Bernie

gewesen war, der den Großteil seines Brötchens verputzt hatte.

Rita zog einen enttäuschten Flunsch. »Ist es wegen deiner Tochter?«

»Wie bitte?«

»Sie ist doch heute nach Paris gefahren.«

»Ja? Und?«

»Ich habe den Eindruck, das macht dir zu schaffen.«

Überrascht sah Kalkbrenner seine Sekretärin an.

»Iss ein Stückchen.« Rita reichte ihm den Teller. »Das wird dir helfen.«

Er schüttelte den Kopf. Erst jetzt wurde ihm die Bedeutung von Muths Worten vorhin am Hauptbahnhof richtig bewusst.

Das ist nicht nur mir aufgefallen.

Kein Wunder, dass er für seine Tochter so leicht zu durchschauen gewesen war, wenn selbst seine Kollegen sein Gefühlswirrwarr mühelos hatten deuten können.

Doch sosehr ihm Jessys Umzug zu schaffen machte, sein jetziges Magengrummeln hatte damit nur wenig zu tun.

Bernies Schnauze stupste gegen seine Hand, als wollte er ihn trösten.

»Habe ich dir nicht gesagt, du …« Kalkbrenners Tadel erlahmte. Sein Blick fand zurück in den Konferenzraum.

Muth hatte sich zu Schöffel gesellt. Sie schaute über dessen Schulter auf den Laptopmonitor. Spiekers' Laptop.

Schlimme Videos.

Kalkbrenner atmete durch. Wie ein Schutzschild presste er die Akte an sich. Dann betrat er den Konferenzraum.

NEUNUNDSECHZIG

Max stand im Türrahmen.

In der Küche roch es nicht nur köstlich. Auf dem Tisch war ein opulentes Frühstück angerichtet.

»Nur für dich«, empfing ihn Rebecca.

Sie hatte Kakao aufgetischt, außerdem O-Saft, Marmelade in verschiedensten Gläsern, Honig, Nutella ... *echte Nutella!* Dazu Käse und Wurst, Müsli und Haferflocken. Es waren so viele Frühstückssachen, wie Max sie noch nie auf einem Tisch gesehen hatte, allenfalls in irgendwelchen Fernsehfilmen über reiche Leute.

»Bist du reich?«, rutschte es ihm heraus.

»Wie bitte?«

»Das ist so ... viel«, antwortete er und zeigte auf den Tisch.

»Ach was«, Rebecca lachte. »Das ist ein ganz normales Frühstück.« Sie hob eine Pfanne vom Herd. »Und hier ist Rührei mit Speck, das isst du doch gerne, oder?«

Max kam aus dem Staunen nicht raus.

Ein solches Frühstück sollte normal sein? Bei ihm zu Hause nicht. Dort gab es immer nur Toastbrot, Wurst aus Plastikpackungen und eine billige Nutella-Nachmache von Aldi. Und er konnte sich nicht daran erinnern, ob er überhaupt schon einmal Rührei mit Speck gegessen hatte.

»Setz dich«, sagte Rebecca und schöpfte mit einem Löffel Rührei auf seinen Teller. »Mit Speck und Tomaten, so wie du es magst.«

Ebenso wenig konnte sich Max daran erinnern, ihr erzählt zu haben, Speck und Tomaten lecker zu finden. Er hasste Tomaten. Aber vielleicht aß man Rührei mit Speck nur mit Tomaten? Außerdem wollte er nicht undankbar erscheinen, wo sich Rebecca doch so viel Mühe gab.

Als er am Tisch Platz nahm, schnürte ihm die enge Jeans den Bauch ein. Er ignorierte das Zwicken, nahm die Gabel und verzehrte das Rührei.

Rebecca setzte sich zu ihm. »Schmeckt es dir?«

Er pickte noch einen Bissen heraus und spülte ihn mit Kakao hinunter. Er nickte.

Rebecca lächelte zufrieden.

Weil sie ihren Blick auf ihn gerichtet hielt, fühlte er sich verunsichert. Er glaubte, etwas sagen zu müssen, wusste allerdings nicht was. Deshalb fragte er: »Wann fahren wir zu Opa?«

»Opa?«

»Wir wollten doch zu Opa fahren.«

Abermals verdüsterte sich ihr Gesicht, als hätte Max sie erneut verärgert. Er bekam ein mulmiges Gefühl.

Zum Glück hellte sich ihre Miene sofort wieder auf. »Also, André, magst du noch etwas Rührei?«

»Ich bin Max«, korrigierte er.

»Ach du«, sie winkte amüsiert ab, »du und deine Phantasie mal wieder.«

Sein Unbehagen wuchs.

»Iss noch den Rest«, lächelnd schöpfte Rebecca das Rührei aus der Pfanne und häufte es auf seinen Teller. »Danach gehst du Zähneputzen. Und dann fahren wir los, wie ich's dir versprochen habe.«

SIEBZIG

Kalkbrenner lauschte den Ausführungen des PC-Experten.

»Unter den wiederhergestellten Dateien auf dem Laptop von Michael Spiekers befinden sich ausnahmslos Fotos und Filme, die jenem Pornokram gleichen, den ihr schon kennt«, erklärte Schöffel, während Rita dampfende Kaffeetassen und Teller mit Mohn-Mango-Kuchen auf dem Konferenztisch verteilte. »Stino, Dreier, Gangbang und der SM-Kram von der MyDirtyHobby-Plattform, also nichts, was in irgendeiner Form auffällig, geschweige denn strafbar wäre. Möchtet ihr einen Blick darauf werfen?«

»Nicht nötig«, beeilte sich Kalkbrenner zu sagen.

Schöffel lächelte, während er Milch in seinem Kaffee verrührte. »Was allerdings Spiekers' Onlineverhalten betrifft, sieht die Sache etwas anders aus. Einerseits war er sehr umtriebig in einschlägig bekannten SM-Communitys und Fetisch-Foren, aber diese bewegen sich alle im Rahmen der Legalität. Andererseits«, er wischte mit dem Cursor über den Laptopmonitor und startete eine Software, »war er auch im Darknet unterwegs.«

»Im Darknet?«

»Teile des Internets, die man nicht einfach über den Browser und Google erreichen kann. Es sind versteckte Websites, die nur in einem Tor-Netzwerk existieren.«

»Tor-Netzwerk?«

»Ein Zusammenschluss vieler Computer mit Hilfe einer

Software. Sie garantiert den Usern Anonymität, darauf legen sie wert. Viele sind Anhänger ganz spezieller Neigungen. Auf Spiekers' Laptop bin ich auf ein deutschsprachiges Board gestoßen, in dem sich Leute treffen, die bei SM, Bondage, Slap und Rape nicht unbedingt auf Einvernehmlichkeit Wert legen.«

»Entschuldige«, grummelte Kalkbrenner, »aber kannst du das alles nicht so erklären, dass es auch Leute wie ich verstehen?«

»Weißt du was? Schau es dir einfach an!« Schöffel klickte auf einen kryptisch aussehenden Link.

Sekundenlang passierte nichts.

Bernie tapste durch den Konferenzraum und erschnüffelte die Ecken. Kalkbrenner trank Kaffee. Den Kuchen vor sich ignorierte er.

Auf dem Laptopmonitor öffnete sich ein Fenster. Ein Film startete.

Eine wackelige Handkamera, möglicherweise auch ein Handy, filmte eine Frau aus größerer Distanz. Es war später Abend, immer wieder wurde das Bild unscharf. Die Frau war nur dann richtig zu erkennen, sobald sie das Licht einer Straßenlaterne streifte. Sie schien nichts von ihrem Verfolger zu ahnen, bis sich wie aus dem Nichts ein Mann auf sie stürzte. Noch ehe sie sich wehren konnte, schlug er sie nieder und zerrte sie hinter ein Gebüsch.

Kalkbrenners Finger umkrampften die Kaffeetasse. »Ist das ...«

»Ja«, sagte Schöffel, »eine Vergewaltigung.«

»Sie ist nur inszeniert, oder?«

»Wonach schaut es für dich aus?«

Kalkbrenners Beklemmung stieg, während er dabei zusah, wie sich der Mann an der Frau verging.

Wer immer die Kamera führte, stand inzwischen dicht am Geschehen. Sorgsam achtete er darauf, dass das Gesicht des Mannes jederzeit unsichtbar blieb. Auch die Frau war im fahlen Lichtschein meist nur teilweise zu erkennen, dafür umso deutlicher zu hören. Sie brüllte, stöhnte und würgte, während Fäuste auf sie einhämmerten, bis ihr nackter Leib mit Blutergüssen übersät war.

Als der Mann von ihr abließ, lag sie bewusstlos im Dreck. Der Film war zu Ende.

Für Sekunden herrschte Stille im Konferenzraum.

Nur Bernies Hecheln war zu hören.

Kalkbrenner schwitzte, und daran war nicht die Sonne schuld, die draußen mittlerweile hoch über dem Alexanderplatz hing und den Konferenzraum aufheizte. »Wissen wir, wer die Frau ist? Und wie es ihr geht?«

»Leider nein«, bedauerte Schöffel. »Allerdings habe ich in der Kürze der Zeit nur in den Datenbanken des LKA Berlin nach einem vergleichbaren Fall suchen können, der vielleicht zur Anzeige gegeben wurde. Möglicherweise ist der Film aber auch ganz woanders entstanden, und möglicherweise schon vor vielen Jahren, wer weiß ... Meine Anfragen bei den anderen Landeskriminalämtern und dem BKA laufen gegenwärtig noch.«

»Folglich wissen wir auch nicht, wer die Typen sind, die ihr das angetan haben?«

»Ich kann dir sagen, *was* wir wissen: dass es eine Szene gibt, die keinerlei Hemmungen kennt: Vergewaltigungen. Folter. Oder andere Gewaltphantasien. Die so was filmt und im Internet verbreitet.«

»Und was tut ihr dagegen?«

»Du meinst, was wir dagegen zu unternehmen *versuchen*. Denn wie gesagt, diese Leute bewegen sich anonym in Tor-

oder I2P-Netzwerken und speichern ihren Dreck auf Servern in Übersee, in Weißrussland oder in der Ukraine. Ihr wisst ja, wie das läuft.«

»Nein«, sagte Kalkbrenner, »offen gestanden nicht.«

Schöffel ächzte. »Worauf ich hinausmöchte: Es ist verdammt schwer, beinahe unmöglich, an diese Szene heranzukommen. Natürlich gelangen viele ihrer Fotos und Filme irgendwann ins offene Internet, und dort erwischen wir in den Chatrooms all jene User, die diese Widerwärtigkeiten weiterverbreiten, weil sie keine Ahnung davon haben, wie sie sich anonym im Web bewegen können. Manchmal gelingt es uns, eines dieser Boards zu löschen oder einen Server sperren zu lassen, aber spätestens nach ein paar Tagen macht auf einem anderen Server ein neuer Chatroom auf, in dem munter weiter solche Fotos und Filme geteilt werden.«

Er wollte einen weiteren Videoclip starten, doch Kalkbrenner hatte genug gesehen. Außerdem beschäftigte ihn eine andere Frage. »Was genau hat Michael Spiekers mit dieser Szene zu tun?«

Er bemerkte Berger, der mit ekelerfülltem Gesicht am Türrahmen lehnte, als traute er sich nicht ins Zimmer.

Kalkbrenner sagte: »Sebastian erwähnte ...«

»... einen Film, ja.« Schöffel öffnete in Bruchteilen von Sekunden Fenster, schloss sie, klickte, scrollte, bis Kalkbrenner ganz schwindelig wurde. »*Dieser* Film machte vor fünf Tagen die Runde in dem erwähnten Board.«

»Da war Spiekers bereits seit zwei Tagen tot.«

»Das überrascht mich nicht.« Schöffel startete den Clip.

Er zeigte zwei nackte Personen, die durch einen Wald irrten. Keuchend schlugen sie sich durch Gestrüpp. Die Kamera fing das schweißüberströmte Gesicht des jungen Mannes ein.

»Das ist Spiekers«, sagte Berger.

Die Kamera schwenkte auf die junge Frau, die stöhnend erklärte, sie habe Durst und …

»Moment«, rief Kalkbrenner so laut, dass sogar Bernie zu seinen Füßen zusammenzuckte. »Halt an.«

Das Mädchen gefror in der Bewegung.

»Das ist die junge Frau aus dem Haus in Rosenthal«, sagte Kalkbrenner. »Die uns gestern entwischt ist.«

Muth beugte sich zum Laptop vor. »Ich bin mir nicht sicher, ich habe sie gestern nur kurz von hinten sehen können.«

Kalkbrenner betrachtete das erstarrte Gesicht auf dem Monitor, während er sich die junge, schlanke, blonde Frau in Erinnerung rief, die sich im Wald zu ihm umgedreht hatte, ihr schmales Gesicht von Angst verzerrt. »Kein Zweifel, das ist sie.«

Schöffel setzte den Film wieder in Gang.

Spiekers und die junge Frau stolperten weiter durch den Wald. Ihre Panik wirkte unecht, es handelte sich ziemlich eindeutig um eine Inszenierung.

Nach anderthalb zähen Minuten gelangten die beiden an einen Weg. Hinter einer Hecke war der Dachfirst eines Hauses unverkennbar.

»Das ist das Haus in Rosenthal«, sagte Kalkbrenner.

Diesmal pflichtete Muth ihm bei.

Spiekers und die Frau schlichen in das Haus. Weil niemand anwesend war, plünderten sie die Küchenschränke. Überglücklich stopften sie Joghurt, Kartoffelchips, Schokolade und Gummibärchen in sich hinein, während sie immer wieder lachten, sich in die Arme fielen, sich küssten und ihre nackten Körper streichelten. Dann fielen sie wieder über die Speisen her und spülten sie mit Cola und Energy-Drinks hinunter.

Ihr Fress- und Saufexzess, ihr Lachen, selbst der Sex, den sie schließlich miteinander hatten: Nichts davon wirkte auch nur annähernd echt.

Keine Frage, das Schauspiel der beiden war hundsmiserabel, allerdings schien das Drehbuch zu diesem Film, sofern überhaupt eines existiert hatte, auch nicht sonderlich anspruchsvoll gewesen zu sein.

Dennoch hielt Kalkbrenner seinen Blick auf den Bildschirm gerichtet. Was passierte als Nächstes?

Willst du das wirklich wissen?

Noch während sie es miteinander trieben, wurden die Bewegungen von Spiekers und der jungen Frau träger. Ihre Körper begannen zu schwanken, als wäre ihnen schwindelig. Aus ihren Mienen sprach Verwirrung. Spiekers lallte wie betrunken in die Kamera, glitt in einer Joghurtpfütze aus, in der er sich gerade noch mit der Frau gewälzt hatte. Er stürzte zu Boden, wo er regungslos liegen blieb. Auch die Frau sackte zusammen. Ihr Kopf krachte auf die Fliesen. Das Bild wurde schwarz.

»*Das*«, Schöffel stoppte den Film, »war nicht mehr geschauspielert.«

»Sie sind betäubt worden«, sagte Berger.

Den gleichen Eindruck hatte Kalkbrenner gewonnen.

Schöffel drückte wieder auf Start.

Die nächste Szene zeigte die Frau, noch immer in der Küche, jetzt allerdings gefesselt und geknebelt auf einem Stuhl. Ihre Augen waren vor Panik geweitet.

Die Kamera erfasste den Backofen.

Ein Backofen, der Platz für einen Erwachsenen bietet.

Hinter der Glasscheibe zappelte Spiekers. »Verdammt«, drang seine dumpfe Stimme nach draußen, »hol mich hier raus!«

Nur das verzweifelte Stöhnen der Frau antwortete ihm.

»Davon«, schrie er, »war nicht die Rede, ich ... Was soll das?«

Eine Hand schob sich durchs Bild und drückte einen der Backofenknöpfe. Etwas zischte – und Spiekers brüllte, als plötzlich Flammen an seinem nackten Körper züngelten.

Kalkbrenner schauderte. »Das ist ...«

»... ziemlich kranke Scheiße!«, bestätigte Schöffel, der den Clip stoppte.

Kalkbrenner nahm es mit einem dankbaren Nicken zur Kenntnis. Er wusste, wie der Film endete. Mit den Überresten Spiekers' in einer Gefriertruhe im Wedding.

Gewürzt, angebraten und geschmort.

Aus dem Vorzimmer drang das Klappern von Geschirr. Bernie sprang auf und rannte hinüber. Rita schimpfte.

Ziemlich kranke Scheiße!

Kalkbrenner fragte: »Um uns das zu sagen, bist du aber nicht hier, oder?«

»Nein«, sagte Schöffel, »sondern weil ihr euch nach einem gewissen Sebbo erkundigt habt und ...«

»Paul!« Rita schob sich an Berger vorbei in den Konferenzraum. »Hier ist ein Kollege, der dich sprechen möchte.«

»Wer?«

»Herr Mauhöfer.«

EINUNDSIEBZIG

Julia hielt auf dem Parkplatz hinter dem Glascontainer.

Für eine Weile behielt sie die Autos am Straßenrand im Auge, die verlotterten Gestalten, die wieder vor der Currywurstbude herumlungerten, und die Plattenbauten am Ende des Straßenblocks.

Sie war überzeugt, dass ihr Gee und die anderen Typen, die es auf sie abgesehen hatten, nicht länger hier auflauerten, nicht nach mehr als zwei Tagen, die mittlerweile vergangen waren. Dennoch nahm sie sich, als sie einem der Hochhäuser entgegenschritt, fest vor, auf der Hut zu sein – und möglichst unauffällig vorzugehen.

Auf den Stufen zum Eingang hingen Teenager ab, keiner von ihnen älter als 18, in löchrigen Jeans, Kapuzenpulli, abgewetzten Sneakers und lässiger Pose. Aus ihren Handys pumpte ein Hip-Hop-Beat. Ein Joint machte die Runde.

Julia ignorierte die anzüglichen Blicke, mit denen die Jugendlichen ihren Hintern und ihre Beine abtasteten. Sie konzentrierte sich auf die Klingelschilder. Es gab kaum Vornamen, aber über sechzig Nachnamen.

Verdammt!

Ohne Irinas Nachnamen kam sie nicht weiter.

Zum Glück trippelte in ebendieser Sekunde eine alte Dame aus der zerkratzten, windschiefen Haustür. Am Lenker ihres Rollators klirrte eine Plastiktüte voller Leergut.

»Warten Sie«, sagte Julia, »ich helfe Ihnen.«

»Wie bitte?«

»Wohnt hier eine Irina?«

»Du musst lauter sprechen«, schrie die Oma, *»ich kann nicht mehr so gut hören.«*

Zähneknirschend griff Julia ihr unter die Arme und half ihr die Stufen hinab zur Straße.

So viel zum Thema – unauffällig.

»Danke, Kindchen, das ist lieb von dir«, die Rentnerin tätschelte ihr die Hand, bevor sie die kiffenden Teenager mit einem bösen Blick bedachte. »Andere sollten sich ein Beispiel an dir nehmen.«

Einer der Jugendlichen drehte die Musik lauter.

Julia wartete, bis die alte Frau ihren beschwerlichen Weg zum Altglascontainer antrat, bevor sie sich den Teenagern zuwandte. »Kennt ihr Irina?«

»Klar, Sebbos Alte!«, antwortete einer der Jungen, dessen Basecap im Takt der Musik wippte.

»Ist sie zu Hause?«

»Nee, glaub nicht«, sagte ein bleicher, pickeliger Junge und nahm einen tiefen Zug vom Joint.

»Wisst ihr, wo sie ist?«

Ein Achselzucken machte die Runde, dem gleich darauf der Joint folgte.

»War jemand bei ihr?«

Wieder gingen die Schultern in die Höhe.

»Was ist mit ihrem Mann, Sebbo? Habt ihr ihn gesehen?«

»Der?« Der Junge mit dem Basecap schnaubte. »Der sitzt doch im Knast.«

»Seit wann?«

»'ne ganze Weile schon.«

»Und weswegen?«

»Ey«, das Basecap rümpfte die Nase, »was gibt das? 'ne Verarsche?«

»Wieso?«

»Als wenn du das nicht wüsstest! Du bist doch Irinas Freundin, diese ... Zoe, oder?« Er grinste. »Ich hab dich gleich erkannt.«

»Klar«, einer seiner Kumpels lachte. »Hast dich ja nicht sattsehen können an ihrem Film. Wie hieß der noch? *Harte Kitzler ...*«

»... und nasse Mösen.« Alle grölten.

Julia schwieg.

Diese ... Sachen, dein Schweinkram.

»Wo ist Irinas Wohnung?«, fragte sie.

»Ey, jetzt aber ...«

»Verdammt, wo?«

Das Basecap schrak zurück. »Unten, die erste rechts.«

Sie stieg Stufen hoch zur Tür. Auf halber Strecke drehte sie sich noch einmal um. »Und was ist mit Gee?«

»Hä?«

»Gee? Schon mal gehört?«

»Kann sein«, sagte das Basecap und wechselte einen raschen Blick mit seinen Kumpels.

»Wann habt ihr ihn zuletzt gesehen?«

»Ey, weiß nicht.«

»Heute?«

»Nee, ist schon 'ne Weile her.«

»Gestern?«

»Ja, glaub schon.«

»Hat er was gesagt?«

»Hätte er was sagen sollen?«

Julia betrat das Treppenhaus. Die Fliesen waren abgetreten, die Briefkästen zerbeult, die Wände mit Farbe verschmiert. Es stank nach Knoblauch, Urin und Katzenklo.

Irinas Wohnung lag Hochparterre, die Tür war angelehnt, das Schloss zersplittert.

»Irina?«, rief Julia. »Hallo?«

Sie ging in die Diele, vorbei an einer kleinen Kommode, Schuhen, die davor herumlagen und einem halben Dutzend Garderobenhaken, die an die Wand gedübelt worden waren. Überrascht starrte sie auf die knallbunten Kinderjacken, die herabbaumelten.

Irina hat Kinder?

Ihr Blick glitt zu einer Pinnwand mit Fotos. Irina war darauf abgebildet. Irina mit zwei Kindern. Es gab sogar mehrere Bilder von Irina mit Julia, Arm in Arm, aufreizend, ausgelassen, glücklich.

Best days, war mit einem Filzstift auf eines der Fotos gekritzelt, *In love 2 my sister, Julia.*

Julia nahm das Bild ab und betrachtete es eingehend. Es war wie ein Gruß aus einer anderen, fremden Welt.

Verdammt, verdammt!

Der süße Geruch von Gras waberte durch die Diele.

Julia folgte ihm in die Küche, wo das Fenster zur Straße angekippt war. Draußen alberten die Teenager herum.

Drinnen fand sie eine Pfütze geronnenen Bluts auf dem Boden.

Daneben lagen die zersplitterten, blutverklebten Überreste einer Glasschüssel, ein Spültuch und ein Stuhl. Ein Küchenschrank war einen Spaltbreit von der Wand weggerückt worden. Aus der kleinen Kammer dahinter drang der Gestank von Exkrementen.

Julias Herz wurde schwer. Ihre Befürchtungen hatten

sich bewahrheitet. Was hatte man Irina angetan? Wohin hatte man sie verschleppt? Und wo waren ihre Kinder?

Vor dem Haus johlten die Teenager.

»Haltet mal die Fresse!«, schnauzte einer.

Die anderen verstummten.

»Ey, Gee«, das Basecap dämpfte seine Stimme, so dass Julia näher ans Fenster treten musste, um ihn zu verstehen. »Du hast doch gesagt, es gibt 'ne fette Belohnung, wenn diese Zoe hier auftaucht und wir dich anrufen.«

ZWEIUNDSIEBZIG

Verwundert sah Kalkbrenner den LKA-Beamten an.

»Entschuldigt«, sagte Peter Mauhöfer mit einem verlegenen Lächeln, das noch mehr Runzeln in sein faltiges Gesicht grub. In der einen Hand hielt er einen Teller mit einem halb verzehrten Stück Mohn-Mango-Kuchen, in der anderen eine Gabel, von der zähflüssig Sahne tropfte. Vor ihm hockte Bernie und leckte sich gierig die Lefzen. »Ich würde euch ja gerne die Hand geben ...«

»Schon okay.«

»... aber ich konnte das verlockende Angebot von Frau Barnitzke nicht ablehnen.«

»Schön, dass es immer noch Menschen gibt, die meinen Kuchen zu schätzen wissen.« Vorwurfsvoll ließ Rita ihren Blick über die unangetasteten Kuchenteller auf dem Konferenztisch schweifen. »Noch ein Stück, Herr Mauhöfer?«

»Sehr gerne.« Er verzehrte das letzte Kuchenstück und reichte Rita seinen verschmierten Teller. Ein Schwapp Sahne klatschte zu Boden.

Bernie schnaufte wie ein Staubsauger, während er ihn aufschleckte.

Kalkbrenner sagte: »Ritas Kuchen mag ja legendär sein ...«

»Hört, hört«, rief die Sekretärin.

»... aber nur deshalb bist du doch nicht hergekommen, oder?«

»Nein«, Mauhöfer setzte sich, während er seine zweite Portion entgegennahm. »Mir hat unser gestriges Gespräch keine Ruhe gelassen, und da ich gerade an der Jannowitzbrücke zu tun hatte – ich hatte dir ja von dem alten Mann erzählt, der aus dem Pflegeheim entwischt ist ...«

»Ich erinnere mich.«

»Da dachte ich mir, ich schaue kurz persönlich vorbei und ... Ja, Frau Barnitzke?«

»Wollen Sie auch eine Tasse Kaffee?«

»Bitte, mit etwas Milch.« Mauhöfer wandte sich wieder Kalkbrenner zu. »Also, da dachte ich, ich frage mal nach, ob ihr vorangekommen seid.« Er zerteilte seinen Kuchen in vier gleichgroße Stücke und hievte sich eines in den Mund.

Kalkbrenner sagte: »Wir hatten gestern Abend ein Gespräch mit Eva Tenzers Verlobtem. Nach wie vor ist er überzeugt, hinter ihrem Verschwinden stecke etwas mehr als nur ein Raubüberfall.«

»Hat er euch auch überzeugt?«

»Lass es mich so formulieren: Falls was dran sein sollte an dem, was er behauptet, dann ist Eva Tenzer vor drei Jahren im Zuge des Hausverkaufs über etwas gestolpert, was Dieppe und diesen ominösen Carl Schumann dazu bewogen hat, sie aus dem Weg zu räumen. Insofern werden wir uns ihre damaligen Unterlagen vornehmen müssen.«

»Der Richter hat heute Morgen unserem Antrag auf einen Durchsuchungsbefehl und Beschlagnahmebeschluss stattgegeben«, erklärte Berger, der noch immer am Türrahmen lehnte. »Wir können also jederzeit die Unterlagen aus dem Notariat abholen.«

»Das wird nichts bringen«, Mauhöfer trank einen Schluck Kaffee. »Die Unterlagen haben wir damals auch schon überprüft, gleich nachdem ihr Verlobter uns von seinem Verdacht erzählte.«

»Hat er euch auch von dem Anruf erzählt?«, fragte Kalkbrenner. »Und davon, dass seine Verlobte möglicherweise auf eine Unregelmäßigkeit gestoßen ist?«

»Nur deshalb haben wir uns ja die Unterlagen in ihrem Notariat vorgenommen. Aber wie ich gestern schon gesagt habe: Wir haben nichts gefunden, was seinen Verdacht bestätigt hätte, keine Unregelmäßigkeiten, keine Drohungen …«

»… und auch nichts über Dieppe oder Schumann?«

Mauhöfer schüttelte den Kopf.

»Was ist mit Michael Spiekers? Oder sagt dir ein gewisser Sebbo etwas?«

Mauhöfer hob die Augenbrauen. Sein Blick streifte Schöffel, dann den Laptop auf dem Schreibtisch. »Habt ihr etwas gefunden, was den Verdacht des Verlobten erhärtet?«

Kalkbrenner zögerte.

Unwahrscheinlich, dass Mauhöfer während seiner Ermittlungen vor drei Jahren auf das Darknet, die Chatrooms und die schrecklichen Filme gestoßen war, andernfalls hätte er es längst erwähnt. Andererseits: Vielleicht war er nur beiläufig über diese Szene gestolpert, und weil er keinen Zusammenhang zur vermissten Eva Tenzer hatte erkennen können, hatte er ihr keine Bedeutung beigemessen.

Kalkbrenner sagte: »Wir sind auf eine Szene im Internet gestoßen, in der sich Anhänger ganz spezieller Neigungen tummeln. Es geht um Vergewaltigungen, Folter und andere Gewaltphantasien …«

»Auch Kannibalismus?«

»So wie es ausschaut – ja.«

»Und ihr glaubt …«

»Eva Tenzer hat vor drei Jahren möglicherweise nicht nur die falsche Identität dieses Carl Schumann aufgedeckt«, sagte Kalkbrenner. »Vielleicht drohte durch ihre Entdeckung auch diese Szene aufzufliegen.«

Nachdenklich ließ Mauhöfer die verschmierte Gabel zwischen seinen Fingern baumeln. Seine Miene verdüsterte sich zusehends. Dann wies er mit der Gabel auf die Akte, die vor Kalkbrenner lag. »Ist das die vom Fall Tenzer?«

»Ja.«

»Hast du sie gelesen?«

»Ich bin noch nicht dazu gekommen«, gestand Kalkbrenner.

Mauhöfer winkte ab. »Spar dir die Mühe, ich habe letzte Nacht schon einen Blick hineingeworfen. Unsere Untersuchungen damals, die sich auf Eva Tenzers Arbeit konzentrierten, waren ergebnislos.«

»Kein Hinweis auf diese Szene?«

»Nein, es waren Fingerabdrücke auf Eva Tenzers Handtasche, die ja in einem Gebüsch auf dem RAW-Gelände gefunden wurde, die uns weiterbrachten. Sie gehörten zwei Serben, beide einschlägig vorbestraft wegen brutaler Raubüberfalle. Als allerdings der Haftbefehl gegen sie erlassen wurde, waren diese Typen schon über alle Berge, vermutlich zurück in ihre Heimat, untergetaucht in irgendeinem kleinen Dorf.«

»Das ist allerdings kein Beweis dafür, dass diese beiden Serben tatsächlich an dem Verschwinden der Notarin beteiligt gewesen waren«, gab Muth zu bedenken.

»Aber es hat alles zusammengepasst.« Mauhöfer legte die Gabel auf den Teller, einen Tick zu energisch. Es klirrte laut. »Die wiederholten Gewalttaten auf dem RAW-Gelände. Eva Tenzer, die dort zum letzten Mal gesehen worden war. Ihre Handtasche mit den Fingerabdrücken der Serben. Deren Abtauchen. Es gab also einen hinreichenden Tatverdacht, und nachdem wir die Unterlagen im Notariat überprüft hatten, keinen Grund, etwas anderes anzunehmen.«

»Mit dem Wissen von heute allerdings ...«

»Genau das bereitet mir Kopfzerbrechen«, unterbrach Mauhöfer und schob den Teller mit den verbliebenen Kuchenstücken von sich. Mittlerweile schien auch ihm der Appetit vergangen zu sein. »Denn so erschreckend das alles klingt, was ihr erzählt – wenn ich euch richtig verstanden habe, habt ihr nach wie vor nichts, was euren Verdacht beziehungsweise den des Verlobten bestätigt? Abgesehen von dem Hauskauf dieses mysteriösen ... wie war noch gleich sein Name?«

»Carl Schumann!«

»Genau, dessen Hauskauf, notariell beglaubigt von Eva Tenzer, einen Tag vor ihrem Verschwinden. Das ist alles, oder?«

Kalkbrenner bejahte.

Mauhöfer zog ein Taschentuch aus seiner Hosentasche und wischte sich die Lippen und den Bart. »Was, wenn die zeitliche Nähe reiner Zufall ist und es gar keine Verbindung gibt zwischen dem Verschwinden der Notarin, eurem Kannibalen-Fall und dieser Szene? Habt ihr diese Möglichkeit schon in Betracht gezogen?«

»Solange wir einen Zusammenhang nicht hundertprozentig ausschließen können, müssen wir jeder Spur nachgehen«, sagte Kalkbrenner.

Mauhöfer wollte antworten, ließ aber unvorsichtigerweise das Taschentuch zwischen seinen Händen herabbaumeln. Bernie streckte die Schnauze danach aus.

»Nein!«, sagte Kalkbrenner, und der Bernhardiner zuckte zurück. »Keiner macht dir einen Vorwurf, falls es das ist, was dir Sorgen bereitet.«

»Verdammt, ja«, platzte es aus Mauhöfer heraus, und Verzweiflung füllte sein faltiges Gesicht. Er stopfte das Taschentuch zurück in seine Hosentasche. »Ich würde es mir nie verzeihen, wenn wir damals etwas übersehen haben – und Eva Tenzer womöglich noch hätten retten können.« Er ließ die Schultern hängen.

»Wäre ich damals an deiner Stelle gewesen, wäre ich wohl dem gleichen Tatverdacht nachgegangen«, sagte Kalkbrenner, obwohl er wusste, dass seine Worte dem Kollegen keinen Trost spenden konnten.

Mauhöfer nickte. Sein Handy klingelte. Er nahm den Anruf entgegen. »Ihr habt den alten Herrn? Tatsächlich an der Jannowitzbrücke? Verstehe, ich mache mich auf den Weg.« Er warf einen Blick in die Runde. »Tja, ich muss dann wohl. Die Arbeit ruft. Wie immer.« Er ging zum Aufzug, langsam und erschöpft. Plötzlich wirkte er alt und gebrechlich.

Mit einem Gefühl des Bedauerns sah Kalkbrenner ihm nach.

Mauhöfer war von jenem Fluch heimgesucht worden, den jeder Ermittler fürchtete: eine neue Spur, die Zweifel an früheren Gewissheiten und den eigenen Entscheidungen weckte – und mit ihnen das Schuldgefühl. Unglücklicherweise wenige Jahre vor seiner Pension.

Mit so einem Gefühl wollte kein Polizist aus dem Dienst scheiden.

Was, wenn die zeitliche Nähe reiner Zufall ist?

Kalkbrenner dachte an Ernst-Hubert Dieppe und die Leichenteile in dessen Gefriertruhe. An die menschliche Leber auf seinem Teller. *Gewürzt, angebraten und geschmort.* An den überdimensionierten Backofen in Rosenthal. An den mysteriösen Carl Schumann, dessen Hauskauf vor drei Jahren und das spurlose Verschwinden der Notarin nur einen Tag später. Und daran, dass das alles ein paar Zufälle zu viel waren.

Kalkbrenners Blick fand den Laptop. Spiekers Laptop, dessen Daten in eine Szene führten, in der Vergewaltigungen und Folter der Unterhaltung dienten.

Und Kannibalismus!

Er verstand noch nicht, wie die einzelnen Puzzleteile zusammenpassten, aber dass sie zusammengehörten, stand außer Frage.

Er drehte sich zu Schöffel um. »Warum, sagtest du, bist du hergekommen?«

DREIUNDSIEBZIG

Max putzte sich die Zähne.

Auch wenn er es nicht genau verstand: Irgendwie benahm sich Rebecca seltsam.

Nachdenklich spülte er sich den Mund mit Wasser aus, stellte die Zahnbürste zurück in den Becher und suchte Andrés Zimmer auf, wo eine Daunenjacke für ihn bereitlag.

Die Jeans kniff noch immer zwischen den Beinen.

Er schaute rasch in den Flur. Rebecca befand sich im Badezimmer. Die Dusche rauschte.

Schnell öffnete Max den Kleiderschrank. Weil an der Stange ausschließlich T-Shirts und Jacken hingen, nahm er sich die unterste Schublade vor. Sie war gefüllt mit Fotoalben. In der mittleren Schublade befanden sich Socken und Unterhosen, in der oberen mehrere Jeans. Eine von ihnen sah jener ähnlich, die er anhatte. Laut Etikett war sie eine Nummer größer. Sie passte perfekt. Erleichtert stopfte er die andere Hose in die Schublade.

Als er den Schrank wieder schließen wollte, zögerte er. Seine Neugier war erwacht.

Noch einmal öffnete er die unterste Schublade und entnahm ihr eines der Alben. Auf den ersten Seiten zeigten die Fotos ein Baby, dann ein kleines Kind, später einen Jungen. Das musste Rebeccas Sohn sein, dessen Bilder auch an der Wand hingen.

Das Album enthielt aber nicht nur Fotos, sondern auch

Kinotickets, ein Armbändchen, mehrere Euro-Scheine, Eintrittskarten für einen Freizeitpark, ein Schwimmabzeichen für die Badehose – und den schwarz umränderten Ausschnitt einer Zeitung.

Unserem lieben Sohn André.
Gestorben am 3. März 2015.

Max starrte auf die Todesanzeige. Was hatte sie zu bedeuten? Und was war mit –

Die Tür zum Badezimmer klappte auf.

Hastig schleuderte er das Album in die Schublade und schob sie zu.

»Was machst du da?«, fragte Rebecca.

»Ich … ich …« Max spürte sein Herz, das ihm hinauf bis zum Hals schlug. Tausend Fragen gingen ihm durch den Kopf, aber keine einzige kam ihm über die Lippen.

Stattdessen hörte er sich sagen: »Ich habe eine neue Hose angezogen.«

»Warum belügst du mich?«

Er schwieg ertappt. Sein Kopf war ganz heiß vor Scham.

»Also hat dir die Hose, die ich für dich ausgesucht habe, doch nicht gefallen?«

»Doch«, stieß er erleichtert hervor. »Sie hat mir nur ziemlich wehgetan.«

Rebecca musterte ihn skeptisch.

»Wirklich sehr weh«, fügte er hinzu, »richtig weh.«

»Oh nein«, rief Rebecca, »warum hast du denn nichts gesagt?«

»Ich … ich wollte …«

»Hast du dich verletzt?« Sie ging vor ihm in die Knie.

»Nein.« Er schüttelte den Kopf. »Es war nur …«

»Gott sei Dank.« Sie schlang ihre Arme um ihn. »Ich will nicht, dass du dich verletzt. Nicht schon wieder.« Sie drückte ihn fest an sich. »Hast du gehört, André? Nie wieder!«

Max stand wie versteinert da.

Unter dem Schreibtisch lagen Geldscheine, daneben die Todesanzeige.

VIERUNDSIEBZIG

Kalkbrenner nahm einen Schluck Kaffee. Die Brühe war kalt. Er stellte die Tasse zurück auf den Tisch.

In das Klirren sagte Schöffel: »Ich bin hergekommen, weil ihr euch nach Sebbo erkundigt habt.«

»Du kennst ihn also?«

»Sebbo ist der Spitzname von Vaclav Sebcowicz, ein Kosovo-Albaner, 35, verheiratet, zwei Kinder. Für uns ist er kein Unbekannter. Wir gehen davon aus …«

»Und schon wieder nur Spekulationen?«, bemerkte Muth.

Schöffel verdrehte die Augen. »Also gut, extra für Sie: Wir sind uns sicher, dass sich Vaclav Sebcowicz nicht nur gelegentlich als Pornodarsteller verdingte, sondern seinen Lebensunterhalt vor allem durch den Verkauf von DVDs bestritten hat. Also keine Pornos, sondern solche Brutalostreifen, wie wir sie uns vorhin angeschaut haben.«

»Moment mal«, stutzte Berger. »Wer gibt denn noch Geld für DVDs aus, wenn er sie sich kostenlos im Internet angucken kann?«

»Sehr viele Leute, täusch dich da mal nicht«, erwiderte Schöffel. »Auch wenn die heranwachsenden Generationen sich wie selbstverständlich im Internet bewegen, schwört ein Großteil der Leute auf die gute alte DVD. Ganz besonders dann, wenn sie auf diesen kranken Scheiß stehen, aber keine Ahnung haben, wie sie sich anonym im Netz bewegen können.«

»Und dieser Sebcowicz hat solche DVDs vertrieben? Auf eigene Faust?«

»Nein, er hat ohne Zweifel im Auftrag gehandelt.«

»Ihr habt allerdings keinen blassen Schimmer, in wessen Auftrag«, konstatierte Muth.

Schöffel wackelte verzagt mit dem Kopf. »Ich will ehrlich sein: Eigentlich verdanken wir es nur einem dummen Zufall, dass uns Sebcowicz ins Netz gegangen ist. Ursprünglich lag gegen ihn nur ein Haftbefehl vor, nachdem er zu einem Gerichtstermin in Zusammenhang mit häuslicher Gewalt nicht erschienen war – er hatte seine Frau Irina und seine beiden Kinder wiederholt übel vertrimmt, mehrfach haben die Nachbarn die Polizei verständigt. Als Beamte den Haftbefehl vollstrecken wollten, hat er das Weite gesucht, dabei aber einen Unfall gebaut. Dabei purzelten stapelweise DVDs aus dem Kofferraum seines Wagens. Er selbst hat behauptet, die Filme nur gefunden zu haben …«

»Lass mich raten«, sagte Kalkbrenner. »Sie sind von einem Lkw gefallen.«

»Ob ihr's glaubt oder nicht, aber genau das waren Sebcowicz' Worte. Und dann hat er noch hinzugefügt, er hätte sich mit seinem Fund gerade auf dem Weg zur Polizei machen wollen.«

»Ach, und warum ist er dann vor der Polizei geflohen?«

»Darauf haben wir ihn ebenfalls hingewiesen, aber da hat er nur mit den Achseln gezuckt. Mehr ließ er sich während der Vernehmung dann auch nicht entlocken.«

»Und was lässt euch glauben, dass er im Auftrag gehandelt hat?«

»Als wir seine Wohnung in Rudow durchsucht haben, um mögliche Versandlisten mit Käufernamen und Adressen sicherzustellen, war die Bude schon so gut wie leergeräumt.

Kein Computer, kein Papierkram, kein Handy, nichts. Wir fanden nur noch seine Kinder und seine Frau vor, grün und blau geschlagen, aber ansonsten ...« Schöffel hob resigniert die Hände. »Und kurz nach seiner Verhaftung verschwanden dann auch die DVDs auf wundersame Weise.«

»Bei euch auf dem Revier?«

»Bei uns auf dem Revier.«

»Da hat jemand gewissenhaft aufgeräumt«, stellte Muth fest.

»Jemand mit besten Kontakten zur Polizei«, grummelte Kalkbrenner.

Schöffel nickte. »So sehr wir uns auch bemüht haben, wir haben nicht herausfinden können, wer die undichte Stelle ist. Weswegen Sebcowicz am Ende auch nur wegen häuslicher Gewalt verurteilt wurde.« Mit einem Ruck klappte er den Laptop zu. »Und dennoch, seinem beharrlichen Schweigen zum Trotz ... jetzt ist er tot.«

Kalkbrenner glaubte, sich verhört zu haben.

»Er hat sich erhängt«, fügte Schöffel hinzu. »Letzte Nacht in seiner Zelle.«

»Erhängt?«, zweifelte Kalkbrenner.

»Tja ...« Ein freudloses Lächeln stahl sich in Schöffels Gesicht. »Versteht ihr jetzt, weshalb ich höchstpersönlich vorbeigekommen bin?«

Für Sekunden war nur Bernies Schnarchen zu hören, der sich wieder zu Kalkbrenners Füßen eingerollt hatte.

»Ich meine«, sagte Schöffel, »nicht einmal ein Tag ist vergangen seit Sebcowicz' Selbstmord, und plötzlich erkundigt ihr euch nach ihm. Und ihr, ihr ermittelt in diesem Kannibalen-Fall.«

»Das hat sich ja inzwischen herumgesprochen.«

»Nicht zu vergessen dieser Michael Spiekers, dessen Laptop ihr mir heute Morgen angeschleppt habt. Spiekers, der in diesem grottigen *Hänsel & Gretel*-Remake gegrillt wurde. Er ist das Opfer aus der Gefriertruhe eures Kannibalen, richtig?«

»Auch das dürfte bald die Runde machen.«

»Eben jener Spiekers, von dem ich weiß, dass er Pornofilme mit Sebcowicz gedreht hat. Ja, guckt mich nicht so erstaunt an, Spiekers ist mir schon seit zwei Wochen bekannt. Wir sind über ihn gestolpert, als wir kurz nach Sebcowicz' Verhaftung dessen Umfeld und Aktivitäten überprüft haben. Aber ...«

»Warte!«, unterbrach Kalkbrenner. »Was ist mit der jungen Frau aus diesem ... *Hänsel & Gretel*-Film? Die uns gestern aus dem Haus in Rosenthal entwischt ist? Kennst du sie?«

»Keine Ahnung, wer das ist.« Schöffel hob die Schultern. »Vielleicht wären wir auf sie gestoßen, hätten wir uns weiter für Spiekers interessiert, aber das taten wir nicht. Er war auf der MyDirtyHobby-Plattform aktiv, hatte ein paar stinknormale Pornofilme mit Sebcowicz gedreht, aber nichts deutete darauf hin, dass er etwas mit der Darknet-Szene zu tun hatte.«

»Anscheinend aber doch«, sagte Kalkbrenner.

Schöffel nickte zerknirscht. »Ganz offensichtlich.«

Muth setzte zu einer Antwort an.

»Und ebenso offensichtlich erscheint mir«, kam ihr Schöffel zuvor, »dass Sebcowicz' Selbstmord letzte Nacht kein Zufall war. Es würde mich nicht wundern, wenn man dabei nachgeholfen hat.«

Kalkbrenner nickte zustimmend.

Da hat jemand gewissenhaft aufgeräumt.

Vaclav »Sebbo« Sebcowicz schien das fehlende Glied in der Kette zwischen dem zerlegten, verspeisten Michael

Spiekers und dem Kannibalen Ernst-Hubert Dieppe zu sein. Das verbindende Element war diese widerwärtige Szene.

Kalkbrenner fragte: »Sagt dir der Name Carl Schumann etwas?«

»Kenn ich nicht«, antwortete Schöffel.

»Es gibt ihn auch nicht. Es handelt sich um eine falsche Identität. Aber wer auch immer sich dahinter verbirgt, dürfte einer der Hintermänner dieser Darknet-Szene sein. Ein Gefühl sagt mir: vielleicht sogar der wichtigste.«

»Verdammt, wer soll das sein?«, fluchte Schöffel.

Kalkbrenner schwieg.

Jemand mit Kontakt zur Polizei.

Dieser Fall hatte eine Dimension angenommen, die –

»Was ist mit Sebcowicz' Ehefrau Irina?«, fragte Muth. »Hat sie etwas mit dieser ganzen Szene zu tun?«

»Sie hat früher«, sagte Schöffel, »also bevor sie die Kinder kriegte, auch Pornos gedreht. Nach der Verhaftung und Verurteilung ihres Mannes hat sie sich mit den Kindern eine eigene Wohnung gesucht.«

»Inwiefern war sie in die anderen Geschäfte ihres Mannes eingeweiht?«

»Gar nicht, zumindest behauptete sie das während ihrer Vernehmung.«

»Was nicht bedeutet, dass sie nicht doch über diese Darknet-Szene und die Filme und DVDs Bescheid weiß.«

»Wenn das der Fall sein sollte, ist womöglich auch ihr Leben in Gefahr.« Kalkbrenner schnappte die Akte vom Tisch.

Schöffel sprang auf. »Wir sollten zu ihr fahren.«

»Wir?«

»Soweit ich das sehe«, Schöffel eilte zum Fahrstuhl, »ermitteln wir ab sofort gemeinsam.«

FÜNFUNDSIEBZIG

Julia schrak zurück, als das Basecap zum Küchenfenster aufschaute.

»Okay, Gee«, hörte sie ihn noch flüstern, »wir passen auf, dass sie …«

Da stürzte sie bereits zur Wohnungstür, stolperte über die Schuhe, hielt sich an der Wand aufrecht. Das Foto entglitt ihren Fingern. Schritte hallten durch das Treppenhaus.

Sie wirbelte herum, rannte durch die Diele vorbei am Bad, dem Schlafzimmer und den Kinderzimmern. *Ellie* und *Max* stand auf selbstgemalten Türschildern. Im Wohnzimmer riss sie die Balkontür auf. Ihr Blick hetzte über den Innenhof. Niemand war zu sehen. Rasch kletterte sie über die Balkonbrüstung.

Mit ihren Schuhen fand sie Halt auf einem schmalen Mauervorsprung. Sie umklammerte das Brüstungsgitter, während sie sich hinhockte, hinabhangelte und zu Boden sprang.

Als sie Stimmen hörte, drückte sie sich mit dem Rücken flach an die schmutzige Hauswand.

Während sie dort mit klopfendem Herzen stand, fragte sie sich, weshalb sie so zielsicher ins Wohnzimmer gerannt war. Als hätte ihr Unterbewusstsein wieder die Regie übernommen, weil es ganz genau wusste, dass es dort einen Balkon gab und –

Jemand lachte.

Auf einem der Balkone im Hochhaus gegenüber saß ein Pärchen und rauchte.

Von den Jugendlichen war nichts zu sehen.

Julia stieß sich von der Wand ab und lief dicht an der Fassade entlang. Bei den Mülltonnen angelangt, die neben dem Hinterausgang standen, spähte sie zum Treppenhaus herein.

Mit seinem bleichen, pickeligen Kumpel stand das Basecap vor Irinas Wohnungstür, seine Arme entschlossen vor der Brust verschränkt.

Julia wartete, bis die beiden nicht in ihre Richtung guckten. Dann rannte sie an der Tür vorbei bis zur Hofausfahrt, durch die sie in eine Nebenstraße gelangte. Sie hielt kurz inne, orientierte sich, lief weiter, schlug dabei einen Bogen um den Block. Sie huschte von Auto zu Auto, während sie immer wieder einen Blick zurückwarf.

Niemand folgte ihr.

Dennoch suchte sie hinter dem Glascontainer Deckung. Klirrend entleerte die alte Dame ihren Beutel.

Als sie Julia bemerkte, guckte sie verwundert. »Kindchen, was machst du denn da?«

»Pst.« Julia legte ihren Finger an die Lippe.

»Ich kann dich nicht verstehen, du musst ...«

»... leise sein«, zischte Julia.

Die Oma warf ihre runzelige Stirn in noch mehr Falten. Sie wollte etwas sagen.

Schnell zog Julia ihren Kopf ein und eilte auf den Fiat Punto zu. Sie schlüpfte hinters Steuer. Gerade rechtzeitig.

Ein Audi schoss vorbei und bremste harsch vor dem Plattenbau. Gee sprang vom Beifahrersitz auf den Bürgersteig. Selbst aus der Distanz war sein blaues Auge unverkennbar, das er sich gestern vor der Currywurstbude zugezogen hatte. Ihm folgte ein zweiter Typ von der Rückbank. Der Fahrer blieb im Wagen sitzen.

Julia erkannte ihn auf Anhieb.

Es war der ältere, graumelierte Mann vom Alexanderplatz. Der Polizist.

Haltet sie auf!

Sie duckte sich tief in ihren Sitz.

SECHSUNDSIEBZIG

Während der Fahrt schlug Kalkbrenner die Ermittlungsakte auf.

Auf der ersten Seite fand er die Vermisstenanzeige, die Eva Tenzers Verlobter vor drei Jahren aufgegeben hatte. An die Personaldaten und eine Personenbeschreibung war ein Foto geheftet. Es zeigte die verschwundene Notarin in jenem Sommerkleid, das sie auch auf dem Wandbild in der Wohnung ihres Verlobten getragen hatte.

Aufgelistet waren ihre Hobbys, Sport, Salsa-Tanz und Theater, außerdem körperliche Merkmale wie die Narbe einer Blinddarmoperation und ein kleines Tattoo in Form eines Delfins über ihrem Knöchel.

Auf den nachfolgenden Seiten fanden sich die Protokolle der damaligen Ermittler über die Befragungen von Eva Tenzers Arbeitskollegen, Freunden und Angehörigen.

»Paul?« Muth beschleunigte den Wagen.

Kalkbrenner schaute von der Akte auf.

»Was Schöffel vorhin meinte«, seine Kollegin deutete auf den Wagen, mit dem der LKA-Beamte ihnen auf der A110 vorausfuhr, »dass nämlich Michael Spiekers mit dieser Szene zu tun habe …« Sie scherte auf die linke Spur aus und überholte einen Lkw.

Auf der Rückbank gab Bernie sein klägliches Bellen zum Besten.

Kalkbrenner schwieg.

»Ich glaube eigentlich eher«, sagte Muth, »dass Spiekers nur zufällig mit der Szene in Berührung gekommen ist.«

»Wie kommst du darauf?«, fragte Kalkbrenner.

»Sebcowicz, Spiekers und dessen Freundinnen haben Pornofilme gedreht, relativ normale Sachen, die sie ganz legal auf dem MyDirtyHobby-Portal angeboten haben. Bis Spiekers erfuhr, womit Sebcowicz ansonsten sein Geld verdiente, entweder zufällig oder weil der es ihm selbst erzählt hat, weil er glaubte, einen Gleichgesinnten gefunden zu haben.« Muth setzte den Blinker und folgte Schöffel in die Ausfahrt nach Rudow. »Daraufhin kam es zum Streit zwischen Spiekers und Sebcowicz, vor etwa fünf Wochen, wie Spiekers' Freundinnen uns berichtet haben. Spiekers wollte nichts mit Sebbos Geschäften zu tun haben. Ich glaube nicht, dass die beiden Frauen uns belogen haben, dazu waren sie viel zu sehr durch den Wind.«

Der Wagen rumpelte über die Rudower Straße, an der die Wende spurlos vorbeigegangen war: schäbige Häuser, verlassene, dem Verfall preisgegebene Firmen, verwilderte Grundstücke.

»Vor zwei Wochen wurde dann Sebcowicz verhaftet«, fuhr Muth fort. »Seine Auftraggeber ...

»Unter anderem Carl Schumann.«

»Ja, aller Wahrscheinlichkeit nach. Sie haben hinter ihm aufgeräumt und seinen Computer, sein Handy, sogar die beschlagnahmten DVDs verschwinden lassen. Etwa zur gleichen Zeit löschte Spiekers seine Festplatte, wahrscheinlich in der Befürchtung, ebenfalls ins Visier der Ermittler zu geraten, da man ihn wegen der gemeinsam gedrehten Pornofilme mit Sebcowicz in Verbindung bringen konnte.«

Kalkbrenner nickte. Muths Ausführungen klangen schlüssig.

Sie gab Gas, bevor eine Ampel auf Rot sprang. »Weil Spiekers aber jetzt über die Szene Bescheid wusste – vermutlich hatte Sebcowicz ihm vom Darknet erzählt, möglicherweise hatte er ihn sogar über seine Auftraggeber eingeweiht –, stellte er eine potentielle Gefahr für sie dar. Weshalb sie ihn aus dem Weg geräumt haben mit einem einfachen Trick, der –«

Kalkbrenners Handy klingelte.

Wieder war die Nummer unterdrückt. Achselzuckend ließ er das Telefon läuten.

Sie passierten eine Imbissbude, vor der sich die obligatorischen Trinker versammelt hatten, und einen verwilderten Parkplatz, auf dem ein alter Fiat Punto einsam vor sich hin rostete.

Als das Telefon verstummte, sagte Muth: »Davon war nicht die Rede.«

»Wie bitte?«

»Das waren Spiekers' Worte in dem Film, nachdem er in dem Backofen aus seiner Betäubung erwachte. Wahrscheinlich hat man ihn in das Haus nach Rosenthal gelockt, indem man ihm einen Pornodreh in Aussicht stellte. Stattdessen erwartete ihn ...«

»... seine Hinrichtung«, vollendete Kalkbrenner den Satz. »Und dank Ernst-Hubert Dieppe konnte die Leiche problemlos entsorgt werden, indem ...« Er klappte die Akte zu und klemmte sie zwischen die Mittelkonsole. »Allein bei dem Gedanken wird mir übel.«

Schöffel hielt vor einer Reihe schäbiger Plattenbauten.

Teenager in Kapuzenpullis lümmelten auf den Eingangsstufen, rauchten und hörten Musik. Zwei weitere Typen, nicht minder abgerissen, die Kapuzen ihrer Shirts lässig über den Kopf gezogen, drängelten sich an den Jugendlichen vorbei, liefen zu einem Audi und brausten davon. An einem Glascontainer entleerte eine alte Dame mit Rollator ihr Leergut. Das Glas schepperte.

Kalkbrenner tätschelte dem kläffenden Bernhardiner das Fell.

Muth sagte: »Wahrscheinlich hätte niemand von Spiekers' grässlichem Tod erfahren …«

»Abgesehen von der Darknet-Szene!«

»Er wäre jedenfalls spurlos verschwunden, wäre Dieppe nicht plötzlich seinem Herzinfarkt erlegen.«

»Und hätte sich der Rettungssanitäter nicht zufällig in die Abstellkammer verirrt«, fügte Kalkbrenner hinzu, »wo noch einige Teile von Spiekers in der Gefriertruhe deponiert waren. Erst das brachte den Stein ins Rollen und hat uns …«

»Hey«, Schöffel klopfte ungeduldig gegen ihre Windschutzscheibe. »Wollt ihr noch einen Kaffee? Oder worauf wartet ihr?«

Mit einem Blick auf die Kids drehte sich Kalkbrenner zu Bernie um. »Pass auf den Wagen auf, okay, Dicker?«

»Wie bitte?« Muth lächelte. »Du willst ihm unseren Wagen anvertrauen?«

»Ach, du weißt doch«, Kalkbrenner trat auf die Straße, »was *ich* will, spielt bei diesem Hund …«

»Vorsichtig!«, warnte Muth.

Kalkbrenner sprang beiseite. Haarscharf rauschte ein Auto an ihm vorbei.

Kopfschüttelnd sah er dem verrosteten Fiat Punto nach, bevor er Schöffel zum Hochhaus folgte.

»Bullen«, zischte einer der Teenager. Seine Kumpels kicherten über so viel Heldenmut.

Kalkbrenner ignorierte sie und zog die schiefe Haustür auf. Im Treppenhaus stank es erbärmlich. Schöffel ging auf eine der beiden Parterrewohnungen zu.

Die Wohnungstür war nur angelehnt.

SIEBENUNDSIEBZIG

Max hielt den Atem an.

Minutenlang drückte Rebecca ihn an sich, als wollte sie ihn nicht mehr loslassen.

Hast du gehört, André? Nie wieder!

Sein Blick war auf die Geldscheine und die Todesanzeige gerichtet, die halb unter dem Schreibtisch hervorlugten. Offenbar waren sie aus dem Fotoalbum geflattert, als er es in seiner Hektik in die Schublade geschleudert hatte.

»Und du hast wirklich nur nach einer Hose geguckt?« Rebeccas Stimme war dicht neben seinem Ohr.

Max kriegte nur ein Nicken zustande.

»Du belügst mich doch nicht, oder?«

Er schüttelte den Kopf.

»Na dann«, sie ließ von ihm ab und strahlte ihn an. Dann erhob sie sich, schloss den Kleiderschrank und verließ den Raum.

Max bückte sich nach dem Zeitungsausschnitt und dem Geld und stopfte beides in die Hosentasche.

»Kommst du?« Rebecca wartete an der Treppe.

Sie hatte sich mit einer weißen Bluse, deren Kragen über einen mintfarbenen Mantel ragte, einer Lederleggins und Hackenschuhen schick gemacht, schicker als er es von seiner Mutter gewohnt war. Seine Mutter wirkte in ihren Klamotten wie, na, wie eine Mutter, ganz normal eben.

Rebecca dagegen sah in ihrem Outfit richtig vornehm aus.

Trotzdem war ihm nicht mehr wohl bei ihrem Anblick. Oh Mann, alles an ihr kam ihm plötzlich merkwürdig vor. Und beängstigend.

Sie fragte: »Worauf wartest du?«

Beklommen folgte er ihr nach unten.

Dann fahren wir los, wie ich's dir versprochen habe.

Er war froh, dass es nun nicht mehr allzu lange dauerte und er endlich seinen Opa und seine Mutter wiedersehen würde. Das würde er doch? Rebecca trat ins Freie.

Zu seiner Überraschung lief sie nicht zur Straße und von da zur S-Bahn-Station, sondern zu der Garage neben ihrem Haus. Mit einem metallischen Scheppern schwang das Tor nach oben. Am Kühlergrill des Autos, das zum Vorschein kam, hing ein geschwungenes Symbol, mit dem Max nichts anfangen konnte.

»Ist das dein Auto?«, fragte er überrascht.

»Aber ja.«

»Hast du nicht gesagt, du hast kein Auto?«

»Nein, habe ich nicht.«

»Aber ...«

»Pass mal auf«, unterbrach sie ihn ungeduldig. »André, du musst lernen, mir besser zuzuhören. Und nun komm!«

»Wohin fahren wir?«, presste er hervor.

»Das habe ich dir doch gesagt: in die Stadt.«

»Aber wir wollten doch ...«

»Erst einmal wollen wir zum Friseur, denn deine Strähnchen sind herausgewachsen. Wie schaust du bloß aus?« Ihr Groll war schon wieder verflogen. Lächelnd strich sie ihm durchs Haar. »Und dann ...« Sanft, aber bestimmt schob sie ihn zur Hintertür ihres Wagens. Dessen Rückfenster waren dunkel getönt, so dass Max nicht ins Innere gucken konnte. »Dann gehen wir shoppen, was hältst du davon, nur du und ich?«

»Aber …«, seine Stimme war nur ein Flüstern, »aber was ist mit Opa?«

»Opa, Opa«, herrschte sie ihn an, und ihre Finger bohrten sich in seine Schulter. »Ich will nichts mehr von diesem Unsinn hören. Haben wir uns verstanden?«

Sie wartete seine Antwort nicht ab, drängte ihn stattdessen dem Auto entgegen.

Max verkrampfte sich vor Panik.

Gehe niemals mit Fremden.

Oh Mann, hätte er bloß auf seine Mutter gehört.

»Und jetzt steig endlich ein!« Rebecca öffnete die Hintertür. Ihr Griff lockerte sich.

Geschwind entwand sich Max ihrer Hand.

»André!«, rief sie mit sich überschlagender Stimme.

Er rannte zur Straße und der S-Bahn entgegen.

ACHTUNDSIEBZIG

Kalkbrenner zog Einweghandschuhe an.

»Du«, sagte er zu Schöffel und wies mit einem Kopfnicken auf die Teenager vor dem Haus, die sie neugierig beäugten, »bleibst bitte im Treppenhaus und passt auf, dass die Kids uns nicht in die Quere kommen.«

Noch ehe der LKA-Beamte antworten konnte, trat Muth an ihm vorbei. Sie entsicherte ihre Waffe und klopfte damit gegen den Türrahmen. »Frau Sebcowicz, hier ist die Polizei.«

Niemand antwortete.

»Ist jemand in der Wohnung?«

Nichts.

»Wir kommen jetzt herein.« Muth wartete fünf Sekunden, bevor sie die Diele betrat. Ihre Hand mit der Waffe hielt sie ausgestreckt.

Kalkbrenner folgte ihr mit Abstand und etwas versetzt. Er hatte ein Gefühl des Déjà-vu, nur war sein Unbehagen heute noch größer. Schließlich ging es hier um eine Frau mit zwei Kindern.

Sie liefen vorbei an einer kleinen Kommode, einer Pinnwand mit Fotos. An der Garderobe hingen Kinderjacken.

Muth sicherte das Bad, das nach rechts abging. Kalkbrenner inspizierte die gegenüberliegende Küche.

Die Tür zu einem Wandschrank stand ein Stück weit offen.

Mit einem raschen Blick überzeugte sich Kalkbrenner

davon, dass die Kammer bis auf einen zerrupften Teddybär leer war. Dann folgte er Muth.

Sie hatte zwischenzeitlich die restlichen Räume gesichert.

Das Elternschlafzimmer lag verlassen, ein farbloser Raum mit einem alten, zerschrammten Kleiderschrank und einem noch älteren Bett. Die Decke war aufgeworfen.

Das benachbarte Kinderzimmer – auf dem Schild an der Tür war der Name *Ellie* zu lesen – war klein und mit rosa Wandfarbe bemalt. Die pinke Decke auf dem Kinderbettchen war aufgewühlt, als hätte man sie in großer Hast beiseitegeschleudert. Ein ähnliches Bild bot das zweite Kinderzimmer. Auch hier schien das Bett in aller Eile verlassen worden zu sein.

Muth stand im Wohnzimmer und verständigte Berger sowie die Spurensicherung.

Kalkbrenner kehrte zurück in die Küche, winkte Schöffel zu sich und zeigte ihm den umgekippten Stuhl, die zerbrochene, blutbespritzte Obstschale und den Blutfleck auf dem Boden.

»Scheiße«, schimpfte Schöffel.

»Hast du eine Ahnung, wo sie sein könnten?«

»Entführt? Verschleppt? Ermordet? Wie klingt das für dich?«

»Und für den Fall, dass sie sich in Sicherheit bringen konnten?«

»Sieht *das*«, Schöffel wies auf die Kampfspuren, »für dich danach aus?«

Kalkbrenner trat vor den Wandschrank, betrachtete den zerrupften Teddybär, neben dem ein kleines Kinderleibchen lag. Es stank nach Urin. »Gut möglich, dass die Kinder sich dort versteckt haben.«

»Und wenn man sie dort gefunden hat?«

»Lass uns mal für einen Moment nicht vom Schlimmsten ausgehen, in Ordnung? Wo könnten sie sein?«

»Woher soll ich das denn wissen?«

»Ihr habt doch Sebcowicz' Umfeld nach seiner Verhaftung überprüft.«

»Natürlich, aber nähere Verwandte gab es nicht.« Schöffel schüttelte den Kopf. »Wir sollten umgehend die Suche nach der Frau und den Kindern einleiten.«

»Im Flur hängen Bilder von ihnen.« Muth trat vor die Pinnwand und nahm einige Fotos ab, die die beiden Kinder zeigten, ein kleines Mädchen und ihren schon etwas älteren Bruder. Dann bückte sie sich zu einem weiteren Bild, das am Boden lag, und reichte es Kalkbrenner.

Das Foto zeigte Vaclav Sebcowicz im Arm zweier Frauen. Beide Frauen waren in freizügige Kleider gehüllt, lachend in einer Discothek. Eine der beiden Frauen war Sebcowicz' Gattin Irina.

»Die andere Frau ist die aus dem Film«, sagte Muth, »die uns gestern entwischt ist.«

NEUNUNDSIEBZIG

Julia folgte dem Audi über die A113 stadtauswärts.

Immer wieder geriet der Berufsverkehr ins Stocken. Vor der Abfahrt zum Flughafen Schönefeld staute er sich endgültig.

Das gab ihr die Gelegenheit, noch einmal die Situation in Rudow zu überdenken. Gee und der andere Typ waren aus dem Haus gestürmt, zu dem Mann ...

Dem Polizisten!

... in den Audi gestiegen und losgefahren. Ohne zu zögern, hatte Julia die Verfolgung aufgenommen. Um ein Haar hätte sie dabei den Beamten angefahren, der ihr gestern in Rosenthal über den Weg gelaufen war.

Ich bin Polizist. Sie brauchen keine Angst haben.

Es hatte nicht den Anschein, dass er und der Mann in dem Audi sich kannten oder sogar zusammenarbeiteten, und doch hatten sie sich beide fast zur gleichen Zeit am gleichen Ort eingefunden. Irinas Wohnung.

Eine Boeing senkte sich über die Autobahn, ihr Schatten streifte Julias Fiat. Der Stau löste sich auf, und die Autos vor ihr rollten wieder an.

Julia achtete darauf, genügend Abstand zu dem Audi zu halten. Der Flughafen blieb hinter ihr zurück, wich Laubenpieperkolonien, winzigen Holzhütten mit einem Bäumchen oder einem Fahnenmast mit Deutschlandflagge vor der Tür.

Ein Lkw scherte vor ihr ein.

Fluchend setzte Julia den Blinker, doch keine der vorbeirasenden Limousinen ließ sie auf die linke Spur. Als sie endlich eine Lücke fand, war von dem Audi nichts mehr zu sehen. Sie gab Gas, überholte den Laster, hielt sich links, kümmerte sich nicht um die Lichthupe eines BMW, der hinter ihr drängelte.

Erleichtert entdeckte sie den Audi, allerdings ein ganzes Stück weit voraus.

Als sie sich ihm bis auf ein halbes Dutzend Autos angenähert hatte, scherte sie wieder nach rechts. Der BMW rauschte an ihr vorbei, und der Fahrer zeigte ihr den Vogel.

Um ein Haar übersah Julia, dass der Audi die Abfahrt Mittenwalde ansteuerte.

Auf der Landstraße war nur wenig Verkehr. Sie verringerte das Tempo und ließ sich zurückfallen. Auf keinen Fall wollte sie von den Männern bemerkt werden. Andererseits: Woher hätten sie wissen sollen, dass Julia den Spieß umgedreht hatte und sie verfolgte?

Sie fuhren durch Zossen, eine Hauptstraße, ein paar Nebenstraßen, Einfamilienhäuser. Der Audi bog nach links ab.

Bäume rückten dichter an die Straße heran. Kurven schlängelten sich durch den Wald. Wie aus dem Nichts tauchte ein Dorf auf, das ebenso schnell wieder hinter ihr verschwand. Nach etlichen kurvenreichen Minuten ging der Wald in Felder über.

Ein Straßenschild kündigte *Sperenberg* als nächste Ortschaft an.

Julias Blick reichte kilometerweit bis zum Horizont. Ein Pick-up ruckelte ihr entgegen.

Der Audi war weg.

ACHTZIG

Verwundert drehte sich Kalkbrenner zu dem LKA-Beamten um.

»Irina Sebcowicz hatte eine Schwester?«, fragte er.

»Nein«, antwortete Schöffel. »Wir haben nach der Verhaftung ihres Mannes sein komplettes Umfeld überprüft.«

»Auch das seiner Ehefrau?«

»Selbstverständlich, sie hatte keine Schwester.«

»Bist du dir sicher?« Kalkbrenner drückte ihm das Foto in die Hand.

Best days, war auf das Bild geschrieben worden. *In love 2 my sister, Julia.*

Schöffel schüttelte den Kopf. »Verdammt, ich habe dir doch gesagt ...«

»Und ich sage dir, bei diesem Fall würde mich gar nichts mehr wundern.« Kalkbrenner nahm das Foto wieder an sich.

Muth hielt bereits ihr Handy in der Hand. Kurz darauf bat sie Rita um eine Personenüberprüfung.

In ihren Wortwechsel mischte sich eine zittrige Stimme. »Hallo?« Knarzend öffnete sich die Wohnungstür. Eine alte Dame mühte sich mit ihrem Rollator herein. »Frau Sebcowicz, sind Sie da?«

Kalkbrenner eilte auf die Rentnerin zu und drängte sie sachte, aber mit Bestimmtheit zurück ins Treppenhaus. »Hier dürfen Sie leider nicht herein.«

Schöffel folgte ihnen.

Die alte Frau stützte sich auf ihre Gehhilfe, betrachtete die Einweghandschuhe. »Wer sind Sie?«

»Kriminalpolizei. Und wer sind Sie?«

»Sie müssen bitte lauter sprechen«, sie tippte auf ihr Ohr. »Ich habe mein Hörgerät nicht dabei.«

Kalkbrenner zeigte ihr seinen Ausweis. »Und wer sind Sie?«

»Ich bin die Nachbarin«, mit zittriger Hand wies sie zur gegenüberliegenden Parterrewohnung. »Ich habe gesehen, dass die Tür offen steht.«

»Das steht sie offenbar schon etwas länger.«

»Können Sie bitte lauter sprechen?«

»Ist Ihnen in den letzten Tagen etwas aufgefallen?«

»Wieso?« Die alte Dame neigte verunsichert den Kopf. »Ist wieder etwas mit dem Mann von Frau Sebcowicz? Ich dachte, der sitzt im Gefängnis.«

»Richtig, aber haben Sie trotzdem etwas Außergewöhnliches bemerkt? Oder gehört?«

»Ich höre doch schlecht.«

»Haben Sie die Kinder von Frau Sebcowicz gesehen?«

»Sind sie verschwunden?«

»Haben Sie eine Ahnung, wo sie sein könnten?«

»Nein, so gut kenne ich sie doch nicht und ...« Ihre Stimme erstarb, als zwei Streifenwagen auf der Straße vorfuhren.

Muth trat ebenfalls ins Treppenhaus.

Kalkbrenner hielt der Rentnerin das Foto unter die Nase und tippte auf die junge Frau neben Irina Sebcowicz. »Haben Sie sie schon mal gesehen?«

»Aber ja, sie war vorhin da.«

»Vorhin?«

»Wie bitte?«

»Sind Sie sich sicher?«

»Ich mag taub sein, aber meine Augen sind noch ziemlich gut.«

»Wann genau haben Sie sie gesehen?«

»Na, als ich mich zum Glascontainer aufgemacht habe, vor zwanzig Minuten. Oder fünfundzwanzig. Sie hat mir sogar die Treppe hinuntergeholfen.« Die alte Dame bedachte die Jugendlichen vor dem Haus mit einem grimmigen Blick. »Die da, die lungern ja immer nur herum und machen dumme Scherze.«

»Wissen Sie denn auch, wer die Frau ist?«

»Nein, aber was ist denn passiert?«

»Es ist besser, Sie gehen jetzt in Ihre Wohnung«, sagte Kalkbrenner.

Muth wartete, bis die Nachbarin mit ihrem Rollator in ihre Wohnung geschlurft war, dann berichtete sie von der Personenüberprüfung, die sie hatte vornehmen lassen. »Es stimmt, Irina Sebcowicz hat keine Schwester ...«

»Hab ich doch gesagt!«, schimpfte Schöffel.

»Also gehen wir davon aus, dass diese Julia eine gute Freundin ist. Und wenn es stimmt, was die alte Dame erzählt hat, dann war diese Julia vorhin erst hier.«

»Demnach ist sie uns schon wieder entwischt.« Verärgert wies Kalkbrenner auf die Uniformierten, die unter den abfälligen Blicken der Teenager das Haus betraten. »Sie sollen sich bei der Befragung der Nachbarn nicht nur nach Auffälligkeiten in den letzten Tagen erkundigen, sondern auch nach dieser Julia.« Er betrachtete die junge Frau auf dem Foto in seiner Hand. »Wir müssen sie finden. Anders als Spiekers hat sie diesen schrecklichen Film überlebt. Möglicherweise ist sie die Einzige, die uns etwas über die Hintermänner dieser Szene verraten kann.«

»Und was, wenn sie zu ihnen gehört?«, zweifelte Schöffel.

»Nein.« Kalkbrenner rief sich die junge, blonde Frau von gestern Mittag ins Gedächtnis. *Ihr schmales Gesicht von Angst verzerrt.* »Sie war in Panik, so als wäre sie auf der Flucht.«

»Möglicherweise konnte sie entkommen«, sagte Schöffel.

»Das ergibt keinen Sinn«, widersprach Muth. »Wieso hätte sie dann gestern noch einmal in das Haus in Rosenthal zurückkehren sollen?«

»Aus welchem Grund auch immer«, antwortete Kalkbrenner, »sie ist in Gefahr. Wir müssen sie schleunigst finden, bevor sie –«

Erneut läutete sein Handy. Abermals war es die unterdrückte Nummer.

Kalkbrenner seufzte.

»Wie lange soll das noch so gehen?« Kopfschüttelnd wandte sich Muth den Schutzpolizeibeamten zu und wies sie in ihre Aufgaben ein.

Kalkbrenner ließ das Foto in seine Jackentasche gleiten und nahm den Anruf entgegen. »Frau Wopalka, ich ...«

Ein lautes Schluchzen unterbrach ihn.

»Frau Wopalka?«

»Herr Kalkbrenner, Sie ... Sie ...« Ihre Worte wurden von einem Weinkrampf verschluckt.

»Was ist los?«

»Sie ...«, ihre Stimme schraubte sich nach oben, »... Sie müssen kommen.«

»Tut mir leid, ich kann nicht, ich ...«

»Es ist ...«, sie schrie fast, »... es ist wichtig, ich ...«

»Ich schicke Beamte zu Ihnen, die ...«

»Nein, nein!« Jetzt brüllte Marga Wopalka tatsächlich. Die

Gespräche im Treppenhaus verstummten. Alle Blicke richteten sich auf Kalkbrenner. *»Keine Polizei, das hat er gesagt.«*

»Wer?«

»Der Anrufer, er ... er sagte, keine Polizei ... sonst würde ich Gregor ... meinen Sohn ... nie wieder ...«

»Ich bin auch Polizist.«

»Aber das ... das ist nicht Ihr Fall, haben Sie gesagt, außerdem sind Sie in Zivil ... niemand weiß, dass Sie ...«, sie schnappte nach Luft. »Bitte, ich weiß nicht, an wen ich mich sonst wenden soll. Sie müssen mir helfen.«

»Warten Sie.« Er schob die Hand über das Telefon. »Sera?«

»Klingt ziemlich ernst«, konstatierte seine Kollegin.

Auf der Straße vor dem Haus bremste der Transporter der Spurensicherung. Ein weiterer Wagen rauschte mit Blaulicht heran. Berger saß am Steuer.

»Fahr!«, sagte Muth. »Fürs Erste kriegen wir das hier alleine hin.«

EINUNDACHTZIG

Max starrte auf das Plakat mit dem S-Bahn-Liniennetz, das auf dem Ticketautomaten angebracht war.

Farben und Namen verschwammen zu einem bunten Matsch, weil Tränen seine Augen füllten. Tränen der Erleichterung, weil er Rebecca entkommen war. Tränen der Wut, weil er sich kaum daran erinnern konnte, wie er jetzt zu fahren hatte. Der Linienplan, der von Kurti mit Notizen versehen worden war, befand sich in seiner alten Hose. Die lag mitsamt seinen anderen dreckigen Klamotten bei Rebecca. Oder in einem ihrer Abfalleimer.

Oh Mann, sie war keine gute Fee, sondern eine böse Hexe. Wie hatte er bloß auf sie hereinfallen können?

Geh nicht mit Fremden.

Er wollte nicht mehr an sie denken. Er musste sich konzentrieren. Er versuchte, sich Kurtis Worte ins Gedächtnis zu rufen. Wovon hatte der gesprochen? Dem Alexanderplatz. Dort, hatte er gesagt, sollten sie in den Regionalexpress umsteigen.

Mit einem der Geldscheine aus Andrés Schublade löste er ein Ticket und stieg in die einfahrende Bahn. Diesmal achtete er während der Fahrt nicht nur auf die Stationen, sondern hielt auch nach Kontrolleuren Ausschau.

Ohne Probleme erreichte er den Alexanderplatz.

Das machte ihm Hoffnung für den zweiten Teil seiner Reise. Allerdings brauchte er jetzt ein neues Ticket, eines für die Regionalbahn. Und er musste den richtigen Bahnsteig für die Abfahrt finden.

Bahn bis Zossen!

Doch wie sollte er das anstellen? Am Schalter würde man ihn vermutlich wieder für zu jung halten. Man würde die Kontrolleure rufen. Oder gleich die Polizei.

Vielleicht war das gar keine so schlechte Idee, damit er –

»Max!«

Er drehte sich um und traute seinen Augen nicht.

»Max!« Seine Schwester fiel ihm um den Hals.

»Ellie«, er drückte sie an sich. »Bist du mit Opa hier?«

»Mit Opa?« Sie sah ihn mit großen Augen an. »Ich hab doch auf dich gewartet.«

»Hier?«

»Ja, ja.«

Er konnte es immer noch nicht fassen. Wie schon am Vortag herrschte ein wildes Durcheinander im Bahnhof, trotzdem hatte sie nicht nur auf ihn gewartet, sondern ihn sogar wiedergefunden. Ganz im Gegensatz zu ihm ...

»Und wo hast du geschlafen? Und gegessen?«

»Ich hab Freunde gefunden.«

»Freunde?« Schlagartig machte sich wieder ein ungutes Gefühl in ihm breit, weil er an sein eigenes Erlebnis mit Rebecca denken musste.

»Du bist gestern weggefahren«, berichtete Ellie. »Ohne mich ... und dann ... dann waren da die Ritter ...«

»Ritter?«

»Na, die wollten uns doch einsperren. Aber dann war da ... Rumpelstilzchen ...«

»Rumpelstilzchen?«

»Ja, und Gollum und Däumling und ...« Ellie rasselte

noch mehr Namen runter, von denen sich Max keinen einzigen merken konnte, so verblüfft war er.

»Wer sind die alle?«, fragte er.

»Komm mit«, Ellie zog ihn durch die Menschenmenge zu einem Pulk junger Frauen und Männer, die Stiefel trugen und Lederjacken mit Nieten. Ihre Haare waren bunt gefärbt, wirr, manche zu einem spitzen Kamm gegelt. Ellie mit ihrer grünen Strumpfhose und dem gepunkteten Kleid fiel kaum auf in der wilden Schar.

»Das ist dein Bruder?«, fragte einer. »Max?«

Max bejahte.

»Hast 'ne putzige Schwester.«

Putzig war nicht unbedingt das, was Max zu ihr einfiel, aber egal, die Punks hatten seine Schwester beschützt. Das war die Hauptsache.

»Jetzt können wir zu Mama fahren«, verkündete Ellie.

Max kam eine Idee. »Könnt ihr uns helfen?«, fragte er die Punks.

»Was brauchste denn?«

»Zwei Tickets«, sagte Max. »Und dann den richtigen Bahnsteig.«

»Wenn's nur das is!«

ZWEIUNDACHTZIG

Kalkbrenner wartete, während sich Bernie an einem Baum am Straßenrand erleichterte.

Der Grimbergweg lag friedlich im Abenddunkel. Hinter den Fenstern der meisten Häuser brannten Lichter. In ein, zwei Zimmern flackerten sogar Kerzen. Über den Gärten hing der Geruch von Rosen, Dahlien und von Klatschmohn.

Für einen kurzen Moment gab er sich der verlockenden Vorstellung hin, dass Vororte wie Lichtenrade tatsächlich jenen Abstand boten, den die Menschen in ihnen suchten.

Abstand von der Stadt, ihrer Hektik, meinem Job.

Eine vergebliche Hoffnung und allzu oft eine trügerische Illusion, wie Kalkbrenner nach dreißig Jahren Polizeiarbeit nur zu gut wusste.

Wie zur Bestätigung flog die Tür zur Hausnummer 13 auf.

Marga Wopalka erschien im Türrahmen, nur eine zierliche Silhouette vor dem hellen Lichtschein aus der Diele. »Herr Kalkbrenner?« Das Zittern in ihrer Stimme verriet ihre Anspannung. »Sind Sie das?«

Bernie sprang hinter dem Baum hervor.

»Nein, Dicker, hiergeblieben!«, rief Kalkbrenner, doch der Bernhardiner flitzte bereits durch den Vorgarten. »Keine Angst, Frau Wopalka, er ist …«

»Schon okay.«

»Falls er Sie stört, dann ...«

»Nein, wirklich, das ist in Ordnung, ich bin mit Hunden aufgewachsen, ich habe keine Angst.« Sie zersauste Bernie das Fell, und für einen Augenblick entspannte sie sich, dankbar über die willkommene Ablenkung, die der freudig tänzelnde Bernhardiner ihr bot.

Doch noch während sie ihn streichelte, wurde ihre Miene wieder ernst. Sie trug eine weiße, schlichte Bluse, eine schwarze Jeans, halbhohe Lederpumps und hatte ihr Haar tadellos frisiert. Die fahrigen Gesten, mit denen sie ihre Worte untermalte, ließen keinen Zweifel daran, dass sie den Anschein der Normalität, um den sie sich bemühte, nur noch mit Mühe aufrechthalten konnte. »Ich bin froh, dass Sie gekommen sind und, mein Gott, ich weiß auch nicht, das alles ist so ...«

»Vielleicht gehen wir erst einmal rein.«

»Ja, natürlich, Entschuldigung.« Sie lief voraus in die Küche, die wie das Wohnzimmer im Landhausstil eingerichtet war, alles aus Holz, alles in Weiß.

Die penible Ordnung, die Kalkbrenner noch bei seinem ersten Besuch in dem Haus bemerkt hatte, war allerdings in Auflösung begriffen. Auf dem Küchentisch lagen zerknitterte Wurfsendungen. Die Tischdecke warf Falten. Gläser standen ungespült auf der Anrichte.

Als Bernie unter den Tisch schlüpfte, wirbelten Staubflusen auf.

Marga Wopalka lehnte sich an die Spüle, ihr Gesicht ein Netz dichter Sorgenfalten.

Kalkbrenner blieb ebenfalls stehen. »Sie sprachen von einem Anruf.«

»Ja, heute Mittag, also, am Nachmittag, und er hat gesagt ...«

»Wer?«

»Der Anrufer. Er hat gesagt, dass ich Gregor, also ...«, sie schöpfte nach Luft, als verlangten die nächsten Worte ihr eine immense Anstrengung ab, »... dass ich meinen Sohn nie mehr wiedersehe, wenn ich nicht, also, wenn ich ...«

»Wenn Sie nicht *was* machen?«

»Ich solle nicht länger mit der Polizei reden, aber ... Oh mein Gott!« Ein Schluchzen entrang sich ihrer Kehle. Ein Schaudern erschütterte ihren Körper. Die Beine gaben unter ihr nach.

Bernie machte vor Schreck einen Satz zur Seite.

Kalkbrenner fing sie rechtzeitig auf und setzte sie auf einen der Küchenstühle.

»Es ...«, Marga Wopalkas Stimme war ein kraftloses Flüstern, »... es tut mir leid.«

Er säuberte eines der Gläser in der Spüle, füllte es mit Leitungswasser und reichte es ihr. Um ein Haar ließ sie es fallen.

Kalkbrenner stellte es auf den Tisch, als sein Handy klingelte.

Es war seine Exfrau. Er drückte den Anruf weg. »Frau Wopalka, ist Ihr Mann zu Hause?«

Sie schüttelte schwach den Kopf.

»Soll ich ihn verständigen?«

Noch ein Kopfschütteln. Eine Träne löste sich aus ihrem Augenwinkel.

»Wo ist Ihr Mann?«

»Ich ... ich weiß es nicht.«

»Haben Sie schon mit ihm gesprochen?«

»Wir ... wir reden nicht, schon lange nicht mehr. Ich glaube ...« Ihre Worte waren kaum zu verstehen. »Ich glaube, er hat eine andere Frau.«

»Und was ist mit seinem Sohn? Macht er sich überhaupt keine Sorgen?«

»Das habe ich Ihnen doch erklärt ...« Immer mehr Tränen rannen ihre Wangen herab, tropften auf ihre Bluse, erstickten ihre Stimme. Die Erkenntnis, das nichts mehr je wieder so sein würde wie einst, brach sich endgültig Bahn.

Bernie tapste herbei und bettete wie zum Trost seine Schnauze auf ihr Bein. Er sah sie mit treuherzigen Augen an. Sie bemerkte es nicht.

Kalkbrenner füllte das Wasserglas noch einmal auf und reichte ihr ein Stück Haushaltsrolle. Er wartete, bis sie sich beruhigt hatte. »Was genau hat der Anrufer zu Ihnen gesagt?«

»Ich ...« Sie schnäuzte in das Haushaltstuch. Erst jetzt nahm sie Notiz von dem Bernhardiner und begann, ihn zu streicheln. »Ich solle damit aufhören, Gregor zu suchen.«

»Sie haben die Polizei erwähnt.«

»Ja, er hat gesagt, wenn ich meinen Sohn lebend wiedersehen will, dann solle ich aufhören, die Polizei verrückt zu machen.«

Kalkbrenner dachte über ihre Worte nach.

Das ergab keinen Sinn. Ob Marga Wopalka weiterhin mit der Polizei sprach oder es bleiben ließ: Ihr Sohn war an einem Einbruch mit Todesfolge beteiligt gewesen und seitdem verschwunden. Dass die Beamten ermittelten, konnten sie – Anruf hin, Drohung her – nicht mehr verhindern.

»Gab es noch etwas, das er zu Ihnen gesagt hat?«, fragte Kalkbrenner.

Sie nickte, tupfte ihre Augen mit dem Haushaltstuch trocken, während ihre andere Hand Bernies Fell kraulte. »Er hat gesagt, ich solle Sie anrufen.«

»Mich?«

»Ja, er hat gesagt: *Rufen Sie Kommissar Kalkbrenner an. Und sorgen Sie dafür, dass er zu Ihnen kommt.*«

Kalkbrenner schwieg. Das ergab jetzt noch weniger Sinn. Erst verlangte der Anrufer von Marga Wopalka, dass sie die Polizei nicht länger behelligte. Und dann forderte er sie auf, einen Kommissar anzurufen?

Warum ausgerechnet ihn?

Ein ungutes Gefühl machte sich in Kalkbrenner breit. Keine Frage, er war absichtlich hierhergelockt worden. Handelte es sich um eine – Falle? Er stand auf, trat ans Fenster, blickte hinaus zur Straße. Da war nichts, was ihm merkwürdig vorkam. Er drehte sich zu Marga Wopalka um. »Haben Sie sich in den letzten Tagen beobachtet gefühlt?«

»Nein.«

»Und der Anrufer? Kam er Ihnen bekannt vor?«

»Sein Name hat mir nichts gesagt, ich ...«

»Er hat Ihnen seinen Namen genannt?«

»Nicht direkt«, sagte Marga Wopalka und zupfte an Bernies Fell. »Er hat mir gesagt, ich soll Ihnen ausrichten, dass es Carl Schumann war, der angerufen hat. Er hat mich den Namen sogar extra noch einmal wiederholen lassen.« Sie schaute auf. Plötzlich lag in ihrem Gesicht wieder Hoffnung. »Kennen Sie ihn?«

DREIUNDACHTZIG

Julia ließ den Wagen ausrollen.

Ihre Sicht reichte, unterbrochen von Sträuchern und vereinzelten Bäumen, kilometerweit bis zum Horizont. Bis auf den Pick-up war weit und breit kein Auto zu sehen.

Sperenberg, stand auf dem Straßenschild wenige Meter vor ihrer Motorhaube, *8 Kilometer.*

Julia wendete den Fiat in drei Zügen und folgte der Straße zurück. Wenn es der Audi nicht in Höllengeschwindigkeit bis zum Horizont geschafft hatte, was schier unmöglich war, dann gab es nur eine Erklärung für sein plötzliches Verschwinden.

Verdammt!

Sie lenkte ihren Wagen in die erste Kurve, die sie wieder in den Wald führte. Bäume säumten den Straßenrand. Ihre Wipfel beugten sich über das Auto, als wollten sie danach greifen.

Julia fuhr langsam, während sie Ausschau nach einem Forstweg hielt. Doch sosehr sie ihre Augen auch anstrengte, sie fand keine Abzweigung, keinen dichtbewachsenen Pfad, nicht einmal einen –

»Verdammt!« Sie trat auf die Bremse.

Hinter der nächsten Kurve tauchte der Audi auf. Er stand quer auf der Straße. Gee lief auf sie zu. Er rieb sich sein blaues Auge.

Mit knirschendem Getriebe legte Julia den Rückwärtsgang ein. Sie gab Gas. Der Motor heulte auf. Der Fiat schoss zurück. Sie kam nur wenige Meter weit.

Hinter ihr versperrte ihr der Pick-up den Weg. Der Fahrer trat ebenfalls ins Freie.

Fluchend trat Julia die Bremse. In der gleichen Sekunde stand Gee neben dem Wagen. Mit einem erschrockenen Schrei drückte sie den Türknopf hinunter.

Etwas Glänzendes, Metallisches raste auf ihr Gesicht zu.

Sie schrie, als die Fensterscheibe in tausend Scherben zersprang. Eine Hand krallte sich in ihr Haar. Verzweifelt schlug sie mit den Armen danach.

Die Hand ließ nicht von ihr ab, sondern zerrte ihren zappelnden Körper durch das Fenster auf die Straße. Ihr Kopf fühlte sich an, als würde sie skalpiert werden.

»Halt den Mund!«, knurrte Gee und verpasste ihr eine Ohrfeige.

Sie heulte und trat nach ihm, während er sie über die Straße zum Audi schleifte.

»Rein da!«

Er stieß sie in den Kofferraum. Sie wehrte sich mit Händen und Füßen dagegen. Ein weiterer Hieb traf sie an der Nase. Der Schmerz war so heftig, dass er ihren Widerstand brach.

Sie sah noch, wie die Kofferraumklappe auf sie zuschoss. Dann war sie eingeschlossen in der Dunkelheit.

VIERUNDACHTZIG

Kalkbrenners Unbehagen wurde stärker. »Der Anrufer hat sich als Carl Schumann ausgegeben?«

»Ja.« Marga Wopalka kraulte Bernies Fell.

»Und der Name sagt Ihnen wirklich nichts?«

»Nicht dass ich wüsste.«

»Bitte überlegen Sie noch einmal ganz genau. Hat vielleicht Ihr Sohn den Namen mal erwähnt?«

»Nein, nein, jetzt sagen Sie schon, wer ist das?«

Kalkbrenner schwieg.

Nach wie vor hatte er keinen blassen Schimmer, wer sich hinter dieser falschen Identität verbarg. Allerdings war ihm erst am Nachmittag auf erschreckende Weise vor Augen geführt worden, für welche Widerwärtigkeiten der Name stand.

Vergewaltigungen, Folter und andere Gewaltphantasien. Und Kannibalismus!

»Bitte«, Marga Wopalka packte seinen Arm. »Bitte, wenn Sie etwas wissen …«

»Frau Wopalka, es tut mir leid, aber ich darf darüber nicht reden.« Er löste sich aus ihrem Griff.

Was hatte ihr Sohn mit Carl Schumann zu schaffen? Und was bedeutete das für den Einbruch in den Friseursalon vor drei Tagen?

Bei diesem Fall würde mich gar nichts mehr wundern.

Kalkbrenners Handy klingelte.

Wieder war es seine Exfrau, und wieder drückte er den Anruf weg. »Frau Wopalka, hat Ihr Sohn den Namen Ernst-Hubert Dieppe mal erwähnt?«

»Nein.«

»Was ist mit Michael Spiekers? Oder Vaclav Sebcowicz?«

»Auch nicht.«

»Und«, Kalkbrenner kam ein anderer Gedanke, »sagt Ihnen der Name Julia etwas?« Er kramte das Foto aus seiner Jackentasche. Er deutete auf die junge Frau. »Haben Sie sie schon mal gesehen?«

»Wer sind all diese Leute?«

Kalkbrenner blieb die Antwort schuldig. Stattdessen tippte er Muths Nummer in sein Telefon, um sie über die unerwartete Wendung in Kenntnis zu setzen. Sie würden den Einbruch noch einmal untersuchen müssen, den Friseur erneut befragen und –

Nein!

Er ließ das Handy sinken. Irgendetwas bereitete ihm Kopfzerbrechen.

Ich soll Ihnen ausrichten …

Wer immer sich hinter dem Namen verbarg, erst hatte er Marga Wopalka mit dem Tod ihres Sohnes bedroht, damit sie nicht länger die Polizei behelligte. Dann hatte er nach Kalkbrenner verlangt und ihm eine Botschaft ausrichten lassen.

Doch warum ausgerechnet ihm?

Einen Teil der Botschaft glaubte Kalkbrenner verstanden zu haben.

Der Anrufer hatte ihn wissen lassen wollen, dass er darüber Bescheid wusste, dass die Polizei dem Geheimnis von Carl Schumann auf die Schliche gekommen war.

War der Anrufer jedoch auch jener Mann gewesen, der

sich jahrelang hinter der falschen Identität verborgen hatte? Ganz sicher war er aber ...

... jemand mit Kontakt zur Polizei.

Was Kalkbrenner allerdings nicht verstand: Wieso hatte der Anrufer den Namen Carl Schumann überhaupt ins Spiel gebracht?

Indem er ihn erwähnte, hatte er den Einbruch vor ein paar Tagen, den toten Silviu Kirculescu und den verschwundenen Gregor Wopalka unweigerlich mit dem Kannibalen-Fall und der Darknet-Szene in Verbindung gebracht. Und damit erreichte er das genaue Gegenteil von dem, was er ursprünglich gefordert hatte.

Nun würde Kalkbrenner erst recht nicht aufhören zu ermitteln.

Egal wie er es drehte und wendete, er wurde das Gefühl nicht los, etwas Wichtiges zu übersehen.

Bloß was?

Was führte der Anrufer – *Carl Schumann?* – im Schilde?

Erneut läutete Kalkbrenners Handy.

Diesmal war es Rita. Er nahm ihren Anruf entgegen. »Ja?«

»Paul«, sagte seine Sekretärin, »Ellen versucht dich zu erreichen.«

»Ich weiß.«

»Jetzt habe ich sie in der Leitung. Sie will wissen, warum du nicht ans Telefon gehst.«

»Ich bin beschäftigt.«

»Sie meinte, es sei wichtig.«

»Geht es um meine Mutter?«

»Das hat sie nicht gesagt. Warte, ich verbinde.« Noch ehe er Rita davon abhalten konnte, knackte es in der Leitung.

»Paul«, tönte die Stimme seiner Exfrau aus dem Telefon. »Warum gehst du ...«

»Ellen, es ist gerade ungünstig.«

»Das ist ja ganz was Neues.«

Kalkbrenner seufzte. »Was ist denn so wichtig?«

»Hat sich Jessy bei dir gemeldet?«, fragte Ellen.

»Wieso? Sie …«

»Sie wollte anrufen, sobald sie in Paris angekommen ist.«

»Bestimmt hatte der Zug Verspätung«, sagte Kalkbrenner.

Ellen verneinte. »Hatte er nicht, ich habe mich erkundigt. Im Hotel hat sie auch nicht eingecheckt.«

»Ist sie in der Stadt unterwegs?«

»Woher soll ich das wissen? Ich erreiche sie ja nicht. Nur ihre Mailbox.«

»Ellen, ich weiß wirklich nicht …«

»Verdammt, Paul, ich mache mir Sorgen!«

Das ist ja ganz was Neues.

Er verzichtete darauf, ihr die eigenen Worte unter die Nase zu reiben. »Warte, ich rufe gleich zurück.« Er trennte die Verbindung.

Marga Wopalka sah ihn an, verzweifelt und verwirrt.

»Es tut mir leid«, sagte er, während er Jessys Handynummer wählte. »Ich muss einen Anruf erledigen.«

Das Freizeichen erklang, kurz darauf meldete sich die Mailbox.

»Jessy«, sagte er, »bist du schon in Paris angekommen? Wenn ja, melde dich doch bitte, am besten bei deiner Mutter. Und falls nein, also, dann melde dich bitte ebenfalls. Du weißt, wie sie ist … Nur ein kurzer Anruf, okay? Bis später.« Er legte auf.

Marga Wopalka fragte: »Was ist mit Ihrer Tochter?«

»Nichts, es ist nur …« Er zögerte.

Marga Wopalkas Sohn war verschwunden, womöglich

entführt, höchstwahrscheinlich von Verbrechern, die dem Wort skrupellos eine ganz neue Dimension verliehen. Wollte er ihr tatsächlich von seiner Sorge um Jessy erzählen, die vermutlich in Pariser Geschäften shoppen war und einfach nur die Zeit vergessen hatte?

Sein Telefon vibrierte. Eine SMS traf ein. Von seiner Tochter.

»Na also«, murmelte er, »alle Aufregung umsonst.«

Er klickte die Nachricht an. Sie enthielt eine Filmdatei.

Kalkbrenners Kehle schnürte sich zu.

Der Film zeigte Jessy, nackt und gefesselt.

FÜNFUNDACHTZIG

Max glaubte den einen oder anderen Blick anderer Reisender zu spüren, aber vielleicht wollte er sich das nach allem, was ihm und Ellie widerfahren war, auch nur einbilden.

Die meisten Passagiere im Regionalexpress waren mit ihren Handys beschäftigt, lasen Bücher oder Zeitung. Oder blickten einfach in die Abenddämmerung, die die Landschaft vor den Fenstern verdunkelte. Ein Schaffner kam nicht vorbei.

Unbehelligt kamen sie in Zossen an.

Nur wenige Leute stiegen aus. Max und seine Schwester folgten ihnen aus dem Bahnhof. Sie konnten sich an das Gebäude erinnern. Schon etliche Male waren sie mit ihrer Mutter auf dem Vorplatz in den Bus umgestiegen.

Weil das Ziel auf einer Leuchtanzeige angegeben war, fiel es ihnen nicht schwer, den richtigen Bus zu finden. Für einen Moment hatte Max zwar Zweifel, ob der Busfahrer sie mitnehmen würde, weil sie zu jung waren. Doch der dicke Mann mit dem Schnauzbart warf einen lustlosen Blick auf ihre Fahrscheine, danach winkte er sie in sein Gefährt. Fünf Minuten später setzten sie ihre Reise fort.

Die Sonne ging unter. Dunkelheit legte sich wie ein Tuch über die Felder rechts und links der Straße.

Mit jedem Kilometer, den der Bus zurücklegte, wuchs Ellies Vorfreude. Sie zappelte auf dem Sitz herum. Auch Max konnte nur schwerlich seine Aufregung verbergen.

Was würde er Opa erzählen, wenn sie endlich vor seiner Tür standen? Und erst seiner Mutter?

Vielleicht wartete er besser, bis sie ihn nach ihrer Reise fragten. Möglicherweise würden sie sauer werden, wenn sie hörten, was alles geschehen war. Und wie leichtgläubig Max gewesen war. Auf keinen Fall wollte er, dass sie ihn wieder für ein kleines Kind hielten.

Immerhin hatte er es geschafft. Er wusste sogar, dass er wenige Kilometer nach dem Dorf den Stopp-Knopf im Bus drücken musste, rechtzeitig, damit der Fahrer an der Haltestelle hielt.

Kaum waren sie ausgestiegen, brauste der Bus in die Nacht davon.

Max nahm seine Schwester an die Hand. Gemeinsam liefen sie am Straßenrand entlang bis zur Zufahrt. Sie war unbeleuchtet, aber das machte Max nichts aus.

Nach allem, was sie erlebt hatten, war die Dunkelheit kein Problem mehr.

Nach knapp hundert Metern über eine holprige Zufahrt erreichten sie das Haus ihres Opas. Komisch, kein Auto stand davor, und alle Zimmer im Gebäude waren dunkel. Stille lag über dem Grundstück.

Max drückte die Türklingel, doch nichts geschah.

Keine Lichter, die angingen. Keinerlei Geräusche drangen nach draußen. Oh Mann, hätte ihr Opa sie nicht erwarten müssen? Und wo war ihre Mutter?

Geht zu Opa, auf jeden Fall!

Max klingelte noch einmal.

»Max«, sagte seine Schwester. »Hörst du das?«

Ein Motorbrummen näherte sich. Ein Auto kam die Zufahrt hinauf.

SECHSUNDACHTZIG

Kalkbrenner war wie erstarrt.

Der Film war nur fünf, sechs Sekunden lang, aber das war egal. Als er ihn wegklickte, hatte sich der Anblick seiner nackten, gefesselten, geknebelten Tochter, deren Tränen auf ihren Babybauch tropften, in seine Netzhaut gebrannt.

»Herr Kalkbrenner?«, drang Marga Wopalkas Stimme zu ihm durch. »Was ist los?«

Ihm wurde bewusst, dass er die Luft anhielt. Mit einem Zischen atmete er durch. Seine Finger zitterten, als er die Nummer seiner Tochter wählte.

Wieder bekam er das Freizeichen zu hören, dann die Mailbox.

Jessy!, wollte er rufen, bevor ihm klarwurde, dass nicht sie die Nachricht abhören würde, sondern ... *ja, wer*? Wer hatte seine Tochter entführt?

Als ob du die Antwort nicht weißt!

Sein Magen verkrampfte sich. Sein Herz klopfte. Schweiß quoll aus seinen Poren. Als spürte Bernie seine Verzweiflung, drückte er die Schnauze gegen sein Bein. Kalkbrenner bekam es kaum mit. Er erschrak, als sein Handy klingelte.

Erneut war es seine Exfrau. Hatte man ihr den Film ebenfalls geschickt? »Ellen?«

»Hast du Jessy erreicht?«

»Ich ...« Seine Stimme erstarb.

Er konnte Ellen nichts von der Entführung sagen. Sie

durfte nicht in Panik geraten. Das würde alles nur schlimmer machen.

Noch schlimmer? Verdammt, wohl kaum!

Er selber brauchte erst einmal einen klaren Kopf.

»Ich kann jetzt nicht«, sagte er. »Ich bin im Stress.«

»Paul ...« Er trennte die Verbindung und stand auf. Bernie folgte ihm zur Tür. »Ich muss los.«

»Herr Kalkbrenner!« Empört hielt ihn Marga Wopalka zurück. »Sie ...«

»Ich kümmere mich darum.«

»Aber ...«

»Ich melde mich bei Ihnen.« Er riss sich von ihr los, stürmte hinaus zum Wagen, scheuchte Bernie auf die Rückbank, klemmte sich hinters Steuer, wollte den Motor starten – und ließ es bleiben. Er hatte keinen blassen Schimmer, was er tun sollte.

Für eine solche Situation gab es keine kleinen Helferlein.

Wieso hatte ihn der Anrufer zu Marga Wopalka gelockt? Weshalb hatte er Jessy entführt? Warum ausgerechnet jetzt? Was zum Teufel ging hier vor?

Kalkbrenners Blick irrte den Grimbergweg rauf und runter, als läge die Antwort irgendwo am Straßenrand. Aber da war nur Dunkelheit. Und Totenstille.

Jäh zerrissen vom Klingeln seines Handys.

Es war die Nummer seiner Tochter. »Jessy?«

Niemand antwortete. Nur ein Rauschen.

»Was haben Sie mit ihr gemacht?«

Jemand kicherte. »Regen Sie sich nicht auf.«

»Wer sind Sie?«

»Aber das wissen Sie doch längst.«

Kalkbrenner kämpfte gegen die Wut, die unvermittelt in

ihm explodierte. »Es gibt keinen Carl Schumann«, presste er hervor.

Wieder ein Kichern. »Dafür klinge ich sehr lebendig, finden Sie nicht auch?«

Die Stimme klang leise, als wäre sie weit entfernt, außerdem verzerrt. Und nach wie vor das monotone Rauschen.

Kalkbrenner fragte: »Was haben Sie mit meiner Tochter vor?«

»Nichts. Überhaupt nichts. Sie ist meine Versicherung. Damit Sie tun, was ich ...«

»Sie ist schwanger, verdammt, sie ...« Kalkbrenner ballte die Faust. Die Fingernägel gruben sich in seine Handflächen. »Ich möchte mit ihr reden.«

»Ihr geht es gut. Solange *Sie* keine Dummheiten machen.«

»Was wollen Sie?«

»Setzen Sie Ihren Ermittlungen ein Ende!«

»Soll das ein Witz sein?«

»Haben Sie irgendeine konkrete Spur?«

Kalkbrenner spürte keinen Schmerz, als sich seine Fingernägel noch tiefer in seine Haut bohrten.

Carl Schumann lachte. »Na also. Dann sollte Ihnen meine kleine Aufgabe nicht schwerfallen: Lassen Sie die Ermittlungen ins Leere laufen.«

»Wie stellen Sie sich das vor?«

»Das ist Ihr Problem. Oder das Ihrer Tochter.«

»Das ist ... Hallo?« Carl Schumann hatte aufgelegt. Das Rauschen erstarb.

Ein Rauschen wie von einem fahrenden Auto, begriff Kalkbrenner.

SIEBENUNDACHTZIG

Julia hatte ein Rauschen im Ohr.

Keine Ahnung, wie viel Zeit verstrichen war, seit Gee sie geschlagen, an den Haaren über den Asphalt geschleift und in den Kofferraum gesperrt hatte. Allerdings hatten ihre Schmerzen nachgelassen, was nur bedeuten konnte, dass sie schon eine beträchtliche Weile unterwegs waren.

Sie hob die Hand, tastete ihr Gesicht ab. Sie glaubte Blut zu spüren, aber ihre Nase schien nicht gebrochen zu sein.

Als ob das noch eine Rolle spielt!

Was immer die Typen mit ihr vorhatten, sie war sich sicher, dass ...

Nein, nein, bremste sie ihre Gedanken, *denk nicht daran!*

Trotzdem tauchten vor ihrem geistigen Auge wieder die Bilder ihres Alptraums auf. Die wenigen Erinnerungen, die sie hatte aufspüren können und die sie wünschen ließen, auch diese wären im Dunkel geblieben. Nicht zu vergessen die Zeitungsschlagzeile.

Leichenteile im Kühlschrank.

Tränen füllten ihre Augen.

»Regen Sie sich nicht auf«, hörte sie einen der Männer mit sonorer Stimme sagen.

Durch das Reifenrauschen waren seine weiteren Worte nur schwer zu verstehen.

»Aber das ... doch längst.«

Julia lauschte den abgehackten Sätzen, ohne sich einen Reim darauf machen zu können.

»Sie ist meine Versicherung. Damit Sie tun ...«

Ihr stockte der Atem. Von wem war die Rede? Von ihr? Gab es vielleicht doch noch etwas Hoffnung?

Bitte, bitte ...

Sie schickte ein Gebet zum Himmel.

Der Wagen bremste abrupt und beschrieb eine enge Kurve.

Julias Körper wurde herumgeschleudert. Mit dem Hinterkopf knallte sie gegen die Kofferraumwand. Ein lautes Prasseln betäubte ihre Ohren.

Der Audi rumpelte über Schotter. Oder einen Waldweg. In die Abgeschiedenheit. Er hielt an. Die Autotüren öffneten sich, wurden wieder zugeschlagen. Schritte näherten sich dem Kofferraum. Die Klappe ging auf.

Helles Licht blendete Julia. Sie hob schützend die Arme.

Hände packten sie, schnürten sie mit Kabelbinder zusammen. Das Plastik schnitt tief in ihre Haut.

»Raus!«, knurrte Gee.

Mühsam kraxelte sie ins Freie. Ihr Magen zog sich zusammen. Sie war umgeben von Wald. Dann bemerkte sie eine Scheune, verborgen zwischen Bäumen und Sträuchern.

»Bring sie zu der anderen«, sagte der ältere, graumelierte Mann, der Polizist, dem die sonore Stimme gehörte.

Gee stieß sie in Richtung der Scheune.

»Da ist ja Julia«, hallten helle Stimmen durch den Wald. Kinder?

Der Polizist fluchte. »Wo kommen die denn her?«

»Tante Julia!« Die zwei Kinder von den Bildern in Irinas Wohnung stürmten auf sie zu. »Und sieh nur, da ist auch Opa ...«

ACHTUNDACHTZIG

Die Worte brannten in Kalkbrenners Ohren.

Das ist Ihr Problem. Oder das Ihrer Tochter.

Er schmeckte Galle und noch etwas anderes, noch bitterer, noch ekelhafter. Das Entsetzen.

»Oh Gott«, keuchte er.

Nicht Jessy, bitte …

Nicht seine Tochter. Nicht ihr Baby. *Henry*. Sein Enkelsohn.

»Nein!« Er hämmerte mit der Faust aufs Lenkrad.

Auf der Rückbank kläffte Bernie erschrocken.

Kalkbrenner schlug ein zweites Mal zu, und noch einmal, aber nichts half gegen seine Panik. Nichts gegen die Bilder, die er vor Augen hatte. Von Jessy, nackt, gefesselt und geknebelt. Und dem Haus in Rosenthal, in der Küche die nackte, gefesselte, geknebelte Zoe, im brennenden Backofen Michael Spiekers und –

»Nein, nein!« Wieder und wieder schlug er auf das Lenkrad ein, bis der Schmerz in seiner Hand alles andere betäubte.

Bernie hatte sich kleingemacht und fiepte kläglich.

»Ist ja gut«, sprach Kalkbrenner mit gebrochener Stimme, und erst jetzt spürte er die Tränen, die über seine Wangen strömten.

Glaubst du, ich habe nicht gemerkt, wie du weinst?

Der Gedanke an Jessys Stimme trieb ihm noch mehr Tränen in die Augen.

Paps, hatte sie erst am Morgen gelächelt, *ich komme doch wieder.*

Heulend fiel er in den Sitz zurück. Seine Hand streifte einen Gegenstand, der aus der Mittelkonsole ragte. Die Ermittlungsakte im Fall Eva Tenzer. Er schleuderte sie auf den Beifahrersitz.

Unzählige Male hatte er versucht, den Eltern eines vermissten, entführten Kindes Zuversicht zu geben. Er hatte nicht die geringste Ahnung gehabt, was sie durchleiden mussten. Dieses Grauen. Und ihre Hilflosigkeit.

Sein Handy klingelte. Es war Muth.

Er starrte auf das Display. Er wollte nicht mit seiner Kollegin reden, doch er hatte keine andere Wahl. Er wischte sich das Gesicht, atmete ein und wieder aus. »Sera?«

»Wo bist du?«, fragte sie.

»Ich ...«, nur mit Mühe unterdrückte er das Beben in seiner Stimme. »Ich wollte gerade losfahren.«

»Und was war mit Frau Wopalka?«

»Ach das ...« Er stockte.

Lassen Sie die Ermittlungen ins Leere laufen.

»Das war nichts«, hörte er sich sagen.

»So klang ihr Anruf aber nicht.«

»Nur ein dummer Scherz von einem Freund ihres Sohnes.«

»Ein Scherz?«

»Eine blöde Sache, vergiss es einfach«, wich Kalkbrenner aus und fügte rasch hinzu: »Wie ist bei euch der Stand der Dinge?«

»Vernehmungsbeamte haben Sebcowicz' Nachbarn befragt«, sagte Muth, »aber du weißt ja, wie das ist in der Gegend – nichts sehen, nichts hören, nichts sagen. Keiner hat etwas mitgekriegt.«

»Eine andere Spur?«

»Nein, bis auf die Spuren eines Kampfes, das Blut, aber ...«, Muth hielt inne, »Paul, ist alles in Ordnung mit dir? Du klingst ...«

»Ich bin ...« Wieder zögerte er.

Lassen Sie die Ermittlungen ins Leere laufen.

»Ich bin in Eile«, sagte er.

Muth ließ einen Augenblick verstreichen, bevor sie erklärte: »Zwei Nachbarn haben ausgesagt, sie hätten die beiden Kinder vor drei Tagen morgens aus dem Haus gehen sehen.«

»Alleine?«

»Ja, Hand in Hand, mit einem Rucksack auf dem Rücken.«

»Also nichts, was auf eine Entführung hindeutet?«

»Bisher nicht. Wir geben Bilder der Kinder an alle Streifen raus. Sebastian klärt gerade ab, ob wir auch die Zeitungen bei der Suche einbinden sollen. Außerdem, ach, am besten, wir treffen uns gleich zur Besprechung auf dem Präsidium.«

»Nein, ich, also«, Kalkbrenner schluckte, »ich bin unterwegs.«

»Ist wirklich alles okay?«, fragte Muth.

»Ja, ich ...«

»Ist es noch immer wegen deiner Tochter?«

Mehr denn je.

»Nein«, sagte er, »ich bin auf dem Weg zu meiner Mutter ins Krankenhaus. Sie ... sie hatte einen Rückfall.«

»Das tut mir leid.«

»Sobald ihr was Neues habt, setzt mich unbedingt in Kenntnis.« Er legte auf. Stöhnend ließ er den Kopf gegen die Kopfstütze sinken.

Bernie streckte schnüffelnd die Schnauze nach vorne. Kalkbrenner streichelte sie.

Nein, gar nichts ist in Ordnung.

Man hatte Jessy entführt. Man zwang ihn, seine Kollegen zu belügen. Und –

Was würden Sie für Ihre Tochter tun?

Bernie erschrak, als Kalkbrenner mit einem Ruck in die Höhe fuhr, weil ihm klarwurde, dass auch die Entführung seiner Tochter keinen Sinn ergab.

Haben Sie irgendeine konkrete Spur?

Der Anrufer hatte keinen Zweifel daran gelassen, dass er wusste, wie wenig sie in der Hand hatten. Warum um alles in der Welt sollte er dann die Ermittlungen sabotieren?

Aus irgendeinem Grund schien Carl Schumann seine Enttarnung zu fürchten. Und das wiederum konnte nur eines bedeuten: Die Ermittler standen kurz vor der Entdeckung einer entscheidenden Spur.

Abermals hatte Kalkbrenner das Gefühl, etwas Wichtiges übersehen zu haben.

Bloß was?

»Was, verdammt?«, fluchte Kalkbrenner.

Auf der Rückbank kläffte Bernie.

Kalkbrenner drehte sich zu ihm um. Sein Blick streifte die Ermittlungsakte auf dem Beifahrersitz. Der Fall Eva Tenzer. Die verschwundene Notarin.

Nein, nicht alles passt zusammen.

Das Verschwinden der Notarin vor drei Jahren hatte sich bisher nicht in Einklang mit dem Rest der Ereignisse bringen lassen.

Kalkbrenner griff nach der Akte und begann sie zu lesen.

NEUNUNDACHTZIG

Max folgte seiner Schwester.

»Opa!« Ellie stürmte auf ihren Großvater zu. »Hallo, Opa!«

»Also wirklich«, mit verdutzter Miene nahm er sie in den Arm, »wo kommt ihr denn her?«

»Wir haben geklingelt«, erklärte Ellie, »aber du warst nicht da.«

»Da hast du wohl recht«, lachte ihr Opa und drückte auch Max an sich. »Aber jetzt bin ich da, und meine Güte, ich freue mich, dass ihr auch da seid. Ich habe mich schon die ganze Zeit gefragt, wo ihr bloß steckt.«

»Hat Mama nicht gesagt, dass wir kommen?«, fragte Max.

»Nein, also ...« Er runzelte die Stirn, als müsste er angestrengt nachdenken. »Was hat sie ...«

»Tante Julia!«, unterbrach ihn Ellie, die sich aus seiner Umklammerung löste.

Neben Julia stand ein junger Mann mit einem blauen Auge.

»Tante Julia!«, rief Ellie noch einmal und wollte die Freundin ihrer Mutter ebenso freudig begrüßen. Auf halber Strecke blieb sie stehen. »Tante Julia«, plötzlich klang sie besorgt, »du blutest.«

»Sie hatte einen Unfall«, sagte Opa.

Der junge Mann neben Julia grinste.

Max glaubte ihn zu erkennen, aber ihm fiel nicht ein, woher.

»Hast du dir wehgetan, Tante Julia?«, fragte Ellie.

Julia wollte antworten.

»Alles halb so wild«, kam der Opa ihr zuvor. »Jetzt lasst uns ins Haus gehen, es ist schon spät.«

Er nahm Ellie an die eine, Max an die andere Hand und führte sie die Stufen hoch zur Tür.

Als Max sich nach Julia umdrehte, hielt der junge Mann sie fest. Auch Ellie bemerkte es.

»Darf Tante Julia nicht mit?«, wollte sie wissen.

Ihr Opa fischte seinen Hausschlüssel aus der Hosentasche. »Sie kommt später nach, ja?«

»Warum?«

»Sie ... sie muss noch zum Arzt.«

»Ist sie doch verletzt?«, argwöhnte Ellie.

Ihr Opa seufzte. »Ein bisschen.«

»Dürfen wir auch mit zum Arzt?«

»Nein, ich sagte doch, es ist schon spät. Und bestimmt wollt ihr erst einmal etwas essen, ja?«

»Aber Tante Julia muss auch was essen«, sagte Ellie. »Sie hat doch auch Hunger, oder nicht?«

Ihr Opa presste die Lippen aufeinander.

»Bitte«, bettelte Ellie.

Ihr Opa gab dem jungen Mann ein Zeichen. Gemeinsam mit Julia betraten sie das Haus.

Max schaute zu seinem Opa auf.

»Aber eins müsst ihr mir noch verraten«, sagte der. »Wie seid ihr eigentlich hierhergekommen?«

Max setzte zu einer Antwort an.

»Wir waren im Märchenwald«, kam ihm Ellie zuvor.

»Märchenwald?«, wunderte sich ihr Opa.

Ellie nickte stolz. Und dann begann sie zu erzählen.

NEUNZIG

Kalkbrenner überflog die ersten Seiten, die er vor wenigen Stunden bereits gelesen hatte.

Sie enthielten die Vermisstenanzeige, die Personaldaten und die Personenbeschreibung der verschwundenen Notarin, also nichts, was von Bedeutung war für den aktuellen Fall. Auch Eva Tenzers Hobbys und die körperlichen Merkmale wie die Narbe oder das Tattoo beachtete er nur beiläufig.

Seine Aufmerksamkeit erhöhte sich, als er zu den Protokollen kam, die die damaligen Ermittler nach den Befragungen der Arbeitskollegen, Freunde und Angehörigen angelegt hatten. Aber auch da war nichts, was in Verbindung zu Dieppe, Schumann oder der Darknet-Szene stand.

Auf den nachfolgenden Seiten hatte Peter Mauhöfer als Ermittlungsleiter den genauen Ablauf der Suche protokolliert, die nach der Notarin eingeleitet wurde. Sie umfasste das übliche Prozedere: Bilder an die Streifen im Stadtgebiet, wiederholte Befragungen, während derer Eva Tenzers Verlobter mehrfach seinen Verdacht geäußert hatte.

Das Büro der Notarin und ihre Unterlagen waren daraufhin untersucht worden. Eine Hundertschaft hatte ihren vermuteten Heimweg abgeschritten. Suchhunde wurden in den angrenzenden Parks eingesetzt und fanden in einem Gebüsch auf dem RAW-Gelände Eva Tenzers Handtasche.

Alle Wertsachen waren entwendet, einzig ihr Schminkzeug und Kokain befanden sich darin.

Die Fingerabdrücke, die man genommen hatte, führten die Ermittler auf die Spur zweier einschlägig vorbestrafter Serben. Ein Haftbefehl wurde erlassen, aber die beiden Verdächtigten waren spurlos verschwunden.

Zur gleichen Zeit wurden Befragungen auf dem RAW-Gelände vorgenommen. Tatsächlich fand man Zeugen, die Eva Tenzer gesehen haben wollten. Sie waren –

Verdammt!

Kalkbrenner traute seinen Augen nicht.

Rasch las er die Aussage des ersten Zeugen. Dessen Worte ließen keinen Zweifel daran, dass er die Notarin an jenem Abend tatsächlich gesehen hatte. Aus ermittlungstaktischen Gründen hatten die Ermittler damals nicht die komplette Personenbeschreibung Eva Tenzers öffentlich gemacht.

Was hatte Mauhöfer gesagt? Wie viele Zeugen hatte es gegeben?

Zwei, drei.

Kalkbrenner überflog die Aussage des zweiten, danach die des dritten Zeugen. Plötzlich passte tatsächlich alles zusammen, alles ergab einen Sinn.

Er schlug die Akte zu und startete den Motor.

EINUNDNEUNZIG

Fasziniert hörte Julia dem kleinen Mädchen zu.

Und während sie von den Drachen, den Zwergen und den bösen Rittern erfuhr, vergaß sie für eine Weile ihr eigenes Leid. Sie begann Ellie zu bewundern und empfand großen Respekt für ihren Bruder und dessen Entschlossenheit, seinen Mut und die Furchtlosigkeit, mit der er sie beide ganz alleine bis an diesen Ort geführt hatte.

»Und damit ich das richtig verstehe«, sagte der Polizist, nachdem das kleine Mädchen ihre Geschichte beendet hatte. »Eure Mutter hat euch gesagt, ihr sollt hierherkommen?«

»Ja«, antwortete Max und schlang seine Arme um den Mann. »Zu dir, Opa.«

Opa!

Ein einfaches Wort nur, noch dazu voller Liebe von dem kleinen Jungen ausgesprochen – doch in Julia verkrampfte sich alles, als sie die Wahrheit begriff.

Dieser Mann, der Polizist, war nicht nur der Großvater der Kinder, sondern auch der Vater von Irina. Oder ihr Schwiegervater. So oder so, er war es, der Schuld daran trug, dass die beiden Kinder überhaupt erst zu dieser lebensgefährlichen Odyssee durch die Stadt hatten aufbrechen müssen. Weil er seine Schergen auf ihre Mutter gehetzt hatte. Weil sie in ihre Wohnung eingebrochen waren. Weil sie sie verschleppt hatten.

Und das bedeutete: Die Kinder waren ebenso in Gefahr.

Als wüsste er um Julias Gedanken, drückte der Opa seinen Enkel fester an sich. »Jetzt habt ihr doch bestimmt großen Hunger, oder?«

Er lächelte Julia dabei an.

»Au ja«, rief Max.

Der Opa setzte ihn zu Boden und erhob sich. »Dann lasst uns in die Küche gehen.«

»Gibt es Pommes?«, fragte Ellie.

»Alles, was ihr wollt.«

»Tante Julia, möchtest du auch Pommes?«

Julia schluckte. Sie zwang sich zu einem Lächeln. Sie wollte den Kindern keine Angst einjagen. »Ja, sehr gerne.«

»Warum hast du das um?«, fragte Ellie und zeigte auf den Kabelbinder.

»Ach das«, der Opa wuschelte ihr durchs Haar, »das ist auch ein Spiel. Wie im Märchenwald.«

Das Mädchen machte große Augen.

»Und deshalb muss sie vorher erst noch etwas erledigen.«

»Muss sie auch gegen Drachen kämpfen?«

»Nein«, ihr Opa lachte, »gekämpft hat sie schon genug. Und jetzt ab in die Küche mit euch, ihr kennt ja den Weg.«

Die Kinder stürmten los. Der Opa gab Gee ein Zeichen. Dann folgte er seinen Enkeln in die Küche. Die Tür fiel hinter ihnen in den Rahmen. Ein Schloss wurde verriegelt.

Grinsend baute sich Gee vor Julia auf. Er deutete auf sein blaues Auge.

»Das ist für vorgestern«, sagte er. Dann schlug er zu.

ZWEIUNDNEUNZIG

Kalkbrenner raste durch die Brandenburger Dunkelheit.

Noch immer waren Pendler, Autos und Lkw unterwegs, trotzdem wuchs mit jedem Kilometer, mit dem er sich seinem Ziel näherte, die Beklemmung, sein Gefühl der Hilflosigkeit – und plötzlich auch der Einsamkeit. Daran konnte auch Bernie nichts ändern, der auf der Rückbank saß und jeden Lastwagen ankläffte.

Vielleicht war jetzt der richtige Zeitpunkt, seine Kollegen zu verständigen.

Aber was wollte Kalkbrenner ihnen erklären?

Es geht um Jessy!

Nein, das Risiko war zu hoch.

An der Abfahrt Mittenwalde wechselte er auf die Landstraße. Hier war der Verkehr nicht mehr so rege. Hin und wieder kam ihm ein Pkw entgegen, fuhr er vorbei an einem Haus oder einer Toreinfahrt. Am Ortsende von Zossen wies ihn sein Navi nach links. In das tickende Geräusch mischte sich das Klingeln seines Handys.

Es war seine Exfrau. Er drückte ihren Anruf weg.

Die Lichter Zossens verschwanden hinter einer Kurve im Wald. Die Baumwipfel verschlangen die Wolken, Sterne, bis es Kalkbrenner so vorkam, als fahre er durch einen kilometerlangen, tiefschwarzen Tunnel.

Wie aus dem Nichts tauchte ein Dorf vor ihm auf. Schon nach wenigen Hundert Metern hatte er das Ende erreicht.

Abermals fuhr er minutenlang durch Wald, Finsternis und Einsamkeit.

Das Navi erklärte ihm, er habe sein Ziel erreicht.

Fast hätte er die Zufahrt zu dem Grundstück übersehen. Er hielt vor einer Bushaltestelle, setzte einige Meter zurück. Zwischen Tannen konnte er einen unbefestigten Waldweg erkennen.

Er fuhr hundert Meter weiter, stellte den Wagen zwischen Sträuchern am Straßenrand ab, schaltete sein Handy aus und überprüfte seine Waffe. »Tut mir leid, Dicker, aber das hier ...«

Der Bernhardiner neigte fragend den Kopf.

»Das muss ich allein erledigen.«

Kalkbrenner stieg aus. Leise drückte er die Wagentür ins Schloss und lief den Weg zurück zur Zufahrt.

Er eilte den steinigen Weg entlang bis zum Haus. Als es vor ihm auftauchte, stapfte er ins Unterholz. Zweige knisterten, während er sich hinter einem Strauch duckte.

Minutenlang behielt er das Haus im Auge. In der Dunkelheit schaut es nicht wie eine Bruchbude aus, die auf Sanierung wartete. Zwei der Fenster im Erdgeschoss waren erleuchtet. Aus der Distanz konnte Kalkbrenner nicht erkennen, ob und wie viele Personen sich in den Zimmern aufhielten. Als er näher heranschleichen wollte, trat ein Mann aus dem Haus, großgewachsen, kräftig, ziemlich jung.

Kalkbrenner duckte sich zurück in die Schatten, beobachtete den Mann, der schwer an einem Sack trug.

Nein, kein Sack!

Er schleppte einen leblosen Körper auf ein kleineres Gebäude zu, das in einiger Entfernung zum Haupthaus stand. Im Schutz dichter Büsche und Bäume wirkte das zweite Gebäude wie eine Scheune. Aus den Fenstern drang schwacher Lichtschein, fiel auf einen Audi, der geparkt war.

Der junge Mann entriegelte das Scheunentor und betrat das Gebäude. Was immer er drinnen sprach, Kalkbrenner konnte es aus der Entfernung nicht verstehen.

Der Mann verließ die Scheune, verriegelte das Tor und kehrte zurück zum Haus.

Kalkbrenner wartete erneut einige Minuten, bevor er sich der Scheune näherte. Nur wenige Meter davon entfernt vernahm er aus dem Innern ein Wimmern.

Jessy?

Sein Herz schlug schneller, während er zur Scheune pirschte. Das Weinen kam von drinnen. Die Fenster waren verhängt. Aber auf der Rückseite der Scheune fand Kalkbrenner eine Scheibe, deren Sichtschutz verrutscht war.

Der schmale Spalt gewährte einen begrenzten Blick in das Innere, auf einen Zementsack, Sand, Steine – und ein Paar nackter Beine und Füße.

Kalkbrenner schaute zum Haus. Niemand war zu sehen. Er zog seine Jacke aus, entsicherte seine Waffe und umwickelte sie mit der Jacke. Er holte aus, ein schneller Schlag – und das Fensterglas zersprang mit einem Klirren.

Im Wald flatterte ein Vogel auf. Im Haus blieb alles ruhig.

Mit seiner Jacke wischte Kalkbrenner die Scherben beiseite, dann zwängte er sich durch das Fenster in die Scheune.

DREIUNDNEUNZIG

Max saß mit seiner Schwester am Küchentisch.

»Also«, bewundernd strich ihm sein Opa durchs Haar, »das ist eine abenteuerliche Geschichte, die deine Schwester uns erzählt hat.«

»Ja, ein Abenteuer!« Ellie klatschte stolz in die Hände.

»Und was für eines.« Ihr Opa lachte. »Aber zum Glück seid ihr ja schon groß, meine Güte, fast erwachsen.«

Jetzt platzte auch Max fast vor Stolz.

Sein Opa brachte eine Packung Backofen-Pommes aus dem Tiefkühlfach zum Vorschein. »Nur eines müsst ihr mir noch verraten.« Er guckte Max an. »Wem habt ihr von eurer Reise erzählt? Also, dass ihr euch auf den Weg zu mir gemacht habt?«

»Niemandem«, sagte Max.

»Ihr habt niemandem erzählt, dass ihr zu mir fahrt? Bist du dir da sicher?«

»Wir haben …«

»Hast du jemandem meinen Namen gesagt?« Sein Opa sah ihn ernst an.

Max schwieg verunsichert. Was sollten plötzlich diese merkwürdigen Fragen?

»Ich mach mir nur Sorgen um euch«, fügte sein Opa hinzu, als spürte er Max' Zweifel.

Max nickte erleichtert. »Aber wir sind doch jetzt da.«

»Ja, das seid ihr«, sein Opa lächelte wieder. »Das ist erst einmal die Hauptsache. Und wer will jetzt Pommes?«

»Ich, ich, ich«, rief Ellie, »ich mag Pommes.«

»Das weiß ich doch.«

»Ja! Ja!«

Ihr Opa verteilte die Pommes auf dem Backofenblech. Keine zehn Minuten später erfüllte ein leckerer Duft die Küche. Ellie plapperte wild vor sich hin, ihr Opa scherzte, und alles war wie immer, wenn sie bei ihm zu Besuch waren, lustig, aufregend und abwechslungsreich.

Max entspannte sich.

Wahrscheinlich, sagte er sich, waren es nur die Aufregung der letzten Tage, die Verzweiflung, die Angst, die seltsamen Menschen, denen er begegnet war, die ihm noch zu schaffen machten.

Aber zu guter Letzt war es, wie seine Mutter versprochen hatte.

Im Märchenwald wird immer alles gut.

Max hatte es geschafft. Er war mit seiner Schwester zu ihrem Opa gefahren. Er hatte sich um Ellie gekümmert. Oh Mann, seine Mutter würde stolz auf ihn sein. Endlich würde auch sie ihn wie einen großen Jungen behandeln.

»Wo ist eigentlich Mama?«, fragte er.

Sein Opa sah ihn an.

»Sie ist doch hier, oder?«

Sein Opa setzte zu einer Antwort an. Ein Geräusch vor dem Haus, das gedämpfte Splittern von Glas, ließ ihn innehalten. Er stand auf und trat ans Fenster.

»Ist das Mama?«, fragte Max.

Ellie sprang erfreut vom Stuhl.

Ihr Opa hielt sie zurück. »Bleib hier.«

»Da ist doch Mama.«

»Nein, ist sie nicht.«

»Aber ...«

»Kommt mit!« Er packte Max ebenfalls am Arm und zog sie beide in den Flur. »Und seid still.«

»Aua«, schrie Ellie auf, »das tut weh.«

»Ich sagte, sei ruhig.«

»Opa ...«

»Hast du nicht gehört?« Mit dem Fuß stieß er die Tür zum Keller auf. »Verdammt, ihr hättet nicht kommen sollen.«

Quiekend brach Ellie in Tränen aus.

»Weiß der Teufel«, sein Opa schleifte sie die Treppe hinunter in den Keller, »was eure Mutter sich dabei gedacht hat.«

Max bekam es mit der Angst zu tun.

Sein Opa öffnete eine Tür. »Geht da rein!«

»Ich will zu Mama«, heulte Ellie.

»Verdammt, deine Mama kommt nicht mehr.« Er drängte Max in die Kammer. »Nie mehr.«

»Nein!« Max wollte zurück in den Flur.

Eine Ohrfeige erwischte ihn. Ihm wurde schwindelig vor Schmerz. Sein Opa schubste ihn in die Kammer. Die Tür krachte zu. Dunkelheit erfüllte den Raum.

VIERUNDNEUNZIG

Kalkbrenner erfasste die Situation mit einem Blick.

Am Boden lag eine Frau, gefesselt und bewusstlos. Daneben, auf einem Stuhl, saß zitternd seine Tochter, nackt, gefesselt und geknebelt wie in dem Video, ihre Augen vor Angst weit aufgerissen, ihr Gesicht verquollen unter den Tränen. Sie stöhnte auf, als sie ihn erkannte.

Ihr Anblick verdrehte ihm den Magen.

»Jessy!« Er eilte auf sie zu.

Erst jetzt schien sie zu begreifen, dass er tatsächlich real war. Sie brach in Tränen aus.

»Pst!« Er ging vor ihr auf die Knie, legte die Waffe neben sich und löste ihren Knebel.

Würgend schnappte sie nach Luft.

»Sei leise«, er legte seinen Finger auf ihren Mund.

Noch mehr Tränen quollen ihr aus den Augen. »Paps ...«

»Still!« Er wischte sie fort und drückte seine Tochter an sich. Er flüsterte in ihr Ohr: »Alles wird gut. Ich bin jetzt da.«

Ein Beben erschütterte ihren nackten Körper.

»Geht es dir gut?«, flüsterte er weiter. »Hat er dir ... wehgetan?«

Sie nickte und schüttelte zugleich den Kopf.

Er begann, ihre Fesseln zu entknoten. »Kannst du laufen?«

»Ich ...«

»Wir müssen hier weg, so schnell wie möglich, okay?« Als er ihre Fesseln gelöst hatte, wandte er sich der Gestalt am Boden zu.

Sie stöhnte, als er sie auf den Rücken drehte. Es war die Frau aus dem Film.

Julia!

Ihre Augenlider flatterten, während sie aus der Bewusstlosigkeit erwachte. Sie hatte eine Platzwunde an der Stirn, aus der frisches Blut rann.

»Paps!«, hörte er Jessy husten.

Er drehte sich zu ihr um.

»Es war ein Fehler, mich zu besuchen«, sagte eine Stimme an der Tür.

FÜNFUNDNEUNZIG

Max hockte in der Dunkelheit. Neben ihm schluchzte seine Schwester. Er rieb sich seine glühende Wange, dort wo die Ohrfeige seines Großvaters ihn getroffen hatte.

Er verstand die Welt nicht mehr.

Hatte seine Mutter ihn nicht aufgefordert, er sollte zum Opa gehen, auf jeden Fall. Oder ...

Ja, dachte er mit plötzlicher Gewissheit, er hatte sie falsch verstanden. Es konnte nicht anders sein.

Geht nicht *zum Opa*, hatte sie gerufen, bevor der Lärm in der Küche ihre Stimme verschluckte, *auf* keinen *Fall!*

Er spürte Tränen, die seine Wangen hinabliefen. Er schmeckte Salz in seinem Mund.

In seinem Kopf tönte die Stimme seines Großvaters.

Deine Mama kommt nicht mehr. Nie mehr.

Trauer verkrampfte ihm das Herz. Er tastete in der Finsternis nach seiner Schwester.

Oh nein, seine Mutter hatte unrecht gehabt.

Im Märchenwald wurde nicht alles wieder gut.

Er zog Ellie an sich und ließ sie nicht mehr los.

SECHSUNDNEUNZIG

Kalkbrenner griff nach seiner Waffe.

»Das würde ich besser lassen«, warnte ihn die Stimme an der Tür.

In derselben Sekunde vernahm er die knirschenden Schritte eines zweiten Mannes hinter sich. Etwas Hartes bohrte sich in Kalkbrenners Nacken. Die kalte Mündung einer Pistole.

Kalkbrenner fluchte in sich hinein. Wie ein blutiger Anfänger war er in eine Falle getappt.

»Dreh dich um!«, sagte der Mann an der Tür.

Kalkbrenner folgte dem Befehl. »Peter ...«

Mauhöfer nickte wie zur Begrüßung.

»Oder sollte ich besser sagen: Carl Schumann.«

Mauhöfer zuckte mit den Schultern.

»Ich hätte schon viel früher darauf kommen müssen«, sagte Kalkbrenner.

Mauhöfer schwieg.

»Wenn einer alle Möglichkeiten kennt, mit denen man untertauchen oder sich eine neue Identität verschaffen kann, dann du. Und du weißt am besten, wie man Menschen verschwinden lässt. *Deswegen* gibt es bis heute keine Spur von der vermissten Notarin.«

Noch immer nichts.

»Du hast dafür gesorgt, dass alle Spuren ins Leere liefen – mit Hilfe deiner Zeugen, die Eva Tenzer angeblich auf dem

RAW-Gelände gesehen haben wollten. Julia Bergmann«, Kalkbrenner schaute zu der verletzten Frau am Boden, »war eine von ihnen. Die andere war Irina Sebcowicz. Außerdem ein gewisser Martin Meyer, ein Friseur, in dessen Laden gerade eingebrochen wurde.« Kalkbrenner neigte vorsichtig den Kopf. Er sah hinauf zu dem jungen Mann, der ihm die Waffe in den Nacken drückte. »Wolltet ihr ihn auch zum Schweigen bringen? Seid ihr deshalb bei ihm eingebrochen, Gregor?«

»Gee«, murmelte Julia Bergmann.

Gregor Wopalka verzog keine Miene.

So viel zum Thema: Er wollte sich bessern. Kalkbrenner richtete seinen Blick auf Mauhöfer.

Plötzlich kam ihm sein Kollege wie ein Fremder vor, mit einer kaltblütigen Entschlossenheit in den Augen, die Kalkbrenner frösteln ließ.

»Was«, schluckte Kalkbrenner, »was hast du vor?«

»Du lässt mir keine andere Wahl.«

»Ich?«, ächzte Kalkbrenner, während in seinem Kopf das Chaos tobte. *Denk nach!* Wie zum Teufel kam er aus dieser verfahrenen Situation heraus? »Früher oder später werden auch meine Kollegen einen Blick in die Akte werfen und alles herausfinden.«

»Genau *das* solltest du verhindern – stattdessen kommst du hierher!«

»Ich kann immer noch …«

»Blödsinn!«

»Bitte, Peter …«

Mauhöfer gab Gregor Wopalka ein Zeichen. Der junge Mann trat einen Schritt von Kalkbrenner weg. Die Waffe hielt er nach wie vor auf dessen Kopf gerichtet.

»Paps«, wimmerte Jessy.

Unternimm was!, schrie eine Stimme in Kalkbrenner. Schweiß quoll aus seinen Poren. *Denk an Jessy! Denk an Henry!*

Seine Tochter wurde panisch.

Kalkbrenner sah sie an. *Hab dich lieb.*

Mauhöfer nickte.

Wopalkas Finger krümmte sich am Abzug.

Kalkbrenner sprang los. In derselben Sekunde krachte ein Schuss. Er gefror in der Bewegung. Lautlos sackte Wopalka zusammen. Gleich darauf brach Chaos in der Scheune aus. Eine Blendgranate explodierte. Geschrei dröhnte in den Ohren. SEK-Beamte stürmten herein. Mauhöfer wurde zu Boden geworfen.

Als sich der Nebel gelichtet hatte, trat Muth in die Scheune. Sie begegnete Kalkbrenners Blick.

»Gott sei Dank«, sagte sie, »hab ich es früher herausgefunden.«

Und wenn sie nicht gestorben sind …

Kalkbrenner friert und schweigt.

Der Notarzt untersucht seine Tochter, die auf einer Bahre vor dem Krankenwagen liegt. Jessy hält die Augen geschlossen, als könnte sie den Anblick der Polizisten, Kriminaltechniker und Rettungskräfte nicht ertragen.

Muth führt zwei Kinder aus dem Haus. Die beiden Kleinen bekommen große Augen angesichts des Gewusels auf dem Grundstück. Als sie die junge Frau entdecken, die von zwei weiteren Sanitätern versorgt wird, stürmen sie auf sie zu.

Julia Bergmann sieht ziemlich mitgenommen aus, übersät mit Wunden, und als sie sich aufrichtet, verzieht sie ihr Gesicht vor Schmerz. Dennoch nimmt sie die Kinder in den Arm.

Muth kommt zu Kalkbrenner hinüber. »Sie kann sich nicht erinnern, was passiert ist.«

»Eine Amnesie?«

»Der Arzt sagt, manchmal verdrängt das Bewusstsein gewisse Dinge ... zum Schutz. Sie ist traumatisiert.«

»Und die beiden Kinder ...

»... sind Sebcovicz' Kinder. Wenn es stimmt, was sie sagen – Mauhöfers Enkel.«

»Aber«, Kalkbrenner schüttelte ungläubig den Kopf, »Mauhöfer hat keine Kinder.«

»Irina Sebcovicz ist seine Stieftochter. Aus erster Ehe.«

»Er hat nie ein Wort darüber verloren.«

»Offenbar aus gutem Grund. Und außerdem«, Muth dehnt ihre Nackenmuskulatur, und etwas knackt, »ist es, wie du vorhin gesagt hast, ich hab's von draußen gehört: Er kannte Mittel und Wege, Dinge zu verschleiern. Oder Menschen verschwinden zu lassen.«

»Wie zum Beispiel Eva Tenzer«, sagt Kalkbrenner.

»Oder seine Stieftochter«, fügt Muth hinzu.

Kalkbrenner schaut hinüber zu den beiden Kindern. Was hat sein Kollege mit ihnen vorgehabt? Und wie hat er sich bloß so in ihm täuschen können?

Spielt das eine Rolle?

Er geht hinüber zum Krankenwagen, wo Jessy neben Bernie hockt. Mit dem einen Arm krault sie dessen Fell, mit der anderen Hand hält sie ihren Babybauch umschlossen. Sie hat sich beruhigt, aber Kalkbrenner weiß, es wird dauern, bis sie vergessen kann. Wenn überhaupt.

Er möchte etwas sagen. Ihm fehlen die Worte. Auch dafür existiert kein kleines Helferlein.

Stattdessen nimmt er sie in den Arm. Sie und ihr Baby. Seinen Enkelsohn.

Henry.

Ich danke:

Antje, Thea, Heinz, Nicole, Steffi, Heiko – ohne euch wäre dieser Roman niemals zustande gekommen. Ohne euch könnte ich diesen Job nicht tun, den ich so über alles liebe. Und deshalb liebe ich euch.

Peter Veckenstedt, Kriminalhauptkommissar a. D., für kriminaltechnische Beratung.

Jörg Wittler, Bauschlosser, für seine fachkundige Hilfe.

Hannes Windisch, meinem Lektor, der auch diesmal das Manuskript auf Hochglanz brachte.

Timo Kümmel (*timokuemmel.wordpress.com*), der erneut eine gelungene Illustrationen beisteuerte.

Susanne Kasper (*social-reading.media* & *literaturschock.de*) für ihre wunderbare Unterstützung.

Sandra Kühn von *Animal-Training.de*, Stephanie Klee von *Highlights-Berlin.de* sowie Grit Burkhardt & Antje Gardelegen von der Buchhandlung *Totsicher.com* für die erste Lektüre meines Manuskripts.

Martina Meyen (*eseloehrchen.de*), Katja Rittig (*wortgestalt-buchblog.de*) und Julia Mohr (*envoutant.org*) für ihre Begeisterung.

Martin Krist, Mai 2016